LA LISTA
DE ARREPENTIMIENTOS
DE CLOVER

Planeta Internacional

MIKKI BRAMMER

LA LISTA
DE ARREPENTIMIENTOS
DE CLOVER

 Planeta

Título original: *The Collected Regrets of Clover*

© 2023, Mikki Brammer

Traducción: Ariadna Molinari

Diseño de portada: Planeta Arte & Diseño / Anilú Zavala
Ilustración de portada: iStock
Fotografía de la autora: Mark Wickens

Derechos reservados

© 2023, Editorial Planeta Mexicana, S.A. de C.V.
Bajo el sello editorial PLANETA M.R.
Avenida Presidente Masarik núm. 111,
Piso 2, Polanco V Sección, Miguel Hidalgo
C.P. 11560, Ciudad de México
www.planetadelibros.com.mx

Primera edición en formato epub: mayo de 2023
ISBN: 978-607-39-0111-6

Primera edición impresa en México: mayo de 2023
ISBN: 978-607-39-0079-9

Impreso en los talleres de Litográfica Ingramex, S.A. de C.V.
Centeno núm. 162-1, colonia Granjas Esmeralda, Ciudad de México
Impreso y hecho en México – *Printed and made in Mexico*

Para Carl Lindgren, quien me enseñó a buscar
la belleza donde parece no haber ninguna.
Y para las mujeres de Cloverlea, quienes me
enseñaron a buscar la magia.

1

La primera vez que vi a alguien morir, tenía cinco años.

El profesor Hyland, mi maestro de kínder, era un hombre alegre y regordete cuya cabeza resplandeciente y cara redonda me recordaban la luna. Una tarde, mis compañeros y yo estábamos sentados frente a él, con las piernas cruzadas sobre la alfombra rasposa, hipnotizados por su dramatización de *Peter Rabbit*. Recuerdo que los muslos carnosos se le desbordaban de la silla infantil en la que estaba sentado. Tenía las mejillas más rosadas que de costumbre, pero ¿quién podía culparlo de emocionarse así con una de las fantásticas tramas de Beatrix Potter?

Al llegar al clímax de la historia —cuando Peter Rabbit perdió su chaqueta mientras huía del malvado señor McGregor—, el maestro Hyland se detuvo, como para hacer una pausa dramática. Lo miramos, y el corazón se nos aceleró por la anticipación. Sin embargo, en vez de continuar con su narración, hizo un sonido parecido al hipo y se le saltaron los ojos.

Entonces, como un roble recién talado, cayó al piso.

Nos quedamos inmóviles, con los ojos desorbitados, sin saber si acaso nuestro querido maestro sólo intentaba llevar su narrativa dramática a otro nivel. Después de que pasó varios minutos sin moverse —y sin siquiera parpadear— el salón entero estalló en chillidos de pánico generalizados.

Todos gritaron menos yo.

Me acerqué al profesor Hyland lo suficiente como para alcanzar a escuchar el último brote de aire de sus pulmones. Mientras el pandemonio retumbaba por el corredor y los demás maestros corrían hacia el salón, me senté a su lado y lo tomé de la mano con calma mientras el último rubor se desvanecía de su rostro.

La escuela recomendó que fuera a terapia después del «incidente». Pero mis padres, que estaban poco más que ensimismados, no notaron ningún cambio significativo en mi comportamiento. Me compraron un helado, me dieron un par de palmaditas en la cabeza y —dado que creían que siempre había sido un poco rara— concluyeron que estaba bien.

Y en general lo estaba. Pero desde entonces me he preguntado cuáles habría querido el profesor Hyland que fueran sus últimas palabras en lugar de aquellas que tenían que ver con las aventuras de un conejito travieso.

2

No era mi intención llevar la cuenta de cuántas personas había visto morir desde que presencié la muerte del profesor Hyland hace treinta y un años, pero mi cerebro era un contador muy diligente. En especial porque me acercaba a un hito bastante impresionante: hoy, el número llegó a noventa y siete.

Estaba parada sobre Canal Street, mirando las luces de la camioneta de la funeraria que se intentaba integrar al tráfico. Como un corredor que acaba de pasar la estafeta, mi trabajo había terminado.

Entre las emisiones de los escapes y la irritante mezcla de pescado seco con tamarindo, el aroma de la muerte se me quedó atorado en la nariz. No me refiero al olor de un cuerpo en descomposición, pues nunca he tenido que lidiar con eso. Por fortuna, sólo me ha tocado sentarme con los moribundos mientras atraviesan el umbral entre este mundo y el otro. Me refiero al otro aroma, al perfume específico del instante en el que la muerte es inminente. Es difícil describirlo, pero es como ese cambio imperceptible entre el verano y el otoño en el que, por alguna razón, el aire es distinto, aunque no sepas por qué. Había entrenado a mi nariz a percibir ese aroma durante los años que llevaba siendo la doula de la muerte. Por eso sabía que alguien estaba listo para irse. Y, si sus seres queridos estaban ahí, me permitía hacerles saber que era momento de despedirse. Sin embargo, hoy no hubo seres queridos. Es sorprendente la frecuencia con la que eso ocurre. De hecho, de no ser por mí, la mitad de esas noventa y siete personas habrían muerto solas. Aunque tiene como nueve millones de habitantes, Nueva York es una ciudad de personas solas y plagadas de remordimiento. Mi trabajo consiste en que sus últimos momentos sean un poco menos solitarios.

Una trabajadora social refirió a Guillermo conmigo hace un mes.

—Debo advertirte una cosa —me dijo por teléfono—. Es un viejo rabioso y amargado.

No me molestó; eso suele significar que la persona se siente sola, abandonada y aterrada. Así que, como Guillermo apenas si se dio por enterado de mi existencia en las primeras visitas, no me lo tomé personal. Pero luego, como llegué tarde a la cuarta visita porque había dejado las llaves dentro de mi departamento por accidente, me miró con los ojos llenos de lágrimas mientras me sentaba a un lado de su cama.

—Creí que no vendrías —dijo con la callada desazón de un niño olvidado.

—Te prometo que eso nunca va a pasar —respondí, poniendo su mano curtida entre las mías.

Y mi palabra vale oro. Guiar a una persona moribunda a través de sus últimos días es un privilegio, sobre todo cuando eres lo único a lo que se puede aferrar.

Los copos de nieve se arremolinaban de forma errática mientras emprendía el regreso a casa desde el diminuto departamento de Guillermo en el barrio chino. Pude haber tomado el autobús, pero parecía poco respetuoso volver a integrarme a mi rutina cuando alguien acababa de perder la suya. Me gustaba que la brisa helada me mordisqueara las mejillas, ver las nubes que aparecían y desaparecían con cada respiración, como una confirmación de seguir aquí, viva.

A pesar de ser alguien tan acostumbrada a presenciar la muerte, siempre me sentía un poco perdida después. La persona estaba aquí, entre los vivos, y luego dejaba de estarlo. ¿A dónde iba? No lo sabía. En términos espirituales, me consideraba bastante agnóstica, lo que me permitía hacerle espacio a la fe de mis clientes. Sin importar adonde hubiera ido, tenía la esperanza de que Guillermo hubiera podido dejar su amargura atrás. Por lo que vi, no estaba en muy buenos términos con Dios. Un pequeño crucifijo de madera colgaba a un costado de su cama individual, y a su alrededor se enroscaban las orillas desprendidas y amarillentas del papel tapiz. Pero Guillermo nunca lo miraba directamente en busca de consuelo; lo veía de reojo, como si evitara el escrutinio de la mirada de una autoridad. Por lo regular, se acomodaba para darle la espalda.

Durante las tres semanas que pasé visitando a Guillermo, memoricé todos los detalles de su espacio. La gruesa capa de mugre que, por fuera de su única ventana, ahogaba la luz del día y le daba al lugar un tono sombrío. El punzante chirrido provocado por el choque metálico del marco de su cama cada vez que reacomodaba el peso de su cuerpo. La estremecedora corriente de aire que venía de todas partes y de ningún lado. Los escasos habitantes de los gabinetes de su cocina —una taza, un tazón, un plato— que daban fe de una vida en soledad.

Guillermo y yo intercambiamos quizá un total de diez oraciones durante esas semanas. No necesitamos decir más que eso. Siempre dejo que la persona que va a morir tome la iniciativa, que decida si quiere llenar sus últimos días con conversaciones o disfrutar el silencio. No necesito que verbalicen su decisión; sé cuál es. Mi trabajo consiste en estar tranquila y presente, en dejar que ocupen el espacio, mientras transitan por esos últimos y preciados instantes de vida.

Lo más importante es no desviar la atención del dolor de la otra persona. No sólo me refiero al dolor físico del cuerpo que se apaga poco a poco, sino también a la aflicción emocional de ver que su vida llega a su fin, a sabiendas de que pudieron haberla vivido de mejor manera. Darle a alguien la oportunidad de ser visto en su momento más vulnerable es más reparador que cualquier palabra. Y el honor de hacerlo —de mirarlos a los ojos, validar su dolor y dejarlo existir en su estado puro— era mío, a pesar de que la tristeza era abrumadora.

A pesar de que el corazón se me rompía por ellos.

El calor era casi sofocante en mi departamento en comparación con el de Guillermo. Me quité el abrigo y lo lancé sobre la montaña de ropa invernal que colgaba del perchero junto a la puerta de la entrada. El perchero se balanceó y mi abrigo de lana cayó formando una montaña de arrugas sobre el piso. Lo dejé ahí y me dije —como solía hacer con el desorden en mi departamento— que lo levantaría después.

En mi defensa diría que no todo el tiradero era mío. Había heredado el envidiablemente bien ubicado departamento —con dos habitaciones— de mi abuelo después de su muerte. Bueno, en realidad mi nombre estaba en el contrato de arrendamiento desde que tenía dos años. Fue una astuta jugada de parte de mi abuelo para asegurarse que no hubiera cantidad alguna de burocracia inmobiliaria neoyorquina que pudiera negarme el derecho a heredar una renta congelada. Durante diecisiete años, compartimos el departamento en el tercer piso de un pequeño edificio de piedra rojiza que se veía un tanto desatendido en comparación con sus vecinos del West Village. Abue tenía más de trece años de haberse ido, pero yo seguía sin poder organizar sus cosas. En vez de eso, recolocaba mis posesiones en los pequeños espacios entre las suyas. A pesar de que pasaba los días mirando a la muerte a los ojos, como que no podía aceptar que la ausencia de mi abuelo era permanente.

El duelo nos juega ese tipo de malas pasadas: el destello de un perfume conocido o el posible avistamiento de tu persona entre la multitud hace que todos los nudos que has atado en tu interior para mantener el dolor a raya se deshagan de golpe.

Mientras me calentaba las manos tomando una taza hirviente de Earl Grey, me paré frente a mis libreros, que estaban retacados de los libros de Abue: volúmenes de Biología, atlas mohosos y novelas sobre aventuras marítimas. Resaltaban tres libretas encajadas entre ellos, pero no tanto por su apariencia, sino por la palabra inscrita en cada uno de sus lomos. En el primero: *Arrepentimientos*; en el segundo, *Consejos* y en el tercero, *Confesiones*. Además de mis mascotas, esas serían las cosas que salvaría en caso de incendio.

Desde que empecé a trabajar como doula de la muerte adopté la misma rutina: documentaba las últimas palabras de mis clientes antes de que el aliento abandonara su cuerpo. Con el paso de los años, descubrí que la gente solía sentir la necesidad de decir algo mientras moría, algo relevante, como si se dieran cuenta de que esa era su última oportunidad para dejar una marca en el mundo. Por lo general, esos mensajes finales entraban en una de tres categorías: cosas que les habría gustado hacer de otra forma; lo que habían aprendido en su andar por la vida y los secretos que le habían guardado a su familia y que, al fin, estaban listos para revelar. Sentía que recolectar esas palabras era mi labor sagrada, sobre todo si yo era la única persona que estaba a su lado. E incluso cuando no lo era, los familiares solían estar demasiado consumidos por el dolor como para pensar en escribirlas. Mis emociones, por otro lado, siempre estaban bien guardadas.

Puse mi té a un costado y me paré de puntitas para tomar el volumen titulado *Confesiones*. Tenía un tiempo sin escribir en ese en particular, pues últimamente parecía que más bien todo el mundo llegaba al final de su vida con arrepentimientos.

Me acomodé en el sofá y pasé las hojas del cuaderno forrado en cuero hasta que llegué a una página en blanco. Con mi letra compacta, apunté el nombre de Guillermo, su dirección, la fecha de ese día y su confesión. No la esperaba, para ser honesta; sentí que había comenzado a desvanecerse e incluso creí que ya estaba inconsciente. Sin embargo, de pronto abrió los ojos y me puso una mano sobre el brazo. No fue dramático, sino gentil, como si estuviera a punto de salir por la puerta y se le hubiera olvidado decirme algo.

—Cuando tenía once años maté por accidente al hámster de mi hermana —susurró—. Dejé abierta la puerta de su jaula para molestarla, y se perdió. Lo encontramos tres días después, aplastado entre los cojines del sofá.

En cuanto las palabras escaparon de sus labios, su cuerpo se relajó con una serena levedad, como si estuviera flotando de espaldas en una piscina.

Luego de eso, murió.

Esa noche, no pude evitar pensar en el hámster mientras mis mascotas se reunían a mi alrededor en el sofá. George, el *bulldog* regordete que encontré seis años atrás hurgando en los basureros del edificio, asentó su barbilla húmeda sobre mi rodilla. Lola y Lionel, los hermanos gatitos atigrados que rescaté de una caja afuera de la iglesia en Carmine Street cuando eran muy pequeños, se turnaban para trazar ochos alrededor de mis tobillos. La tersura de su pelaje era reconfortante.

Intenté imaginar si el hámster había sufrido o no. Eran criaturas bastante endebles, así que quizá su muerte fue rápida. Pobre Guillermo, cargando esa culpa durante cincuenta años.

Miré de reojo mi teléfono que se balanceaba sobre el reposabrazos decolorado del sofá. Las únicas ocasiones en las que timbraba —salvo por las grabaciones para venderme seguros de autos y llamadas falsas sobre auditorías inexistentes— era cuando alguien quería contratarme. La socialización era una habilidad que nunca logré dominar del todo. Cuando eres hija única y te cría tu abuelo introvertido, aprendes a disfrutar de tu propia compañía. No me oponía a la idea de la amistad; fue sólo que, al no tener gente cercana, no hay gente entrañable a la cual perder. Y yo ya había perdido a suficiente gente.

Aun así, a veces me preguntaba cómo había llegado a ese punto: treinta y seis años y mi vida entera giraba en torno a esperar la muerte de desconocidos.

Saboreaba el vapor de mi té de bergamota, cerré los ojos y dejé que mi cuerpo se relajara por primera vez en semanas. Contener las emociones todo el tiempo es agotador, pero es lo que me hace ser buena en mi trabajo. Mi responsabilidad es mantenerme apacible y ecuánime frente a mis clientes, sobre todo si están aterrados y angustiados y no saben cómo dejarse llevar.

Mientras dejaba que mis sentimientos se fueran descongelando, me recliné en los cojines del sofá y dejé que el peso de la tristeza se me asentara en el pecho y que la añoranza me estrujara el corazón.

No es gratuito que yo sepa que esta ciudad está llena de personas solitarias.

Soy una de ellas.

3

Por lo regular, después de terminar un trabajo, pasaba el día siguiente poniéndome al corriente con las mundanas tareas domésticas que había hecho a un lado. Las labores del hogar y el pago de las cuentas parecían irrelevantes cuando alguien estaba a punto de morir. Tres semanas de ropa sucia rebosaban por encima de la canasta que arrastré hacia el sótano. Abue no sólo me había legado el excepcional tesoro de un departamento con renta congelada, sino también el privilegio de tener un cuarto de lavado dentro del edificio. Estar exenta de la carga neoyorquina de hacer una travesía hasta la lavandería era una de las pequeñas pero incontables formas en las que Abue me había facilitado la vida, incluso en su ausencia.

Al volver por las escaleras, me detuve frente al buzón para liberar la marea de sobres y catálogos que siempre esperaban mis esporádicas visitas. Rara vez recibía algo que valiera la pena leer.

Oí una voz áspera que me llamaba desde la mitad de la escalera.

—¿De vacaciones otra vez, niña?

El arrastre de pies que la acompañaba me resultó tan familiar como la voz misma. Cuando me mudé con Abue, a los seis años, Leo Drake tenía unos vivaces cincuenta y siete, y las décadas siguientes apenas si le habían hecho mella, salvo porque su cabello ahora estaba más salado que pimentado y sus pasos firmes eran un poco más lentos.

También era mi único amigo.

—Supongo que algo así —contesté mientras esperaba que bajara los últimos escalones—. Aunque preferiría estar en la playa que en la lavandería.

Dado que era un hombre alto y delgado, con los pómulos afilados, la edad sólo contribuía a su elegancia. Siempre me había fascinado que las preferencias sartoriales de los adultos mayores se quedaran congeladas en una época particular, por lo regular de cuando tenían treinta o cuarenta años. En ocasiones era una cuestión de austeridad —¿para qué comprar ropa nueva si ya tienes suficiente?—, pero la mayoría de las veces parecía ser consecuencia de una nostalgia por sus días de gloria, por los momentos en los que tenían toda la vida por delante.

El estilo de Leo estaba firmemente plantado en el sofisticado estilo de los años sesenta: afilados cuellos abiertos, solapas anchas, pañuelos de bolsillo de seda y, cuando la ocasión lo ameritaba, un sombrero *trilby* medio raído. Nunca había visto a Leo desaliñado, ni aunque sólo fuera a ir a la tienda de la esquina a comprar leche. Supuse que así había sido desde los días en los que trabajaba en Madison Avenue. Aunque al principio lo tuvieron relegado a la sala de correos, eso no impidió que sus ojos astutos documentaran todas las florituras sartoriales de los ejecutivos publicitarios para quienes él era casi invisible, por tratarse de un hombre negro. Y, cuando al fin tuvo los medios económicos, emuló —y elevó— ese mismo estilo para apropiárselo.

Lo único que Leo iba a hacer en ese momento era revisar su correo, pero traía puestos una camisa recién planchada y pantalones plisados. Contrastaba muchísimo con mis *pants* y mi suéter extragrande tejido. Visto lo visto, mi legado estilístico no era muy prometedor.

Leo sonrió con picardía mientras metía la llave de su buzón.

—¿Y cuándo es la revancha?

Abue me enseñó a jugar *mahjong* en cuanto llegué a vivir con él. Me tomó años poder ganarle; se negaba a dejarme triunfar, pues insistía en que no me haría ningún bien. Con el tiempo, memoricé las distintas estrategias de *mahjong* y observé todos los movimientos de mi abuelo con muchísima atención mientras llevaba registro mental de las fichas que descartaba. Cuando Abue jugaba, tenía sólo un gesto revelador: se rascaba el cuello con el dedo índice derecho cuando comenzaba a sospechar que tenía las de perder. Leo se volvió su oponente regular cuando me fui a la universidad, y continuó la tradición conmigo cuando volví al departamento después de que Abue muriera. Llevábamos más o menos una década disfrutando esa feroz rivalidad.

—¿Qué tal el próximo domingo?

Mientras hurgaba en la montaña de correo que tenía bajo el brazo, encontré sólo una carta que valía la pena abrir: un cheque de la familia de un hombre con leucemia con el que había trabajado meses antes. Al igual que Guillermo, dejó este mundo con una amargura inquebrantable que se me quedó impregnada. Cuando comencé a trabajar como doula de la muerte, era tan inocente que intentaba hacer que la gente se enfocara en las cosas positivas de su vida, en aquellas por las que debía estar agradecido. Sin embargo, cuando alguien pasa años enojado con el mundo, la muerte es apenas un último golpe cruel. Con el tiempo entendí que mi trabajo no era ayudarles a pasar por alto esa parte de la realidad si no querían hacerlo, sino sentarme con ellos, escucharlos y ser testigo. Aunque fueran infelices hasta su último aliento, al menos no estarían solos.

—Te veo el domingo, entonces —contestó Leo e inclinó el ala de su sombrero imaginario—. A menos, claro está, que encuentres otra cosa mejor que hacer.

Aunque él sabía muy bien que no tenía vida social, cedía a la tentación de hacer pequeñas insinuaciones al respecto. Me quedaba claro que sus intenciones eran buenas, pero sólo me hacían sentir más inepta. Nunca esperé llegar a los treinta y cinco teniendo sólo un amigo. Eso es lo que pasa con la soledad: nadie la elige.

—Gracias —le dije, con una sonrisa—. Pero no son altas las probabilidades de que eso pase.

—Bueno, uno nunca sabe, ¿o sí? —Leo apuntó con la cabeza hacia el segundo piso—. Por cierto… ¿supiste que tendremos nuevo vecino? Se muda la próxima semana. Esperemos que sea un poco más conversador que los anteriores.

¡Diablos! Tenía la esperanza de que el departamento del segundo piso —que había sido el hogar de una huraña pareja finlandesa— se quedara vacío un rato más. A diferencia de Leo, yo agradecía que mi relación con los escandinavos se hubiera limitado a educados gestos con la cabeza y saludos superficiales.

Leo tenía talento para enterarse de los chismes del vecindario antes de que se hicieran del dominio público. Mientras subíamos las escaleras, me puso al tanto de las demás exclusivas que había escuchado desde nuestra última conversación. El drama con Airbnb en el edificio contiguo, el contencioso divorcio de la pareja que vivía al final de la cuadra, el carísimo restaurante que cerró por violaciones al código sanitario después de que una rata saliera de un retrete, mientras un comensal estaba sentado en él. Leo era un experto en conversaciones triviales y pasaba la mayor parte del tiempo paseándose por las cuadras aledañas, conversando con quien estuviera dispuesto a hablar con él. Siempre me pregunté por qué nos llevábamos tan bien. Un típico caso de armonía entre polos opuestos, quizá.

Cuando subimos por la chirriante escalera, vimos que la puerta del departamento vacío del segundo piso estaba entreabierta. Por la rendija, alcancé a ver un montón de latas de pintura asentadas sobre la duela y un rodillo puesto en una bandeja, listos para ser usados en cualquier momento. Mientras Leo parloteaba con absoluta despreocupación, una sensación de inquietud se anidó en mi estómago.

Era inevitable tener vecinos nuevos en Nueva York, y yo había tenido que tolerar a bastantes. Pero cada vez que alguien desconocido se mudaba a mi edificio, seguía sintiéndose como una intrusión personal de mi espacio, de mi rutina, de mi soledad. Implicaba una nueva personalidad por decodificar, nuevos rituales de saludo por establecer, nuevas peculiaridades que soportar. Un nuevo vecino era sinónimo de imprevisibilidad.

Y siempre he odiado las sorpresas.

4

El día en que supe que mis padres estaban muertos fue el mismo día que aprendí que los cerdos se revuelcan en el lodo para protegerse del sol.

Fue un martes, a la hora del almuerzo, cuando estaba en primer grado. Estaba sentada bajo la sombra del único roble del patio de mi primaria, arropada por dos raíces retorcidas que se estiraban por el suelo como dedos artríticos. Era donde pasaba casi todas mis horas de almuerzo leyendo, cuando el clima lo permitía, mientras mis compañeros jugaban de forma bulliciosa en las cercanías. Ese día, estaba inmersa en un libro de datos sobre el mundo animal. Estaba a punto de terminar la sección sobre pandas cuando vi que la directora Lucas, cruzaba el patio en línea recta directo hacia mí. El movimiento de su gigantesco *bouffant* iba al mismo ritmo de sus pasos decididos mientras se llevaba las manos al saco con un aire de importancia. La nuca me cosquilleó como si hubiera un insecto caminándome por el cuello, pero, cuando me pasé la mano sobre la piel, no encontré nada.

Flanqueando a la directora en una formación en v estaban la maestra de primer grado y la consejera de la escuela. Ya que el trío parecía estar en una misión, me puse el libro sobre el regazo con mucha calma y esperé a que llegaran hasta el roble.

—Clover, cariño. —El sonsonete en la irritante voz de la directora Lucas tenía un sospechoso tono de querer ablandarme. Era la misma voz que los adultos usaban cuando necesitaban que cooperaras con ellos. Se inclinó hacia mí, muy remilgada, con las manos entre las rodillas, como en una posición de plegaria invertida—. ¿Podrías venir con nosotras a mi oficina, por favor?

Miré a las dos mujeres a los costados de la directora Lucas y noté sus sonrisas sombrías. Me preguntaba si había hecho algo que ameritaba algún tipo de castigo. ¿Rompí alguna regla por accidente? Hacía mi mejor esfuerzo por ser buena. ¿Tal vez olvidé devolver un libro a la biblioteca? Sintiéndome en desventaja numérica, me quedé acuñada entre las raíces del árbol, agradecida por su abrazo protector.

—Quisiera quedarme aquí, debajo del árbol —dije, entusiasmada para mis adentros por mi pequeño acto de rebeldía—. Todavía es hora del almuerzo.

La directora Lucas frunció el ceño.

—Bueno, sí, entiendo que quieras disfrutar del patio antes de que haga demasiado frío. Pero hay algo que me… nos… gustaría hablar contigo y creo que sería mejor si lo hiciéramos adentro.

Sopesé mis acciones. La directora Lucas y sus guardaespaldas de blusas holgadas no parecían estar dispuestas a dejarme en paz. A regañadientes, me puse de pie, me quité las ramitas de la chaqueta y, muy obediente, comencé a caminar hacia el edificio de la escuela.

En la oficina de la directora, tuve que trepar una silla de madera con ruedas. Sentada con las piernas colgando muy por encima del linóleo, los vetustos resortes debajo del cojín de cuero se clavaban en los huesudos muslos.

El lúgubre trío estaba sentado frente a mí, intercambiando miradas de angustia, como si estuvieran en medio de una discusión silenciosa para decidir quién tendría que cargar con la desagradable responsabilidad. Fue a la consejera a quien le tocó la peor parte.

Inhaló un instante, a punto de hablar, y luego se detuvo para reconsiderar sus palabras.

—Clover —dijo al final—, tengo entendido que tus padres salieron de vacaciones...

—Fueron a China —añadí, muy acomedida—. De ahí vienen los pandas. —Me llevé el libro al pecho como si fuera un valioso tesoro.

—Sí, supongo que sí. Muy inteligente...

—Los pandas comen bambú. Y pesan más de cien kilos y son muy buenos nadadores —dije, con la esperanza de dejar muy clara mi inteligencia frente a las adultas mientras tenía toda su atención—. Papá y mamá van a volver en dos días; los he estado contando. —Esperaba que no olvidaran traerme un regalo, como hicieron cuando fueron a París.

La consejera se aclaró la garganta y jugueteó con el elegante broche que tenía en la blusa.

—Ah, sí. Ya que hablamos de eso. Sé que se supone que tus padres iban a llegar a casa el jueves, pero... hubo un accidente.

Fruncí el ceño y abracé el libro con más fuerza.

—¿Accidente?

Mi maestra de primer grado se acercó y me dio unas palmaditas en la rodilla, el montón de brazaletes baratos tintineaban en su muñeca. Me gustaban los colores brillantes que usaba.

—Te has estado quedando con una amiga de tu mamá, ¿cierto, Clover? —Asentí, muy cautelosa, mientras se me subía la sangre a las orejas. El hilo de sudor comenzó a deslizarse entre el cuero de la silla y mis muslos. Los gritos descarriados de mis compañeros flotaban por la ventana abierta para empeorar mi malestar. La sonrisa incómoda de mi maestra era desconcertante—. Hoy te vas a quedar con tu abuelo. Va a venir a recogerte desde Nueva York hoy en la tarde. Va a ser divertido, ¿no crees?

En realidad, no tenía idea si sería divertido o no. Dado que en mi corta vida sólo había pasado unas cuantas tardes con mi abuelo materno, mi actitud frente al hombre era por demás neutral. Me parecía un hombre bastante agradable, aunque no hablaba mucho, y mi mamá y él se comportaban casi como si fueran desconocidos. Pero siempre me enviaba un regalo por mi cumpleaños; ese año había sido el libro de animales que tenía sobre el regazo en ese momento. Quizá volvería a llevarme algo nuevo.

—¿Por qué no puedo quedarme con la señorita McLennan?

La vieja solterona que vivía a una cuadra de la casa de mis papás no era una anfitriona muy agradable, y su casa siempre olía a rosbif, sin importar qué era lo que hubiera cocinado. Pero, fuera de asegurarse de que comiera y fuera a la escuela, la señorita McLennan me dejaba hacer lo que quisiera; es decir, leer a solas en mi cuarto mientras ella tejía, sentada en su sofá cubierto de plástico. Y ya que mis padres solían dejarme con ella durante semanas y semanas, habíamos aprendido a coexistir en paz, aunque estoy casi segura de que lo hacía por el fajo de billetes que mi papá siempre le ponía en las manos antes de irse.

Las maestras intercambiaron miradas sombrías y se comunicaron en una especie de código secreto usando sólo las cejas, y que culminó con un pesado suspiro de la directora Lucas.

—Clover, lamento tener que decirte esto, pero tus papás murieron.

Las otras dos mujeres jalaron aire, anonadadas por la brusca forma en que la directora decidió darme una noticia tan delicada.

Tan impactada como ellas, me quedé muy quieta, con los ojos bien abiertos. Las señoras daban vueltas nerviosas a mi alrededor, como si intentaran anticipar los movimientos de un animal salvaje.

Al fin, logré susurrar:

—¿Murieron…? ¿Como el maestro Hyland?

Pensé en el episodio de *Plaza Sésamo* que la escuela decidió enseñarle a mi grupo después del dramático fallecimiento de nuestro maestro, en el que Elmo se entera de la muerte de su tío Jack.

—Me temo que sí, Clover. —La directora chasqueó la lengua como para compensar la brusquedad de la revelación—. Lo siento mucho.

En las últimas horas de la tarde, sentada junto a mi abuelo, mientras avanzábamos hacia Manhattan en el Metro-North por Connecticut, me di cuenta de que no me había despedido de ninguno de mis compañeros. Pero, ya que apenas si me dirigían la palabra, lo más seguro era que a nadie le importaría. Antes de la muerte repentina de nuestro maestro de preescolar, los demás niños no me prestaban demasiada atención, pero mi curiosa reacción —en especial el hecho de que no me inmuté— me alienó. Después de que un niño hiciera correr el rumor de que me gustaba juntarme con los muertos, oficialmente me catalogaron como bicho raro. Probablemente ni siquiera se darían cuenta de que me había ido.

Abue llegó a mi escuela justo cuando la campana comenzó a resonar por los pasillos al final del almuerzo, con la pequeña maleta azul cielo que había llevado a casa de la señorita McLennan. Tras una conversación breve con mis maestras —en murmullos que no logré descifrar— Abue me guio con solemnidad hacia un taxi que nos esperaba en la puerta de la escuela.

De camino a la estación del tren, me dio sólo unos cuantos detalles sobre el accidente de mis padres: un barco viejo, una tormenta tropical y algo llamado el río Yangtsé. Yo no hice más que asentir mientras me preguntaba en mis adentros si mis padres habían visto a algún panda nadando en ese río. Pero al ver los suburbios pasar por la ventana polvosa del tren, la realidad comenzó a asentarse en mi cabeza.

Morir, hasta donde tenía entendido, significaba que nunca jamás podrías volver. A partir de ese momento, sólo existirías en la memoria de otras personas. Recordaba a mi mamá —esa mañana en que se fueron a China— apurándome, impaciente, para que saliera por la puerta. Y recuerdo el beso distraído que me lanzó a la distancia cuando me dejó con la señorita McLennan y me dijo que me portara bien, mientras revisaba su reflejo en la ventana del auto. Mi papá quizá se despidió desde su asiento, pero no estaba segura. Esa mañana, como de costumbre, parecían tener otras cosas en la cabeza.

Sabía también que era muy importante llorar cuando alguien moría. Después del infarto del maestro Hyland, vi a la bibliotecaria sollozando en el pasillo. Y cuando Abue y yo nos sentamos en el tren, noté que se pasó el pulgar por debajo de los ojos varias veces, para luego limpiárselos con la manga. Así que esperé con ansias a que la primera lágrima saliera de entre mis pestañas; incluso apreté los párpados unas cuantas veces para asegurarme de que no lo hubiera hecho ya. Pero no había caído nada.

Dos horas después, salimos de Grand Central Station hacia las oscuras garras de la noche, con el viento mordiéndome las mejillas y el caos del tráfico apoderándose de mis tímpanos. Era mi primera vez en la gran ciudad; no estaba muy segura de que me gustaba.

En un intento por encontrar tierra firme en ese inmenso mundo desconocido, me aferré al abrigo de Abue, mientras él alzaba un brazo y silbaba. Debió haber sido una especie de truco de magia, pues un taxi amarillo apareció frente a nosotros. Aunque apenas si conocía a mi abuelo, por alguna razón me convencí de que estaba a salvo. Además de mi maleta azul, él era la única cosa familiar a la cual podía asirme.

La escena que pasaba a toda velocidad por la ventana del taxi estaba a años luz de distancia de los apacibles suburbios que vi desde el tren. En esta nueva ciudad veía edificios inmensos, luces pulsantes, masas de gente que se apelmazaban en las banquetas. Me preguntaba cómo Abue podía ignorar todo eso. Sólo miraba al asiento que tenía enfrente, sin mayor expresión, y mascullaba algo sobre comprar leche.

Cuando nos detuvimos frente a un estrecho edificio de piedra rojiza, Abue le dio al conductor un pequeño fajo de billetes doblados a la perfección.

—Di gracias, Clover —me ordenó mientras empujaba la puerta del taxi.

—Gracias, señor conductor.

El gruñón con olor a ajo refunfuñó en respuesta.

Una vez adentro del edificio, conté cada escalón en voz alta mientras subíamos al tercer piso. Justo cuando anuncié el escalón número catorce, un hombre con sombrero de ala ancha se pavoneaba en la dirección contraria.

—Hola, Patrick —le dijo a Abue antes de darse cuenta de que yo me estaba asomando por detrás de sus piernas.

Abue puso mi maleta en el piso para estrecharle la mano al hombre.

—Leo —dijo—, te presento a mi nieta, Clover.

Leo le dirigió una pequeña mirada compasiva a Abue, luego se agachó y me tendió la mano, con una enorme sonrisa acentuada por un diente de oro en el centro.

—Gusto en conocerla, señorita —me dijo. La luz del techo le iluminaba los ojos como si fuera una botella cerrada de Coca-Cola—. Bienvenida al edificio.

Le estreché la mano con tanta firmeza como pude sin dejar de admirar la calidez ambarina de su piel.

—Mucho gusto en conocerlo, señor.

Leo dio un paso al costado y movió el brazo como un acomodador en un teatro.

—Los dejo seguir su camino —dijo, y se bajó el sombrero con la mano—. Pero espero verlos pronto a los dos.

En el tercer piso, vi a Abue repasar las llaves que llevaba en el cinturón y luego abrir toda una procesión de cerraduras. Mientras él colgaba nuestros abrigos en el perchero junto a la puerta, yo miraba la sala con asombro. Los estantes —que iban del piso al techo— cubrían todas las paredes y rebosaban con todo tipo de objetos: piedras preciosas, cráneos de animales, criaturas en frascos. Era como si Abue viviera en el museo al que había ido con la escuela un mes antes.

Y, ahora, yo vivía ahí también.

Después de una cena de frijoles horneados sobre pan tostado y una conversación de sólo unas cuantas palabras, Abue me llevó a una pequeña habitación al fondo del departamento. En una esquina había un enorme escritorio, con montañas de papeles y libros apilados como chimeneas encima. En la otra esquina había una cama individual y una mesa de noche con una lámpara verde como de banquero y encima un pequeño florero con una peonía solitaria adentro.

—Este va a ser tu cuarto —dijo Abue. Luego señaló las pilas de libros—. Mañana nos encargamos de todo eso. —Sacó la silla de madera curveada de debajo del escritorio y puso mi maleta en su lugar. El cielo brillaba con un tono vinilo azul en contraste con los apagados tonos de la caoba, el cuero y el *tweed*—. Ha sido un día… largo. Si me necesitas, voy a estar en la sala. —Me dio unas palmaditas torpes en la cabeza y volvió a meterse las manos a los bolsillos a toda prisa—. Buenas noches, Clover.

—Buenas noches, Abue.

Me quedé parada en el centro de la recámara e intenté absorber mi nueva realidad. Ahora que vivía en la ciudad, ¿tenía que lavarme los dientes todas las noches? La señorita McLennan era muy estricta con la limpieza dental. Muchas cosas podrían cambiar a partir de ese momento. ¿Quién me iba a llevar a la escuela? ¿La biblioteca de mi nueva escuela me iba a dejar llevarme los libros? ¿Tendría un roble en el patio?

Decidí hacer la prueba y olvidar lavarme los dientes esa noche. Al meterme entre las cobijas, inhalé el aroma de un detergente desconocido sazonado con naftalina. La ropa de cama estaba tan apretada que me costó trabajo girar para ponerme de costado. Me imaginé que así se sentía que te dieran un abrazo fuerte; no me habían dado muchos de esos, así que no estaba segura.

Estiré una mano hacia la mesa de noche y jalé la orilla del pedazo de tela que tenía encima muy despacio para tomar mi almanaque de animales sin tirar el florero. Con la espalda recargada en la almohada llena de bultos, me puse el libro en el pecho y pasé las páginas hasta llegar a la letra *p*.

Satisfecha con mi conocimiento sobre los pandas, empecé a aprender todo lo que pude sobre los patos.

5

Salvo por haberme encontrado a Leo en los buzones el día después de la muerte de Guillermo, logré pasar los siguientes cinco días sin interactuar con un solo ser humano. Pero la soledad extendida era siempre una cosa caprichosa. Al principio era una calma la que me cobijaba del caos y de las expectativas de ser una persona. Luego, en un instante, pasaba del rejuvenecimiento al aislamiento paralizante.

Sentada en mi sillón, el sexto día de reclusión se escurría, incapaz de recordar la última vez que me había lavado el cabello, sentí los comienzos de ese cambio. Era como el pequeño hormigueo en la garganta que anunciaba una infección. La aparición de los síntomas comenzaba siempre de la misma manera, con mis hábitos de entretenimiento. No, no tiene nada de malo perderse en una película romántica o en la narrativa de una serie; para eso existen. Pero hasta yo sabía que hay una peligrosa línea entre ver algo para vivir el romance de forma parasítica y verlo para reemplazar las emociones reales. La señal de que comenzaba a cruzar la línea era cuando comenzaba a ver de forma compulsiva las mismas escenas románticas una y otra vez, intentando sacarle más a la narrativa de lo que tenía, como si, en la centésima repetición, una nueva escena fuera a aparecer en la vida real. Ese día, vi las secuencias más románticas de *Hechizo de amor* unas veinte veces —cada una—. Pero, en vez de la agradable descarga de oxitocina que solía obtener de ver películas, lo que sentía en el pecho era añoranza, como si los picos emocionales de Sandra Bullock fueran míos.

Cuando creces siendo hija única, aprendes a existir en tu imaginación con la misma frecuencia con la que lo haces en la realidad. Nadie puede decepcionarte —o dejarte— si tú tienes el control de la historia. Así que, cuando el consumo obsesivo de una historia de amor dejaba de satisfacer mis ansias, solía continuar con la narrativa en mi cabeza, imaginándome las vidas de los personajes mucho después del beso final y los créditos.

Era entonces que sabía que tenía que salir de la casa y reconectar con el mundo real.

Mientras me ponía el abrigo a regañadientes, una luz parpadeó en el departamento del otro lado de la calle. El ocaso aún coqueteaba con la luz del día, por lo que el reflejo de los restos de la puesta del sol sobre la ventana hacía que fuera más difícil ver hacia el interior. Pero aun así reconocía a las dos figuras que se quitaban los abrigos y se acurrucaban en el sillón. En los cuatro años que tenían de vivir enfrente de mí, Julia y Reuben no habían cerrado sus cortinas una sola vez. Ni siquiera sabía si estaban enterados de que existían las cortinas. No parecía un síntoma de exhibicionismo, más bien una señal de que estaban tan satisfechos en su pequeña burbuja de intimidad que ni siquiera pensaban en quién podría estarlos viendo a la distancia. Mientras observaba su dichoso abrazo, me pregunté cómo sería estar tan absorta en alguien más que el mundo exterior dejara de importar. Entonces, el ángulo del sol cambió y proyectó un reflejo cegador hacia mis ojos y bloqueó mi vista hacia su sala. Con un suspiro, bajé mi persiana y me obligué a salir por la puerta.

Nunca estuve de acuerdo con la problemática creencia de que Nueva York es un gran crisol; mi Nueva York era más como una sopa de verduras: las personas flotaban cerca unas de las otras, pero sin mezclarse. Me gustaba fugarme al cine independiente de la Sexta Avenida para ver la proyección de entre semana, junto con otros cinéfilos solitarios, lo más parecido en mi vida a una reunión de personas con intereses en común. Esparcidos en intervalos irregulares por las filas del cine como cuentas en un ábaco, podíamos estar solos, pero juntos. Y cuando el proyector se detenía con un clic y las luces volvían a encenderse, todos arrastraban los pies y seguían en su solitario camino.

Pero esa noche, sabía que la idea de ver una película con siquiera un asomo de romance —incluso acompañada de otras personas— no haría más que alimentar mi comportamiento compulsivo. Así que, para arrancarme de mi soledad, subí al tren F hacia Midtown y me dirigí al único tipo de evento social que frecuentaba en realidad: un Death Café.

La primera vez que estuve en una sesión de Death Café fue cuando viajaba de mochilazo por Suiza; tenía veintipocos años y vi un volante rasgado en un poste de luz que invitaba a los transeúntes al Café Mortel. ¿Quién no se sentiría tentado por eso? Las reuniones casuales solían ser en restaurantes y fueron desarrolladas por un sociólogo suizo de nombre Bernard Crettaz como una forma de normalizar las conversaciones en torno a la muerte. Completos desconocidos se reunían para cavilar sobre las minucias de la mortalidad con vino y comida para luego tomar caminos separados. Una genialidad. Después, un tipo británico llamado Jon Underwood creó —a partir de esa idea— una red informal por todo el mundo, que llamó «Death Café», mismo que comenzó a aparecer por toda Nueva York en los años siguientes. Me acostumbré a ir a uno cada dos meses, reconfortada por el equilibrio de la interacción humana sin el desgaste emocional.

Además, la muerte era el único tema que conocía de pies a cabeza.

El abarrotado tren F era una maraña de brazos en tubos, caras que esquivaban mochilas y miradas evitando encontrarse unas con otras. La mayoría de la gente odiaba verse obligada a ceder su espacio personal, así como la sensación de otro cuerpo restregándose sobre el suyo. A mí me resultaba extrañamente trepidante. Salvo por los momentos en los que atendía a mis pacientes —y les tomaba las manos, les secaba la frente, les frotaba la espalda— rara vez tenía contacto físico con otra persona. Siempre fue así; ni siquiera sabía si era cosquilluda o no. Fuera de la ocasional palmadita en la cabeza o el hombro, Abue siempre me mostró su afecto de formas más prácticas, enseñándome habilidades básicas para la vida. Como resultado, saboreaba cualquier oportunidad sentir otro cuerpo entrar en contacto con el mío, aun si era algo pasajero.

El tren se detuvo con una especie de rugido en la Calle 34 y, por un instante, el mar de viajeros se dividió en dos bloques. Mientras deslizaba la mano por el tubo, un hombre de traje azul marino y abrigo de tweed gris se sentó a mi lado, llevaba un ejemplar del *New York Times* en su mano. Las puertas se cerraron y la multitud volvió a compactarse, como si alguien hubiera jalado una cuerda invisible a su alrededor para amarrar un manojo de ramas. La inercia empujó al hombre más cerca de mí; mi cara quedó a pocos centímetros del impecable nudo de su corbata de seda a rayas. Al sentir el calor de su ancho pecho, cerré los ojos e inhalé la cautivadora mezcla de sándalo, jabón costoso y quizá un toque de whisky. Me imaginé que me envolvía en sus brazos y me ponía una mano sobre el cabello, mientras apoyaba la mejilla en su solapa. El corazón me revoloteó de sólo pensarlo.

—Calle cuarenta y dos. Bryant Park —la voz robótica reprendió por el altavoz.

Arrebatada de mi fantasía, arrastré los pies a regañadientes hacia las puertas corredizas. El hombre del traje azul marino no levantó los ojos de su periódico. Pero al comenzar a subir los escalones decorados con goma de mascar, creí percibir el ligero aroma a sándalo sobre mi abrigo.

6

El Death Café de esa noche se llevó a cabo en las entrañas de la Biblioteca Pública de Nueva York. Por lo general, evitaba ir a la misma sesión de Death Café con demasiada frecuencia. Aunque cada sesión atraía gente nueva, siempre había asistentes frecuentes que se aferraban a cualquier cara conocida. Por fortuna, en esos tiempos había suficientes Death Cafés en toda la ciudad como para que fuera fácil mantener cierto anonimato.

Cuando llegué, el espacio estaba vacío, salvo por un círculo de sillas negras de plástico a la espera de sus ocupantes. Nunca me gustó la presión de ser la primera persona en llegar. Significaba que tenías que reconocer la llegada de cada persona nueva y luego sobrevivir a la amenaza de la charla de trivialidades hasta que comenzara la reunión. Así que me deslicé hasta los estantes más cercanos y fingí examinar los tomos de ingeniería aeronáutica acomodados a la perfección.

Cuando al fin ocupé mi lugar en el círculo, sólo había una silla libre. Era fácil identificar a los primerizos: tenían las miradas inquietas y manos nerviosas típicas de alguien que está muy lejos de su zona de confort. Cuando la manecilla del reloj avanzó más allá de la hora en punto, el desasosiego azotó el lugar. La moderadora, una alegre mujer de ascendencia italiana, acomodó una pila de papeles haciéndola rebotar en su rodilla para indicar que era hora de iniciar. No la había visto; habría recordado esa nariz romana.

—Bienvenidos, todos —dijo, con tono optimista—. Me llamo Allegra. —Hizo una pausa para ver a un hombre blanco de treinta y tantos años que se asomaba de forma tímida al salón sin despegarse el teléfono de la oreja—. ¡Hola, señor! ¿Viene al Death Café? —Era normal que al menos a una persona se le tuviera que convencer de entrar.

El hombre tapó su celular con la mano y dejó salir una risita nerviosa.

—Sí, creo que sí. O sea, sí —dijo—. Perdón por llegar tarde. —Les asintió a todos los demás a manera de contrición.

—Bueno, por suerte te guardamos un lugar —respondió Allegra. Sentí envidia de su desenvoltura, de la seguridad que viene de saberse amada—. ¡Pasa! Recién empezamos.

El hombre se apresuró hacia la silla vacía, pero se detuvo a la mitad del círculo, como si apenas hubiera recordado que aún había otra persona del otro lado de la línea en su teléfono.

—Tengo que irme. Estoy ocupado —le susurró al teléfono—. Sólo asegúrate de que todo sea confidencial. —Se metió el teléfono al bolsillo y se sentó de golpe en la silla, sin siquiera quitarse el abrigo, a pesar de que el calor en el espacio sin ventanas era asfixiante—. Perdón —dijo, dirigiéndose al grupo de nuevo—. Cosas de trabajo. —Sus evidentes nervios parecieron amplificar los de todos los demás, como si dos corrientes eléctricas se encontraran.

—Ya que estamos todos listos, permítanme decirles lo feliz que estoy de estar aquí con ustedes en este Death Café —dijo Allegra. Yo me pregunté cómo su cabello color miel, que le llegaba hasta los hombros, alcanzaba ese escurridizo equilibrio entre impecable y desaliñado—. Entiendo que esta puede ser la primera vez para muchos de ustedes, así que quería explicarles un poco qué es lo que hacemos aquí. —Hizo una pausa para recorrer el círculo con la mirada, serena, sin inmutarse con las miradas de pánico de la gente, incluido el recién llegado. Todos parecían estar a punto de huir en cualquier momento—. Este es un espacio para tener discusiones abiertas y no hay un programa específico, así que se les invita a presentar cualquier tema o pregunta relacionada con la muerte que puedan tener en mente. Hay varios Death Cafés en la ciudad, y algunos de ustedes quizá hayan asistido a alguno ya. La única diferencia aquí, ya que estamos en una biblioteca, es que no podemos servir comida y bebida. —Una de las muchas razones por las que ese Death Café no era mi favorito: tendría que encontrar qué cenar cuando llegara a casa en vez de llenarme con bocadillos. Con algo de suerte, habría algo en mi congelador que podría calentar—. Bien —dijo Allegra con un aplauso—. Vamos a presentarnos.

La congregación era variopinta, como siempre.

Un hombre de veintitantos con un cuello de tortuga color esmeralda a quien la muerte siempre le había resultado fascinante, pero que no había encontrado a alguien que quisiera hablar del tema con él.

Una mujer mayor con gruesos anteojos rojos, a quien recién le habían diagnosticado Alzheimer temprano, y se enfrentaba a una realidad en la que su mente empezaba a olvidar cosas.

Una estudiante de teatro que fue criada en un hogar ateo y que sentía que su falta de espiritualidad la había dejado muy mal preparada para lidiar con la irrevocabilidad de la muerte.

Un turista holandés que vio el volante del Death Café en la biblioteca y creyó que sería una buena forma de vivir la experiencia de Nueva York y practicar su inglés. (Al recordar mi primer Death Café en Suiza, sentí un pequeño lazo de camaradería con él).

El hombre que llegó tarde fue el siguiente; su pierna rebotaba sobre el suelo como un taladro, no estaba segura de si mi pierna comenzó a imitar a la suya por empatía o por mis propios nervios.

—Eh, hola, soy Sebastian. —Saludó torpemente con la mano y se ajustó el marco de sus anteojos dorados—. Supongo que estoy aquí porque mi familia nunca habló de la muerte y, pues, me es bastante ajena. A decir verdad, le tengo un miedo muy intenso.

Pensé que, al venir aquí y aprender de ella, tal vez podría superar ese miedo.

Otras personas asintieron en señal de comprensión. Sebastian miró a la mujer que estaba a un lado suyo con la esperanza de quitarse la atención de encima lo más pronto posible.

Mientras la mujer se presentaba, explicando que estaba ahí porque sospechaba que su departamento estaba embrujado, me preparé y ensayé en mi cabeza lo que iba a decir. Memorizar mi discurso siempre reducía las posibilidades de un desliz oratorio. Nunca revelaba mi verdadera profesión en un Death Café, eso sólo traería un exceso de curiosidad disfrazado de preguntas bienintencionadas, que resultaban invasivas. La mayoría de la gente ni siquiera había oído hablar de una doula de la muerte, mucho menos conocido a una. Por eso, en esas circunstancias asumía una identidad mucho más fácil de entender. Cuando todos los ojos se posaron sobre mí, respiré profundo y logré producir una sonrisa.

—Soy Clover —dije, obligando a mi cara a no tornarse carmesí—. Y mi abuela falleció hace poco.

Una onda expansiva de condolencias recorrió el círculo y me hizo avergonzarme de mi mentirilla blanca.

Allegra comenzó la conversación con un artículo que encontró sobre un traje para los entierros hecho con hongos que, con el tiempo, convertía el cuerpo en composta. Le siguió una acalorada discusión sobre entierro contra cremación, misma en la que se consideraron las ventajas de ser sepultado en el mar o donar tu cuerpo a la ciencia.

—Me encanta la idea de volver a la tierra como composta —dijo la estudiante de teatro atea—. Es como darse cuenta de que la tierra nos alimenta mientras vivimos y nosotros la alimentamos cuando morimos.

El turista holandés asintió de forma enfática.

—Sí, y es mucho mejor para el medioambiente que la cremación… muchas emisiones.

—Y, si quiero que me depositen en el mar, ¿mi familia puede llevarme en su lancha y botarme en el Atlántico? —La mujer que estaba junto a mí tenía una fuerte veta pragmática.

—No —respondió el tipo del suéter de cuello de tortuga—. Lo investigué para mi tío abuelo, que quería un funeral en el mar. Se necesitan todo tipo de permisos y demás. Pero hay una empresa en Nueva Inglaterra que lo hace: te llevan en un yate para un crucero de un día entero, con un pícnic incluido antes de dejar el cuerpo en el mar.

Esos intercambios eran siempre entretenidos: la mayoría de los neoyorquinos no son tímidos al momento de expresar sus opiniones. Yo prefería responder en mi cabeza y no tener que lidiar con el escrutinio colectivo de la habitación. Además, lo que más me intrigaba era lo que los demás pensaban sobre la muerte como un concepto abstracto.

Mis clientes ya estaban en el proceso de morir y solían tener una cierta claridad con respecto a las cosas. Saber que la muerte era inminente les permitía, de algún modo, pensar en absolutos, como si les faltara sólo una pieza del rompecabezas y supieran justo dónde estaba. Había una suerte de libertad en no tener un futuro sobre el cual especular. Pero para la mayoría de la gente la muerte era una interrogante, un evento inevitable, pero nebuloso, que podía estar a minutos o décadas de distancia. Y, en mi experiencia, quienes no pensaban en ello —mientras vivían— tendían a ser los que más remordimientos sentían antes de morir.

Me entretenía hacer un pequeño juego mental en esos Death Cafés: adivinar la forma en que cada uno de los asistentes procesaría sus momentos finales. Algunos, como Allegra, los recibirían con buen talante. Para otros, como Sebastian —el rezagado— esos momentos estarían llenos de pánico y arrepentimiento.

Yo sólo esperaba que ellos tuvieran a alguien como yo para que les ayudara a transcurrirlos en paz.

7

Una lluvia brumosa flotaba a mi alrededor mientras bajaba por los majestuosos escalones afuera de la biblioteca. Después del aire rancio del salón, el aire húmedo de la noche se me metió por los pulmones como un limpiador de paladar; mi exhalación formó una nube frente a mi rostro.

—¡Clover! —gritó una voz entusiasta detrás de mí. Esto me tomó por sorpresa por dos razones: La primera, nunca había conocido a alguien más que se llamara como yo, así que las posibilidades de que: *a)* esa persona existiera y *b)* estuviera a unos metros a la redonda de mí eran casi nulas. La segunda, ya que la mayoría de las personas con las que había pasado los últimos diez años ya no estaban vivas, el que alguien me llamara por mi nombre era bastante inusual. Sin embargo, al voltear para identificar a mi perseguidor, recordé que una hora antes le había revelado mi nombre a un salón entero lleno de gente... Sebastian iba hacia mí con paso apresurado. Por puro reflejo, me llevé las manos a los bolsillos para revisar si había dejado algo en la biblioteca por accidente. Pero no, todo estaba ahí—. ¡Clover! ¡Hola! —La sonrisa de Sebastian indicaba que no se había percatado de mi desconcierto absoluto.

Comencé a pensar en la ruta de escape más cercana. La cosa con Nueva York es que hay que ser muy inteligente para poder escabullirse de interacciones no deseadas. Nunca muestres tu mano —en otras palabras, la dirección en la que vas o la línea del metro que tomarás— hasta que la otra persona haya mostrado la suya. Entonces puedes elegir la dirección opuesta para evitar algo más que una conversación corta y amable sin parecer grosera.

Pude haber corrido sin dar acuse de recibo de los gritos de Sebastian, pero mis buenos modales se impusieron al pánico.

Sonreí con timidez.

—Ah… hola. ¿Cómo estás? —Fingí no recordar su nombre. Hablarle por su nombre haría que pensara que quería hablar con él.

—Sebastian.

Extendió la mano y no tuve otra opción más que estrechársela.

—Sebastian, claro.

No dije nada más con la esperanza de que eso acelerara las cosas y lo obligara a ir al grano. Los dos nos encogimos de vergüenza con el silencio que siguió.

Sebastian movió los pies con torpeza y retorció la bufanda gris que tenía en las manos; parecía ser de cachemira.

—Oye, lamento lo de tu abuela. La mía tampoco está muy bien.

No fue la mejor expresión de condolencia. Lo supe, a pesar de que en el Death Café dije una mentira, ya que mis dos abuelas en realidad murieron antes de que naciera, por eso yo tampoco estuve en una posición como para criticarlo.

—Ah, sí, gracias. Era una mujer maravillosa —mentí. Abue nunca me contó mucho sobre su esposa, por lo que siempre supuse que esa era su forma de transitar el duelo (aunque alguna vez me dijo que era alérgica a las fresas). ¿Era sacrílego de alguna forma mentir sobre alguien a quien nunca había conocido, incluso si era para decir cosas buenas de ella?

Sebastian insistió.

—Eh… me di cuenta de que tú tampoco dijiste nada allá adentro. Es raro hablar de la muerte, ¿no? La verdad es que me pone muy nervioso.

Me sentí obligada a ofrecer un contrapunto. El silencio se posaba sobre nosotros mientras cavilaba si debía revelar mi identidad o no.

—De hecho... —dije, mirándolo a los ojos por primera vez. Noté cómo la juventud de su rostro contrastaba con los mechones grises en su cabello. En combinación con sus anteojos dorados y la bufanda, le daban un aire de encantador profesor excéntrico—, no me parece extraño en absoluto. La muerte es una parte natural de la vida. Es más, es lo único con lo que en verdad podemos contar.

Sebastian se veía un poco estupefacto.

—Sí, supongo que tienes razón. —Su risa estaba llena de nervios—. Creo que por eso vine a esto. Supongo que me tendré que enfrentar a la muerte tarde o temprano, así que bien podría intentar superar mi miedo ahora, para que no sea tan grave cuando llegue el momento. —Asentí a la vez que intentaba con desesperación planear mi escape sin parecer grosera. Pero él parecía ansioso por continuar con la conversación—. Dime, Clover, ¿cuál es tu historia?

—¿Mi historia? —La cosa comenzaba a tornarse dolorosa. Y el que no dejara de decir mi nombre, como si fuéramos buenos amigos, me ponía nerviosa—. Ah, pues nada interesante, en realidad. Soy sólo una chica que creció en la ciudad.

Miré hacia la calle con la esperanza de hacerle notar que tenía que irme.

—¿Creciste aquí? Genial. No conoces muchos neoyorquinos de verdad hoy en día. Todo el mundo parece ser de otras partes... como yo.

Ignoré el evidente voleo conversacional.

—Bueno, fue un gusto conocerte —dije a toda prisa—. Pero tengo que irme.

Cuando empecé a bajar las escaleras, sus pasos se sincronizaron con los míos.

—Oye, ¿hacia dónde vas? ¿Vas a tomar el metro? Podríamos caminar juntos.

Sabía que la convención social era expresar, junto con la respuesta negativa, algún tipo de amable lamento, el cual esperaba que se notara en mi rostro. Sin embargo, nunca fui muy buena actriz.

—Eh, en realidad iba a tomar un taxi. —Otra mentira. Sólo tomaba taxis cuando la temperatura bajaba tanto que podría quemarme los dedos por el frío.

—Qué lástima —dijo Sebastian, demasiado expresivo en su decepción.

Me apresuré a llegar a la acera, rogándole a cualquier dios que pudiera escucharme (suponía que debía estar en buenos términos con todos) para que un taxi me arrancara de esa interacción. Agité el brazo en el aire con tanta seguridad como pude. Cuando mi plegaria tuvo respuesta, me resistí al impulso de lanzarme de cabeza al interior del taxi y azotar la puerta. En cambio, me di vuelta y le ofrecí a Sebastian una apresurada despedida.

—Eh… nos vemos.

El taxi comenzó a moverse, pero él no dejaba de intentar hablar conmigo a través de la ventana abierta a medias.

—Espera —gritó mientras el auto se alejaba—. ¿Quieres ir a tomar un café algún día?

—De ninguna manera —masculló cuando ya no podría haberme oído. El conductor me frunció el ceño por el retrovisor y, aunque no dijo nada, me dolió que me juzgara.

El taxi pasó una luz amarilla justo un momento antes de que se volviera roja. Exhalé, aliviada. A través de la ventana cubierta de lluvia, vi cómo las luces de la ciudad se fundían en borrones color neón. ¿Le diría al conductor que se detuviera en la estación del metro de la Calle 23? No, no podía arriesgarme. Esa era una de las muchas formas en las que la ciudad de Nueva York podía ser cruel: a pesar de tener millones de residentes, sin mencionar a los turistas, solías encontrarte justo a la persona a la que querías evitar. No había forma de que fuera a correr ese riesgo, aun si eso implicaba gastar dinero de más en un taxi. Borré el Death Café de la lista en mi cabeza. Ya que el concepto había comenzado a hacerse popular, podría encontrar otro lugar que valiera la pena añadir a mis paseos.

George, Lola y Lionel me recibieron con ansias en la puerta cuando llegué a casa. Me sentí extrañada. Era reconfortante saber que su entusiasmo por verme no estaba motivado por el hambre, ya que les había dado de comer antes de salir.

Después de calentar una tarta de pollo en el microondas —lo único que tenía en el congelador— retomé mi posición en el sillón, armada con el control remoto. Sin embargo, tras minutos de recorrer mi lista de reproducción de Netflix, me di cuenta de que no le estaba prestando ninguna atención a la pantalla. La inquietud estaba encaramada sobre mi pecho. ¿Por qué estaba tan desesperado ese tipo, Sebastian, por hablar conmigo? Había muchas otras personas en el Death Café y, como dicta el protocolo, apenas si volteé a verlo cuando se presentó. Ya había dejado más que claro que no quería tener una conversación afuera de la biblioteca. ¿Por qué, entonces, estuvo tan insistente? Si había algo para lo que tenía talento era para camuflarme con mis alrededores y pasar por la vida sin ser detectada. Era poco común que alguien se dirigiera sólo a mí, así que tenía que haber una razón para ello.

Examiné la alineación de comedias románticas de los noventa en la pantalla de mi televisión y tuve una pequeña sensación de mariposas en el estómago.

¿Era posible que nuestro encuentro en los escalones de la biblioteca hubiera sido… un encuentro romántico?

No, de ninguna manera. No había nada en mí que fuera tan extraordinario como para que un hombre priorizara hablar conmigo por encima de alguien como Allegra. Me sentí avergonzada por haberlo siquiera considerado.

Pensándolo bien, la llamada en la que estaba cuando llegó a la reunión sonaba un poco sospechosa. Quizá era alguna suerte de estafador que se aprovechaba de la gente vulnerable e iba a los Death Cafés a buscar a su siguiente víctima. Podría ser un agente inmobiliario o un vendedor de seguros de vida, o tal vez se dedicaba a la venta de servicios funerarios a precios exorbitantes. Había ayudado a suficientes familias a hacer arreglos como para saber que existían estas formas despiadadas para robarles sus ahorros, justo en un momento en el que el dolor les nublaba el juicio. Siempre estaba muy alerta a ese tipo de rufianes para asegurarme de que nadie se aprovechara de mis clientes.

Todo comenzó a tener sentido. Había mencionado la muerte de mi abuela y él creyó haber encontrado su siguiente objetivo, de cualquiera que fuera la estafa que se traía entre manos. Idiota. Dejé de sentirme tan culpable por haber mentido. Me acurruqué más en la gruesa cobija de alpaca y tomé de nuevo el control remoto, esta vez con más atención. Estaba a punto de presionar Reproducir en *Mujer bonita,* pero una retahíla de pitazos irritantes y sincopados me detuvo. Eran tan agresivos que trascendían mi tolerancia al ruido de Nueva York. Me envolví los hombros con la cobija y arrastré los pies hasta la ventana para investigar qué estaba pasando.

Como un coágulo atrofiando una arteria, un camión de mudanzas bloqueaba la estrecha calle de un solo sentido. Una hilera de hombres fornidos transportaba cajas como una colonia de hormigas, inmunes al estruendo de los autos. Por primera vez en mi vida, sentí empatía con los automovilistas: ¿Quién programa su mudanza para las nueve de la noche?

Mi empatía pronto se transformó en autocompasión al ver la desconcertante escena desarrollarse. La hacendosa fila de mudanceros se dirigía justo a la entrada de mi edificio.

El nuevo vecino había llegado.

8

Una de las muchas cosas que me encantaba de George era que nunca tenía prisa por salir para hacer sus necesidades. Sospechaba que se había entrenado para aguantar lo más posible sólo por pereza. Como habíamos salido hace menos de ocho horas, pude postergar nuestra salida del edificio hasta la noche, cuando los mudanceros ya se habían ido. Con algo de suerte, el nuevo vecino estaría ocupado en su departamento, desempacando.

Esperé hasta que dieran las once para ponerle el abrigo y tomar su correa. Por lo general, le gustaba tomarse su tiempo para olfatear la escalera mientras bajábamos. Lo cargué y caminé sobre las puntas de mis pies en el segundo piso para que no sonaran los escandalosos tablones del suelo. Disfrutando del lujo de ir en brazos, George me miró como si me interrogara, señalando lo absurdo de la situación. Cuando llegamos a los buzones, me di cuenta de que había contenido la respiración todo el camino por la escalera.

Pero mis intentos por ser sigilosa fueron en vano. Cuando abrí la puerta del edificio, una mujer de más o menos mi misma edad comenzaba a subir por los escalones, con una bolsa de comida —color café— en la mano. Después de guardarse un mechón de cabello oscuro debajo del gorro de lana, me mostró una enorme sonrisa.

Me sentí como un ratón al que descubren con el queso en la cocina.

—¡Tú debes ser Clover! —La mujer saltó para subir los últimos escalones y encontrarse con George y conmigo—. Conocí a Leo cuando recogí la llave y me contó todo sobre ti. —Extendió la mano para estrechármela, a pesar de que era muy obvio que mis manos estaban ocupadas con veinticinco kilos de *bulldog* envueltos en un abrigo de franela—. Yo soy Sylvie.

Me aferré a George como si fuera un escudo y transferí su peso hacia mi cadera para poder estirar la mano por debajo de su abultado trasero.

—Hola —dije, un poco molesta con Leo—. ¿Bienvenida al edificio?

No quise que sonara como una pregunta, pero la pequeña subida en mi inflexión me delató.

Los ojos color avellana de Sylvie parecían entretenidos.

—¿Y este galán quién es?

Le acarició la cabeza a George con el dorso de la mano. George le regaló una de sus sonrisas bobas, con la lengua colgándole por un lado de la boca.

—Eh… él es mi perro, George. —Me encogí de vergüenza. Por supuesto que era un perro.

—Gusto en conocerte, George —le dijo, con esa voz que los humanos suelen hacer para los animales y los bebés—. A ti también, Clover. ¡Estoy ansiosa por que nos conozcamos mejor!

Una media sonrisa de estupefacción fue lo único que pude ofrecerle. Sylvie era como una abeja que zumbaba alrededor de mi cabeza en patrones erráticos; tal vez, si me quedaba muy quieta y la ignoraba, me dejaría en paz por voluntad propia. Pero el silencio torpe no parecía molestarla demasiado y mantuvo su expresión de regocijo moderado.

—Bueno, veo que George y tú están de camino a un paseo, así que los dejo —dijo, mientras buscaba sus llaves en su bolsillo—. Mi pho se va a enfriar, de todos modos.

—Un gusto conocerte —dije, al bajar los últimos escalones a toda velocidad—. Que tengas buena noche.

—¡Tú también! Ah, Clover... —. Sylvie movió su llavero— ¡Vamos por un café pronto!

—Eh... sí... claro.

Sin mirar atrás, me alejé tan rápido como pude del edificio antes de darle a George la oportunidad de acomodarse para hacer lo suyo. La ansiedad me tomó de la garganta, y el camino que había tomado miles de veces de pronto me resultó poco familiar: los faroles parecían más intrusivos, las grietas en la acera mucho más traicioneras. Apreté el paso hacia la biblioteca, rechazando los intentos de George de ejercer su derecho a detenerse y olisquear el mundo.

Me sentía emboscada, y molesta conmigo misma por no haber podido improvisar una excusa en el momento. Los nervios me hicieron aceptar la invitación de Sylvie. Una vez que sales a tomar un café con alguien, tu relación con esa persona no puede volver a sólo pequeños saludos en la escalera. Y, cuanto más hables con esa persona, más razones tendrá para rechazarte.

Diez años atrás, ya había cometido ese error con Angela, una mujer australiana que vivió en el departamento del segundo piso. Unas semanas después de mudarse al edificio, me invitó a una nueva casa de té en el vecindario. Sorprendida y halagada, me permití incluso sentirme un poco emocionada por la idea de tener una amistad adulta que no fuera con Leo. Mientras Angela y yo sorbíamos nuestros lates de matcha, me pareció que nuestra interacción social iba por buen camino. No me sentía demasiado nerviosa y hasta la hice reír un par de veces. Sin embargo, cuando le conté a qué me dedicaba —que, en pocas palabras, veía gente morir por decisión propia— la conversación se atascó de inmediato. De la nada, Angela recordó que tenía otro compromiso y salió disparada de la casa de té sin terminarse la bebida. Durante el resto del año que pasó en nuestro edificio, apenas si me dirigió dos palabras.

Ya había aprendido a reconocer esa reacción. La vi no sé cuántas veces después de ese día. Siempre que mencionaba frente a alguien cuál era mi trabajo, detectaba, inmediatamente, la forma en la que se tensaba su cuerpo, cómo evitaban mirarme y las excusas que decían para evadir una conversación más larga. Era como si mi presencia fuera, de alguna manera, a acelerar su mortalidad.

No iba a caer en esa trampa con Sylvie. Lo mejor era rechazarla antes de que ella comenzara a rechazarme.

9

—¿Por qué morimos, Abue?

Tenía seis años y me encontraba frente a Abue, sentada en uno de los gabinetes del restaurante que quedaba a unas cuadras de nuestro departamento. En el mes que tenía de vivir con él, su lugar para desayunar los fines de semana se había convertido también en el mío por *default*. Él prefería el guisado de carne molida; a mí me encantaba el pan francés.

—Es una pregunta muy grande para una niña tan pequeña —dijo Abue—. Pero también es una muy buena pregunta. —Sumergió la cuchara en su café negro y revolvió, sin dejar de pensar en su respuesta. Lo había visto hacer esos mismos movimientos tantas veces en las últimas semanas que había comenzado a preguntarme si las respuestas a todas las preguntas difíciles de la vida estaban en el fondo de una taza de café. Abue levantó la cuchara y le dio tres golpecitos (siempre eran tres) al costado izquierdo de la taza—. Verás, Clover, todos los días nace tanta gente que no hay suficiente espacio ni recursos para todos en este planeta. Eso significa que las personas tienen que morir para hacerles espacio a las personas que van a nacer.

Consideré su respuesta, mientras hacía una carita feliz con las moras de mi plato.

—¿No podríamos mudarnos a otro planeta? ¿A Júpiter? ¿O a Neptuno? Esos planetas tienen anillos, así que deben tener espacio de sobra. Pero tendríamos que ir en naves espaciales.

Abue se frotó la incipiente barba en el mentón, un nuevo sonido familiar que me reconfortaba.

—Tal vez algún día podamos mudarnos a otros planetas, pero todavía no hemos descubierto cómo hacerlo. —Agitó una de sus largas piernas por debajo de la mesa y luego la flexionó, aliviado. El pequeño gabinete siempre lograba resaltar su impresionante estatura a la vez que hacía que mi cuerpecillo de seis años se viera aún más diminuto. Juntos, probablemente nos veíamos como un signo de interrogación sentado frente a una coma—. Con el tiempo —continuó Abue—, nuestros cuerpos se hacen tan viejos que ya no pueden hacer lo que se supone que deben hacer. —Señaló el cabello gris en su cabeza—. Mi cabello antes era del mismo color que el tuyo. Y mis manos eran lisas como las tuyas. Pero estoy envejeciendo, y mi cuerpo ya no funciona como antes.

Fruncí el ceño y arqueé las cejas, angustiada.

—¿Tú te estás muriendo, Abue?

Tomó su cuchara y comenzó a revolver de nuevo.

—En esencia, sí. —Tap, tap tap—. Todos nos estamos muriendo, en realidad.

Tomó una de las cajas de cerillos que estaba junto a los condimentos y que tenía el logotipo del restaurante. Eligió uno de los palitos de cabeza verde, lo arrastró por el costado de la caja y una pequeña llama cobró vida. Vi cómo el color del cerillo pasaba —mientras el fuego se deslizaba hacia abajo—, de un amarillo pálido a un negro desfigurado.

Con una breve sacudida de la muñeca, Abue convirtió la flama en humo.

—No hay que jugar nunca con cerillos, Abue —repetí, orgullosa, el consejo que las maestras de mi nueva primaria recién me habían enseñado.

Una sonrisa amenazó con asomarse por las comisuras de los labios de Abue.

—Tienes razón en eso, Clover. Pero haremos una excepción únicamente por esta vez para poder explorar tu pregunta. ¿Sí?

Hice círculos con el popote dentro del vaso de jugo de naranja, con expresión meditabunda.

—Está bien. Pero tienes que prometerme que vas a tener mucho, mucho cuidado.

—Te lo prometo —me dijo con solemnidad—. Ahora, imaginemos que cada uno de estos cerillos es una vida humana. —Hice mi plato a un lado, puse los codos sobre la mesa y la barbilla sobre mis manos—. En teoría —continuó Abue—, cada uno de estos cerillos debería mantenerse encendido durante la misma cantidad de tiempo, ¿cierto?

—Cierto.

—Pero hay veces en las que enciendes un cerillo y se acaba casi de inmediato. Otras veces, se apaga cuando está a la mitad.

—Y a veces se rompe cuando tratas de prenderlo.

—¡Exacto! —La validación de Abue era oro puro—. Así que, aunque se supone que todos son iguales, cada cerillo en realidad es único. Algunos no tienen la misma fuerza estructural, por razones que no podemos ver sólo con los ojos. Y hay factores externos que contribuyen, como qué tan fuerte lo raspamos en la caja, o cuánta humedad hay en el aire o cuánta brisa sopla cuando lo intentamos encender. Todas esas cosas pueden afectar cuánto tiempo dura la flama de un cerillo.

El vinilo de mi asiento gruñó con mis movimientos impacientes.

—Pero… ¿qué tiene que ver eso con morir?

Abue encendió otro cerillo con un fuerte movimiento. Como para probar su punto, el fuego de ese segundo cerillo se extinguió casi al instante.

—Bueno, querida, así como no sabemos cuánto durará un cerillo sino hasta que lo encendemos, no sabemos cuánto durará una vida sino hasta que la vivimos. Y a veces hay factores que no podemos controlar.

51

—¿Y quién decide cuándo morimos? Mamá y papá no eran viejos como tú… ¿por qué se murieron?

Vi que el pecho de Abue se infló y desinfló; luego, se asomó un brillo por las orillas de sus ojos, como si contuvieran pequeños diamantes.

Se encogió de hombros, impotente.

—Por desgracia, esas son otras preguntas muy grandes para las que no tenemos respuesta.

—Bueno —dije, picoteando mi pan francés con el tenedor—. Entonces tenemos mucho trabajo por hacer, ¿no?

Con el plato vacío y el estómago lleno, vi a Abue examinar la letra desgarbada de nuestra cuenta. Alzó una educada mano en dirección del mesero: un muchacho larguirucho y pecoso con cabello negro relamido.

—Disculpe, joven —dijo Abue, con la cuenta en la mano—. Cuando tenga un momento, ¿podría revisar la cuenta? Al parecer no me cobraron el jugo de naranja de mi nieta.

Sorprendido de que se dirigieran a él con tal formalidad, el joven mesero miró la cuenta y luego desestimó el comentario de mi abuelo con un movimiento de la mano.

—Ah, no pasa nada. Cortesía de la casa.

Abue sacó su cartera y miró al mesero.

—Vaya, muy amable de su parte. Pero, si no le molesta, preferiría pagar el jugo.

El mesero frunció el ceño y luego se encogió de hombros.

—Como quiera. Serían dos dólares más.

Abue sacó varios billetes y los acomodó sobre la cuenta. Al guardar de nuevo su cartera en el bolsillo del saco, me miró a los ojos.

—Es muy importante siempre ser honestos, Clover, incluso cuando la gente no espere que lo seas.

Mientras Abue y yo estábamos lado a lado en el cruce peatonal afuera del restaurante, tuve que torcer el cuello para mirarlo a los ojos, como si intentara ver la cima de un rascacielos. Mi mano de niña entera apenas alcanzaba a rodear dos de sus largos dedos, mismos a los que me aferré muy obediente mientras esperábamos a cruzar la calle. El pan francés era genial, pero la segunda parte de nuestro nuevo ritual de los domingos me gustaba todavía más.

Una pequeña campana de cobre encima de las puertas francesas rojas siempre anunciaba nuestra llegada a la librería. El timbre me recordaba al sonido de la navidad… bueno, más bien a las películas de navidad, pues mis padres nunca celebraron esas festividades. Cuando les pregunté al respecto, me dijeron que era hipócrita celebrar algo en lo que no creías (no estuve muy segura de si se referían a Jesús o a Santa Claus).

—¡Hola, Patrick! ¡Hola, Clover!

La señorita Bessie, la dueña de la librería, se balanceaba en sus tacones sobre un taburete mientras reacomodaba una procesión de libros de misterio sobre un estante muy alto. Debajo de su ajustado vestido de poliéster, sus enormes senos sobresalían como dos flotadores. Me pregunté si le ayudarían a mantenerse sobre la superficie cuando iba a nadar al mar.

Abue bajó su sombrero.

—Hola, señorita Bessie. Un gusto verla.

—Hola, señorita Bessie —repetí con timidez, escondida detrás de mi abuelo.

La señorita Bessie me regaló una enorme sonrisa.

—Por suerte para usted, querida señorita, esta semana me llegaron muchos libros para niños nuevos. —Me tendió una mano—. ¿Vamos a verlos?

Abue le ofreció una sonrisa de gratitud y luego se dirigió a mí.

—Anda —dijo y me dio una palmadita en la cabeza—. Pero recuerda: sólo un libro. Elige bien.

Sentí el peso de su dramática entonación. Esa misión semanal me la tomaba muy en serio. Al menos sabía que tendría tiempo de sobra para tomar mi decisión; Abue siempre se pasaba una eternidad en la sección de no ficción haciendo su selección. Él también tenía permitido sólo un libro.

Cuando la señorita Bessie y yo doblamos la esquina hacia la colorida sección de libros infantiles, metió la mano detrás de una maceta y sacó un tazón lleno de dulces. Lo puso frente a mí y se llevó un dedo a los labios.

—¡Shhhh! —siseó—. Si no le cuentas a tu abuelo, dejo que te lleves dos.

Al ver los dulces, me sentí conflictuada: quería un *Kiss* de Hershey's y una paleta. Técnicamente, Abue no había dicho que no podía llevarme dos dulces, pero la señorita Bessie actuaba como si fuera un secreto. Me mecí sobre los talones, considerando mis opciones.

—Gracias, señorita Bessie —dije, con la frente en alto y mirándola a los ojos—. Solamente voy a tomar uno.

Una hora después, Abue y yo caminamos de regreso al departamento con los libros que escogimos bajo el brazo: él con una gruesa biografía del científico Louis Pasteur y yo con una exhaustiva guía sobre una mística villa de gnomos. Sabía a la perfección cómo pasaríamos el resto de la tarde. Abue se iba a sentar en su sillón de pana y yo me acomodaría en un puf a sus pies. Juntos escaparíamos a mundos distintos a través de las páginas de nuestros libros. Y, cada tanto, me daría una palmadita en la cabeza como para recordarme que seguía ahí conmigo.

Caminé de prisa para volver a casa lo más pronto posible, ya que era un día de invierno bastante cálido, las aceras de nuestro vecindario en el West Village estaban repletas. Mientras seguía las zancadas de Abue, cruzando entre el mar de piernas, examiné a la gente que pasaba y me imaginé a cada persona como un cerillo a medio quemar.

Al mirar a mi gigantesco abuelo, sentí una punzada de pánico en el estómago. ¿Cuánto tiempo más permanecería encendido?

10

Siempre tenía la buena intención de guardar mi ropa recién lavada, pero esas intenciones solían extraviarse en el camino de la lavandería a mi puerta. Por ende, el cesto llevaba una semana en el mismo lugar de siempre, frente al armario, listo para ser acomodado. Lola y Lionel habían reclamado su derecho a acurrucarse sobre la ropa limpia, por lo que yo seguiría siendo la mujer cuyo atuendo estaría completo siempre y cuando estuviera cubierto de pelos de gato.

Mientras sacaba una sudadera de entre los dos gatos, vi de reojo mi reflejo en el espejo que colgaba de la puerta del armario. No acostumbraba detenerme a ver mi rostro en el espejo, así que era como encontrar en la calle a una conocida a quien tenía meses sin ver. Siempre me había preguntado si la vejez te acechaba de forma gradual, o si simplemente despertabas un día y te veías vieja. Hasta el momento había logrado evadir cualquier indicio evidente de envejecimiento; las dos líneas de expresión en la frente las tenía desde los veintipocos, y apenas si me habían salido unas cuantas canas. A veces me acercaba al espejo tanto que mi aliento lo empañaba, y luego fruncía la cara para tratar de descubrir cómo me vería con patas de gallo alrededor de los ojos. Como una mujer distinguida, quizá, o como una solterona. Claro que no me importaba; de no ser por Leo, nadie en mi vida se percataba de mi envejecimiento.

Decidí mejor enfocarme en la foto colocada en una de las esquinas superiores del espejo. Era una foto de mis padres, parados en el marco de la puerta de una casa que en mis recuerdos existía sólo como parte de imágenes y sensaciones fragmentadas: el cosquilleo en los pies descalzos de la alfombra de las escaleras, el aroma especiado de los arbustos húmedos que estaban del otro lado de la ventana de mi cuarto, el ventilador de techo que rebanaba el aire como la hélice de un helicóptero. Abue me regaló la foto al poco tiempo de vivir con él. Los pocos recuerdos de mis padres que aún conservaba eran una amalgama dividida entre las cosas que sí ocurrieron en realidad y las que conjuré durante décadas, con sólo mirar esa foto. Imaginaba que la sutil sonrisita de mi papá era indicio de su espíritu rebelde y que los labios rojo brillante de mi mamá reflejaban su elegancia. Y, por la forma en que se estaban tomando de las manos, con los dedos entrelazados y apretados, en lugar de un simple agarre holgado, percibía que la pasión que sentían el uno por el otro era profunda.

De lo que no tenía duda era de que mi papá era abogado (en algún tiempo creí que se especializaba en derechos humanos, pero en realidad se dedicaba al derecho corporativo) y que salía del país con frecuencia. Mi mamá, por su parte, había sido una bailarina de *ballet* medianamente exitosa antes de que yo naciera. Con base en los ocasionales detalles que Abue me fue compartiendo a lo largo de los años, entendí que mi inesperada llegada al mundo la obligó a poner en pausa su carrera y arruinó su potencial de convertirse, algún día, en bailarina principal. Supongo que por eso prefería acompañar a papá en sus viajes al extranjero en lugar de quedarse en casa conmigo.

Por eso y muchas cosas más, mis padres siempre serían uno de los grandes misterios de mi vida. En términos generales, aquella foto me hacía preguntarme si acaso debía extrañarlos más de lo que en realidad los extrañaba.

Al entrar a la sala de estar, el olor casi me hace vomitar: era una mezcla de arena de gato que llevaba días sin limpiar y de la humedad de las pertenencias antiguas de Abue. ¿Cuánto tiempo llevaba oliendo así? Estaba tan acostumbrada que sólo me daba cuenta cuando se volvía insoportable.

Al abrir la ventana, del marco se desprendieron escamas de pintura ancestral. Pero luego entró una ligera brisita que disipó el repugnante olor, mientras yo prendía un cerillo y lo ponía bajo una tira de incienso hasta que la flama se trasladó del primero a la segunda.

Prefería el olor especiado del palo santo, pero sentía que estaba mal usarlo como aromatizante de ambientes cuando en realidad era una herramienta importantísima en los rituales funerarios. Cuando estudiaba en la universidad, pasé parte de unas de mis vacaciones de verano trabajando con un chamán en los Andes peruanos y aprendiendo sobre las tradiciones funerarias incas. Mi creencia favorita decía que, a veces, enterraban a los muertos en posición fetal para que tuvieran más oportunidades de renacer en la otra vida; esa idea de preparar a alguien para un viaje en lugar de sólo despedirte de esa persona me parecía fascinante.

El aroma a palo santo siempre me hacía recordar aquella época. Era surreal estar en lo alto de una montaña, por encima de las nubes, como si de alguna manera vivieras en los linderos entre el mundo real y el espiritual. Desde entonces me había dado cierta paz realizar el ritual de limpiar la energía negativa pasando varias veces un trozo de palo santo o un manojo de salvia encendido, siempre que la persona moribunda me lo pidiera. Tras haber estudiado muchas religiones y credos espirituales, tenía que reconocer la existencia de una energía invisible que nos atravesaba a todos. Aunque limpiarla fuera apenas un placebo, había visto de primera mano que era capaz de brindarle esperanza a la gente y de hacerle sentir que volvería a empezar.

O cuando menos les permitía dejar de aferrarse.

Después de poner el incienso en un incensario de barro, observé las volutas de humo dirigirse hacia la ventana abierta como si fueran serpientes atraídas por un encantador. Mientras tanto, por la ventana entraba la sinfonía habitual de sirenas, alarmas de auto hipersensibles y conversaciones subidas de tono. En el fondo no me molestaba ese tipo de ruido, pues me hacía compañía. Sin embargo, en ese momento un ruido lejano y poco frecuente se sobrepuso al barullo urbano: el timbre de mi teléfono.

Cuando por fin lo logré sacar de debajo del vientre de George, vi en el identificador de llamadas que era un hospital en el Upper East Side.

Un nuevo trabajo.

En cuestión de una hora, me trepé al tren seis (el cual despreciaba tantito menos que el tren R) para ir al norte de la ciudad. Por lo regular prefería dejar pasar al menos dos semanas entre trabajos, que era una especie de regla que desarrollé hace unos años después de una crisis de agotamiento extrema. No es que me agotara la cercanía con la muerte; era más bien el peso de ser un ancla, mientras el resto de la gente a mi alrededor —que por lo regular eran familiares afligidos— estaban emocionalmente a la deriva.

No obstante, era probable que este nuevo trabajo no durara más de un día. La enfermera que me llamó me explicó que la paciente, una mujer de 26 años llamada Abigail, que estaba en situación de calle y con insuficiencia hepática en etapa terminal, llegó al hospital después de que la encontraran tirada en el vestíbulo de un cajero automático. A juzgar por la botella de ginebra vacía que estaba a su lado, lo más probable era que tuviera cirrosis. Aunque estaba lúcida y podía hablar, el pronóstico era desalentador. Sus padres, que vivían en Idaho, habían sido notificados y ya iban en camino, pero lo más probable era que no llegaran a tiempo.

Aunque sería un trabajo no remunerado, no podía dejarla morir sola. En ese tipo de circunstancias, mi labor consistía en estar presente y nada más. Los hospitales siempre estaban saturados, y siempre faltaba personal, así que no era realista que una sola enfermera la acompañara durante horas. Por ende, empezaron a reclutar voluntarios, algunos de los cuales eran doulas de la muerte como yo, con la finalidad de que reconfortáramos a quienes no tenían a nadie más. O aunque los tuvieran. Por desgracia, la muerte no siempre se manifiesta tan apacible como se muestra en las películas; de hecho, muchas veces es una agonía prolongada y bastante desagradable, causada por el caos sensorial de las funciones corporales que van fallando y apagándose. La persona lanza bocanadas de aire. Te mira angustiadísima, mientras se aferra con desesperación a lo que le queda de vida. A veces los familiares les dan la espalda o se van de la habitación para que aquellas escenas tan brutales no permanezcan en su memoria como el último recuerdo de su ser querido.

Por eso es tan importante la presencia de alguien como yo, alguien que no desvíe la mirada, sin importar qué tan desgarrador sea.

Cuando llegué al estrecho cubículo de esa ala del hospital, Abigail estaba dormida. Salvo por la inconfundible tonalidad amarillenta de su piel y las ojeras cenizas, no parecía que estuviera al borde de la muerte. Aunque el cuerpo tiene muchas estrategias para disimular el tumulto interno, las máquinas a las que estaba conectada revelaban un panorama funesto.

Me senté en la rígida silla de vinilo que estaba junto a la cama y saqué un libro de mi pletórico morral. Me gustaba ir equipada con todo tipo de cosas que pudieran ayudar a los moribundos a sentirse más cómodos en sus últimos momentos. Llevaba una bocinita con conexión Bluetooth para poner música o sonidos de la naturaleza, así como un iPad para buscar en internet imágenes de lugares que conjuraran los recuerdos más felices de la gente o para leerles pasajes de sus textos religiosos predilectos. También llevaba una crema perfumada para masajearles las manos, papel y pluma para escribir cartas en su nombre o para documentar sus últimos deseos, velitas que permitieran crear un entorno más íntimo y manojos de salvia o ramas de palo santo. Probablemente estaba prohibido encender estos últimos en el hospital, pero estaba dispuesta a transgredir las normas si eso me permitía cumplir el deseo de una persona moribunda (de hecho, en una ocasión hasta metí una lata de cerveza Guinness de contrabando).

Después de leer tres capítulos de la autobiografía de la periodista de guerra Martha Gellhorn, al fin percibí que Abigail se movía. Su expresión denotaba que estaba desorientada; luego se mostró angustiada al ver los tubos que salían como raíces de sus extremidades demacradas. Chasqueó la lengua contra el paladar en un intento desesperado por salivar. Presioné el botón para llamar a la enfermera y agarré el vaso de agua que estaba junto a la cama para acercarle el popote a los labios.

Abigail frunció el ceño, mientras succionaba el líquido.

—Estoy muy enferma, ¿verdad? —Su mirada buscaba con ansias que mi respuesta la contradijera.

El corazón me dio un vuelco, pero le sonreí de forma serena. Era mi obligación que estuviera lo más cómoda posible durante sus últimas horas de vida, aunque eso no implicaba mentirle. Sin embargo, tampoco serviría de mucho atizar sus temores, así que hice lo mejor que podía hacer: ser compasivamente vaga.

—Sí —contesté, con voz firme—. Pero los doctores de este hospital están cuidándote muy bien. —Su piel cetrina la hacía ver mucho más vieja de lo que era—. Me llamo Clover. Vine a hacerte compañía. Tú eres Abigail, ¿verdad? —La mujer asintió—. Me dijeron que eres de Idaho. Siempre he querido ir de visita.

Su sonrisa tímida reveló una dentadura recta pero descuidada y sus encías hinchadas.

—Sí, de Sandpoint. —Con la mirada, Abigail observó el perímetro del cubículo en el que los focos fluorescentes enfatizaban hasta la más mínima mancha de la cortina color salmón—. Extraño mucho mi casa.

Me pareció que tenía ganas de conversar, así que le di pie a hacerlo.

—¿Qué es lo que más te gusta de ahí? —Había aprendido que ayudar a la gente a visualizar un lugar importante ayudaba a tranquilizarla, pues la anclaba a algo reconfortante y familiar, sobre todo si su realidad era un árido cubículo de hospital.

—Bueno, Sandpoint es un pueblito muy bonito. Está rodeado por montañas y da al lago. —Su sonrisa se esfumó—. Pero cuando era adolescente se me hacía demasiado aburrido, así que me mudé a Nueva York para ser artista.

—El arte es una carrera muy bonita —dije, y, sin decir algo al respecto, percibí en el monitor el aumento de su frecuencia cardiaca.

Abigail miró fijamente el techo color *beige*.

—Resultó ser mucho más difícil de lo que creía. Creo que en realidad no tenía la sangre tan fría como para vivir en esta ciudad. Me comió viva.

Tenía sentido. Cuando la administrativa del hospital logró ubicar a los padres de Abigail, estos le dijeron que tenían años sin saber nada de su hija, pues había dejado de hablarles cuando intentaron convencerla de ir a un centro de rehabilitación para tratar su alcoholismo. Por lo mismo, no tenían idea de que su hija llevaba un año viviendo en la calle.

—Sí, Nueva York puede ser una ciudad difícil. —Apoyé mi mano suavemente sobre la suya. No a todo el mundo le gustaba el contacto físico, así que había que prestar atención a sus reacciones—. ¿Siempre te ha gustado el arte?

Abigail me tomó la mano y me estrujó los dedos.

—Desde que era niña he dibujado y pintado casi a diario. —Su voz se fue ralentizando porque le costaba trabajo mantenerse despierta—. Mis papás decían que me la pasaba dibujando con mis crayones sobre las paredes y en los muebles. Decían que la casa era mi lienzo. —El dolor ahogó su risa, y su expresión se volvió solemne—. ¿Vienen en camino?

Tuve cuidado de asentir de forma confiada, pero casual.

—Sí. No deben tardar en llegar. Sé que tienen muchas ganas de verte y abrazarte.

La esperanza hace magia y es capaz de sanar a la gente, o al menos de ayudarla a aguantar un poco más. No sólo era importante para Abigail ver a su familia una última vez; ese tipo de reconciliaciones durante el proceso de la muerte también es valiosa para los vivos. No tener la oportunidad de despedirse de un ser querido deja cicatrices emocionales profundas. Después de trece años, las mías seguían sin sanar, así que me prometí que haría hasta lo imposible por impedir que otros tuvieran que pasar por lo mismo.

—Bien —dijo Abigail y relajó los hombros—. ¿Sabes algo? Pensé muchas veces en llamarles y preguntarles si podía volver a casa, quizá incluso ir a rehabilitación, pero me daba mucha vergüenza. —Le temblaron los párpados, y su voz se volvió apenas un murmullo—. No me había dado cuenta de lo mucho que los quería hasta que no pude…

Lo mejor era que siguiera despierta, pues corría el riesgo de no recobrar la consciencia. Sin embargo, el sueño se apoderó de ella antes de que yo pudiera hacer algo al respecto. Ni siquiera reaccionó cuando rechinaron los aros metálicos de la cortina al ser jalada por un enfermero.

—Despertó un rato y conversó un poco —le reporté, mientras él revisaba sus signos vitales de forma metódica—. Y bebió un poquito de agua.

El enfermero me miró con tristeza.

—Qué bueno que estás aquí.

Los padres de Abigail llegaron poco después de la una y media de la mañana. Su expresión reflejaba la fatiga de la batalla por cruzar el país de forma inesperada y la confusión de tener que estar en una ciudad desconocida.

Me pasé al pie de la cama para darles tanto espacio como fuera posible en aquel estrecho cubículo. El monitor cardiaco de Abigail seguía pitando de forma rítmica, como un metrónomo que marcaba el ritmo de la conmoción hospitalaria tras la cortina.

—Abigail me contó sobre lo mucho que le gustaba ser artista y sobre lo mucho que los quería y los extrañaba. —Sonreí más con la mirada que con los labios para transmitir compasión y tranquilidad sin negar lo trágico de las circunstancias. Los padres de Abigail se quedaron paralizados, sin poder creer que el destino les estuviera dando un golpe tan bajo—. Pueden hablarle. Los escuchará —dije en voz baja y apacible—. Los mensajes de amor siempre llegan adonde deben llegar. —Por desgracia, ese tipo de expresiones de amor eran, con frecuencia, verbalizadas por primera vez—. Estaré afuera por si me necesitan.

Los padres de Abigail asintieron, aferrados el uno al otro como si fueran las ramas de un árbol durante una inundación, como si estar así, uno junto al otro, fuera lo único que impedía que los arrastrara la corriente.

El sueño de Abigail se volvió eterno a las 6:04 a.m.

Noventa y ocho. Una vez más, cumplí con mi deber.

11

Entre el barullo frenético de la hora pico y mi absoluta falta de sueño, después de la muerte de Abigail, fue más difícil tomar el tren número seis de regreso a casa de lo que fue llegar al hospital. Me esforcé por no quedarme dormida recargada contra el tubo, mientras veía a una adolescente esbozar algo con furia en su libreta. Estaba sentada, enfocada en su creación como si estuviera en medio de un trance, sin percatarse de la impaciencia de los viajantes ni del vaivén mareador del tren.

Sentí una punzada aguda entre las costillas. Mientras la vida de una joven creativa florece, otra llega a su fin. En cierto modo, la fragilidad del ser humano era hermosa.

El sol matutino deslumbró mis ojos cansados al subir las escaleras de la estación. De mi bolso saqué mi armadura urbana: lentes oscuros y un par de imponentes audífonos para cancelar el sonido. Por un lado, el contacto visual daba pie a las conversaciones; por otro, únicamente las almas más valientes (por lo regular turistas alemanes) estaban dispuestas a pedirme indicaciones cuando traía puestos aquellos audífonos. Pero no era la única función que cumplían esos accesorios; también fungían como un refugio mental. No acostumbraba escuchar nada con ellos, sino que lo que me reconfortaba era la sensación de contención. Ponérmelos era como escapar a un lugar privado desde el cual podía observar el mundo sin tener que participar en él.

Me encantaban los ritmos contrastantes que coexistían en la ciudad. Uno era lento, producto del revoltijo de turistas hipnotizados que visitaban Nueva York por primera vez y saboreaban hasta el último detalle de sus paisajes urbanos. El otro era frenético, producto de la destreza rutinaria que adquirías al esquivar y rebasar a dichos visitantes. Los locales perfeccionábamos nuestra capacidad de ir del punto A al punto B lo más rápido posible. Era como ver peces nadando velozmente entre algas.

Cuando empecé a caminar, el sol se escondió brevemente tras un cúmulo sombrío de nubes, lo que creó un ambiente más en sintonía con mi estado de ánimo. Aunque fuera mi trabajo, seguía siendo desgarrador ver a dos personas morir en la misma semana. Tras los lentes oscuros observé a otros peatones, sus expresiones faciales, su lenguaje corporal, su forma de relacionarse con el mundo. Todos parecían ignorar que eran cerillos encendidos cuyas flamas podían extinguirse de forma inesperada en cualquier momento.

A mis espaldas, un rechinido de llantas y gritos hizo eco en mis pensamientos. Un hombre concentrado en su teléfono se atravesó sin ver el semáforo y casi es atropellado por una camioneta de UPS. Su flama estuvo a punto de apagarse, pero volvió a titilar.

Era uno de los afortunados.

Los rayos de luz matutina entraban por la ventana cuando me senté en el sillón favorito de Abue para poner por escrito las notas relacionadas con Abigail. La espalda ancha de Abue había desgastado las orillas de pana verduzca, y el cojín del asiento estaba ligeramente más abollado de un lado porque acostumbraba cruzar una pierna sobre la otra con gesto elegante. Todas las mañanas se sentaba ahí a leer el periódico, con el tobillo apoyado en la rodilla contraria, dejando entrever las calcetas a rayas que había elegido ponerse ese día. El vapor de su café negro danzaba con la luz del sol que siempre alumbraba ese mismo punto de la sala de estar.

Su sillón me parecía enorme cuando era niña, además de que veía a Abue como un ser mítico. Sin embargo, cuando volví a vivir en su departamento después de su muerte, me pareció que se había encogido, tal como se fue encogiendo él a medida que fue envejeciendo. El esbelto hombre de 1.95 se erigía tanto por encima del resto del mundo que siempre llevaba la cabeza inclinada hacia el frente, casi como símbolo de deferencia. Al final de su vida, medía más bien como 1.87.

Me acurruqué en su sillón como si estuviera entre los brazos de Abue y pensé qué podría escribir sobre Abigail. La gente no suele darse cuenta de que las palabras que están diciendo serán las últimas. Por lo regular son palabras mundanas, como «Qué frío hace» o «Tengo sueño», o incluso una serie de frases sin sentido provocadas por el delirio propio de la muerte. Aun así, me aseguraba de documentar las últimas palabras oficiales de mi cliente en alguno de mis cuadernos con la mayor precisión posible. Pero luego complementaba el registro con cualquier cosa peculiar o interesante que la persona hubiera dicho durante el tiempo en que estuvimos juntos. En el fondo, es un poco injusto que te recuerden de cierta forma a partir de las últimas palabras que dijiste.

Las últimas palabras de Abigail, aunque las dijo horas antes de su muerte real, fueron un tema recurrente en mi libreta de *Arrepentimientos*. Si hiciera un análisis de mis registros estadísticamente, cosa que planeaba hacer algún día, comprobaría que la frase: «Desearía haberles dicho lo mucho que los quiero» es la más común de todas.

A veces la gente se refiere a sus padres, a sus parejas o a sus amistades. No obstante, en casi todos los casos, las personas lo dicen porque estuvieron tan ensimismadas con su propia vida y dieron por sentado que sus seres queridos sabían sus sentimientos hacia ellos.

O quizá es que nunca supieron encontrar las palabras adecuadas.

Casi nada vuelve a la gente tan vulnerable como decir «te quiero». O al menos eso es lo que he concluido al escuchar conversaciones al respecto; en realidad, yo jamás lo he dicho ni me lo han dicho. Mis padres no eran muy afectuosos, ni a nivel físico ni a nivel verbal. Y, aunque sé que Abue me quiso más que a nadie en el mundo, nunca me lo dijo con esas palabras. Según tengo entendido, *te quiero* y *te amo* son dos de las frases más difíciles de enunciar. Y no es un problema fonético (en mi opinión, la palabra más difícil de pronunciar es *paralelepípedo*), sino de contenido y peso afectivo. Son frases que se niegan a ser soltadas por la lengua, como un niño que se aferra a la orilla de la piscina la primera vez que se sumerge en ella. El corazón te da un vuelco, se te acelera el pulso y te preguntas si no será posible regresar el tiempo y evitar hacerlo.

Ahora bien, eso también lo hace emocionante, aunque amar a alguien implica perderlo, inevitablemente, algún día; ya sea por rechazo, traición o muerte. Si estás sola, por lo menos no te arriesgas a que te lastimen, pues no puedes perder aquello que nunca tuviste.

Las campanadas de la iglesia, ubicada al final de la cuadra, sonaron para anunciar las ocho en punto de la noche tres minutos tarde, como lo habían hecho durante años. Siempre me preguntaba si no sería adecuado mencionárselo a alguien que trabajara en la iglesia, pero en el fondo disfrutaba aquella imperfección, la cual evidenciaba que somos seres que vivimos en ligera discordancia con los demás. Puesto que ese último trabajo me privó de una noche entera de sueño, me vi tentada a irme a dormir, pero sabía que era pésima idea alterar mi ritmo circadiano. Lo mejor sería procurar mantenerme despierta hasta que anocheciera. Ver la tele me daría más sueño, así que necesitaba algo que me activara.

Y tenía clara cuál era la mejor forma de hacerlo.

Cuando recién empecé a documentar las últimas palabras de los moribundos, lo hacía sólo con la finalidad de llevar algún tipo de registro, de reconocer la vida que habían vivido —sin importar qué tan fallida o caótica hubiera sido—, sobre todo si no había nadie más que fuera a recordarlos. Sin embargo, en los últimos dos años, cada vez que me sentía ansiosa, deprimida o carente de compañía, revisaba las anotaciones de mis libretas. Leer las últimas palabras de otros me hacía sentir cercana a ellos, como si de alguna forma me guiaran con su sabiduría. Y enfocarme en ellas en lugar de pensar en mi soledad le daba propósito a mi vida, me daba algo que hacer y me desviaba del camino de la melancolía. Quizá si estudiaba aquello que la gente consideraba esencial cuando veía su vida entera en retrospectiva y unía los puntos, podría decidir en qué dirección llevar la mía.

Elegía una entrada de la libreta de *Consejos* y trataba de pasar la semana siguiente poniendo en práctica aquel lineamiento. A veces era algo tan simple como regalarme ramos de flores a mí misma, aunque fueran de la tiendita de la esquina (consejo de Bruce, un plomero que adoraba las gardenias). Otras veces era algo más profundo, como lo que aprendí de Dorothy, la estilista canina —quien, por cierto, al reír se le hacían unos hoyuelos divinos en el rostro—: que lo más importante en la vida era escuchar más de lo que hablabas. (Debo reconocer que, para alguien tan introvertida como yo, ese consejo era bastante fácil de seguir).

Con la libreta de las *Confesiones* tenía que ser más creativa. No sé si creía o no en el karma, pero suponía que no tendría nada de malo hacer algo que compensara los pecados confesados por algún cliente. Por ejemplo, en el caso de Guillermo, podría trabajar como voluntaria en un refugio de animales para compensar la muerte accidental del hámster de su hermana. También estaba la de Ronald, un contador malhumorado con cáncer de pulmón que reconoció que solía robarles dinero a los músicos callejeros cuando nadie lo veía. Para honrar la memoria de Ronald, siempre llevaba conmigo billetes de diez dólares para dárselos a algún músico callejero que se cruzara en mi camino. Procuraba ser discreta al dejarlo en su sombrero o estuche de instrumento musical y lo envolvía en un billete de un dólar para que más tarde se sorprendiera al descubrir el de diez cuando contara sus ganancias del día.

A partir de la libreta de *Arrepentimientos*, elegía uno y trataba de idear la forma de honrarlo. Si podía evitar cometer el mismo error o aprendía algo de su arrepentimiento, su sentimiento no sería en vano. Puesto que ya tenía esa libreta en el regazo, cerré los ojos y dejé pasar las páginas entre mis dedos para elegir uno al azar, porque sentía que eso era lo más democrático.

Camille Salem.

Sí, ese era bueno. Camille fue una mujer alegre cuyo mayor arrepentimiento era no haber probado el mango hasta después de los cincuenta años.

—Comí uno una vez cuando era niña, y la textura resbalosa me dio mucho asco —me contó con tristeza desde su cama de hospital. La quimioterapia la había dejado sin pestañas, pero sus ojos verdes seguían resplandeciendo—. Pero luego mi esposo me hizo probarlo otra vez cuando fuimos a Filipinas de vacaciones, y fue tan exquisito como tener un orgasmo. ¡Imagínate cuantos mangos pude haber comido si no hubiera sido tan prejuiciosa durante cincuenta años!

En lo personal, los mangos me daban igual y prefería frutas más ácidas, como las frambuesas. Pero ese día decidí salir en busca de un mango exquisito; luego me sentaría a disfrutarlo como si fuera lo más delicioso que hubiera comido jamás, y dejaría que sus jugos me cayeran por la barbilla, deleitándome con cada bocado carnoso. Gracias a Camille, me ahorraría ese potencial arrepentimiento.

Ojalá fuera así de sencillo ahorrarse todos los demás.

12

Era bastante complicado llegar en metro a las sesiones de Death Café de Harlem. Sin embargo, una vez que logré salir del húmedo orinal que es el subterráneo de Nueva York y vi las casas de piedra rojiza que gozaban el crepúsculo, me dio gusto haber hecho el viaje.

Leo había nacido y crecido en Harlem. Cuando era niña y Leo me cuidaba, me llevaba a su heladería favorita. Me deslumbraba con relatos de bares clandestinos y de la vida del *jazz*, mientras paseábamos junto a las hileras de casas. Pero Leo ya casi nunca visitaba Harlem porque no soportaba ver la huella de la gentrificación en las calles que tanto había amado de niño. Sin embargo, me gustaba poder darle la noticia de que algunos de los lugares que recordaba seguían intactos. De hecho, quizá esa misma noche pasaría a comprar un litro de helado para llevárselo.

La sesión de Death Café era en un auditorio comunitario donde corría el viento y prevalecía un aroma a hierbabuena. La familia del moderador tenía un restaurante de cocina *soul* cerca de ahí, así que con frecuencia servían pollo frito y bísquets en las reuniones. También por eso me parecía que valía la pena hacer el viaje hasta allá. Llegué quince minutos antes para aprovechar el bufet antes de que el resto de los comensales se apiñara en torno a él. Con mi plato —de papel— rebosante de comida en las manos (esa noche añadieron macarrones con queso al menú), me acomodé en una silla en la esquina del salón y me concentré más de lo necesario en perforar cada bocado con el tenedor de plástico. Tal y como predije, otras siete personas no tardaron en aglutinarse frente al bufet y disputarse las mejores piezas de pollo.

Al centro del salón había una mesa alargada con diez sillas acomodadas de forma bastante aleatoria. Salvo por Phil, el moderador —un tipo robusto cuyas mejillas regordetas y ojos dulces le daban un toque perennemente jovial—, no conocía a nadie. Por lo regular había una gran rotación de asistentes porque hablar todo el tiempo sobre la muerte les resultaba demasiado fuerte a algunas personas. Además, creo que mucha gente venía a esta sesión en particular por la comida reconfortante. Me agradaba que Phil nunca me obligaba a conversar, aunque sabía que era una asistente medianamente frecuente. A ambos nos bastaba con vernos y asentir. Me senté, conteniendo el aliento como si hubiera abordado un avión y, justo antes del despegue, estuviera deseando que el asiento contiguo se quedara vacío. Por fortuna, el viejo al otro lado de la mesa también tenía cara de pocos amigos, así que nos quedamos callados, pensando en ir por otra pieza de pollo antes de que empezaran las presentaciones.

—¡Clover!

Se me erizó la nuca. Era posible que aquella voz entusiasta fuera de cualquier otro hombre y no de quien temía que fuera. Empecé a calcular qué tan grosero sería no voltear e ignorarlo, pero esa actitud estaba muy por debajo de mi rango de pésimos modales.

Sebastian, el presunto tiburón de las funerarias, los bienes raíces y los seguros de vida, se estaba quitando la bufanda cuando volteé a vincular la voz con el rostro. Su enorme sonrisa me hizo sentir una punzada de ira en medio del pecho. ¿Acaso iba de gira por los Death Cafés de la ciudad en busca de víctimas fortuitas? Me sentí tentada a exponerlo frente al resto de los asistentes, pero para eso necesitaría tener al menos una prueba fehaciente. Una de las consecuencias de pasar mucho tiempo a solas con tus pensamientos, como hacía yo, era que a veces se volvían un tanto descabellados.

—De entre todos los Death Cafés del mundo… —dijo, haciendo una imitación bastante mala de Humphrey Bogart. Me consideraba la persona ideal para juzgarlo, pues había visto *Casablanca* al menos unas treinta veces y me la sabía de memoria.

Fingí estar confundida.

—Perdón… ¿nos conocemos?

Sebastián entrecerró los ojos por un instante, pero sin dejar de sonreír.

—¡Claro! Nos conocimos en el Death Café de la Biblioteca Pública de Nueva York. ¿Te acuerdas? —Su sonrisa menguó un poco—. Mencionaste que tu abuela acababa de fallecer.

¡Qué descaro! Si de verdad en ese entonces hubiera tenido una abuela que hubiera fallecido recientemente, al día de hoy ya llevaría bastante tiempo enterrada y yo ya no sería una clienta en potencia. ¿Acaso Sebastian estaba haciendo una inversión a largo plazo e intentando descifrar si yo tenía otros parientes viejos y moribundos?

—Tomen asiento, por favor —dijo Phil, mirando fijamente a Sebastian.

Mientras acercaba su silla a la mesa, me pareció verlo más relajado que el día que nos conocimos. Quizá era porque ya conocía la dinámica de los Death Cafés, ¿o acaso fingir nerviosismo de novato era parte de su plan? Durante las presentaciones, contó la misma historia que en la ocasión anterior, que en su familia nunca se hablaba de la muerte. Yo también me apegué a la mentira de que mi abuela había fallecido hacía poco tiempo. (O sea, él lo mencionó frente a todos, así que habría sido extraño no aceptarlo).

A diferencia de otros moderadores, Phil se permitía improvisar un poco. En lugar de sugerir un tema para promover el diálogo, nos dio la opción de elegir de qué queríamos hablar.

—Bueno, empecemos entonces —dijo, arrastrando un poco las eses—. ¿Alguien quiere discutir alguna cosa en particular?

Una pelirroja vestida de colores discordantes y estridentes alzó la mano de inmediato y la agitó innecesariamente, pues, aquello no era una competencia. Desde que la vi supuse que sería obstinada; es algo que se nota por la postura dominante de la gente, con los codos sobre la mesa, y la forma en que pasa la mirada por el círculo a la espera de que alguien la mire a los ojos.

Phil volteó a verla y asintió como un viejo sabio, para luego consultar brevemente la hoja de cuaderno que tenía enfrente. Alcancé a ver que había dibujado un diagrama de la mesa durante las presentaciones y anotado los nombres de los asistentes.

—Tabitha, ¿verdad? —La pelirroja asintió con entusiasmo, como si estuviera conteniendo un secreto a punto de explotar—. Muy bien, Tabitha, ¿qué quieres compartirnos esta noche?

Tabitha se aferró al dije enorme de cristal rosado que le colgaba del cuello.

—Bueno —dijo y volvió a pasear la mirada entre los asistentes que la veíamos con incertidumbre—. ¿Alguna vez se han preguntado si estaremos destinados a morir en un momento específico? O sea, ¿si el día de nuestra muerte ya está decidido? Pienso en esas historias de gente que sobrevive a accidentes horribles, como un avionazo o un derrumbe, y luego muere de forma extrañísima meses después. Es como si la muerte los tuviera en la mira y no les permitiera escapar por mucho tiempo.

Aunque jamás lo reconocería abiertamente, con frecuencia me preguntaba lo mismo. Había visto muchas cosas inusuales a lo largo de los años como para sospechar que todos teníamos una fecha de caducidad predeterminada. Años antes tuve un cliente, un inversionista de cincuenta y tantos años, al que le diagnosticaron una enfermedad terminal y le dijeron que le quedaban tres meses de vida. Para asombro de su médico, se recuperó por completo, pero luego, tres meses después, cayó de una escalera mientras cambiaba un foco de su casa de campo y falleció por el golpe en la cabeza.

—Yo sí lo creo —intervino una jovencita vestida con incontables capas de ropa negra y con los ojos muy delineados—. Creo que se decide desde el día en que nacemos. —Se inclinó hacia su plato de macarrones con queso y bajó la voz para imprimirle más dramatismo—. La pregunta es: si fuera posible averiguar cuándo va a ocurrir, ¿de verdad querríamos saberlo?

Todos guardamos silencio. El sonido de una sirena fue intensificándose sin que eso detuviera nuestros pensamientos al respecto. Para ser sincera, no había considerado esa posibilidad.

Sebastian fue el primero en alzar la voz.

—¡Jamás! —contestó, meneando la cabeza—. Si supiera cuándo voy a morir, me obsesionaría con encontrar la forma de cambiar mi destino. Y, de cualquier manera, sería una vida miserable.

Me enfureció estar de acuerdo con él.

Con expresión serena, Tabitha lo miró desde el otro lado de la mesa.

—En lo personal —dijo, mientras jugueteaba con su cristal—, creo que sí me gustaría saberlo. Me permitiría priorizar un poco las cosas. Si sabes exactamente cuánto tiempo te queda en este mundo, es más probable que lo uses sabiamente, ¿no crees?

En la cabecera de la mesa, Phil asintió con expresión reflexiva.

—Es cierto, Tabitha. Pero la realidad es que todos sabemos que vamos a morir. Eso es un hecho innegable. ¿Acaso no basta con eso para que decidamos aprovechar la vida al máximo?

—Sí —exclamé. Me sorprendió haber alzado la voz, y me arrepentí de inmediato al ver que los demás volteaban a verme—. La razón por la cual mucha gente se arrepiente de cosas antes de morir es porque viven como si fueran invencibles. En realidad no piensan en su propia mortalidad hasta que ya es inminente.

Lo que la mayoría de la gente no tiene en cuenta es que la muerte suele ser aleatoria y cruel. A la muerte le da igual que hayas sido la persona más generosa del mundo, que hayas comido puras cosas sanas y hecho ejercicio a diario, o que siempre te hayas puesto el cinturón de seguridad o el casco. A la muerte le da igual que uno de tus seres queridos vaya a pasar el resto de sus días reproduciendo las imágenes de tu muerte en su cabeza y atormentándose con la frase: «¿Y si yo hubiera…?». La gente se convence de que le queda mucho tiempo de vida hasta que está a merced de un descuido: de un conductor que viene hablando por teléfono o de un vecino que dejó abierta la llave del gas. Para entonces, ya es demasiado tarde.

—Es como esa película con Brad Pitt —intervino Sebastian—. Esa en la que él es la muerte encarnada y quiere llevarse a Anthony Hopkins, pero luego se enamora de su hija.

Lo detesté un poco más por conocer tan bien otra de mis películas favoritas.

El rubio de barba que estaba sentado junto a Tabitha puso los ojos en blanco.

—Ay, no te creo que viste esa película, hermano. Dura como mil horas.

—Crecí con tres hermanas —contestó Sebastian, encogiéndose de hombros—. Y en realidad no es tan mala. La música es muy buena. Creo que la compuso Thomas Newman.

El rubio meneó la cabeza con más desprecio que antes y con el tenedor de plástico arponeó el último trozo de pollo frito que le quedaba.

Phil dio golpecitos en la mesa con la pluma.

—¿Quién más quiere discutir algún tema en particular?

Conscientemente evitó mirar a Tabitha a los ojos, pues era obvio que ella quería seguir hablando y que no le importaba acaparar el micrófono toda la noche. Por fortuna, la discusión se encaminó hacia temas más prácticos, como si debería ser decisión del futuro difunto que se le hiciera un funeral al morir.

El rubio señaló que a él no le interesaba que le hicieran un funeral.

—Mejor échense una cerveza o un porro en mi honor —proclamó.

Como era de esperarse, Tabitha también tenía algo que opinar al respecto.

—Los funerales no son para los muertos —insistió—. Sirven para que los que se quedan puedan procesar mejor la muerte.

Sebastian asintió de forma enfática.

—Sí, creo que es importante que la gente tenga la oportunidad de despedirse. Además, es algo que ya no está en tus manos porque ya te moriste.

Lo sabía. Seguramente era el tipo de vendedor que convencía a los dolientes de adquirir toda clase de servicios funerarios innecesarios, como arreglos florales ostentosos y presentaciones de PowerPoint cursilonas. Hice un esfuerzo por morderme la lengua hasta que Phil concluyó la reunión y nos instó a terminarnos lo que quedaba de comida. Cuando estaba a punto de ir por sobras para llevarme a casa, me di cuenta de que Sebastian estaba conversando con el viejo que se había sentado a mi lado. Le entregó su tarjeta de presentación y le dio una palmada en el hombro. ¡Qué forma tan descarada de marcar a sus víctimas! Me sentí derrotada, tiré el plato a la basura y salí de ahí sin provisiones.

Estaba decidida a que no me acechara de nuevo afuera del Death Café, así que caminé de prisa hacia el metro. Ya le llevaría helado a Leo en otra ocasión. Con mi tarjeta del metro en la mano, bajé corriendo las escaleras y sentí que se me salía el corazón al ver que el tren venía llegando justo cuando me acerqué al torniquete. Pasé la tarjeta por el lector rápidamente y traté de empujar la barra del torniquete.

Biiiiiiip. El texto verde en la pantalla del torniquete me exigió que volviera a pasar la tarjeta. Me dolía el muslo por haberme enterrado la barra inmóvil. Traté de limpiar la barra magnética de la tarjeta con la manga del abrigo y la volví a pasar por el lector.

Biiiiiiip. La pantalla insistió en que volviera a intentarlo.

Me temblaron las manos por una mezcla de frustración y adrenalina. En ese momento escuché el anuncio monótono que salía de las bocinas al interior del tren.

—Cierre de puertas. Retroceda, por favor.

Con absoluta desesperación, volví a pasar la tarjeta una última vez, y la pantalla se burló de mí nuevamente, aunque con un veredicto distinto: «La tarjeta ya se usó en esta máquina».

Sólo decía malas palabras en mi propia mente, y no era una ocurrencia habitual. Las reservaba para ocasiones como esta.

«¡Mierda!».

Debí escabullirme por debajo del torniquete y correr a toda prisa hacia las puertas que se cerraban como una guillotina. Pero lo dudé demasiado y vi con amargura cómo se iba el tren. La pantalla que anunciaba las salidas programadas no hizo más que agudizar mi decepción: faltaban diecinueve minutos para que saliera el siguiente tren. Una arbitraria regla del transporte público neoyorquino me impedía volver a pasar mi tarjeta en los próximos dieciocho minutos porque ya se había registrado su uso en el sistema. Me acerqué a la taquilla para explicarle mi situación a alguien, pero no había nadie allí. Estaba siendo víctima del descanso inoportuno de un empleado del metro.

Mientras contemplaba mis opciones, un hombre desaliñado se bajó el cierre del pantalón y vació la vejiga junto a la máquina expendedora de boletos, con lo cual se intensificó el perenne olor a orina de la estación. El chorrito amarillo que salía de entre sus manos dibujó un arco en el aire cuando el tipo ladeó la cabeza y me fulminó con la mirada.

Me negué a seguir ahí un minuto más.

Subí las escaleras de prisa hasta llegar a la calle y pensé si no sería buena idea invertir en un reloj deportivo que llevara registro de mis vigorosos vaivenes. El resplandor fosforescente del letrero de una farmacia me ofreció que me refugiara en su interior. Igualmente me hacía falta comprar un suplemento vitamínico para compensar la reciente falta de verduras en mi dieta. Puse una alarma de quince minutos en el celular; era tiempo suficiente para volver a la estación y tener unos minutos de colchón por si acaso volvía a fallar la tarjeta.

Mientras examinaba la miríada de alternativas multivitamínicas, el sistema de sonido de la tienda reprodujo a todo volumen una balada *country* cantada por alguien que tenía una voz muy nasal.

—¡Nos volvemos a encontrar!

Otra vez me di permiso de maldecir para mis adentros.

Sebastian estaba parado a mi lado, con las manos en los bolsillos del abrigo.

—Hola. —Ni siquiera intenté sonar amistosa.

—Decidí pasar a comprar antihistamínicos —me explicó Sebastian—. El polen está a todo lo que da, aunque siga siendo invierno. —La piel ligeramente rosada de sus fosas nasales parecía corroborar su coartada, pero decidí no contestar de cualquier manera, así que Sebastian volvió a intentarlo—. ¿Vienes por vitaminas?

La idea de tener una conversación prolongada con él me quebró.

—¿Por qué me sigues? —Estaba tan irritada que mi voz sonó más agresiva de lo que hubiera querido—. ¡No quiero comprar nada de lo que vendes!

Sebastian frunció el ceño, confundido.

—¿Comprar lo que vendo? ¿De qué hablas?

—Funerales, bienes raíces, seguros de vida... no sé. Lo que sea que hagas para quitarle su dinero a la gente. Vi que le diste una tarjeta de presentación al señor que estaba a mi lado.

Aporreé el frasco de vitaminas en el estante, lo que provocó que los de los costados se cayeran. Ambos nos abalanzamos hacia el frente con torpeza para tratar de atrapar la lluvia de frascos.

Sebastian seguía meneando la cabeza, confundido, mientras acomodaba los envases caídos en su lugar.

—No sé de qué hablas... O sea, trabajo en la Reserva Federal y me dedico a hacer modelos económicos. No es precisamente lo mismo que embaucar a la gente.

Al agacharme para recoger los frascos restantes, caí en cuenta de que efectivamente había dejado que mi imaginación se inventara una visión ligeramente descabellada de Sebastian.

—Bueno, ¿entonces por qué te la pasas yendo a los Death Cafés? —pregunté con voz insistente, pues el orgullo no me permitía reconocer mi error.

Sebastian se encogió de hombros, como si la respuesta fuera obvia.

—Como ya dije, nunca había podido hablar sobre la muerte, sobre todo con una familia que niega sus emociones y esas cosas. Oí hablar sobre los Death Cafés y pensé que me ayudarían. —La vergüenza me tiñó las mejillas. Sebastian bajó la mirada hacia sus zapatos y frotó el piso con uno de ellos—. Pero creo que tu pregunta es válida. No es el único motivo. —El rubor cedió un poco. Tal vez mis inventos no eran tan descabellados en realidad—. Creo que tenemos eso en común.

—¿Ah sí? —Esta vez, la confundida era yo.

—Me refiero a mi abuela. Hace unas semanas nos enteramos de que está muriendo, pero en la familia nadie quiere hablar al respecto, lo cual me parece absurdo.

Por segunda ocasión en la velada, no pude evitar estar de acuerdo con él. Negarse a hablar sobre la muerte sólo dificultaba las cosas. Y eso me hizo compadecerme de él por un instante.

—Lo lamento mucho. Imagino que no debe ser fácil.

Sentí que algo en su apariencia cambió cuando reconocí mi culpa por haberlo juzgado sin conocerlo. Sus lentes de ratón de biblioteca y su bufanda empezaron a parecerme encantadores.

—No, no lo es —contestó y me miró con expresión esperanzada—. Pero sé que me entiendes porque hace poco perdiste a tu abuela.

Sentí una fuerte punzada de culpabilidad en el vientre. Al parecer, de los dos, la deshonesta era yo.

—Bueno, eh…

—En fin —me interrumpió—, perdón si te hice sentir que te estaba siguiendo. Pensé que sería agradable hablar con alguien que ya vivió esto, y de verdad me dio gusto volver a encontrarte. Vivo en el Upper West Side, así que este Death Café me queda bastante cerca.

Ser deshonesta era una cosa, pero engañar a alguien que estaba pasando por un duelo así en realidad era cruel. Así que inhalé profundo y me armé de valor.

—Mira, Sebastian, en realidad mi abuela no murió. O sea, sí murió, mis dos abuelas están muertas, pero eso pasó antes de que yo naciera, así que no las conocí.

—Eh… —Sebastian se frotó la barbilla—. ¿Por qué alguien mentiría al respecto?

—Porque no me gusta hablar de mi trabajo.

—¿Eso qué tiene que ver con asistir a Death Cafés? Nadie habla de su trabajo en esas reuniones.

—Ya lo sé, pero digamos que mi trabajo tiene que ver con la muerte.

—¿Eres asesina a sueldo o algo por el estilo? —Su tono nervioso indicaba que lo decía medio en broma, medio en serio.

—No. Soy una doula de la muerte.

—¿Doula de la muerte? Guau. Nunca había oído eso. Suena ominoso.

Contuve las emociones contradictorias que peleaban en mi interior: la vergüenza por dejarme llevar y permitir que alguien supiera que había mentido; empatía por Sebastian y su abuela moribunda; nerviosismo por el hecho de que un tipo atractivo de mi edad reconocía mi existencia y me miraba con interés. Mi cerebro no lograba que mi boca enunciara una sola oración sensata.

Por fortuna, la alarma del celular fue a mi rescate.

—Debo irme —balbuceé y acomodé con cuidado el último frasco de vitaminas en el estante para evitar otra avalancha—. Que tengas buena noche.

—Espera, ¿crees que…?

Cuando Sebastian llegó al final de su pregunta, yo ya estaba del otro lado de las puertas automáticas del local.

13

Tras una semana de cielos grises y algodonosos, se asomó una extensión infinita de azul intenso, mientras esperaba para cruzar la Séptima Avenida. Agradecí la inyección de alegría, pues los domingos seguían siendo tristes sin Abue. Durante los meses posteriores a su muerte, no me atreví a visitar el restaurante. Ni la librería. Mantener vivas nuestras tradiciones semanales en su ausencia me recordaba, de manera rotunda, que yo había estado pasándola bien del otro lado del mundo en el momento en el que él más me necesitaba. Aunque no hubiera podido impedir su muerte, al menos habría podido pasar más tiempo con él antes de que falleciera.

Nunca he entendido la retorcida visión occidental del duelo como algo cuantificable y finito, como un problema que se debe resolver. Ocho meses después de la muerte de Abue, mi médico sugirió que fuera a un psiquiatra porque seguía teniendo problemas para aceptar su partida. Después de una sola sesión, el psiquiatra me diagnosticó «trastorno por duelo complicado persistente» (es decir, aflicción crónica) y sugirió que tomara antidepresivos. Al parecer, según la mayoría de los especialistas médicos, el proceso de duelo no debe durar más de seis meses. Si para entonces no lo has superado, entonces tu problema ya es clínico.

¿Qué carajos?

Me parece muy insensible volver a vivir como si nada apenas seis meses después de haber perdido a alguien cuya existencia estuvo íntimamente entretejida con la tuya. En lo personal, no dejaría de extrañar a Abue ni por un instante. Por eso me volví doula de la muerte, porque mi aflicción era más llevadera en compañía del duelo ajeno, ya fuera el de los seres queridos o el del moribundo que reconocía con tristeza que podía haber vivido mejor su vida.

Aunque fuera muy doloroso, con el tiempo me di cuenta de que continuar con nuestra tradición de ir al restaurante y a la librería era una forma de seguir sintiéndome cercana a Abue. Por ende, si no tenía que trabajar en domingo, desayunaba sola en nuestro gabinete favorito del restaurante y de ahí caminaba a la librería. Su ausencia era tan notoria como siempre lo fue su presencia. Más de una década después, sentía que el dolor había disminuido un poco, pero la aflicción seguía estando igual de vigente. Sólo había cambiado un poco de forma.

Me cerré más el abrigo y recorrí a pie las cuadras que separaban el restaurante de la librería, mientras la grasa del pan francés que había desayunado le infundía a mi estómago una falsa sensación de saciedad. Aunque dos décadas de invasión comercial habían acabado con la mayoría de las joyas originales del barrio, la librería de Bessie seguía en pie. Bessie misma, que para entonces ya tenía casi ochenta años, se mantenía igual de erguida (y quizá un poco más robusta en el medio, pero tan sonriente como siempre). Y, como de costumbre, me ofreció caramelos al llegar.

—¡Clover querida! —Bessie contoneó sus grandes caderas entre dos estantes para evitar tirar algo con ellas—. Ya llegó la biografía de Georgia O'Keeffe que me pediste. La tengo en el mostrador. Te gustan mucho las historias de pioneras solitarias, ¿verdad?

—Gracias, Bessie. —Definitivamente me resultaba atractiva la idea de una vida solitaria entre las montañas, en el desierto de Nuevo México—. Igual voy a echar un vistazo a ver qué encuentro.

—Estás en tu casa.

No necesitaba más libros, pero disfrutaba el disparo de dopamina que sentía al encontrar un nuevo título para mi lista de potenciales lecturas. Sin embargo, evadí lo mejor que pude la sección de ciencia, intentando no imaginar la alta silueta de Abue paseando por sus pasillos.

Dos muchachos entusiastas estaban revisando los lomos de los libros de narrativa entre las letras *E* y *K*. Luego, el más bajo de los dos apoyó su cabeza en el hombro del más alto, y discretamente entrelazaron sus meñiques. Retrocedí lo más silenciosamente posible para no romper su burbuja de amor. Cada uno de ellos usaba la mano que tenía libre para sacar un libro y echarle un vistazo al texto de la contraportada antes de ponerlo de nuevo en su lugar — con la misma mano para evitar romper la conexión de los pulgares que los mantenía unidos—. Cada tanto, uno de los dos le pasaba el libro que tenía en las manos al otro, con una gran sonrisa, y le susurraba:

—Creo que este te podría gustar.

Envidié su intimidad. Tener alguien que conociera tus gustos literarios, alguien en cuyo hombro pudieras apoyar la cabeza mientras veías libros, debía ser un tesoro.

Una sensación de vacío me inundó el corazón y me quitó las ganas de buscar libros nuevos en las estanterías.

Al dar vuelta a la esquina de la calle, con la biografía de Georgia O'Keeffe bajo el brazo, recordé el consejo que había seleccionado aquella mañana de mi libreta: era el de Olive, una cartógrafa que se reía hermosamente a carcajadas y falleció a causa de un melanoma muy agresivo. Después de obligarme a prometerle que siempre usaría bloqueador solar (cosa que empecé a hacer desde entonces), inesperadamente agregó un consejito adicional.

—Cada vez que me mudaba a una nueva ciudad o empezaba una nueva relación, cambiaba de perfume —me dijo—. De ese modo, cada vez que olía cierto perfume, podía ver hacia atrás y revivir mis mejores recuerdos de esa época. Cada vez que sientas que se avecina un cambio o que empieza un nuevo capítulo en tu vida, encuentra un nuevo aroma que lo acompañe.

Nunca había usado perfume, y definitivamente no tenía planes de mudarme a otra ciudad ni de empezar una nueva relación. Sin embargo, entendía de forma intuitiva que los olores ayudaban a afianzar los recuerdos; de hecho, el distintivo aroma especiado de la loción de Abue me transportaba de inmediato a su lado. Quizá si elegía algún aroma podría infundirle algo de variedad a la relativa monotonía de mi vida. Cuando menos podría probar algunos perfumes para ver si encontraba alguno que me acomodara.

Mientras iba de camino a la tienda departamental más cercana, sentí la vibración de mi celular en el bolsillo del abrigo. No era un número conocido, lo cual no era inusual cuando me llamaban por algún trabajo. Me refugié bajo la marquesina de una tienda y me armé de valor. Podía lidiar con la muerte sin problema, pero detestaba las llamadas telefónicas. ¿Por qué no podían simplemente mandarme un correo electrónico?

—Buen día, estás llamando al teléfono de Clover.

Del otro lado de la línea hubo un breve silencio, seguido de un carraspeo.

—Eh, hola, Clover. —Reconocí la voz de inmediato—. Soy Sebastian. De los Death Cafés. —Una risa nerviosa—. Y del pasillo de vitaminas de la farmacia.

Pude haber colgado, pero me ganó la curiosidad. ¿Por qué me llamó después de aquel episodio tan vergonzoso? Y, sobre todo, ¿de dónde sacó mi teléfono?

—Hola, Sebastian.

—Perdón por molestarte en domingo… Supongo que te estarás preguntando cómo obtuve tu número.

—Sí, algo así.

—Te juro que no te estoy siguiendo ni nada por el estilo. O sea, sí, un poco, pero no es lo que piensas. —Silencio incómodo—. Después de que te fuiste corriendo la otra noche, volví a casa y busqué en internet qué era eso de una doula de la muerte. Y, bueno, entre más estuve investigando, más increíble me pareció.

—Ya veo. —Sus halagos me hicieron bajar ligeramente las defensas, aunque no estuvieran dirigidos específicamente a mí.

—Me hizo darme cuenta de que una doula de la muerte es exactamente lo que mi abuela necesita. Creo que le ayudaría mucho. —Sebastian había empezado a expresarse con más confianza y prisa, como si quisiera decirlo todo de corrido antes de que alguien lo interrumpiera—. Quiere quedarse en su casa, y ahí tiene cuidadoras que la ayudan todo el tiempo, pero le falta alguien como tú, alguien que pueda ayudarla durante… ya sabes, la *experiencia*. Porque eso es lo que haces, ¿verdad?

—Sí, algo así —contesté con cautela—. Pero ¿cómo conseguiste mi teléfono?

Otra risa nerviosa.

—Bueno, no fue tan difícil. O sea, ¿cuántas doulas de la muerte llamadas Clover crees que hay en Nueva York? Además, soy muy bueno para infiltrarme en los recovecos virtuales.

Una parvada de adolescentes ruidosos pasó a mi lado en la banqueta.

—Hay muchas otras doulas de la muerte en la ciudad que podrían ayudar a tu abuela —dije, procurando no alzar la voz—. De hecho, te puedo recomendar a algunas.

—No lo dudo —dijo Sebastian—. Pero creo que tú le simpatizarías mucho. —Su insistencia me pareció irritante.

—¿Cómo puedes decir eso si no me conoces? Lo único que sabías de mí era mentira, ¿recuerdas? —Me empezó a doler el cuello por la tensión en los hombros.

—En fin, ¿estás aceptando nuevos clientes?

Era difícil rechazar un potencial cliente, sobre todo porque las pausas prolongadas de trabajo no eran buenas para mis finanzas, aunque fuera muy buena ahorradora. Nadie se convierte en doula de la muerte para hacerse rico; de hecho, yo solía ajustar mis tarifas, dependiendo de lo que las personas pudieran pagar. En ocasiones, como en el caso de Abigail, lo hacía sin cobrar. Sin embargo, independientemente del pago, la abuela de Sebastian no merecía morir en soledad.

—Sí… pero es posible que ya tenga uno en espera. Sólo que todavía no me confirman. —No acostumbraba mentir, pero cada vez que hablaba con él se activaba el instinto de hacerlo.

—Estoy dispuesto a pagarte más de lo que sueles cobrar. Tú pones el precio.

—Ni siquiera sabes si soy buena en lo que hago.

—De hecho sí lo sé —contestó Sebastian con un aire de arrogancia—. Mientras buscaba tu información de contacto en internet encontré una esquela que te mencionaba. Te daban las gracias por el apoyo. —¿Quién lo habría hecho? Era muy inusual recibir algún tipo de reconocimiento público—. Y bueno, tengo un amigo que trabaja como enfermero en el hospital donde falleció esa persona, así que le pedí que preguntara por ti y consiguiera tu teléfono. —Era un poco invasivo de su parte; sin embargo, si cualquier otra persona se hubiera esforzado tanto para localizarme y ofrecerme trabajo, lo habría aceptado sin titubear. Sebastian siguió hablando, sin permitir que mi silencio lo intimidara—. Te recomendaron ampliamente, lo cual no me sorprendió en absoluto, por cierto. Y no sabes lo importante que sería para mí que ayudaras a mi abuela. Quiero que todo *esto* sea lo más ligero posible para ella.

Una parte de mí estaba desesperada por rechazarlo. Sebastian me ponía nerviosa, más desde que supo que le había mentido. Pero sería poco ético no ayudar a alguien si estaba dentro de mis posibilidades hacerlo. Aunque no estuviera ahí para decírmelo, sabía que Abue se decepcionaría de mí si me negaba a hacerlo.

Suspiré y cedí.

—Está bien. Déjame pensarlo. Mándame tu dirección de correo electrónico por mensaje de texto. Si lo del otro cliente no se concreta, te enviaré la documentación y partiremos de ahí. —¿Qué daño podría hacer una mentirita más?

—¡Excelente! Ojalá nos veamos pronto, Clover.

Sentí un aleteo en el pecho. Aunque sabía que Sebastian estaba hablando de negocios, era la primera vez que un hombre me decía esas palabras.

14

Cuando cumplí nueve años, Abue me regaló tres cosas: un cuaderno empastado con cuero azul marino, una pluma fuente plateada y un par de binoculares. Estábamos en una mesa del restaurante, aún con los platos del desayuno vacíos enfrente, y Abue sacó un paquete de abajo de la mesa y me lo entregó.

—Por muchos días de estos, mi niña.

Dado que había estado comiendo ansias desde temprano (porque al salir del departamento alcancé a ver que llevaba bajo el brazo una caja envuelta para regalo), de inmediato empecé a romper el envoltorio de papel rayado. Los dobleces asimétricos y el exceso de cinta adhesiva eran indicios enternecedores de que él mismo lo había envuelto.

—La inteligencia tiene sus limitaciones —dijo Abue con una sonrisa, mientras me veía abrir mi regalo—. Lo mismo podría decirse del ingenio y el encanto. Pero hay dos cualidades que te ayudarán más que las demás.

Su pausa enfática me obligó a alzar la mirada de la caja entreabierta. Abue era un hombre de pocas palabras, así que sabía que debía prestar mucha atención siempre que él dedicaba tiempo a transmitirme su sabiduría.

—¿Cuáles son?

Le dio un sorbo al café, con expresión pensativa.

—La curiosidad infinita y un sentido agudo de la observación.

Saqué el cuaderno de entre los trozos de envoltorio y acaricié su tersa pasta de cuero. A su alrededor llevaba atada una tira hecha del mismo material, de la cual colgaba la pluma fuente. Durante años había visto a mi abuelo llevar consigo una libreta similar y hacer pausas constantes para anotar cosas y documentar la vida tal y como él la veía.

Por fin tenía en mis manos un diario propio.

—¡Gracias, Abue! ¡Me encantan! —Me llevé los binoculares a los ojos y examiné el perímetro del restaurante.

—De nada, mi niña —contestó Abue—. Pero recuerda que esos binoculares tienen una salvedad.

—¿Qué es una salvedad?

—Algo así como una condición o regla.

—¿Qué tipo de regla?

—Que jamás debes usarlos para invadir la privacidad de alguien más. —Su tono era firme—. Sé muy bien que en esta ciudad vivimos como sardinas, y esa cercanía puede tentarte a inmiscuirte en la vida ajena o a asomarte por sus ventanas de formas indebidas. Así que nada de espiar a los vecinos, ¿de acuerdo?

—De acuerdo —contesté, intentando imitar su tono sombrío, aunque en el fondo me arrepentía de haber hecho esa promesa. Uno de mis pasatiempos favoritos era observar las ventanas del edificio de piedra rojiza que teníamos enfrente, cada una con sus propios personajes. Y los binoculares me habrían permitido observar mejor el desarrollo de dichas historias.

—Qué buena muchachita —dijo Abue y se llevó una mano al bolsillo del saco para sacar su propia libreta, que luego agitó con un gesto tentador—. Se me ocurría que hoy fuéramos a dar un paseo. ¿Cómo ves?

Me enderecé para que se notara mi entusiasmo.

—¡Sí! ¡Sí!

Todos los años, Abue encontraba la forma de que hiciéramos algo memorable en mi cumpleaños. El año anterior habíamos ido al acuario de Coney Island, y luego almorzamos hot dogs y churros en la feria. Cuando cumplí siete años, emprendimos una aventura para conocer una estación de metro abandonada que estaba justo abajo del edificio del Ayuntamiento.

—Una cosa más —dijo Abue y guardó de nuevo su libreta, mientras asentía en dirección de la cocina del restaurante.

Hilda, que era mi mesera favorita porque se hacía unos peinados increíbles y su personalidad era igual de interesante, se acercó a la mesa sosteniendo algo en la mano izquierda y cubriéndolo con un menú que llevaba en la derecha. Luego quitó el menú del camino y reveló un pastelillo de *red velvet* con una vela encendida en el centro. Hilda, quien esporádicamente participaba en obras teatrales súper-híper-independientes, había empezado a cantar «¡Feliz cumpleaños!» en perfecta sintonía.

La tersa voz de barítono que Abue reservaba para las ocasiones especiales acompañó la de Hilda en los últimos versos.

Una vez concluido el desayuno celebratorio, Abue y yo nos sentamos el uno junto al otro en el tren C que avanzaba de forma letárgica hacia el Upper West Side. Ambos llevábamos los binoculares colgando del cuello y las libretas con encuadernación de cuero sobre el regazo.

Durante los tres años que llevábamos viviendo juntos, yo había desarrollado una inmensa curiosidad por los secretos que guardaban las libretas de Abue. A veces encontraba alguna que no estaba siendo supervisada —por lo regular abierta y con la cinta de cuero desatada, de forma tentadora, en la mesita junto a su mecedora— y debía contenerme de leerla. ¿Qué era tan importante que requería una documentación tan extensa? Dado que había sido profesor titular de Biología en la Universidad de Columbia, a Abue le apasionaba clasificar las cosas. Puesto que cuando me mudé con él, su lugar de estudio pasó a ser mi habitación, el resto del espacio libre que sobraba en el departamento se llenó de toda clase de parafernalia pedagógica. En los libreros de la sala había filas y filas de frascos llenos de especímenes naturales. Desde el día que aprendí a usar el rotulador, Abue me reclutó para ayudarlo a clasificar los contenidos de cualquier frasco nuevo que se sumara a la colección. Lentamente me deletreaba los complicados nombres científicos, mientras yo giraba la perilla de un lado a otro para dejar cada letra marcada hasta el fin de los tiempos. (*Ornithorhynchus* es la etiqueta que más recuerdo, aunque el diminuto feto de ornitorrinco que flotaba en líquido no fuera particularmente bello).

Después de bajarnos del tren C en la calle 81, seguimos el camino que cruzaba Central Park y llevaba al bosque junto al castillo. En realidad nunca me habían parecido atractivas las historias de princesas que se sentaban a esperar la llegada de sus príncipes, pero sí me atraía la idea de vivir en un castillo con incontables habitaciones y calabozos listos para ser explorados. Ocasionalmente imaginaba que un príncipe me acompañaba en aquellas expediciones, pero siempre era yo quien marcaba la pauta.

Paseamos bajo las espesas copas de los árboles hasta que Abue se detuvo junto a un farol.

—¿Qué tiene de especial este farol?

Lo examiné con detenimiento y lo miré de arriba abajo para fijarme hasta en el último detalle antes de dar mi veredicto. Lo único que lo distinguía de un farol cualquiera era una pequeña placa llena de números colocada a la mitad del tubo.

—¿Los números? —contesté de forma tentativa, buscando alguna posible reacción en el rostro impasible de Abue. Su sonrisa me hizo saber que estaba en lo correcto, como si se hubiera abierto una puerta oculta después de decir la contraseña.

—Así es. —Se levantó ligeramente el dobladillo del pantalón y se arrodilló para que quedáramos frente a frente—. Si alguna vez te pierdes en Central Park, estas placas te ayudarán a encontrar la salida.

Fruncí al observar la secuencia numérica aleatoria.

—¿Cómo?

—Fíjate bien en los últimos dos números —dijo y acarició el metal grabado—. Si son impares, eso significa que estás más cerca del lado oeste del parque. Si son pares, estás más cerca del lado este.

—¿Qué hay de los primeros dos números?

—Esos representan la calle transversal más cercana. —Abue apoyó el codo en la rodilla—. Si el número es 7751, ¿cuál sería la calle más cercana?

Mecí los brazos de lado a lado, mientras pensaba en la respuesta.

—¿La calle 77 oeste?

Abue me guiñó un ojo.

—¡Qué lista eres! —exclamó y yo sentí cómo ese nuevo aprendizaje echaba raíces en mi cerebro. Me inundó la satisfacción de haber descifrado uno más de los incontables secretos del mundo. Caminé detrás de Abue, dando brinquitos, mientras él avanzaba por el camino que llevaba a un pequeño jardín junto al lago. Había varias bancas para sentarse y Abue señaló la última de ellas—. Vamos a sentarnos —dijo. Una vez ahí, como mis pies no tocaban el suelo, empecé a mecer las piernas mientras acariciaba la curvatura del reposabrazos de hierro—. Este es uno de los mejores lugares para ver aves —me explicó y le dio una palmadita a sus binoculares—. Si miras con los binoculares hacia esos árboles de allá, es probable que veas una familia de colibrís garganta rubí.

Me llevé los binoculares a los ojos, tratando de acomodar las gomas de la forma más cómoda posible.

—No veo nada —gimoteé segundos después de haber empezado a observar los árboles.

—Eso es porque te falta el elemento más importante de cualquier observación.

Volteé a verlo por encima de los binoculares.

—¿Cuál?

Abue alzó las cejas.

—Paciencia.

Suspiré y volví a enfocarme en los árboles. Esperé y esperé, decidida a demostrarle que podía ser muy paciente. Pasaron tres minutos antes de que alcanzara a ver un destello carmesí entre las hojas.

—¡Ya vi uno! —susurré con entusiasmo, en un intento por no ahuyentar a la criatura—. Vi su cuellito rojo.

Abue se me acercó un poco.

—Eso significa que es macho —dijo en voz baja—. Las hembras suelen tener el cuello blanco. ¿Qué otra cosa te llama la atención?

—Su pico es delgado y largo, más que el de otros pájaros. No deja de moverse y no se detiene en ninguna rama.

—Eso es porque los colibrís rara vez dejan de moverse. Agitan las alas ochenta veces por segundo, lo cual produce el zumbido que los caracteriza.

—¡Órale! ¡Qué rápido!

Cuando el ave volvió a esconderse entre las hojas, asenté los binoculares en mi regazo y volteé a ver a Abue, con la esperanza de que la lección no hubiera terminado.

—Entendemos la naturaleza a través de la observación de sus patrones. En el caso de las aves, sabemos que aparecen en ciertos momentos del año y que prefieren cierto tipo de árboles y cierto tipo de alimentos. —Abue cruzó una pierna por encima de la otra, lo que reveló su calcetín de rayas azules y verdes que le llegaban un poco por encima del tobillo—. Piensa, por ejemplo, en las estaciones. ¿Cómo sabemos que ya es otoño?

—Porque las hojas cambian de color y se caen.

—Así es. Y lo mismo ocurre cada año. Cuando las hojas se caen, sabemos que es hora de ponernos cierto tipo de ropa y de plantar cierto tipo de verduras.

—Ay, y que ya se acerca Halloween.

—Exacto. Así que la mejor forma de entender el mundo es buscando sus patrones. —Le dio una palmada a su libreta—. Y para eso es esto. Si anotas todo lo que veas que te parece interesante, con el tiempo descubrirás que ciertas cosas ocurren con regularidad. Y así entenderás cómo funcionan. ¿Te parece bien que tomemos notas de lo que hemos observado hasta el momento?

—¡Sí! —Llevaba toda la mañana ansiosa por anotar algo en mi libreta nueva. Le quité la tapa a la pluma fuente y, con la mejor caligrafía posible, empecé a describir a detalle el farol.

—Verás, no sólo la naturaleza nos muestra patrones. —Abue señaló hacia el jardín donde había varios grupos de personas descansando—. También podemos aprender mucho de la gente al observarla. —Alcé los binoculares y los apunté hacia un trío de chicas sentadas sobre una manta. Abue puso la mano sobre el instrumento y suavemente me obligó a bajarlo—. Recuerda lo que te dije: nada de espiar a la gente.

——La sal-ve-dad —contesté, orgullosa de haber aprendido una palabra nueva.

—Así es. La salvedad. Pero podemos observarla de lejos, en público. —Con el brazo extendido sobre el respaldo, señaló sutilmente a una familia que estaba sentada en una de las bancas del otro lado del jardín—. Dime qué ves ahí.

Fruncí el ceño.

—Un hombre y una mujer, con sus dos hijitas. —Me pareció un poco insultante que me hiciera una pregunta tan obvia.

—Pero ¿qué me puedes decir sobre lo que están haciendo?

—El hombre está hablando… pero parece que ella no le está poniendo atención.

—¿Cómo lo sabes?

—Porque le está dando la espalda y está mirando a su alrededor.

Abue asintió.

—¿Ya viste que las piernas de él están apuntadas hacia donde está ella, y que él está invadiendo su espacio personal? Pero, entre más se le acerca, más se aleja ella.

—Sí, ya vi.

—Lo más interesante es que seguramente ninguno de los dos se ha dado cuenta de lo que están haciendo. Uno puede aprender mucho al observar el lenguaje corporal de la gente, el cual suele decirnos más que las palabras.

—Creo que el lenguaje corporal de la mujer dice que el hombre no es muy interesante —deduje, y luego hice una pausa para escribirlo en mi libreta.

Abue soltó una risita.

—Sospecho que estás en lo correcto.

Observé entonces a las niñitas que jugaban a los pies de sus papás.

—Tampoco les está haciendo caso a sus hijas. —Fue un comentario ligeramente doloroso, pues estaba segura de haber visto alguna vez esa misma expresión de indiferencia en el rostro de mi madre—. Tal vez es infeliz. Pareciera que no quiere estar ahí.

Abue abrió la boca para contestar, pero luego se detuvo, como si hubiera lanzado el sedal de su caña de pescar antes de tiempo y ahora estuviera rebobinando el carrete.

—Tal vez —dijo y entrecerró los ojos, mientras miraba algo por encima de las copas de los árboles—. Por desgracia, en este mundo hay mucha gente que es infeliz con la vida que eligió.

—Qué triste, Abue. —Lancé ambos pies hacia adelante y choqué los tenis uno contra el otro—. ¿Podemos hacer algo para ayudarlos?

—A veces sí, pero no siempre nos corresponde hacerlo.

Volteé a verlo, frustrada.

—Pero no es justo para sus hijos.

Abue se frotó la barba unos instantes, mientras reflexionaba.

—Te voy a compartir un secreto sobre los adultos, Clover —dijo al fin—. Aunque parece que saben lo que están haciendo, por lo regular sólo están esforzándose por descifrar la vida en el camino. Eso les pasa siempre a los papás y las mamás... Creo que no hay padre ni madre que no haya deseado alguna vez haber hecho algo de forma distinta.

Volví a fijarme en la mujer y sus hijas.

—¿O sea que tal vez mi mamá y mi papá desearon haber pasado más tiempo conmigo? ¿Y quizá incluso llevarme a sus viajes?

—Es muy posible. —Noté que fruncía ligeramente el ceño—. Mira, cuando tu mamá era chiquita, como tú, yo también viajaba mucho por trabajo. Y eso significaba que no podía pasar tanto tiempo con ella como me habría gustado.

—Pero tú tenías aventuras. —Me encantaban las historias que me contaba sobre sus expediciones a selvas e islas lejanas—. ¿Tal vez eran demasiado peligrosas para una niñita?

A Abue pareció sorprenderle mi razonamiento.

—Sí, es cierto. Y lo mismo podría decirse de las aventuras de tu papá y tu mamá.

Lo reflexioné un instante.

—Además, si me hubieran llevado a China con ellos, quizá no estaría aquí contigo ahorita.

Abue volvió a frotarse la barba.

—Supongo que nunca lo sabremos —dijo—. Lo que sí sé es que me da mucho gusto que estés *aquí* conmigo.

Lo miré con una gran sonrisa y enganché mi brazo al suyo.

—A mí también.

Nos quedamos unos segundos en silencio, viendo a las niñas jugar enfrente de sus padres, hasta que Abue le dio un golpecito a mi libreta con su pluma.

—En este caso, mi niña, la lección es que podemos entender casi cualquier cosa si la estudiamos lo suficiente. También a las personas. Hay quienes tienen la habilidad innata de leer a otras personas y entenderlas, pero los demás tenemos que fiarnos en sus patrones.

—¿Qué tipo de patrones?

—Bueno, conforme conozcas más gente, te irás dando cuenta de que hay muchos tipos de personalidades, lo que significa que no puedes acercarte a todo el mundo de la misma manera. Por ejemplo, a ti y a mí nos gusta sentarnos en silencio a leer, ¿no?

—¡Sí!

—Bueno, para algunas personas eso sería una tortura. Esas personas prefieren estar con otras personas y socializar.

Lo miré con suspicacia.

—¿En serio? —En mi opinión, la verdadera tortura sería no tener libros.

—Sí, en serio —contestó Abue—. Así que, cuando interactúes con la gente, dedica tiempo a observarla. Fíjate en cómo se relacionan con el mundo. ¿Les gusta llamar la atención o prefieren pasar desapercibidos? ¿Enfrentan los problemas de forma creativa o racional? ¿Qué los inquieta y qué los tranquiliza? —Anoté todo lo que pude, pero Abue hablaba demasiado rápido—. Aprender esos patrones te ayudará a serle de utilidad al mundo. Quizá no te permita entenderlos por completo, porque los seres humanos somos muy complejos, pero te dará pistas sobre lo que hace vibrar a cada quien.

—Gente, patrones, pistas… de acuerdo —dije y anoté las palabras clave como si fueran una fórmula matemática compleja.

Tuve la sensación de que aquella lección cumpleañera en particular me resultaría útil en el futuro. Aún no conocía mucha gente, pero quizá algún día lo haría. Y me moría de ganas de averiguar cómo podría serle de utilidad al mundo.

15

—Creí que te habías esfumado —se burló Leo mientras examinaba el revoltijo de fichas de *mahjong* en la mesa que estaba entre nosotros. Balanceó una ficha entre el dedo medio y el pulgar contemplando su siguiente jugada—. No te he visto en una semana. ¿Al menos saliste de tu casa?

—Claro que sí. —Mi tono fue más brusco de lo que hubiera querido, pero Leo me estaba provocando—. Paseé a George todos los días... dos veces.

—Eso no cuenta, a menos que hayas interactuado con otro ser humano. —Leo puso de nuevo la ficha en su hilera y, en cambio, jugó la que estaba a su lado—. No sé cómo puedes pasar tanto tiempo en casa sin ver a nadie.

—No todos somos tan sociables como tú, Leo. ¿Por qué tengo que interactuar con alguien? Me gusta pasar tiempo a solas.

Leo se recargó en su silla y se cruzó de brazos como un guardia de seguridad irritado.

—¿Sabes? No logro entender por qué insistes en mantener tu mundo tan pequeño. Hay mucha gente interesante allá afuera.

Me preparé para lo que se avecinaba. Leo se había vuelto cada vez más filosófico desde hacía un mes, como si se hubiera dado cuenta de que estaba envejeciendo y aún no había ponderado muchas de las grandes preguntas de la vida. Por desgracia, eso significaba que también comenzó a filosofar sobre mi vida.

Me encogí de hombros y tomé una de mis fichas de *mahjong*.

—La mayor parte del tiempo disfruto de mi propia compañía.

Era casi cierto. La ventaja de haber perdido a mis padres tan chica, si es que la había, era mi brutal autosuficiencia. Dado que estaban demasiado ocupados con su propia vida, a mis papás nunca se les ocurrió organizar sesiones de juego con otros niños. Así que, cuando tuve edad suficiente para ir a la escuela, no había aprendido del arte de hacer amigos, ni era mi propósito. Tras la muerte del maestro Hyland, mis compañeros me empezaron a rechazar. Así fue como me retraje más dentro de mi propia imaginación y comencé a depender tanto de mí misma que no necesité a nadie más. Sí, en los viajes que hice cuando estaba en la universidad conocí a muchas personas interesantes, y hasta me mantuve en contacto con algunas de ellas por correo electrónico durante un tiempo… hasta que Abue murió. Aprendí por las malas que, cuando la gente te pregunta cómo estás después de la muerte de un ser querido, en realidad no quieren saber la respuesta. Quieren oír que ya lo superaste; no soportan ver tu dolor. Y, dado que no lo superé, los correos fueron volviéndose más esporádicos, hasta desaparecer por completo.

Leo no dejaba el tema por la paz.

—Pero eres tan buena con las personas… mira el trabajo que haces. —Se estiró para pellizcarme la mejilla, como si aún fuera la niña pequeña a la que conoció—. Sólo tienes que abrirte un poco más.

Esquivé su mano.

—Es fácil ser buena con las personas cuando se están muriendo. Sé que las estoy ayudando y sé qué necesitan: consuelo, compañía, alguien que las escuche. —Conté los elementos de mi lista con los dedos para acentuar el punto.

Leo gruñó en desacuerdo.

—Creo que subestimas tus habilidades, niña, son únicas. Todo el mundo confronta su muerte de forma distinta. Caray, la mayoría de nosotros ni siquiera está dispuesto a hablar del tema hasta que un día aparece en la puerta. Se necesita ser una persona muy especial para ayudarle a alguien a navegar el proceso de morir a su manera.

—Cierto. Pero soy buena para eso porque es mi trabajo. —Su insistencia era agotadora—. No hay muchas pretensiones con la gente que está a punto de morir. Y no hay presión por quedar bien porque no van a poder recordarte cuando se vayan. —Eso también significaba que no había riesgos para mí; sabía cuál sería el resultado de la relación antes de que empezara siquiera.

—A mi manera de verlo, eso es irse demasiado a la segura —dijo Leo—. ¿Qué clase de vida es esa en la que no dejas que nadie vea quién eres en realidad?

Tensé el cuerpo entero para no retorcerme. Sabía que la pregunta era más que válida.

—Tú ves quién soy en realidad.

De nuevo, era casi cierto.

—Y también tengo más del doble de tu edad. No voy a estar aquí para siempre. —Movió la cabeza de un lado a otro—. ¿No te gustaría hacer una vida con otra persona en algún momento?

Encogí un hombro con la esperanza de que hubiera parecido un gesto casual.

—Supongo que nunca lo había pensado.

Por supuesto que lo había pensado: había imaginado cómo sería tener a alguien cuyo día mejorara porque por tenerme en él; alguien que me tuviera en su mente aunque estuviera lejos; alguien que confiara en que cuidaría su corazón con delicadeza y que asumiera la responsabilidad sagrada de hacer lo mismo por ti.

—Pues, no es que quiera ponerme en la posición de tu abuelo, pero quizá deberías considerarlo. No hay nada como estar enamorado, aun si no dura tanto como te gustaría que durara.

Los ojos le centellearon al mirar hacia el retrato de su esposa, Winnie, espectadora de nuestros juegos de *mahjong*. Las vivencias de Leo y Winnie fueron unas auténticas socialités del mundo del *jazz* durante los años cincuenta y sesenta, pero su envidiable romance (de cuyas historias nunca me iba a cansar) se vio interrumpido cuando Winnie murió en un accidente de auto a los treinta y cinco años. Más de cincuenta años después, Leo seguía usando su anillo de bodas. Creo que esa era otra razón por la que Leo y yo nos llevábamos tan bien: nuestros dolores podían coexistir. Me encantaba que todavía tuviera su anillo, aun si la gente le sugería que era momento de quitárselo. Me frustraba que la sociedad estuviera tan decidida a cuantificar el duelo, como si el tiempo pudiera borrar la potencia del amor. Me frustraba también como la sociedad dictaba que el dolor por alguien a quien conociste de forma pasajera tenía que ser igualmente pasajero. Si bien una madre que tuvo un aborto espontáneo no tuvo la oportunidad de cargar a su bebé, sí tuvo bastante tiempo para amarlo, para soñar y desear por él. Y eso significa que el duelo es doble: no sufren sólo por el bebé, también por la vida que nunca pudieron tener.

¿Quiénes somos para decirle a otra persona que su dolor no es válido?

Leo le voló un beso al retrato y volvió a fruncir el ceño al ver sus fichas.

—¿Sabes? Todo el mundo habla de vivir para siempre, pero no piensan en cómo es la vida cuando tu esposa y todos tus amigos están muertos y tú eres el único que queda. Es una vida solitaria.

El dolor me inundó el pecho. No necesitaba vivir para siempre para saber cómo se sentía la soledad.

Más tarde esa noche estaba parada frente a mi estufa, calentando leche para hacer chocolate y repasando mi conversación con Leo. Por bien versada que fuera en las minucias del amor romántico ficticio, aun no lograba dominarlo en la vida real. Mejor dicho, ni siquiera lo había vivido. Mi imaginación, por su parte, necesitaba sólo de una mirada o un roce para encender la mecha de un flechazo de fantasía. Había tenido varios de esos a lo largo de los años —baristas, bibliotecarios, conductores de autobús, cajeros del supermercado— pero, por lo general, ellos ni siquiera sabían que yo existía. Y yo era demasiado tímida como para intentar llamar su atención; no estaba segura de que fuera siquiera digna de su atención. Prefería, entonces, vivir en mi cabeza, observar a la gente a mi alrededor y en las pantallas, vivir indirectamente a través de sus relaciones. Era más seguro así.

Cerré los ojos e inhalé el vapor de la leche y la canela que burbujeaba a fuego lento en la olla de cobre. El mango tenía marcas en dos lugares particulares, el resultado de tres décadas de uso entre Abue y yo. El líquido café cremoso formó un espiral hipnótico cuando lo vertí de la olla.

Al envolver con mis manos la taza de cerámica, una añoranza familiar me atacó. Un jaloneo incompatible entre la necesidad de estar sola y la ansiedad de la conexión humana; no quería compañía, pero no quería sentirme sola.

Coloqué una silla en la orilla de la ventana, puse la taza en el pretil y me envolví en mi cobija de alpaca. Tras apagar todas las luces de la sala, con sólo el reflejo del farol de la calle para iluminarme, jalé las persianas muy despacio para que el movimiento fuera imperceptible desde afuera. George se acercó despacio, listo para hacer su papel en la rutina que ya conocía muy bien. Lo puse sobre mi regazo y me llevé los binoculares a los ojos.

La luz de la sala del otro lado de la calle brillaba con fuerza, como un faro para mi barco. Ahí estaban, como solían estarlo a esa hora, sentados en la mesa del comedor frente a frente.

Julia y Reuben.

Esos no eran sus nombres reales, claro está. O al menos era poco probable que lo fueran; en realidad, nunca los había conocido. Pero los conocía muy bien. Sabía que Reuben era quien cocinaba a menudo y que Julia escogía el vino —tinto, por lo regular— y se tomaba dos copas; él, en cambio, sólo una. Sabía que, por momentos, hacían una pausa durante su cena para darse un besito, como un diminuto refrigerio entre la ensalada y el plato fuerte. Sabía que, cuando veían la televisión en su sillón —Reuben siempre sentado a la izquierda de Julia—, él le frotaba la espalda, trazando círculos, mientras ella le pasaba los dedos por el cabello con dulzura.

Esa noche, vi a Reuben abrazar a Julia por la espalda, cuando ella lavaba los platos; y lo vi estirar un brazo para quitarle un mechón de cabello rebelde de los ojos para que ella no tuviera que hacerlo con las manos húmedas y envueltas en sus guantes de hule. Luego, los vi turnarse para hundir sus cucharas en el bote de helado compartido mientras los créditos de una película se reflejaban en sus rostros. Su conexión íntima —un amor más implícito que declarado— me mantenía a flote, como si fuera mía también.

Poco a poco, la añoranza en mi pecho comenzó a ceder.

16

Lo entiendo. Era un poco extraño tener treinta y seis años y que mi único amigo en el mundo fuera mi vecino de ochenta y siete. Para alguien que siempre ha tenido amigos, debe ser muy difícil imaginar cómo puede alguien ir por la vida sin ninguno. En realidad, es más sencillo de lo que parece. La verdad es que la vida solitaria me tomó un poco por sorpresa, como un par de gotitas inocuas que de pronto se convierten en un charco, el cual sí es un problema.

Los humanos encontramos solaz en los hábitos, y por eso podemos entender a la gente a partir de sus patrones, como me enseñó Abue. El problema es que, una vez que crees que has entendido algo o a alguien, sueles negarte a impugnar esos prejuicios. Yo no pasaba todas mis horas del almuerzo en la escuela debajo del árbol con un libro porque no me agradaran mis compañeros. Lo hacía porque leer me parecía una aventura más maravillosa, una forma de viajar a nuevos mundos y ver la vida a través de los ojos de alguien más. En mi cabeza, era una intrépida exploradora, mientras que mis compañeros me consideraban una ermitaña rara. Y, ya que ellos no interactuaban conmigo, yo no intentaba interactuar con ellos.

En su defensa, mi fascinación con la muerte no ayudó demasiado, sobre todo en la preparatoria. Quizá no fue muy buena idea haber hecho mis tres proyectos de Ciencias Sociales de primer año sobre la muerte. Tampoco lo fue escribir un poema para la clase de

Literatura desde la perspectiva de una embalsamadora. Sin embargo, ya que la muerte había influido tanto en mi vida desde los cinco años, quería observarla, descifrarla. Quería encontrarle el sentido a algo que parecía no tenerlo.

Sí intenté hacer una amiga en la preparatoria.

Al inicio de mi segundo año en la Preparatoria Stuyvesant, la familia de Priya se mudó a Manhattan desde Singapur.

La tarde en que la orientadora vocacional llevó a Priya a la clase de Ciencias Sociales, yo estaba asomada por la ventana del salón, viendo las nubes grises flotar y avanzar hacia el Río Hudson. El salón siempre olía a lo mismo: a una especie de competencia entre el almizcle de las virutas de los lápices y el aroma a perro mojado de los chicos adolescentes.

El corazón me dio un vuelco cuando la maestra le señaló a Priya la banca vacía, en la que nadie se sentaba, y estaba a un lado de la mía.

—Hola —sonrió con timidez al acomodarse en la silla.

—Hola —respondí con la misma actitud, intentando esconder la sorpresa que me provocó su saludo—. Parece que va a llover.

Priya volteó con un poco de torpeza hacia la ventana.

—Ah, sí… eso parece.

Se concentró en organizar sus plumas —de esas especiales, de gel— y su cuaderno en el escritorio.

Mientras la observaba, una inmensa gratitud me recorrió el cuerpo. Una persona más en el grupo haría que el salón tuviera un número par de estudiantes, lo que significaba que, si teníamos que trabajar en parejas, me ahorraría la vergüenza de ser la única que haría el proyecto sola. Y tampoco tendría que soportar la mirada lastimera de la maestra Lynd, mientras conminaba al equipo más cercano a darme permiso de invadirlos y de formar con ellos un trío reticente.

Pero Priya representaba también una hoja en blanco. No sabía nada sobre las dinámicas sociales de nuestro grado. No sabía, tampoco, que me había ganado el apodo de Trébol de la cripta, que nadie me decía a la cara, pero sí había oído entre risitas y cuchicheos en los pasillos. Así que, cuando juntamos nuestros escritorios para hacer una tarea en parejas, creí que al fin sucedería: estaba a punto de hacer mi primera amiga. Priya estaba impresionada con todos los datos que sabía sobre Singapur (Abue me había contado sobre el año sabático que pasó ahí antes de que yo naciera) y se emocionó al descubrir que sabía jugar *mahjong*. Además, cuando me dijo que le encantaba leer a Virginia Woolf y Joan Didion, supe que éramos un dueto perfecto. Mientras caminaba junto al río de camino a casa esa tarde, no pude evitar pensar en cómo podría ser mi vida con una amistad de mi edad… y mi género.

Había notado las orejas perforadas de Priya, sus uñas pintadas y labial de color, y vi la forma en que se reía y movía su cola de caballo cuando los chicos hacían chistes. Sin duda me vendría bien tener alguien con quien hablar de esas cosas. Una vez que entré a la adolescencia, comencé a sospechar que quizá me hacía falta algo de conocimiento esencial femenino porque no tenía una figura materna en mi vida. Hasta ese punto, había navegado los obstáculos de la pubertad gracias a los libros de texto de la biblioteca de la escuela (Abue me proveyó una explicación científica de lo que le estaba ocurriendo a mi cuerpo y dinero para comprar todos los productos menstruales necesarios, pero no pudo hacer mucho más que eso). Y cuando mis compañeras empezaron a maquillarse, intenté replicar sus esfuerzos con productos que logré reunir en la farmacia. Pero, sin nadie que me enseñara sobre los tonos de la piel —o lo importante que era tener un toque ligero— los resultados me hicieron abandonar el maquillaje casi por completo durante el resto de mis días. Tener a Priya como amiga podría cambiar eso.

Pero no quería parecer demasiado intensa… ni desesperada. Así que, al principio, traté de mantenerme lo más tranquila posible. Le sonreía cuando la veía en los pasillos y le decía un par de cosas antes de que empezara la clase, recomendándole libros que creía que le gustarían. Mi idea era esperar dos semanas y luego, tal vez, invitarla a la librería de Bessie después de clases. Y, entonces, podría sugerir de forma muy casual que fuéramos por un café o a ver una película para que nuestra amistad floreciera desde entonces. Quizá llegaría a invitarme a cenar a su casa con sus papás. Estaba segura de que su mamá sería tan sofisticada como ella. Probablemente necesitaría un celular, como tenían todos los chicos de mi grupo, ahora que alguien, además de Abue, podría querer contactarme. Abue todavía era mi mejor amigo, y me encantaba que siempre tuviera tiempo para mí, pero estaba lista para ampliar mis horizontes y al fin hacer una amiga de verdad.

No recordaba la última vez que me había sentido tan entusiasmada.

Dos semanas después, esperé a Priya junto a su casillero después de que sonó la última campana. Hice una parada en el baño para volverme a asegurar de que los aretes de presión que compré en un puesto en Canal Street siguieran bien puestos. Tenía también la esperanza de que se percatara de mi nuevo labial fresa estelar de Lip Smacker.

Cuando me vio esperándola, parecía sorprendida.

—Ah, hola, Clover... ¿qué pasa? —El suéter con brillitos que traía puesto parecía caro.

—Hola, Priya —intenté recargarme en el casillero junto al suyo de forma muy casual, pero estuve a punto de perder el equilibrio—. Iba a ir a mi librería favorita en West Village después de clases y me preguntaba si querrías venir conmigo.

Priya se concentró en guardar sus libros en su casillero, uno por uno.

—Gracias, pero hoy no puedo.

—Está bien —dije—. Podríamos ir mañana... ¿o algún día de la próxima semana?

Priya cerró su casillero muy despacio y le pasó el pestillo con mucha delicadeza. Luego volteó a verme.

—Lo siento mucho, Clover, pero no creo poder pasar tiempo contigo. —Se miró sus tenis impecables y altos—. Lo que todos los demás dicen sobre ti es muy injusto, pero yo también estoy intentando encajar. Creo que lo mejor es que nos veamos sólo en clase.

—Ah, bueno —dije, casi en un susurro, mientras el ardor del rechazo comenzaba a escocerme el pecho—. Lo entiendo.

Me sonrió con resignación.

—Gracias… Te veo mañana en Ciencias Sociales, supongo.

Devastada, miré a Priya cruzar el pasillo con un grupo de chicas a las que yo conocía desde primaria. Mientras todas se reunían para admirar su suéter, sentí una punzada de envidia, de repente acomplejada por mi simplona sudadera de Old Navy.

Ese día empecé a entender lo difícil que es ser una persona distinta a la que el mundo cree que eres.

17

La pintura color turquesa que me manchaba las cutículas resplandecía bajo la luz ambarina cruel de la entrada de mi edificio. Acababa de salir de una clase de pintura abstracta a la que me había inscrito para honrar el remordimiento de una bioquímica de ochenta años llamada Lily, quien jamás persiguió su sueño de ser artista porque su maestra de noveno año le dijo que no tenía talento y que le iría mejor dedicándose a la ciencia. En su momento, le llevé a Lily un lienzo y óleos para que al fin tuviera la oportunidad de darle rienda suelta a la creatividad que había reprimido toda su vida. Sin embargo, para entonces, la artritis le había debilitado tanto las manos y le causaba tanto dolor que sólo le entristeció más no haberlo intentado antes.

Hasta ese momento mis habilidades artísticas eran poco prometedoras, pero al menos podía afirmar que lo había intentado.

Como cada viernes, el aroma especiado de la crema de mariscos de Leo había inundado las escaleras del edificio y se hacía más intenso a medida que me acercaba subrepticiamente a mi departamento. Hasta entonces había logrado pasar varias semanas sin toparme a Sylvie de nuevo.

Sin embargo, cuando creí que había atravesado el segundo piso sin hacer ruido, el alivio se transformó en preocupación porque olvidé evitar el tablón más ruidoso de la escalera. A mis espaldas, una puerta crujió al abrirse.

—¡Hola, Clover! —exclamó Sylvie desde el extremo opuesto del pasillo.

A regañadientes volteé a ver a mi vecina nueva, quien se había asomado por el umbral de su puerta y traía puesta una sudadera gris con un estampado que parecía el logo de un grupo musical.

—Ay, hola, Sylvie —dije, agradecida de tener llaves que me permitieran mantener ocupadas las manos—. Qué gusto volverte a ver.

—¡Igualmente! —Sylvie sonrió, y me pregunté si acaso sus niveles de entusiasmo alguna vez menguaban—. Tenía la esperanza de volver a verte, pero nunca coincidimos. Por fortuna hoy te escuché pasar... Supe que no era Leo porque él no sube las escaleras tan rápido.

—Ah, claro —dije, un poco decepcionada de mí misma—. En fin, ¿qué tal van las cosas?

No pude evitar contagiarme un poco de su entusiasmo amistoso.

—¡Al fin terminé de mudarme! Digo, aún hay varias cajas que tengo que desempacar. Pero tengo muchas ganas de conocer el barrio... y a los vecinos también, claro.

—Qué bien... Sé que a Leo le encanta conocer gente nueva —dije, con la esperanza de que entendiera la insinuación.

—Ay, sí, Leo es un encanto. Y veo que le encantan los mariscos —dijo Sylvie, alzando la mirada al techo y olfateando—. Pero también me gustaría conocerte mejor. ¿Quizá mañana podríamos ir por ese café del que hablamos?

Iba a ser muy difícil seguirla evadiendo. Además, Leo tenía razón: él no estaría ahí para siempre y, cuando se fuera, me quedaría sola. Cuando menos necesitaba alguien que fungiera como mi contacto de emergencia en formularios de registro. Eso era razón suficiente para conocer a alguien nuevo. Además, era agotador pensar en pasar el siguiente año subiendo y bajando las escaleras de puntitas para esconderme de Sylvie. Quizá valía la pena intentarlo; lo importante era no encariñarme ni revelar demasiada información personal.

—Claro —contesté, aunque debía agregar algo más—. Me encantaría. —Ya no había vuelta atrás.

—¡Perfecto! —exclamó Sylvie—. ¿Nos vemos mañana a las diez de la mañana en el vestíbulo?

Cierto entusiasmo tembloroso se apoderó de mis extremidades; era el mismo coctel de adrenalina y nerviosismo que sentía cuando hacía algo riesgoso. Y me recordó que hacía mucho que no me arriesgaba a nada.

—Sí, está bien. —Creo que al menos debí haber fingido consultar mi agenda.

—¡Bien! ¡Nos vemos mañana entonces! —Sylvie esbozó una última gran sonrisa antes de cerrar su puerta.

Era muy extraño entrar al café acompañada de alguien más; estaba acostumbrada a ir directo hacia la mesa de la esquina que sólo tenía una silla. Miré a mi alrededor, a la gente reunida en grupos de dos o tres o más personas, y envidié su desenfado. ¿Se darían cuenta los demás comensales de que era la primera vez que iba a tomar un café con alguien que no fueran Abue o Leo? ¿Se daría cuenta Sylvie?

Cuando nos sentamos, empecé a juguetear con los paquetitos de azúcar que estaban en el centro de la mesa para distraerme de la ansiedad y los nervios, los cuales me provocaban ganas de orinar.

—Bueno —dijo Sylvie, quien al parecer era inmune a la incomodidad social—, creo que sé lo que hace una doula que asiste nacimientos, pero ¿qué hace exactamente una doula de la muerte?

Supuse que Leo le había contado a Sylvie a qué me dedicaba, así que me preparé para recibir las miradas juiciosas y de repulsión que la gente acostumbraba echarme cuando les revelaba mi profesión. Pero no ocurrió. La expresión de Sylvie era franca y amigable, como si de verdad le interesara mi respuesta. Aun así, procedí con cautela.

—Si lo piensas bien, es básicamente lo mismo, pero a la inversa —dije, mientras acomodaba los sobrecitos de azúcar en una fila—. Las doulas convencionales ayudan a traer vida al mundo, y las doulas de la muerte ayudamos a la gente a salir pacíficamente de él.

Sylvie arqueó el ceño con expresión curiosa.

—Pero no eres doctora, ¿o sí? O sea, ¿se necesita algún tipo de grado médico?

—Algunas doulas estudian medicina, pero no es mi caso. Supongo que lo que yo hago es más… experiencial —dije, a falta de una palabra más precisa—. Mi trabajo consiste en hacerles compañía y escucharlos, y ayudarlos a reflexionar sobre su vida si eso es lo que quieren hacer. También les ayudo a reconciliarse con sus errores y arrepentimientos. Cosas por el estilo. Si no tienen a alguien más, soy quien les sostiene la mano en sus últimos momentos de vida.

—¡Qué fuerte! —dijo Sylvie—. ¿Y no es un poco deprimente? O sea, yo no sé si podría ver gente morir una y otra vez. Creo que me haría mucho daño.

—Supongo que ya aprendí a desactivar mis emociones. —Me enorgullecía mi fortaleza—. Puedo hacer mejor mi trabajo si no me involucro emocionalmente.

Sylvie volvió a fruncir el ceño con expresión escéptica.

—¿Ni siquiera se te sale alguna lagrimita de cuando en cuando? ¿Ni con los casos más desoladores?

—No —contesté y me encogí de hombros—. De hecho, no lloro por nada.

—¿Nunca? ¿Por nada en el mundo? ¿Ni siquiera en las películas?

Negué con la cabeza.

—No. —Eso era algo de lo que también me enorgullecía.

Sylvie me observó con suspicacia.

—No sé si sea lo más sano del mundo, querida. Que no te permitas sentir, no significa que tus emociones no existen.

—Al menos a mí me funciona. —Me sorprendió el tono defensivo de mi voz.

—Bueno, si tú lo dices. —Definitivamente no sonaba convencida—. En fin, imagino que habrás escuchado confesiones loquísimas de algunas personas en su lecho de muerte.

Pensé en mis libretas y en las confesiones que había acumulado a lo largo de los años. Algunas eran más sórdidas que otras. Pero me tomaba muy en serio mi deber ético de nunca revelárselas a otro ser humano.

—Sí, una que otra.

Sylvie se inclinó sobre la mesa.

—¿Alguna vez te han pedido que hagas algo inusual para ayudarlos a resolver sus temas pendientes?

Sin darme cuenta, empecé a imitar sus movimientos, esa manera en que se dirigía a mí como si estuviera compartiendo un secreto.

—He ayudado a gente a hacer llamadas telefónicas difíciles o a escribir cartas para disculparse. Pero suele ser anticlimático porque la mayoría de las veces mueren antes de localizar a la persona con quien quieren comunicarse.

—Uy, qué triste. Espero que no me ocurra algo así cuando me muera. —La sonrisa de Sylvie se apagó por un instante—. Pero bueno, tampoco soy una persona rencorosa. Si me enojo por algo, se me olvida en cuestión de días.

Eso tenía mucho sentido; si Sylvie fuera un animalito de cuatro patas y tuviera cola, la movería todo el tiempo. Debía reconocer que su entusiasmo por la vida en general me parecía un tanto encantador. Me hacía sentir mejor con respecto al mundo.

Busqué con ansias un nuevo tema de conversación que no tuviera que ver conmigo.

—Por cierto, Leo me dijo que eres historiadora del arte. —Sabía que a la gente le encantaba hablar sobre sí misma, así que no solían darse cuenta cuando desviaba la conversación hacia ellos.

—¡Sí! —exclamó Sylvie, pero luego ladeó la cabeza y me observó con detenimiento, como si estuviera tratando de descifrar

113

el significado en una obra de arte—. Pero no creas que no me di cuenta que estás cambiando el tema, ¿eh?

—Sí, perdón. —No pude evitar sonrojarme. Qué vergüenza que mis motivaciones fueran tan obvias—. ¿Eres originaria de Nueva York?

—No. De Chicago. —Su voz adquirió un tono envalentonado—. Siempre juré que Nueva York sería el último lugar en el que viviría. Pero heme aquí. Llevaba dos años trabajando en un museo en Tokio cuando el museo de la Colección Frick me hizo una oferta que no pude rechazar. Supongo que nunca hay que decir *nunca*, ¿no?

—¡Me encanta Tokio! Me fui un semestre de intercambio cuando estudiaba la universidad. —Nunca esperé encontrar algo en común con Sylvie en tan poco tiempo.

—A ver, ¿qué carrera hay que estudiar para convertirse en doula de la muerte?

Me encogí al percibir la mirada escrutadora del mesero cuando nos llevó los cafés.

—Como te decía hace rato, todo el mundo sigue un camino distinto. —Esperé a que el mesero se fuera para continuar—. Pero hice mi tesis sobre tanatología.

—¿Qué es eso?

—El estudio de la muerte.

—¿En serio es algo que se estudia? ¡Qué increíble!

Increíble. Nunca había oído que alguien usara ese adjetivo para describir mi trabajo.

—Bueno, se puede estudiar desde muchos puntos de vista, pero yo me enfoqué en las tradiciones funerarias de varias culturas. Por eso fui a Japón.

Una retahíla de maldiciones provenientes de la mesa contigua llamó nuestra atención. Una inglesa de cabello rizado estaba secando con furia la mancha de café sobre su vestido blanco, mientras su acompañante intentaba contener el derrame sobre la mesa.

—Toma —le dijo Sylvie a la mujer mientras le entregaba un manojo de servilletas con una sonrisa empática, y luego volvió a enfocarse en mí—. Entonces, ¿viajas con frecuencia?

—No realmente… por mi trabajo —contesté.

La mujer de la mesa de al lado sólo estaba empeorando las cosas al frotar la mancha con las servilletas.

—Supongo que la imprevisibilidad de la muerte hace que sea difícil planear un viaje, ¿no? —Sylvie le echó azúcar a su café con leche—. Sí sabes que voy a hacerte mil preguntas sobre tu profesión, ¿verdad?

Que mi trabajo le pareciera medianamente interesante me pareció muy halagador.

—¿Qué te gustaría saber?

—Para empezar, ¿cómo llegaste a vivir en Nueva York? Pasaste de viajar por el mundo para estudiar las tradiciones funerarias de otras culturas, a trabajar como doula de la muerte?

Revolví mi café negro, pues no estaba muy segura de qué tanto quería ahondar en ese tema.

—Mi abuelo murió solo mientras yo estaba en el extranjero —contesté en voz baja—. Eso me hizo darme cuenta de que mucha gente muere sola. Supuse que ayudaría más al mundo siendo doula de la muerte que siendo una académica que estudia la muerte de forma abstracta. Además, después de su muerte se me quitaron las ganas de viajar. Creo que dejó de apasionarme. Y quedarme en Nueva York me ha ayudado a sentirme cerca de él.

—Lo lamento mucho. Leo dice que tu abuelo y tú eran muy cercanos.

—Gracias. Y sí, lo éramos. —Me pregunté qué otras cosas le habría contado Leo—. En fin, ¿en qué parte de Tokio viviste?

En esta ocasión, Sylvie decidió pasar por alto mi forma tan torpe y notoria de cambiar de tema.

—Viví en Ginza la mayor parte del tiempo. ¡Tenía un departamento precioso! La próxima vez te enseñaré fotos.

La próxima vez. La posibilidad de pasar más tiempo con ella detonó una sensación desconocida de esperanza. Sin embargo, era como ponerse zapatos de cuero rígidos por primera vez; a pesar de ser de la talla adecuada, eran ligeramente incómodos.

¿Así se sentía empezar una nueva amistad?

18

Cuando vi a Sebastian recargado en la reja de hierro forjado de una casa de la Calle 84, consideré romper nuestro trato y correr de regreso al metro. Pero entonces movió un brazo para saludarme, y mis piernas me impulsaron hacia adelante. A pesar de su apariencia apacible, su forma de recargarse en el enrejado desbordaba confianza, como si estuviera seguro de su lugar y propósito en el mundo: un tobillo delante del otro, las manos asomadas por el borde de los bolsillos.

Cuando no hubo más de un metro de distancia entre nosotros, me detuve de golpe.

—Hola, Sebastian.

Por lo general, con un cliente nuevo, asumía mi personalidad profesional e iba directo a los detalles, con la confianza de que era buena en mi trabajo y sabía a la perfección por qué estaba ahí. Sin embargo, en ese momento, la ansiedad me estaba agobiando más que de costumbre.

—Hola, Clover. ¡Qué gusto verte! —Sebastian dio medio paso hacia mí, como si buscara un abrazo. Pero debió de haber notado mi cara de estupefacción, pues de inmediato cambió de táctica y estiró la mano—. Creo que debería decirte algo —dijo, mientras subía los escalones hacia la puerta principal—. Mi abuela sabe que vienes, pero no sabe que eres una doula de la muerte.

Las alarmas mentales que había estado ignorando se hicieron mucho más fuertes.

—¿A quién cree que va a conocer entonces?

—Le dije algo así como que eras una amiga mía que estaba interesada en su fotografía.

—Pero no sé nada sobre fotografía.

Detestaba tener que mentir; si iba a ser deshonesta, por lo menos debía ser mi decisión.

—Vas a estar bien —dijo Sebastian, con menos certeza de la que me habría gustado escuchar—. Una vez que logres que empiece a hablar y recordar, ni siquiera se va a dar cuenta.

Estaba molesta por haberme dejado engañar, pero era demasiado tarde como para retractarme; su abuela esperaba visitas.

Sebastian me guio por un corredor mucho más majestuoso de lo que esperaba. La decoración era escasa en comparación con el barroquismo de mi departamento, pero la escasez era intencional: cada objeto parecía haber sido elegido de manera juiciosa y colocado en su lugar con absoluta precisión.

—La casa de tu abuela es muy linda —dije tras recordar que Sebastian era técnicamente mi empleador y que debería entablar una conversación amable, a pesar de su engaño.

—Sí, supongo que sí. —Sebastian miró a su alrededor sin fijarse en nada en realidad—. Mi abuelo la compró en los cincuenta, pero creo que tiene más de cien años. Pasaba mucho tiempo aquí cuando era niño; mis papás me traían a pasar las vacaciones de la escuela.

Caminar detrás de él significaba que podía estudiar su aspecto de forma discreta. Tenía más o menos mi edad —siempre era más difícil saberlo con los hombres— y un poco más alto. Cada vez que lo había visto tenía puesta la misma ropa: una camisa negra, pantalones negros, anteojos de marco dorado y una bufanda gris. Lo más probable era que fuera uno de esos que compran cinco versiones del mismo atuendo para simplificarse la vida.

A lo largo del pasillo colgaban fotografías enmarcadas, las cuales estaban ubicadas en intervalos perfectos. Había esperado encontrarme con estirados retratos familiares, pero las imágenes en blanco y negro que tenía enfrente eran evocativas hacia portales de mundos lejanos. Un musculoso caballo que se erguía sobre las patas traseras en un desierto; su brillante crin ondeando en el aire como llamas ardientes. Los ojos penetrantes de un hombre con un turbante, su rostro tallado con las profundas líneas de la turbulencia emocional.

—Dijiste en tu correo que tu abuela era fotoperiodista.

Sebastian se detuvo para mirar la fotografía que estaba examinando.

—Sí… de hecho, fue una de las primeras fotoperiodistas de su época. Antes de casarse con mi abuelo, viajó por todo el mundo y tomó fotografías para periódicos.

—¿Ella tomó todas estas?

—Así es. —El pecho se le infló de orgullo al pararse a mi lado—. Casi todas las fotos que ves aquí son suyas. —Comenzó a caminar de nuevo—. Ya te daré un *tour* de verdad, pero creo que deberías de conocer a mi abue primero. El jardín es su lugar favorito.

Del otro lado de las puertas francesas que separaban la cocina del jardín, vi a una mujer mayor sentada en una silla de mimbre. Un chal azul le envolvía los hombros, y una gruesa cobija color verde bosque le cubría las piernas. Estaba con el rostro hacia el sol, los ojos cerrados y una plácida sonrisa. Parecía casi grosero interrumpirla.

A Sebastian no pareció importarle demasiado.

—¡Hola, abue! —Caminó hasta donde estaba sentada y le plantó dos besos: uno en cada mejilla. Ella estiró la mano y le tomó la barbilla con delicadeza. Era evidente que la admiración era mutua.

—Hola, querido. —Su voz clara y robusta no parecía concordar con su diminuto y envejecido cuerpo—. Sólo estaba escuchando a los pájaros y tomando un poco de sol antes de que vuelva el inescapable gris invernal.

Sebastian me hizo una seña para que los acompañara.

—Abue, ella es la amiga de quien te conté: Clover.

—Un gusto conocerla, señora Wells. —Le tendí la mano.

—Ay, por favor, dime Claudia —respondió ella y tomó mi mano entre las suyas—. No siempre tengo la fortuna de conocer a una de las amigas de Sebastian.

Sebastian nos miró con una expresión alegre.

—Clover y Claudia… suena bien.

—Como un par de hermanas tercas en una novela de Jane Austen —apuntó Claudia.

—Es un placer conocerte, Claudia. —Su irreverencia me resultó fascinante—. Siempre quise tener una hermana.

Claudia se inclinó hacia el frente con una expresión de descaro.

—No nos enfoquemos sólo en la diferencia de edades. —Señaló la otra silla de mimbre que estaba junto a la suya—. Siéntate, Clover. Sebastian, ¿nos traerías café, por favor? —Sebastian asintió de forma obediente y desapareció en el interior de la casa—. Mi nieto me cuenta que te interesa la fotografía —dijo Claudia y se cerró el chal un poco más. Al estirar la tela, me percaté de la huesuda curvatura de su espalda.

Sentí una oleada de resentimiento hacia Sebastian por obligarme a engañar a una mujer tan encantadora. Le supliqué a las fuerzas del universo que mis mejillas no se sonrojaran y me delataran.

—Sí —respondí de forma tan casual como pude, aunque en realidad no fue nada casual. Sí me interesaba la fotografía, así que tal vez no era una mentira completa—. Pero, sobre todo, me gustaría saber sobre tu carrera como fotoperiodista. Debió haber sido una elección muy poco convencional para una mujer en los cincuenta.

—Y que lo digas. —Claudia le frunció el ceño en dirección al cielo—. Mi padre estuvo a punto de desheredarme cuando le dije cuál era mi vocación. Por fortuna, mi fuerza de voluntad provenía de mi madre, y ella le prohibió a mi padre prohibírmelo.

—Tu mamá estaba adelantada a su época. —Me encantaba que Claudia se hubiera puesto labial rojo para sentarse en su jardín, quizá algo que otras personas podrían considerar una ocasión insignificante.

—Sí y no —respondió, con las muñecas sobre el regazo en una elegante postura—. Mamá me dijo que fuera a la universidad y siguiera mi pasión tanto como pudiera... eso significaba hacerlo hasta que encontrara marido. A su manera de verlo, la carrera de una mujer no podía interferir con su matrimonio. Es más, no se esperaba que las mujeres de nuestra clase social tuvieran carreras, a menos de que pudieras considerar la vida de esposa de la alta sociedad como un oficio. Supongo que se requiere de cierto talento para organizar galas y ser anfitriona de elegantes cenas, pero nunca fue algo que quisiera hacer.

—¿Y cómo conociste a tu esposo?

—Era amigo de mi hermano —dijo Claudia—. Después de la universidad, conseguí una pasantía en una revista de noticias en la ciudad. Fui la primera mujer pasante en su historia, y él ya vivía aquí. Mi hermano y mi padre le pidieron que me cuidara y...

—¿Se enamoraron? —La posibilidad de una historia romántica disparó endorfinas por todas mis extremidades.

—No del todo. En ese entonces, el amor no era un prerrequisito para casarse —dijo Claudia con cierta aspereza—. Podría decirse que nos teníamos aprecio, pero lo más importante era que a mis padres les parecía un candidato aceptable. Y una vez que eso quedó decidido, mi breve aventura fotoperiodística llegó a su fin. Ustedes las jóvenes de hoy tienen mucha suerte: no tienen que elegir entre una carrera o casarse y tener hijos.

Bueno, en realidad, casarme y tener hijos no se me había presentado como posibilidad, así que nunca tuve que elegir. Supongo que eso significaba que era afortunada... o muy desafortunada.

Pero estaba ahí para hablar de la vida de Claudia, no de la mía.

—Tienes razón —dije—. Sí tenemos mucha más libertad hoy en día, aunque no tanta como podríamos o deberíamos tener.

121

En cuanto las palabras se escaparon de mi boca, me arrepentí de haber revelado mi postura política. Por lo regular, solía mantenerme neutral.

Sin embargo, la sonrisa de validación de Claudia me hizo entender que no tenía de qué preocuparme.

—Creo que tú y yo nos vamos a llevar muy bien, querida.

19

Mientras Claudia tomaba una siesta bajo la luz del sol, volví caminando a la casa. Sebastian nos había dejado solas para que nos conociéramos mejor y se fue a cumplir con la lista de tareas que ella le había encomendado: cambiar un foco de la biblioteca, apretar el grifo del baño de visitas, entre otras cosas.

Mientras vagaba sola por la casa, no pude resistir la tentación de asomarme a las habitaciones que daban al ancho pasillo central. La sala de estar se caracterizaba por la misma paleta de colores neutros —entre grises claros y colores crema—, y los únicos destellos de color provenían de los ramos casi perfectos de hortensias acomodados en floreros minimalistas y angulosos. Me hizo pensar en las casas de personas famosas convertidas en museos y que había visitado durante mis viajes —la de Monet en Giverny, la de Elvis en Graceland—, donde los cordones enmarcaban las viñetas domésticas detenidas en el tiempo. En la casa de Claudia todo era austero, impoluto, completamente incongruente con la personalidad cálida y efervescente de su propietaria.

Escuché unos pasos lentos en la escalera de mármol y salí de nuevo al pasillo, con el corazón retumbando de culpa. Sebastian estaba por llegar al pie de las escaleras, sostenía torpemente —por la parte media— el estuche de un *cello* como si estuviera intentando bailar un vals con una pareja voluptuosa. Hizo una mueca de dolor cuando le pegó al estuche contra la pared, aunque no sé si le preocupaba más el instrumento o el prístino acabado blanco del muro.

—¿Qué pasó? —preguntó y asentó el extremo bulboso del estuche sobre el piso—. ¿Todo bien con mi abue?

—Sí. Está tomando una siesta bajo el sol. Supuse que lo mejor sería dejarla disfrutar su descanso. —Observé el estuche musical con curiosidad—. ¿El *cello* es de ella?

—No. De hecho, es mío —contestó Sebastian—. A mi abue le gusta oírme tocarlo, así que a veces lo traigo y le doy serenata… por decirlo de alguna forma.

Era una imagen tan enternecedora que el enojo que sentía hacia él se disipó un poco. Supuse que tendría buenos motivos para mentir, igual que yo.

—Qué lindo de tu parte —dije—. La música puede ser muy reconfortante para los moribundos.

Sebastian hizo una mueca de dolor al oír esa última palabra.

—Es una cosa de nada, pero creo que la hace sentir mejor. A veces me pide que toque durante horas, y ella sólo se sienta a escucharme con los ojos cerrados. Se ve tan apacible… como si estuviera teniendo un buen sueño o algo por el estilo.

Esbocé una sonrisa alentadora.

—Ese tipo de pequeños placeres suelen ser los más significativos para la gente en esta etapa. —Se hizo un silencio conspicuo que provocó que miráramos en una dirección distinta a los ojos del otro, hasta que Sebastian vio su reloj.

—Creo que debería irme. —Apoyó el estuche del *cello* en la puerta principal, mientras sacaba su celular—. ¿Vas hacia el centro de la ciudad? Si quieres te doy un aventón.

—Eh, no, está bien. Volveré en metro. —Compartir auto con Sebastian y mostrarle el lugar donde vivía se me hacía demasiado íntimo.

—No me molesta hacerlo. Sé que vives por el West Village, ¿no? Oí que se lo dijiste a mi abue. El ensayo de mi conjunto de cámara es a un lado de la Universidad de Nueva York, así que puedo dejarte de camino.

Habría sido una mentira demasiado evidente si le hubiera dicho que prefería tomar el subterráneo. Tal vez podía inventar que tenía algo más que hacer en el Upper West Side, aunque en realidad necesitaba acordar con él qué días iría a ver a su abuela, así que era un buen momento para dejar de mentirle.

—Si pudieras dejarme en Washington Square Park, te lo agradecería mucho.

Sebastian esbozó una sonrisita.

—¡Genial! Pediré el Uber.

Después del breve drama que implicó meter el *cello* a la cajuela del Uber, nos subimos al asiento trasero de un Toyota Sedán color lavanda y emprendimos el camino por Columbus. Nuestra conductora de esa tarde era Rhonda, una tejana rubia de mediana edad. Al pasar por detrás del Museo de Historia Natural, sentí una intensa punzada de aflicción. Había pasado incontables tardes con Abue ahí. Fue otra de esas ocasiones en las que el duelo me estrujaba el corazón en el momento menos esperado. Volteé a ver a Sebastian. En unos años, quizás él sentiría alivio al recordar que había sido muy atento con su abuela en la última fase de su vida. Aun así, probablemente no sería suficiente.

—Dice tu abuela que eres el único miembro de su familia que vive en Nueva York.

A Sebastian pareció sorprenderle que hubiera decidido romper el silencio.

—Sí, soy el único. Mi mamá y mi papá y mis tres hermanas mayores aún viven en Connecticut, que es donde crecimos.

—¿No vienen mucho a la ciudad?

—Sólo para las fiestas y cosas así. —Empezó a juguetear con el botón del puño de su camisa—. Mi papá vino de visita cuando llevamos a mi abue al gastroenterólogo. El doctor fue su compañero en la universidad, y creo que usó sus contactos para que la ingresaran al hospital.

—¿Cuál fue el diagnóstico?

Sus ojos color café se nublaron.

—Cáncer de páncreas. Fase 4.

—Lo lamento mucho. —Hice una breve pausa empática—. ¿Cuánto tiempo creen que le queda?

—Dos meses, a lo mucho.

—Supongo que fue un golpe muy fuerte para ustedes. Sobre todo para ella.

—No precisamente. —Sebastian se puso tenso—. El doctor le dijo a mi papá el diagnóstico en privado, y entonces mi papá le pidió que no le dijera a mi abue que se estaba muriendo.

—¿Qué? —Tuve que contener las ganas de demostrar mi inconformidad. Mi trabajo requería imparcialidad—. Es algo muy…

—¿Antiético? Sí. No sabes cómo me enfureció que me hiciera prometer no decirle nada. Pero él insistió en que abue estaría mejor si no se enteraba de nada. Creo que más bien no se atreve a enfrentarla. —Sebastian se quitó los lentes y empezó a limpiarlos con la bufanda—. Pude haberme peleado con él, pero se trata de su mamá. Además, en mi familia siempre se ha hecho lo que mi papá dice.

Percibí un dejo de amargura en su voz.

—Pero tu abue sabe que está enferma, ¿no?

—Sabe que tiene cáncer, pero no lo grave que es.

—Y, a pesar de que tu familia sabe que está muriendo, ¿no vienen a visitarla más seguido? —Sentí que estaba presionando a Sebastian, pero si iba a seguir pasando tiempo con Claudia necesitaba saber esas cosas. Transitar ese tipo de dinámicas familiares complicadas era parte de mi trabajo.

Sebastian asintió.

126

—Como te dije, así es como mi familia acostumbra lidiar con la muerte. No tocan el tema y fingen que no está pasando nada. No somos precisamente la familia más normal.

—De hecho, esa forma de reaccionar es muy común, al menos en Occidente. Lo que no es tan normal es que la gente hable abiertamente de la muerte.

El Uber se detuvo en el semáforo frente al Lincoln Center, y Sebastian se quedó mirando la elegante fuente que lanzaba agua como si brotara del aire.

—Supongo que vendrán cuando el fin esté más cerca —dijo cuando el semáforo cambió—. El año pasado, antes de que todo esto ocurriera, trataron de convencerla de mudarse a un asilo, pero ella no quiso. Así que contrataron al batallón de cuidadoras. Selma llega temprano para ayudarla a bañarse y vestirse y todo eso; y luego, Joy llega a las seis de la tarde y se queda a dormir.

—¿Y a Claudia no le parece extraño tener cuidadoras de tiempo completo?

—Creo que no. O sea, no ha dicho nada al respecto. Mi papá le dijo que, si quería seguir viviendo en su propia casa, tendría que aceptar a las cuidadoras. Además, tiene espacio de sobra.

—¿Para qué me necesitan entonces? —Era evidente que Claudia recibía ayuda de mucha gente que no tenía que fingir interés en la fotografía.

—Selma y Joyce son increíbles, pero su trabajo consiste en cuidar su salud lo mejor posible y en cubrir sus necesidades prácticas. No le hacen mucha compañía ni hablan con ella sobre la vida en general.

Sentí la necesidad de defenderlas, pues el trabajo de las cuidadoras domésticas solía ser muy difícil.

—Es difícil hacer eso cuando tienes que encargarte de muchas otras cosas.

—Sí, lo entiendo. —Sebastian se veía avergonzado—. No sé. Creo que esperaba que ayudaras a facilitarle las cosas desde una perspectiva más filosófica. De ese modo, cuando llegue el momento, tal vez esté más… preparada.

Volví a sentir una profunda empatía.

—Tu abuela tiene suerte de tener un nieto como tú.

Sebastian se encogió de hombros.

—Mi abue fue muy buena conmigo cuando era niño. Fue mi salvadora en muchos sentidos. Es lo menos que puedo hacer por ella.

—Así me pasó con mi abuelo. —Tenía la regla implícita de no compartir información personal con mis clientes, pero en esta ocasión no pude evitarlo.

—¿Eran cercanos?

—Él me crio, de hecho.

—Caray. ¿Qué les pasó a tus papás? —Tan pronto lo dijo, alzó una mano como si fuera a detener el tráfico—. No, espera, no me hagas caso. Perdón por preguntarte algo tan personal.

—No, está bien. No tiene sentido fingir que la muerte no existe. Además, yo te hice un montón de preguntas sobre tu abuela. —No recordaba la última vez que había hablado con alguien sobre mis padres—. Murieron en un accidente marítimo durante unas vacaciones en China. Nunca encontraron sus cuerpos.

—Lo lamento mucho. Qué terrible. —La gentileza en su mirada parecía genuina.

Suspiré profundo.

—Nadie quiere perder a sus padres, pero debo confesar que casi no me acuerdo de ellos. Tenía seis años cuando murieron.

—Qué difícil —dijo Sebastian.

Rhonda nos observaba con curiosidad a través del retrovisor. Puesto que no quería seguir disecando la historia de mi vida frente a dos desconocidos, desvié la conversación hacia Claudia.

—Tengo que ser honesta contigo, Sebastian. No sé cómo van a funcionar las cosas entre tu abuela y yo si ella no sabe la verdad. De por sí no me encanta mentirle con respecto a lo de la fotografía. Como bien dijiste, es un tanto antiético.

Sebastian volvió a hacer una mueca de dolor.

—Lo entiendo. Pero… ¿podrías intentarlo un par de semanas? Sé que tarde o temprano se dará cuenta, pero quiero que tenga un poco más de tiempo para disfrutar la dicha de la ignorancia. Claro que su situación actual no es muy dichosa que digamos.

—Ya veo. —Era difícil negar sus buenas intenciones, aunque a nivel moral fueran cuestionables—. Pero creo que es un poco inverosímil que vaya a verla varias veces por semana con el pretexto de querer hablar de fotografía. Además, eso no me permitirá hacer bien mi trabajo, porque la idea es ayudar a la gente a reconciliarse con la inevitabilidad de su propia muerte, no a negar que va a ocurrir.

—Lo sé, lo sé. —Sebastian suspiró con profunda aflicción—. Hablaré con mi papá al respecto, pero… ¿por el momento podrías seguirla visitando? Me siento un poco impotente. Y que tú pases tiempo con ella es lo único que puedo hacer sin ir en contra de los deseos de mi papá.

Recordé a Abue. Habría hecho hasta lo imposible con tal de que sus últimos días —y momentos— fueran mejores. Además, quizá podría pedirle a Bessie que me recomendara libros de fotografía.

—De acuerdo —contesté, suspirando—. Pero sólo dos semanas.

20

Después de que Rhonda y Sebastian me dejaron en Washington Square, me quedé ahí un rato para observar el drama social del paseo canino. Era otra tradición que Abue y yo desarrollamos en mi infancia. Todos los domingos, de camino a casa de la librería, nos deteníamos a presenciar la telenovela del paseo canino y a comentar las imaginarias jerarquías sociales de sus actores. Siempre había algún cachorro exuberante y despreocupado al que los demás seguían con cierta reverencia, pues se sentían atraídos por la seguridad innata del personaje principal. También solía haber un perro tímido a quien toda estridente socialización le abrumaba y se quedaba en una orilla del parque, resentido con su dueño por haberlo sometido a una tortura así. Siempre me identifiqué con ese segundo arquetipo. Participar del mundo a veces era abrumador.

Ya que no había comprado vitaminas después del encuentro con Sebastian en la farmacia, pasé a otra cuando iba de regreso por la Sexta Avenida. Al final del pasillo, reconocí una silueta familiar recargada sobre el mostrador que estaba cautivando a la joven empleada con una historia sobre los viejos tiempos. Esperé a que se bajara el sombrero y se diera la vuelta.

—¡Hola, desaparecida! —me saludó Leo con su infalible sonrisa enorme. Siempre que sonreía, me imaginaba el «*tin*» que sonaba en las películas cuando alguien mostraba un diente de oro.

Le di un empujoncito juguetón en el brazo.

—Tú fuiste el que desapareció de repente.

No era habitual que pasara una semana sin jugar con Leo o, cuando menos, sin encontrármelo en las escaleras.

—Sí, sí —dijo—. Ya sabes cómo es cuando hay visitas. Siempre quieren que los lleves a pasear y que les des un tour auténtico.

Como nunca había tenido visitas, en realidad no sabía cómo era.

Miré la bolsita blanca de papel con una receta médica engrapada al frente que llevaba en la mano.

—¿Está todo bien?

—Claro que sí. —Leo agitó la bolsa para que el contenido de la bolsa sonara como una maraca—. Vine a surtirme de las pastillas para el colesterol, las de siempre, para poder seguir comiendo hamburguesas.

—No creo que funcionen así, Leo. Tengo entendido que debes tomar las pastillas *y* dejar de comer comida grasosa.

—Nah. Mi interpretación es mejor —se mofó—. Por cierto… ¿tienes algún plan? ¿Quieres ir por algo de comer al restaurante?

El estómago me gruñó.

—Sí, sí quiero.

Las vitaminas podían esperar.

Salvo porque estaba un poco opaco, el restaurante se veía igual que siempre. Los tonos desteñidos del vinilo y la formica eran como una postal que se había quedado bajo el sol. Me gustaba que no hubiera cambiado: una cápsula del tiempo que también me mantenía alimentada.

Leo estaba en su elemento, poniéndome al tanto de todos los chismes del vecindario. Aunque Abue siempre me dijo que no debía darles cuerda a las chácharas de Leo sobre las vidas de otras personas, se lo permitía de cuando en cuando.

—¿Recuerdas la gata atigrada de la tienda en Grove?

—¿La que dio a luz entre las bolsas de papitas?

—Esa misma. —Leo levantó la tapa de su hamburguesa para quitarle los pepinillos y me lanzó una mirada enigmática—. Se perdió el martes pasado.

—¿Se la robaron o se fue?

—Nadie lo sabe. Pero esta es la cereza del pastel: regresó de forma misteriosa tres días después.

—Eso no tiene nada de misterioso, Leo —dije, mientras vertía jarabe de maple sobre mi pan francés—. Los gatos se van y regresan. Es lo que hacen.

—Tienes razón; eso hacen. —Leo ahogó sus papas a la francesa en cátsup—. Pero… ¿vuelven siendo de un género distinto?

—¿O sea que el gato que regresó era macho?

Leo se recargó en el asiento del gabinete, satisfecho con su dramática revelación.

—¡Guau! Alguien cambió a los gatos, entonces. —Estaba intrigada—. ¿Quién haría algo así? ¿No tienen cámaras de seguridad?

—En toda la tienda… menos en el pasillo de las papas.

—Y… ¿cuál es tu teoría?

—Una red de criadores de gatos, diría yo. Veamos si hay un incremento de gatos atigrados en las tiendas de mascotas este año.

El andar de Leo me pareció más lento que de costumbre cuando recorrimos el par de cuadras de camino al edificio. Estaba acostumbrada a bajar la velocidad cuando paseaba con él, pero en ese momento sentí que Leo tenía que dar dos pasos por cada uno que daba yo. Mientras lo tomaba del codo para ir en sentido contrario del flujo de gente, se recargó sobre mí más de una vez.

Febrero loco, marzo otro poco: el sol se escondió de pronto y sin avisar. Unas enormes gotas comenzaron a mojar el pavimento frente a nosotros, y pasaron de ser esporádicas a ser incesantes en cuestión de minutos. Sin embargo, cuando intenté jalar a Leo para refugiarnos bajo el toldo de un club de *jazz*, se resistió.

—Es sólo un poco de agua, niña. Además, en la vida son contadas las veces en las que puedes jugar bajo la lluvia. —Volteó hacia el cielo con una sonrisa en el rostro—. Mejor disfrutémoslo, mientras podamos.

Tomé una fotografía mental del momento para poder atesorarlo por siempre.

—Tienes razón —dije. Le apreté el brazo un poco más fuerte y seguí su mirada hacia el cielo.

Y entonces pasamos los siguientes diez minutos juntos, dejando que las gotas de lluvia nos golpearan las mejillas.

21

«Hola, C. Me da un poco de pereza subir a tu depa. Jeje. ¿Quieres ir conmigo a yoga mañana? Necesito tener alguien a quien rendirle cuentas».

El sábado en la tarde, mi celular vibró para anunciar la llegada de ese mensaje. Por un lado, una clase de yoga me permitiría socializar con Sylvie sin tener que hablar demasiado. Además, era un alivio no haberla espantado el día que fuimos por un café. Por otro lado, jamás había tomado una clase de yoga y no quería hacer el ridículo.

Volteé a ver mis libretas y recordé el consejo que Arthur, un jardinero de voz dulce, me dio justo antes de morir.

—Si quieres tener algo que aún no tienes —dijo—, debes hacer algo que nunca has hecho.

Jamás había pasado tiempo con una mujer de mi edad (es decir, con una mujer que no estuviera en su lecho de muerte), así que quizá era mi oportunidad de finalmente tener una amiga de verdad.

Después de releer el mensaje de Sylvie un par de veces, me preparé para contestarlo.

«Sí, claro. ¿A qué hora?».

Tres puntos suspensivos. Luego, nada. Luego, un mensaje.

«8 de la mañana. ¡Uy! Espero que no sea demasiado temprano».

Consideré la posibilidad de rechazar amablemente su oferta.

«Está bien. Pero no sé mucho de yoga».

Era preferible adelantarme a sus expectativas. La respuesta de Sylvie llegó casi de inmediato, lo que me hizo preguntarme cómo le hacía para escribir tan rápido.

«¡No pasa nada! Te contaré de qué se trata antes de la clase. Nos vemos abajo a las 7:40. S xx».

En vez de la comedia romántica francesa que había decidido ver esa noche, repasé varios videos de yoga en YouTube y traté de memorizar algunas de las poses para no parecer una novata. Definitivamente no era la persona más flexible del mundo ni había heredado la gracia dancística de mi madre. En vez de eso, era alta como Abue (bueno, al menos medía 1.75 m), y por eso sentía que mis extremidades eran demasiado largas para mi cuerpo.

A la mañana siguiente, cuando llegué al vestíbulo de la entrada, encontré a Sylvie esperándome en las escaleras. Llevaba un tapete de yoga colgando del hombro y un termo de café en la mano. Su vaho formaba nubecitas en el aire, como si fuera una dragoncita con coleta.

—¡Hola, Clover!

—Buenos días, Sylvie.

Me pasó el termo.

—Supuse que se te antojaría un café.

—Gracias. Qué considerado de tu parte. —Ese gesto me hizo sentir, inesperadamente, mimada.

Sylvie agitó el brazo para restarle importancia y bajó las escaleras de dos en dos.

—Es lo menos que podía hacer después de sacarte de la cama tan temprano. —Mientras recorríamos las dos cuadras que había entre nuestro edificio y el estudio de yoga, Sylvie siguió parloteando—. Bueno, déjame contarte un poco sobre los asistentes habituales. Apenas he ido unas cinco veces, pero creo que ya sé qué onda con cada uno. —Verme asentir bastó para alentarla a seguir—. La instructora es lo máximo, y hasta estudió yoga en India. Lo único malo es que tiene acento neozelandés, y no sé por qué

135

me saca de quicio, durante las meditaciones guiadas, la forma en que pronuncia la palabra *capullo*. —En ninguno de los videos de YouTube había visto algo relacionado con capullos, así que desee poder improvisar si era necesario. Sin embargo, mi confianza empezó a menguar. Sylvie siguió con el recuento de los asistentes—. Y luego hay un tipo guapísimo que siempre se coloca al centro y hasta adelante, y es superflexible. Pero bueno, obviamente sabe que es guapo y superflexible, lo cual le resta atractivo.

Se me escapó una risita nerviosa.

—Sí, claro.

—Ah, por cierto, ¿sabes que en este estudio también hay yoga para perros? ¡Deberías llevar a George un día! Estoy segura de que le *encantaría* el yoga.

Yo estaba segura de que a George *no* le encantaría el yoga.

Cuando llegamos al estudio, que estaba en un local ubicado en el nivel inferior de un edificio de piedra rojiza, la ansiedad paralizó mis músculos adoloridos. Había pasado mil veces junto a hordas de yoguis con ropa ajustada, e incluso disfrutaba ver sus movimientos desde lejos. Pero integrarme a ellos —y, sobre todo, ser vista por ellos— me paralizaba.

Una vez que entramos, se cerró la puerta del estudio. Gracias a un milagro tecnológico, era capaz de bloquear el ruido urbano del exterior. La sutil fusión de eucalipto, lavanda y algo parecido a mirra inundaba el aire con ayuda de un difusor oculto de forma discreta. Y de bocinas, igual de discretas, salía el relajante zumbido de cuencos tibetanos.

Sylvie le sonrió al hombre que estaba al otro lado de la recepción minimalista de madera, adornada con un único bonsái. El hombre tenía una barba rojiza alarmantemente bien cuidada, lo cual me hizo preguntarme si acaso usaría el mismo peine para la barba y para hacerse un chongo.

—Sylvie Anderson y Clover Brooks —le anunció Sylvie y me miró de reojo con expresión pícara—. Vi tu apellido en el buzón.

—Espera —dije mientras acomodábamos los zapatos y las bolsas en los nichos que estaban debajo de una banca acolchada—. ¿Cuánto te debo de la clase?

Sylvie negó con la cabeza.

—No te preocupes. Yo invito. Tú puedes invitar la siguiente —contestó. ¿La siguiente? Yo seguía sin estar segura de la primera. Entramos a un salón con pisos de duela de roble y paredes de concreto desgastadas de forma artificial. Junto a uno de los muros había pirámides de tapetes de yoga acomodados como leños de chimenea. Sylvie me pasó uno y me guio hacia un extremo del salón—. Me gusta estar cerca de la ventana para tener algo en que entretenerme cuando nos hacen sostener las poses durante diez minutos.

Mientras ella realizaba una serie de estiramientos complicados (supongo que pasé por alto el video que explicaba que tenías que hacer estiramientos antes de tomar una clase dedicada únicamente a hacer estiramientos), me senté en el tapete y observé a las otras personas. La ropa se ajustaba, de forma halagadora, a sus músculos tonificados y su piel brillaba, aunque no sé si como reflejo de su paz interior o del uso de productos de belleza costosos.

Con la barbilla, Sylvie señaló hacia el centro del salón, donde un tipo musculoso y de piel tersa se balanceaba sobre las manos, apoyando las espinillas sobre los brazos flexionados.

—El guapo superflexible —susurró—. Tan pronto sube un poquito la temperatura, se quita la camiseta. Supongo que la mayoría lo agradece, pero no es mi tipo. Yo prefiero a los flacuchos artísticos. Pero bueno, tal vez sí sea el tuyo. —Movió las cejas mientras estiraba una de sus muñecas.

Crucé el brazo por enfrente del pecho mientras intentaba determinar de forma discreta si era mi tipo o no. Nunca nadie me había preguntado algo así antes.

—No sabría decirte desde aquí —contesté, con la esperanza de que esa respuesta vaga satisficiera su curiosidad.

Un terso acento neozelandés interrumpió nuestra conversación.

—Buenos días a todos. —Una mujer bajita y de complexión atlética, ataviada toda de blanco, se paró frente a nosotros. No pude evitar preguntarme cuál sería el mejor tipo de ropa interior para esa clase de atuendo—. Yo soy Amelie, y debo decir que es muy grato que estén aquí. —Su voz parecía diseñada para arrullar bebés—. Gracias por elegir empezar su día con nosotros, realizando esta hermosa práctica.

Sylvie carraspeó de forma sospechosa.

Me dio gusto poder realizar la mayoría de los movimientos, y de hecho me pareció útil que nos pidieran hacerlos varias veces, pues pude ver a quienes estaban a mi alrededor y copiar sus poses. Lo difícil fue mantener a raya las ensoñaciones sobre por qué la mujer que estaba frente a mí había decidido tatuarse una iguana y si acaso se arrepentía de haberlo hecho, o sobre si las lámparas de sal del Himalaya eran placebos y si debía comprar una por si acaso. Sylvie tuvo que darme uno que otro codazo para indicarme que ya habíamos cambiado de pose. Para anclar mi mente, traté de imaginar las cosas menos estimulantes del mundo.

Una piedra. Una piedra café y aburrida.

—¿Puedo tocarte?

Me sobresaltó la voz susurrante de Amelie, quien había estado paseando por el salón y ajustando las poses de los asistentes.

Esa era otra pregunta que nunca me habían hecho. Sentí que las orejas se me enrojecían.

—Eh, sí, claro —susurré en respuesta, procurando hablar en el mismo tono que la instructora, pues era obvio que la regla implícita era no hablar con voz normal.

Amelie se arrodilló detrás de mí y me puso las manos sobre la espalda baja. A pesar de que la presión firme y cálida de sus manos era una sensación desconocida, me hizo sentir llena de vida.

Eso me impidió perderme en mis ensoñaciones.

—Justo así —susurró Amelie—. Baja un poco más con cada exhalación.

Traté de recordar la última vez que alguien me había tocado durante tanto tiempo y de forma tan significativa. Acostumbraba tomar las manos de mis clientes para reconfortarlos, o ayudarlos a levantarse de sillas o camas, pero sólo lo hacía por ellos.

Era la primera vez en muchos años que unas manos me tocaban para conferirme cuidados y energía destinados sólo para mí.

La clase concluyó con una meditación guiada en la que Amelie logró hablar en un tono de voz aún más monótono y vaporoso que antes.

—Imagina que te rodea una luz sanadora muuuuuuy hermosa que te envuelve como un capullo dorado. —Sylvie profirió un resoplido—. Ese capullo es tu lugar seguro de sanación, en donde nada puede dañarte.

Entreabrí un ojo y descubrí que Sylvie se contenía para no soltar una carcajada. Su cuerpo entero se estremecía con las risas mudas.

La inflexión grave con la que Amelie pronunciaba la palabra *capullo* era peculiar, sin duda, como si fuera parte de un coro cantado por los niños von Trapp durante una despedida. Traté de no sucumbir al contagioso humor de Sylvie. Sin embargo, entre más pensaba en lo erróneo que era, más intenso era el impulso de hacerlo. Los ojos se me llenaron de lágrimas que no tardaron en escapar y caerme por las mejillas por la risa que todo esto me provocaba.

Amelie carraspeó de forma muy intencional.

—Recueeeeeeerda que la paz empieza dentro de ti, dentro de tu capuuuuuullo dorado.

Sylvie no pudo más. Se sentó y me tocó el hombro que seguía estremeciéndose por la risa contenida.

—Vámonos —susurró.

Sin mirarnos a los ojos (y sin voltear a ver a Amelie), enrollamos los tapetes y cruzamos, de puntitas, el laberinto de cuerpos meditabundos. Mientras dejaba en su lugar el tapete que tomé prestado, agarrábamos nuestras cosas a toda prisa y escapábamos de ahí, sentí que la calidez de la complicidad con Sylvie diluía mi culpa de haber interrumpido la clase. Después, sin parar de reír, caminamos de prisa hacia nuestro edificio, como si de verdad Amelie fuera a perseguirnos en un arranque de ira yoguística.

Cuando al fin dimos vuelta a la cuadra, Sylvie bajó la velocidad.

—¿Qué planes tienes para esta semana? —preguntó mientras se deshacía la coleta y se alisaba el cabello para atárselo de nuevo—. ¿Sigues de vacaciones?

—No. De hecho, tengo una nueva clienta a la que iré a ver mañana.

—¡Uy! ¡Cuéntame más!

—Es una anciana que vive en el Upper West Side. Fue fotoperiodista en los años cincuenta.

—¿En serio? ¡Qué increíble! Me encantaría conocerla... aunque apuesto que, si se dedicaba a eso, debe ser una viejita roñosa. —Sylvie se reacomodó la correa de su tapete sobre el pecho—. ¿Cómo la conociste? Ahora que lo pienso, ¿cómo consigue clientes una doula de la muerte?

—Por medio de su nieto. Al parecer, es el único que la visita.

—Uy, qué triste. —La expresión de Sylvie pasó de la aflicción a la malicia—. Y... ¿qué tal está el nieto? ¿Guapo?

No pude evitar sonrojarme.

—Un poco.

—¿Un poco? A ver, amiga, en mi experiencia, o es guapo o no lo es.

Fue inevitable reflexionarlo, pero casi de inmediato me contuve al darme cuenta de lo poco profesional que era objetivar a mi más reciente empleador. Así que traté de cambiar el tema.

—Bueno, y... ¿qué tal tu nuevo trabajo en el Frick?

—Ay, ya sabes. En general está bien. Empezar un trabajo nuevo siempre es raro al principio, en lo que te familiarizas con la gente

140

y demás. Además, tienes que entender las políticas de la oficina. Aunque no lo creas, el ámbito de la historia del arte es muy competitivo. —Sylvie saludó a un perro salchicha que pasó a nuestro lado, sin prestarle la menor atención a su dueño.

—Bueno, mi abuelo dio clases de ciencias en la universidad y solía hablarme de lo voraces que eran los académicos.

—¡No tienes idea! Lo peor de todo es que son pasivo-agresivos. En general, prefiero a la gente honesta que a la hermética, pero no creo que mis colegas pudieran lidiar con la franqueza absoluta.

Me gustaba que Sylvie fuera así de honesta porque no tenía que preocuparme por adivinar sus pensamientos y hacía que fuera sencillo estar con ella. De hecho, hasta me sentí un poco decepcionada cuando llegamos al edificio.

—Gracias por madrugar y acompañarme a la clase de yoga. ¡Me divertí muchísimo! —Sylvie metió la llave en la cerradura de su departamento—. Te juro que hace mucho que no me reía tanto. Hay que repetirlo pronto… si es que Amelie nos deja volver.

—Me encantaría —contesté, sorprendida por mi propia franqueza.

Subí entonces las escaleras, con los muslos adoloridos por el ejercicio inusual y las mejillas aún pegajosas por las lágrimas de risa. Me vino a la mente la certeza de que nunca había socializado tanto con alguien fuera del trabajo, alguien que no fuera Leo.

Recordé el consejo de Olive sobre los perfumes. Aún no había encontrado alguno que me gustara; pero, por primera vez en muchos años, sentí que mi vida estaba empezando a cambiar.

22

El amanecer de mi cumpleaños veinte se dibujó sobre los volcanes
que se erigían en torno a Antigua, Guatemala; sobre los que se in-
tensificaban las tonalidades color ocre de la arquitectura barroca
de la ciudad. Mis pasos hicieron eco sobre los adoquines hasta que
me detuve frente a un barroco portón de hierro. Dentro del lugar,
un patio interior estaba cubierto por un follaje suntuoso, el cual
rodeaba una dilapidada fuente de azulejos. En las orillas del patio
estaban sentados los residentes del lugar: los abuelos y las abuelas
que, al no tener dinero ni familiares que los cuidaran, pasarían el
ocaso de su vida en esa residencia para personas de la tercera edad.
Algunos tenían la mirada perdida; otros dormitaban, arropados
por la calidez del sol. Como de costumbre, el ritmo de vida era lento y la atmósfera era apacible.

Estaba a la mitad de mi estancia de dos meses, entre el segundo y tercer año de la universidad. Trabajaba como voluntaria en
aquella residencia venida a menos, mientras me hospedaba a unas
cuadras con una familia local. Fue el primer cumpleaños que pasé
lejos de Abue desde que me mudé con él. Llevaba dos años estudiando sociología en la Universidad McGill, en Montreal, algo
que me había permitido extender un poco las alas y experimentar una nueva cultura, apenas a un par de horas de Nueva York
en avión. Mi plan era seguir los pasos académicos de Abue, aunque en una disciplina distinta; en vez de dedicarme a la biología,

142

viajaría por el mundo para estudiar las tradiciones funerarias de distintas culturas.

—¡Buenos días, Clover! —Felicity, la voluntaria que me abrió el portón, era estudiante de medicina en Vancouver. Llevaba un semestre entero haciendo trabajo voluntario en aquella residencia y estaba tan enamorada de sus habitantes que decidió quedarse ahí todas las vacaciones de verano para apoyar a las enfermeras.

—¡Hola, Felicity! ¡Te ves radiante el día de hoy! —contesté mientras ella cerraba el portón con llave.

Ni el atuendo quirúrgico blanco ni los zapatos de goma lograban opacar su belleza natural: Felicity tenía el cabello negro y resplandeciente, la piel brillante y una sonrisa de campeonato. Y, dado que su personalidad era tan brutalmente generosa y genuina, era imposible odiarla por ser así de hermosa.

—Ay —contestó y bajó la mirada con timidez—. Eres muy generosa, Clover. Tú también te ves divina el día de hoy. —Aunque lo decía en serio, en términos objetivos, para mí era una exageración total. Luego miró su reloj—. Creo que es hora de empezar a repartir las medicinas. Nos vemos adentro —agregó y se fue hacia el edificio.

Mientras yo cruzaba el patio, algunos de los abuelos se me acercaron, entusiasmados. Puesto que seguía siendo una cara relativamente nueva en medio de su existencia monótona, mi presencia les resultaba grata. Como de costumbre, la que me recibía con más entusiasmo era Rosita, una mujer esbelta que no medía más de metro y medio, cuyos ojos resplandecían y su sonrisa chimuela irradiaba alegría. Aunque era sorda y no podía hablar, no tenía dificultades para transmitir su persistente alegría de vivir. Me abrazó de la cintura para saludarme, y el corazón se me derritió en el pecho. Atesoraba sus abrazos diarios, pues ella no sabía que eso, que daba a manos llenas, era muy escaso en mi vida.

Sin embargo, no todos eran tan alegres como Rosita. Otros residentes permanecieron sentados en sus sillas de ruedas, aún fuertes, con la mirada perdida, como si se estuvieran preparando para la vejación del rechazo, a sabiendas de que el resto de la sociedad los había olvidado ya. Aun así, me aseguraba de acercarme a cada uno y desearle los buenos días; en ese momento, su estoicismo se derretía y la tristeza en su mirada adquiría un brillo esperanzado mientras respondían gustosamente a mi saludo en voz bajita.

En ese primer mes había aprendido una de las lecciones más importantes de la vida. Durante las primeras dos semanas de estancia, me abrumó la tristeza de ver las circunstancias tan desafortunadas en las que vivían esas personas y no me sentía capaz de ver más allá de sus enfermedades debilitantes y sus cuerpos marchitos. Sin embargo, con el tiempo me fui dando cuenta de que compadecerlos no contribuiría a aliviar su dolor, así que lo mejor que podía hacer por ellos era mirarlos a los ojos y reconocer su humanidad. En ese momento me prometí que no volvería a darle la espalda al dolor ajeno, sin importar cuánto deseara no sentirlo junto con ellos.

—Buenos días, Clover —dijo una voz distintivamente estadounidense a mis espaldas.

Mientras volteaba e intentaba fingir desenfado, el corazón me retumbó en el pecho.

—Hola, Tim —balbuceé—. Buenos días.

Tim era otro voluntario que había llegado de Seattle apenas una semana después que yo. Por lo tanto, en su primer día me encomendaron la tarea de mostrarle las instalaciones, de modo que nos conocimos bastante bien. Siempre se me había facilitado relacionarme con la gente si la interacción cumplía un propósito específico. Además, había descubierto que uno de los beneficios de viajar a un lugar en donde nadie te conocía era precisamente ese anonimato, esa capacidad de empezar de cero. En Guatemala no era la rarita solitaria; era una joven divertida, confiada y aventurera. O al menos esa era la imagen que llevaba un mes tratando de proyectar.

—No sabes la resaca que traigo —dijo Tim, aunque su cuerpo atlético de nadador y su piel bronceada lo hicieran ver en perfectas condiciones.

—¿Saliste anoche? —pregunté, procurando mantener la conversación viva sin que pareciera que lo estaba interrogando—. Trabajar estando crudo es tremendo —o al menos eso imaginaba.

—Sí. —Se quitó su gorra de los Halcones Marinos y se frotó la cabeza—. Fui con algunos de los voluntarios a beber tequila a un bar.

—Ah, ya veo —contesté. Nadie me había invitado.

Tim me apretó el brazo.

—Ay, sabes que te habríamos invitado, pero fue algo superimprovisado.

Me obligué a sonreír.

—No pasa nada. De cualquier forma, ya tenía planes. —Mi plan había sido escribir en mi diario, así que no estaba mintiendo.

Rosita, quien seguía aferrada a mi cintura, le dio un jalón juguetón a la correa de la mochila de Tim.

Tim bajó la mirada sin saber bien cómo reaccionar.

—Ay, hola, Juanita. —Luego, miró a su alrededor con expresión incómoda—. Creo que debería ir a firmar mi entrada. El registro de mi asistencia es la única razón por la que estoy aquí. —Se inclinó hacia mí y bajó la voz—. A los despachos financieros les encanta contratar gente que ha hecho cosas por la comunidad y así.

Mientras caminaba acompañada de Rosita, la humedad matutina trajo consigo el aroma a jazmín amarillo e inundó el patio con una dulzura sutil. Mi responsabilidad de ese día llevaba el elegante nombre de terapia ocupacional, lo que básicamente significaba ayudar a los abuelos a armar rompecabezas o a crear obras de arte con materiales donados, como cubiertos de plástico, platos de papel y botones viejos. En términos generales, lo que debía hacer era vigilarlos mientras ellos se enfrascaban en el ritmo glacial de la telenovela mexicana que veían en una tele cuadrada colocada precariamente sobre el armario de los materiales.

Cuando entré, encontré a la mayoría de los abuelos concentrados en sus labores. A cada uno de los residentes le daban el mismo uniforme: para los hombres, camisetas grises de cuello en V y pantalones; para las mujeres, vestidos sencillos hechos de la misma tela floral. No podía evitar preguntarme qué había hecho cada uno de ellos durante su juventud, mucho antes de plantearse la posibilidad de que la sociedad los olvidara o al menos dejara de valorarlos. Por la forma en que actuaban podía dilucidar destellos de su personalidad; mientras que algunos habían renunciado a su rutina de higiene personal o ya no eran capaces de llevarla a cabo por sí solos. Otros se enorgullecían de su apariencia pulcra, como José, quien se relamía el cabello hacia un lado; o Pilar, que se trenzaba el cabello y se hacía un chongo con las trenzas. También estaban los detallitos significativos que resaltaban por encima de los uniformes, como el delantal de holanes de Valeria, el collar de cuentas de Carmen y el suéter tejido a mano de Fernanda.

¿Cuáles habían sido sus sueños cuando tenían mi edad? Ahora que veían la muerte más de cerca, ¿qué les gustaría haber hecho de forma distinta?

En un rincón me esperaba, pacientemente, un hombre de cara redonda. Estaba sentado en una silla desvencijada, con las manos entrelazadas sobre el regazo. La semana anterior, Arturo me había informado con mucho orgullo que él era poeta, pero que la artritis le había deformado tanto los nudillos que ya no podía poner sus versos por escrito. Por ende, le ofrecí ser su escribana, y había pasado las últimas semanas anotando con mucho cuidado sus reflexiones poéticas sobre la vida y el amor.

El poema de ese día giraba en torno a la noción de que en el mundo había un gran amor esperándote, aunque no lo hubieras conocido aún.

—Hasta que nos encontremos, miraré la luna porque es lo único que compartimos por ahora —proclamó, con un brillo muy peculiar en la mirada.

—¡Qué romántico! —señalé, fascinada por su sentimentalismo imperturbable.

—Apuesto que tú ya encontraste a alguien especial —dijo y me dio un ligero codazo.

—Tal vez —contesté y le devolví el gesto de forma juguetona.

Sin duda lo había encontrado, y estaba segura de que Tim sentía lo mismo que yo. Llevaba dos semanas documentando en mi diario las señales: la forma en que me abrazaba de forma casual, mientras conversábamos; la manera en que me pedía que le diera un masaje en los hombros porque los tenía tensos; el hecho de que siempre se acercaba a mí primero cuando necesitaba que alguien cubriera su turno, pero no porque yo fuera la mejor con los abuelos, sino porque sabía que podía contar conmigo. También hubo una ocasión en la que fui a beber con él y los otros voluntarios, y Tim se empeñó en sentarse a mi lado y hasta me estrujó la rodilla cuando me ofrecí a pagar sus tragos porque él había olvidado su cartera.

Empeñada en ser una mujer moderna e independiente, decidí que no tenía por qué esperar a que él diera el primer paso. Y mi cumpleaños parecía ser la oportunidad perfecta. Ese día, cuando terminara nuestro turno —después de servirles la merienda a todos los residentes— le revelaría que era mi cumpleaños y lo invitaría a cenar al restaurancito de la esquina para que celebráramos juntos.

Y ahí le confesaría lo que sentía por él.

Ya tenía clara la logística de cómo funcionaría nuestra relación a larga distancia una vez que él volviera a Seattle y yo a Montreal. Sería difícil, pero estaba dispuesta a esforzarme. Tal vez hasta podríamos estudiar un posgrado en la misma ciudad. Además, era probable que él quisiera mudarse a Nueva York, una de las principales capitales financieras del mundo.

Estaba muy emocionada. Esa noche, recibiría mi primer beso.

El timbre de la chicharra de la residencia anunció que era hora de la merienda. Los abuelos, que eran criaturas de hábitos, se encaminaron hacia el comedor y ocuparon sus asientos designados en las alargadas mesas comunales.

Sentí un apretón en el hombro, y mi entusiasmo se intensificó cuando Tim se me acercó para susurrarme algo al oído.

—Buenas tardes, señorita Clover. Oye, ¿me harías favor de cubrirme quince minutos? Tengo que salir rápido a hacer un encargo.

Sentí mariposas en el estómago al acercarme a su oreja para susurrarle la respuesta y agradecí la intimidad compartida en medio del caos del comedor.

—Claro.

Volvió a estrujarme el hombro.

—¡Gracias! Eres lo máximo.

No fue fácil atender tanto sus mesas como las mías y servirles a los residentes las porciones habituales de arroz y frijoles, seguidas de un flanecito pandeado. Pero no me molestó hacerlo. Las relaciones implicaban sacrificio, y esa era mi oportunidad para demostrarle que estaba dispuesta a sacrificarme por él.

Cuarenta y cinco minutos después, al ver que Tim no volvía, me ofrecí a lavar los platos en su lugar. Supuse que aquel encargo había tomado más tiempo del habitual, puesto que todo en Antigua fluía a un ritmo mucho más lento que el de las grandes ciudades norteamericanas.

Mientras me ponía la red de cabello y el lavabo industrial se llenaba de agua caliente, me di cuenta de que la botella de detergente para platos estaba casi vacía. El resto de la gente estaba muy ocupada, así que fui a rellenarlo yo mismo. Me detuve por un instante para pisotear una cucaracha, antes de atravesar el pasillo estrecho que llevaba al armario de limpieza. Encontré la puerta del armario cerrada, lo cual me pareció inusual, pero quizá la había cerrado un alma bondadosa (aunque un poco ingenua) con la intención de impedirles la entrada a los bichos. Mientras empujaba la ventana y buscaba el interruptor de la luz, escuché una risita y luego un grito ahogado cuando encendí la luz fluorescente.

En un rincón había un nudo de brazos y piernas entrelazadas; eran Tim y Felicity. A pesar de la luz poco halagadora, la piel de Felicity se veía tan radiante como siempre.

Me acomodé la red para el cabello con toda la dignidad que logré conjurar, entré y agarré el líquido lavatrastes de un estante. Luego salí sin decir una palabra y cerré la puerta lentamente.

Una vez afuera, con el corazón hecho trizas, aprendí la segunda lección más importante de ese viaje: ver el dolor en la mirada ajena era mucho más sencillo que enfrentar el dolor propio.

23

Llevaba una botella de *pinot noir* en la mano, mientras esperaba afuera de la puerta del departamento de Sylvie. Era una ocasión un tanto especial, pues era la primera vez que alguien me invitaba a cenar a su casa en nombre de la amistad.

Puesto que no tenía idea de qué vino le gustaba, le compartí al tipo de la vinatería una serie de detalles de la personalidad de Sylvie, y él sugirió un *pinot noir* de Tasmania; una opción arriesgada, pero no demasiado.

—La mayoría de la gente se va a lo seguro y elige un *merlot* o un *cabernet sauvignon* de los viñedos californianos —me explicó con una condescendencia descarada que parecía ser parte esencial del perfil de los empleados de vinaterías—. Pero, dado que tu amiga ha viajado por el mundo y es un poco irreverente, este tinto sin duda la impresionará.

Mi amiga. Le di vueltas al concepto en mi cabeza y sentí una nueva descarga de nerviosismo.

Con el puño cerrado y listo para tocar a la puerta de Sylvie, decidí revisar mi atuendo una última vez. No iba a salir del edificio, así que no quería que pareciera que me estaba esforzando demasiado. Pero tampoco quería que pareciera que no me importaba (y mi ropa de casa en general me hacía ver desaliñada). Había optado finalmente por unos *jeans* y mi mejor suéter de lana.

Inhalé profundo y toqué tres veces a la puerta. Al oír los pasos que se acercaban a la puerta, se me erizó la piel. Cuando Sylvie abrió la puerta, esbozaba su habitual sonrisa contagiosa. Debí haber recordado que la sonrisa de Sylvie era parte de su estado basal natural y no dependía de la compañía. Sin embargo, su mirada cálida y estudiada no dejaba de hacerme sentir que mi personalidad era mucho más interesante de lo que había creído jamás.

—¡Clover! ¡Qué bueno que llegaste! No sabes las ganas que tengo de que nos pongamos al día. —Se hizo a un lado e hizo un gesto con el brazo para invitarme a entrar—. Tuve un día de mierda en el trabajo, así que necesito distraerme. ¡No sabes lo feliz que me hace ver una cara amigable!

—Gracias por invitarme. —No estaba acostumbrada a que la gente me recibiera con tanto entusiasmo, así que le presenté la botella con un gesto un poco brusco—. Te traje esto.

—¡Ay, gracias! —dijo Sylvie y rodó la botella sobre la palma de la mano para examinar la etiqueta—. Un tinto australiano... ¡Bien pensado!

Quería apropiarme el cumplido, pero no valía la pena mentir al respecto.

—Bueno, el tipo de la vinatería me ayudó a escogerlo.

Sylvie entrecerró un ojo.

—¿Fuiste a la vinatería que está en la tercera oeste? ¿Con el tipo molesto que te habla como si nunca en la vida hubieras visto una uva, y ya no digamos una botella de vino?

—Sí, es un poco condescendiente. —Me dio gusto que alguien más validara mi punto de vista.

—Decir que es un poco condescendiente es hacerle un favor —dijo Sylvie—. A veces me gusta ir y preguntarle por vinos de nicho para ponerlo en jaque y verlo sudar de los nervios. Mi madrastra se dedica a hacer vinos, así que confío más en su criterio que en el de ese tarado. —No pude proferir más que una risita nerviosa—. Vamos a abrirlo —dijo mientras se encaminaba hacia la barra de la cocina—. ¿Te molestaría quitarte los zapatos?

A medio paso me detuve para que la suela de mi zapato no tocara el suelo y retrocedí hacia la puerta. Fue sumamente vergonzoso haber transgredido las reglas de la casa de Sylvie.

—Para nada. Mil disculpas. —¿Podría entrar en calcetas? Por si acaso, me las quité también.

—No te disculpes. —Sylvie sonrió—. Después de vivir un par de años en Japón, ya no puedo usar zapatos en la casa. —Señaló las periqueras que rodeaban la barra de la cocina—. Toma asiento, por favor.

En términos estructurales, su departamento era idéntico al mío, salvo porque el suyo había sido renovado en los últimos veinte años. (Yo había limitado la solicitud de arreglos a emergencias como la de baños inundados para evitar que el casero tuviera razones para incrementar mi bajísima renta, que para entonces era prácticamente un rumor neoyorquino). En términos estéticos, era todo lo contrario al mío. Teníamos la misma cantidad de ventanas que daban a los mismos paisajes, pero, por alguna extraña razón, su departamento lucía mucho más luminoso que el mío, a pesar de que se estaba poniendo el sol.

—¿Sigues decorando todavía? —pregunté mientras examinaba los adornos minimalistas en tonos blancos, cremas, grises claros y madera. Sobre el sofá había una única obra abstracta; por lo demás, las paredes brillantes de color alabastro estaban vacías. Sobre la mesita de la sala y el aparador había unas cuantas pilas de libros bien acomodados cuyos lomos combinaban con el resto de los colores del departamento. En comparación, los libreros se veían vacíos, salvo por una selección de objetos deliberadamente separados entre sí, como piezas de cerámica brillante, una vela que se veía muy costosa y un florero lleno de hojas de eucalipto secas. Aun así, era muy acogedor.

Sylvie se rio.

—No, esto es todo. Creo que también se me pegó el minimalismo japonés. Aunque siempre me ha gustado una estética estilo

Agnes Martin. —Miró a su alrededor—. Ay, soy un cliché *millennial*, ¿verdad?

—¿No coleccionas objetos de los lugares que has visitado ni nada por el estilo? —Yo siempre volvía con algo, aunque fuera un imán para el refrigerador, que me recordara los lugares en los que había estado. Durante una época coleccioné piedras y conchas marinas, hasta que comprendí las implicaciones culturales y espirituales de aquel hurto.

Sylvie frunció la cara.

—No realmente. No me encanta poseer cosas. Prefiero nada más quedarme con mis recuerdos de las experiencias. Lo único que procuro hacer en cualquier lugar que visito es tomar una clase de cocina y aprender un platillo local. Por cierto… —cuando alzó la tapa de una olla, la cocina se llenó de un especiado aroma a coco y limoncillo—, espero que te guste la comida tailandesa.

Después de la cena, la cual comimos sentadas en cojines puestos alrededor de la mesa de centro de la sala, nos acomodamos en extremos opuestos del sofá para disfrutar una botella del syrah que producía la madrastra de Sylvie. Se me subió un poco el color a la cara, lo cual era indicio de que también se me estaba subiendo el alcohol. Si no hubiera temido manchar los prístinos muebles de mi vecina con el vino, quizá me habría permitido relajarme por completo.

—¿Cómo van las cosas con tu nueva clienta? —me preguntó Sylvie, con las piernas flexionadas a un costado.

—Tenías razón —dije, mientras observaba el esmalte de las uñas de sus pies y me preguntaba si yo también debía intentar pintarme las uñas de los pies—. Las historias de Claudia sobre sus días como fotógrafa son muy interesantes.

Sylvie se asomó tímidamente por encima de su copa.

—Y… ¿qué pasó con el nieto? ¿Cómo me dijiste que se llama?

—Sebastian. —Decir su nombre en voz alta me hacía sentir cohibida, como si lo estuviera conjurando—. Todo bien con él. ¿Por qué lo preguntas?

—Bueno, pensé que quizá querrías conocerlo un poco mejor y que habría algo de química entre ustedes.

—Pero es mi jefe —dije, temiendo que Sylvie creyera que me había sonrojado por él y no por el vino.

—Sí, bueno, pero seamos honestas: el trabajo con su abuela tiene fecha de caducidad. Una vez que ella muera, el tipo dejará de ser tu jefe, así que podrás hacer con él lo que quieras. Aunque sólo sea algo casual. Como ser amigos con derechos o algo por el estilo.

—Ah. —Decidí enfocarme en la obra de arte sobre el sofá y fingir que me fascinaba su geometría apacible.

—Bueno, tal vez eso no sea lo tuyo. —La sonrisa de Sylvie fue reconfortante—. Hay mucha gente que prefiere únicamente tener relaciones formales.

—Pues… —No sabía si estaba preparada para ahondar en el tema. Sin embargo, si quería seguir pasando tiempo con Sylvie, cosa que sin duda quería hacer, tendría que hacerlo tarde o temprano—. Lo que pasa es que… en realidad nunca… he pasado por ahí.

—¿Cómo? ¿Nunca te has acostado con alguien? ¿O nunca has tenido una relación formal?

—Ninguna de las dos —masculle, creyendo que eso lo haría menos escandaloso.

—Ah, ok. —La reacción natural de Sylvie me sorprendió—. ¿Eres asexual?

—¿Qué cosa?

—Sí, o sea, que si no te atrae nadie sexualmente. No tiene nada de malo. Conozco varias personas que son asexuales.

Jamás había pensado en cómo describir mi sexualidad, o la falta de ella.

—No lo creo. Digo, sí me atraen personas.

—¿Hombres? ¿Mujeres? ¿Gente de todo tipo? En lo personal, prefiero no limitar mis opciones. —Sylvie sonrió de nuevo—. Nunca me han funcionado los binarismos.

Repasé los enamoramientos que había experimentado a lo largo de los años: personajes ficticios, desconocidos en el metro, maestros universitarios, Tim.

—Creo que me atraen los hombres. —No era precisamente una revelación, pero decirlo en voz alta agitó una parte de mí que había mantenido inactiva de forma intencional.

Sylvie se reacomodó en el sofá para verme de frente.

—Entonces, ¿qué te impide salir con alguien? Cualquiera sería afortunado de salir contigo y lo sabes, ¿verdad? Eres lista, conoces el mundo, eres gentil y perspicaz, eres divertida…

Era una descripción halagadora; en comparación con la personalidad enérgica de Sylvie; y yo pensaba acerca de mí misma que era la persona más aburrida del mundo.

—Supongo que nunca he entendido cómo funciona ese asunto —dije, encogiéndome de hombros—. Sé que hay que esperar y que ocurrirá cuando menos lo esperas, pero es lo que he hecho hasta el momento y nunca ha funcionado. Nunca nadie se ha fijado en mí.

Sylvie me miró con cariño, sin compadecerse de mí.

—Estoy segura de que mucha gente se ha fijado en ti, Clover. Más bien creo que no has estado dispuesta a darte cuenta. Ni a hacer algo al respecto.

—Pero es que el mundo de las citas románticas es muy confuso. Prefiero las cosas que se pueden aprender de los libros, que tienen reglas fijas. —Empecé a ponerme nerviosa de nuevo—. Sin embargo, el amor no es así. Nomás no entiendo cómo funciona.

—¿Cómo funciona? Creo que ese es justo el punto: nadie nunca ha entendido el amor. Quien diga lo contrario está mintiendo o vive en negación. Todos vamos por la vida dando tumbos.

—¿Y si me equivoco? ¿Y si soy pésima para el amor? —Ya no había vuelta atrás, así que no tenía más remedio que ser brutalmente honesta—. Ni siquiera he besado a alguien.

—A ver, no puedes ser buena en algo si no sales e intentas hacerlo. —Sylvie dividió lo que quedaba de vino entre las dos copas—.

155

El amor es como rascarte un piquete de mosquito; duele, pero también da cierta satisfacción. Deja de pensarlo y sigue tu corazón.

Ni siquiera intenté disimular mi incomodidad.

—Pero me da mucho miedo.

—¡A todos nos da miedo! Por eso vale tanto la pena —afirmó Sylvie con una determinación inquebrantable—. Te la pasas escuchando a los moribundos hablar sobre las cosas que se arrepienten de no haber hecho, ¿cierto? Apuesto que tú te arrepentirías de no haberlo intentado siquiera.

Sabía que tenía razón, pero entonces recordé aquella ocasión en la que sí lo intenté… o al menos estuve a punto de intentarlo.

En esa ocasión dejé de pensar y sólo seguí mi corazón, y me arrepentí profundamente de haberlo hecho.

24

A las dos en punto que llegué a visitar a Claudia por tercera vez, estaba diluviando. Una mujer con ropa quirúrgica floral y un enorme copete castaño oscuro abrió la puerta.

—Eres Clover, ¿cierto? Yo soy Selma. Creo que nos estaremos viendo con bastante frecuencia. —Su voz era eficiente—. Claudia está en la cocina. Me dijo que te invitara a pasar.

—Gracias. Es un placer conocerte, Selma. —La vi ponerse un rompevientos color azul marino y reconocí el logotipo del Centro de Cuidados Paliativos en la manga del brazo izquierdo del uniforme.

—Saldré por un café, pero vuelvo como en media hora. Se supone que está comiendo la ensalada que le preparé para el almuerzo, así que no dejes que te convenza de pedir comida chatarra.

—De acuerdo.

El eco de mis pasos en la inmensidad de la casa enfatizaba la falta de presencia, tanto de personas como de objetos. Las fotografías en blanco y negro que colgaban de las paredes me recordaron la mentira que debía seguir alimentando; de hecho, me había desvelado la noche anterior estudiando nociones básicas de fotografía: apertura, regla de los tercios, balance de blancos.

Mi plan era hacerle la mayor cantidad posible de preguntas y sólo atizar el fuego de la conversación cuando fuera necesario. Por fortuna, al menos ya tenía la utilería necesaria para hacer más creíble la mentira. Aunque Sylvie no tenía muchas pertenencias, una de ellas resultó ser una cámara digital medianamente sofisticada que me prestó con singular alegría.

—¿Bromeas? ¡Te presto la mía! —dijo cuando le pedí que me orientara para comprar una cámara—. Me tiene tan intrigada la telenovela de la fotógrafa moribunda y su nieto que será un honor contribuir con algo en su trama.

Encontré a Claudia en el comedor, sentada en una esquina de la cocina. Estaba observando las gotas de lluvia caer por la ventana.

—Querida Clover —dijo, y la cara se le cubrió de arrugas de alegría—. Qué gusto que llegaste. Ven, siéntate.

—Hola, Claudia —contesté mientras me sentaba a su lado en el desayunador—. Ya conocí a Selma.

—Ah, sí, Selma. Esa mujer es imperturbable. Siempre me da órdenes y me dice cómo cuidarme y que debo comer todas las verduras del plato… como si fuera una niña chiquita.

—Estoy segura de que lo hace con la mejor intención. —Trabajar con viejos testarudos y de carácter fuerte requería cierto grado de asertividad. Supuse que por eso Selma era un tanto brusca.

—Lo sé, lo sé. Es su trabajo. —Claudia me guiñó un ojo—. Pero la vida es más interesante con pequeñas discusiones de por medio. Prefiero pensar que es una adversaria digna.

Le respondí con otro guiño igual.

—Entendido.

—En fin, aprovechando que no está la celadora, ¿por qué no nos divertimos un poco?

—¿Qué tienes en mente? —Preferí mantener una postura ambigua antes de saber lo que Claudia esperaba que hiciéramos. Su sonrisita tenía un ligero destello malicioso.

—¿Me ayudarías a romper un poquito las reglas?

—¿A qué te refieres?

—Hm, es que tengo un antojito. —Asintió en dirección de un frasco grande de cerámica que estaba en los estantes sobre el fregadero—. Le pedí a Maxwell, el encantador caballero que viene a cortarme el cabello, que escondiera ahí unas donas espolvoreadas. Creo que nos merecemos una o dos, ¿no te parece?

Contemplé mis opciones. Mi lealtad era para con Claudia, no para con Selma. Además, mi trabajo consistía en hacer que los últimos días de Claudia fueran lo más agradables posibles, aunque ella no lo supiera.

Fingí mirar a mi alrededor con cierto temor, como si corriéramos el riesgo de que nos descubrieran, a pesar de que sabía que Selma tardaría media hora en volver.

—Sí, sí me parece.

Después de resguardar discretamente en mi bolsillo las envolturas vacías de donas espolvoreadas, nos sentamos en la mesa frente a una naturaleza muerta improvisada que consistía de un tazón de frutas y una tetera de cerámica colorida.

—Nunca he sido muy partidaria de estas aburridas viñetas de objetos inertes —dijo Claudia—. Pero te ayudará a aprender a manejar la profundidad del campo y el enfoque de la cámara.

—¿Qué es lo que más disfrutas de la fotografía entonces? —Me asomé a través de la mirilla de la cámara mientras con el pulgar y el índice formaba una C y ajustaba la lente.

—Fotografiar personas, obviamente —contestó Claudia, como si de verdad fuera una obviedad—. Son mucho más interesantes que las manzanas o los plátanos. En todo caso, hasta un paisaje es mejor que esto.

—Supongo que tomar retratos requiere habilidades diferentes. —Coloqué la cámara en la mesa—. Me fascinan los que están en la pared del vestíbulo. ¿Cuál es el secreto para tomar un buen retrato?

A Claudia le brillaron los ojos.

—Tener paciencia.

Por un instante me vino a la mente la lección de cumpleaños que me dio Abue en el parque. No obstante, suprimí la tristeza y me enfoqué en Claudia.

—¿A qué te refieres?

—Bueno, antes de fotografiar a alguien, dedicaba tiempo a conocer a esa persona, a preguntarle sobre los sueños de su infancia, sobre sus recuerdos más preciados —dijo Claudia—. Y entonces, mientras hablaba, empezaba a tomarle fotos.

—Digamos que le sacabas provecho a su esencia interna.

—Exactamente. Cuando la gente se siente en confianza, baja la guardia y se vulnera. Se permite sentir y expresar lo que siente. Y de eso se trata la fotografía, de que la gente se sienta vista. Claro que todos vemos gente a diario, pero rara vez nos detenemos a ver quiénes son en realidad.

—Tiene sentido.

Me pregunté cómo sería que alguien me viera de verdad, tal y como era. Yo me esforzaba por suprimir mis emociones para no imponérselas a otras personas, de modo que mis clientes se sintieran vistos y entendidos. De no ser por Abue y por Leo, no permitía que nadie hiciera eso mismo por mí.

—Lo más triste, querida mía —continuó Claudia, mientras liberaba el brazalete de oro que se había atorado en la manga del suéter—, es que la mayoría somos culpables de eso con nuestros seres queridos. Nos enfrascamos en la rutina y los vemos siempre igual, como siempre los hemos visto, sin fijarnos de verdad en la persona en la que se han convertido o en la persona que aspiran a ser. Es terrible hacerle eso a la gente que amamos.

—Nunca lo había pensado así. —¿Acaso le había hecho eso a Abue? Tal vez era alguien distinto al hombre que constantemente ocupaba mis recuerdos. En realidad, nunca me había preguntado quién era, además de ser profesor y de ser el responsable de mi cuidado.

—Es liberador ser franca y que alguien más te vea como realmente eres —dijo Claudia—. No todo el mundo tiene ese privilegio.

—Me da la impresión de que tú sí lo has tenido.

Claudia clavó la mirada en las gotas de lluvia que golpeaban la ventana.

—Hace mucho tiempo. —Me dio una palmada en la mano—. Y ruego que a ti también te ocurra. Pero espero que aprendas la lección que yo no aprendí, que es no dejar ir a la persona que te ofrece eso sólo porque no quieres arriesgarte.

Selma entró a la cocina diez minutos antes de lo programado. Instintivamente metí la mano en el bolsillo, con la esperanza de que no hubiera caído azúcar glas en la mesa.

—Hora de tus medicinas, Claudia. —Llevaba consigo un vasito de plástico lleno de pastillas—. Es más, esta vez te dejaré tomarlas con un poco de mantequilla de maní.

—¿Y si prefiero tomarlas con mermelada de frambuesa? —argumentó Claudia.

Selma suspiró con impaciencia.

—Al menos la mantequilla de maní tiene proteína, Claudia. La mermelada es pura azúcar.

Ambas mujeres se miraron mutuamente de forma desafiante. Ninguna de las dos estaba dispuesta a ceder. Para no tener que ponerme del lado de nadie (y disimular mi culpa por haber sido cómplice de la ingesta de azúcar de Claudia), me entretuve mirando las fotos de la cámara. Estaba bastante satisfecha con mi progreso; tal vez el engaño de la fotografía me traería ciertos beneficios.

El desencuentro entre ambas mujeres llegó a su fin.

—De acuerdo. —Selma se rindió—. Puedes comer una cucharada de mantequilla de maní y una de mermelada.

—Es un buen punto medio —reconoció Claudia con arrogancia.

Después de administrarle sus medicamentos envueltos en ingredientes para el desayuno, Selma volvió a retirarse.

Claudia se inclinó hacia mí.

—De hecho, me gusta más la mantequilla de maní. Pero me divierto mucho haciéndola rabiar.

—Selma sólo está haciendo su trabajo. —Volví a sentir el impulso de defenderla, pues el trabajo de cuidadoras como ella implicaba toda clase de tareas desagradables, sobre todo cuando el cuerpo del paciente empezaba a fallar, y en lo personal agradecía no estar en sus zapatos.

—Ay, eres demasiado buena —dijo Claudia entre risas—. Yo sólo estoy tratando de divertirme un poco antes de mi partida.

Esperé un segundo antes de hablar en el tono más neutro posible.

—¿Adónde irás?

El labial rojo intenso de Yves Saint Laurent se concentraba en riachuelos arrugados en las comisuras de los labios de Claudia.

—Puesto que eres tan buena, querida Clover, te quitaré la carga de tener que participar en esta pantomima.

Empecé a sudar más de lo habitual.

—¿Pantomima?

—Sé que me estoy muriendo —dijo Claudia con absoluta serenidad—. Y también sé que mi familia cree que no estoy consciente de ello.

—O sea, ¿cómo? —Mi instinto dictaba que fingiera ignorancia.

—Mi hijo le pidió al médico que no me dijera el diagnóstico. Sé que es muy antiético, pero la moral de mi hijo puede ser cuestionable en ocasiones. Sospeché que me estaban ocultando algo, así que llamé al hospital.

Maldije mentalmente a Sebastian por hacerme lidiar con eso a solas. Ya no tenía más remedio que decirle la verdad.

—Lo lamento mucho, Claudia.

—Mira, tú no tienes la culpa. —Asintió en dirección de la puerta por la que Selma acababa de salir hacía unos minutos—. Agradezco que Sebastian se tome la molestia de ofrecerme compañía estimulante, distinta de las enfermeras que me cuidan. He disfrutado mucho tus visitas.

—Yo también —contesté, aunque seguía sintiendo que era cómplice de la mentira.

—En fin —dijo Claudia y me miró a los ojos—, ¿en serio sólo eres una amiga de Sebastian a quien le interesa aprender sobre fotografía?

Me estremecí en mi asiento.

—Bueno, sí me interesa la fotografía, pero no estoy aquí por eso.

—Eso supuse —dijo Claudia, satisfecha—. ¿Entonces?

—Soy… una doula de la muerte.

Claudia frunció el ceño de por sí rugoso.

—*Doula de la muerte* —repitió, como si nunca antes hubiera enunciado esas palabras—. Bueno, esa no formaba parte de mis teorías sobre tu identidad. Debo confesar que este giro de tuerca me intriga mucho.

—Agradezco que lo veas así —dije, aún sintiéndome avergonzada—. Lamento no haberte dicho la verdad antes.

—Lo hecho, hecho está —dijo y agitó la mano como para ahuyentar una mosca—. Ahora sí, si no viniste a aprender fotografía, ¿cuál es tu función?

—Bueno, como ya dijiste, vine a hacerte compañía. Pero también puedo ayudare a atar los cabos sueltos que quieras resolver antes de partir. O simplemente podemos hablar al respecto, si lo prefieres.

Claudia profirió una risa derrotada.

—Supongo que mi nieto te informó que nuestra familia no acostumbra sentarse a hablar de la muerte. Es una de esas cosas que aquí no se hacen, como dice mi hijo. —Se quitó un mechón de cabello cano de la sien—. Aunque no estoy de acuerdo con que tomen decisiones por mí, entiendo por qué lo hacen. Las familias protestantes acostumbramos expresar el amor de formas inusuales.

—Qué bueno que lo veas así. ¿Te gustaría preguntarme algo? ¿O querrías que habláramos de algo en especial? —pregunté con voz dulce—. Por cierto, no hay ningún tema prohibido.

—Gracias, querida. Por hoy, concluyamos la lección de foto. Me parece que tienes talento. Qué pena que no vayas a seguir estudiando.

—Bueno, uno nunca sabe. Tal vez me estás inspirando a hacerlo. —Hice una pausa antes de alzar la cámara—. Pero bueno, antes que nada, ¿quieres que siga viniendo?

—¡Por supuesto! —exclamó Claudia—. Eres lo más interesante que me ha ocurrido en años. No te dejaré ir así como así.

Desee sentirme aliviada, pero por alguna razón seguía sintiendo que me había involucrado con esa familia mucho más de lo debido.

25

Tras oír el clic de la puerta de Claudia a mis espaldas, el resentimiento ardió en llamas en mi pecho. Mis instintos me decían que lo alejara, que callara mis sentimientos por el bien de los demás, como siempre hacía. Pero mientras marchaba hacia el metro, no pude evitar que hirviera hasta la superficie. Darles entrada a las emociones fue liberador y curiosamente adictivo.

Sebastian no sólo me había pedido que le mintiera a Claudia, también me dejó sola para lidiar con cualquier consecuencia que se presentara si la mentira quedaba expuesta. Lo único que yo quería era ayudar a Claudia; en cambio, me enredé en contra de mi voluntad en los secretos de la familia. Busqué mi teléfono en mi abrigo. Esa discusión no podía llevarse a cabo vía mensaje de texto. Jalé una bocanada del aire fresco de la tarde y dejé que el frío me calmara un poco.

Sebastian respondió la llamada antes de que timbrara por segunda vez.

—¡Hola, Clover! —Su tono alegre me irritó de inmediato—. ¿Cómo te fue con mi abue?

Respiré profundo otra vez y obligué a mi voz a mantenerse firme.

—Ya sabe.

Una pausa.

—¿Sabe? ¿A qué te refieres?

—Sabe que le estábamos mintiendo.

La estática en la línea mitigaba el silencio de Sebastian.

—Caray. ¿Cómo?

—Llamó al especialista y lo obligó a decirle la verdad. —Yo seguía sin poder creer que el doctor hubiera estado dispuesto a mentir en un principio.

Sebastian soltó un silbidito condescendiente.

—Uf, bueno. ¿Cómo tomó la noticia?

—Bastante bien, considerando las circunstancias.

—¡Genial! Tenía la esperanza de que se enterara de alguna manera y no tuviéramos que decírselo. Aunque no me hace mucha ilusión tener que darle la noticia a mi papá.

Me dolió que ni siquiera hubiera pensado en cómo todo eso pudo haberme afectado a mí.

—Tienes suerte de que no se haya molestado más. Pudo haber reaccionado muy mal, ¿sabes?

—Sí, bueno. Mi abue siempre ha sido muy fuerte. No me sorprende que se lo haya tomado con calma. —Su risa sonaba forzada, incómoda—. Pero no tiene problema con que vayas a verla, ¿o sí?

—Pues, no. —Debía admitir que me hacía ilusión pasar tiempo con ella sin el estrés de tener que mantener las apariencias—. Pero no debiste haberme puesto en esa posición. No importa qué tan bien se haya tomado Claudia la noticia; yo habría tenido que lidiar con las consecuencias si se la hubiera tomado mal. ¿Al menos pensaste en eso?

Mientras decía las palabras, entendí que ni siquiera estaba molesta por haber quedado enredada en las mentiras; era obvio que Sebastian creía que estaba ayudando a Claudia. Lo que me dolía era que no le importara cómo me afectaría a mí que su abuela lo descubriera.

—Guau. No, supongo que no lo pensé. —Más estática—. Tienes razón, Clover. Lamento que hayas tenido que lidiar con eso.

La disculpa tan repentina me tomó por sorpresa. Tal vez sólo estaba preocupado porque su querida abuela se estaba muriendo.

Me sentí un poco egoísta por hacer que la situación girara en torno a mí.

—Está bien, en serio —dije, y mi resentimiento se transformó en vergüenza—. Como dijiste, todo salió bien al final.

Estaba agradecida de que un camión de basura hubiera elegido ese momento preciso para pasar rugiendo, lo que obligó a que la conversación se detuviera unos segundos.

—Por cierto, me alegra que hayas llamado —dijo Sebastian cuando el ruido pasó.

—¿Ah, sí?

—Sí… me preguntaba si tal vez querías salir a tomar algo mañana. Sería divertido pasar un rato juntos, sólo tú y yo.

No me esperaba esa transición. ¿Estaba sugiriendo que tuviéramos una reunión profesional para discutir cómo haríamos las cosas con Claudia, ahora que la verdad había salido a la luz? ¿O quiso decir otra cosa? ¿Era patético que estuviera cerca de la mediana edad y no pudiera distinguir si alguien me había invitado a salir? Fuera lo que fuera, la idea de hablar de trivialidades con Sebastian en un bar ruidoso era intimidante.

—Creo que tengo planes para mañana por la noche —dije, poseída por el pánico. Necesitaba tiempo para procesar su invitación… y para analizarla con Sylvie.

—No pasa nada —dijo Sebastian, muy seguro de sí mismo—. Puede ser la noche siguiente, o la siguiente.

Estaba siendo muy insistente, pero también era posible que yo estuviera buscando cosas que no estaban ahí. No sería la primera vez que dejaba que mis presunciones sobre Sebastian llegaran demasiado lejos. Pero… ¿me arrepentiría de decirle que no? Quizá Sylvie tenía razón: era mi oportunidad para arriesgarme.

—Pasado mañana podría ser —dije antes de convencerme de no hacerlo—. Mándame un mensaje con la información.

Lo mejor sería mantener las cosas casuales, en caso de que sí fuera una reunión de trabajo.

—¡Genial! Me dará mucho gusto verte.

Intenté no darle demasiada importancia a la emoción en su voz.

—Perdón, Sebastian, pero llegó mi tren. Tengo que irme.

—No te preocupes… Nos vemos pronto.

—Buenas noches.

Colgué el teléfono y caminé la media cuadra que faltaba para llegar al metro, sin saber si el vértigo que sentía era de emoción o ansiedad.

26

Después de aquella llamada con Sebastian, un manojo de nervios se mudó indefinidamente a mi estómago.

Según Sylvie, su invitación era definitivamente una cita porque enfatizó el hecho de que fuéramos «sólo tú y yo». Desde mi punto de vista, no era más que una reunión social con mi empleado, y, aunque un cliente nunca me había invitado a salir, no entendería porqué Sebastian sería la excepción a la regla.

Ahora bien, por si acaso Sylvie tenía razón, acepté que me prestara un vestido que dejaba apenas lo indispensable a la imaginación. La simple idea de ser el sujeto del deseo de alguien más me petrificaba.

Lo esperé afuera de la fachada genérica del bar del Lower East Side en donde acordamos vernos, con la esperanza de camuflarme con los ladrillos. El vestido negro me apretaba el pecho, y el dobladillo me picaba los muslos. Sentía como si estuviera usando la piel de alguien más, la cual me quedaba floja en las peores partes. Hasta sentía que mis extremidades habían perdido toda proporción con respecto al resto de mi cuerpo. Envidiaba el estilo y la confianza innata de otros comensales; quienes, seguramente, se daban cuenta de que yo era un fraude.

Habíamos quedado de vernos a las ocho de la noche. Para entonces ya eran las 8:23 p.m., lo que significaba que había superado la tolerancia de quince minutos que había que concederle a cualquiera en Nueva York, debido a que el sistema de transporte subterráneo era una desgracia y en la que no se podía confiar. Por ende, no estaba obligada a seguirlo esperando. Pensé en enviarle un mensaje a Sylvie para pedirle su opinión, pero ya sabía qué me iba a decir. Ella jamás toleraba que le hicieran perder su tiempo, así que se habría ido hacía mucho.

Pero en ese momento alcancé a ver la silueta conocida de Sebastian que venía corriendo hacia mí, encorvada para guarecerse del frío vespertino. Su atuendo era monocromático, como de costumbre, pero su combinación de tonalidades de negro era más formal y pulcra que de costumbre. También sus zapatos se veían más brillantes, pero era difícil saberlo a ciencia cierta, debido a la tenue luz ambarina de los faros de la calle.

—Lamento mucho haber llegado tarde —dijo, con el rostro sonrojado—. Tuve un contratiempo en el trabajo.

—No te preocupes. —Si fuera una cita romántica, me habría enviado un mensaje para avisarme, ¿cierto? Eso validaba mi teoría.

Antes de entrar al local, chocamos torpemente de frente, el uno enfrente del otro, como adolescentes en un baile estudiantil. Luego, Sebastian abrió la puerta.

—Te va a encantar este lugar. Vengo aquí todo el tiempo.

Sentí que tenía los pies clavados al pavimento lamoso. «Deja de pensar y actúa», insistió la voz de Sylvie en mi cabeza. Gracias a eso, el pavimento me soltó.

El local era oscuro y apenas más ancho que un autobús escolar. En la parte más estrecha de la barra había una charola con hielo y ostiones frescos, y un hombre —con un chaleco blanco y bigote perfecto— agitaba una coctelera con fingida indolencia. Absorbí mi entorno, fascinada por él. Jamás había tenido razones para entrar a un bar de ese tipo, pero siempre me había preguntado qué había del otro lado de ese tipo de puertas intencionalmente genéricas.

Sebastian me guio al fondo del establecimiento, donde había bancos pegados a las paredes —eran largos y tapizados de cuero—.

Frente a ellos, estaban colocadas unas cuantas mesitas diminutas con una sola velita titilando en el centro de cada una. La oscuridad impráctica hacía difícil distinguir los detalles, pero me daba la impresión de que el desgaste de la pintura de las paredes y del techo de aluminio era más artificial que producido por el paso del tiempo.

Un trío de mujeres desocupó la mesa de la esquina, y la más bajita de las tres se nos quedó viendo, como sorprendida.

—¡¡Sebastian!! ¡¡Hola!!

Los signos de exclamación eran notorios en su tono de voz. No obstante, Sebastian se puso tenso.

—Ay, hola… Jessie. —Esa breve pausa me hizo suponer que apenas si alcanzó a recordar su nombre justo a tiempo—. ¿Cómo estás?

—¡Superbién! —Jessie señaló a sus amigas—. ¡Hoy es noche de chicas! —Dicho eso, me volteó a ver con suspicacia.

—Ya veo —dijo Sebastian, claramente incómodo—. Jessie, te presento a Clover.

—Hola, Clover. —Su voz era demasiado empalagosa como para ser franca. Volteó a ver a Sebastian de nuevo y le jaló la solapa del saco, mientras hacía pucheros con la boca—. Hace mucho que no nos vemos… ¡llámame para ponernos al día!

—Sí, claro. —Sebastian empezó a juguetear con una orilla de su bufanda—. Luego nos vemos, Jessie.

—Sí, nos vemos pronto. —Antes de emprender su camino, seguida de sus amigas, le acarició el brazo.

Casi de inmediato, Sebastian me guio hacia la mesa desocupada y esperó a que el grupo de mujeres estuviera lo suficientemente lejos como para que no escucharan lo que iba a decir.

—Salimos un mes el año pasado —dijo, como si tuviera que rendirme cuentas—. Es simpática, pero demasiado extrovertida para mi gusto.

Dado que no sabía cómo responder a su confesión no solicitada, me senté a examinar el menú de cocteles escrito en letras cursivas sobre papel de estraza.

171

—Estos cocteles son muy elaborados.

—Sí, aquí se especializan en mixología —contestó y se sentó junto a mí, mucho más cerca de lo que habría esperado.

¿Acaso debía moverme para hacerle espacio? ¿O era intencional que estuviera tan cerca de mí? Desee poder enviarle un mensaje a Sylvie para pedirle consejo, pero Sebastian no me quitaba la mirada de encima. Decidí optar por un punto medio y sólo recorrerme un poco, pero no demasiado.

Después de acabarme el primer cóctel —hecho con *bourbon* y romero triturado—, sentí que la tensión de mi cuerpo iba disminuyendo.

—Quiero darte las gracias por todo lo que has hecho por mi abue. —Sebastian apoyó el codo sobre el respaldo del banco, junto a mi hombro, pero no alcanzó a tocarme—. Las cosas han mejorado mucho desde que ya no hay secretos, aunque mi papá sigue negándose a hablar del tema.

—Me da gusto poder ayudarlos. Digo, es mi trabajo —afirmé, un poco distraída por la posición de su brazo—. ¿Cuánto hace que tocas el *cello*?

Tenía la esperanza de que mi estrategia para desviar la atención de mí no le resultara tan obvia como a Sylvie.

—Desde que era niño. —Agitó su coctel tropical, una elección alcohólica que no habría esperado de un hombre de treinta y tantos, pero yo qué iba a saber de esas cosas—. En realidad nunca fui atlético. Esa parte de los genes se la llevaron mis hermanas. Además, sufría mucho de alergias, así que mi mamá no me dejaba salir mucho de casa. Cuando cumplí diez años, mi abue me llevó a una tienda de instrumentos musicales. Me dijo que eligiera cualquiera, el que quisiera aprender a tocar y elegí el *cello*. Dado que yo era el más bajito y flaco de mi grupo, el *cello* se veía grande y poderoso a mi lado. Entonces supuse que, si aprendía a tocarlo, me haría sentir igual de poderoso que él. —Empezó entonces a picotear los cubos de hielo con el popote—. Pensándolo bien, creo que debí

172

elegir algo más de onda, como una guitarra, o cuando menos algo más fácil de cargar. Ir por la ciudad con un *cello* es una pesadilla.

—Me lo imagino. —Traté de disimular mi sonrisa mientras visualizaba a Sebastian tratando de arrastrar el estuche gigantesco en un vagón de tren rebosante de neoyorquinos quienes defendían a capa y espada su espacio personal.

Sebastian le dio un sorbo a su bebida y se relamió los labios.

—¿Tú tocas algún instrumento?

—Mi Abue tenía un viejo banyo que traté de aprender a tocar de forma autodidacta. —Esa era otra aventura asistida por YouTube que, a juzgar por el hecho de que mis mascotas salían corriendo cada vez que me escuchaban tocarlo, había sido poco exitosa—. Me encantaría aprender a tocar el piano, pero en mi departamento no hay espacio suficiente.

—¿Ni siquiera para un teclado eléctrico?

—Debo confesar que tengo demasiadas cosas ya.

—Ah. ¿Vives con alguien? —Su tono de voz era forzadamente casual.

—Sólo con mis mascotas. Dos gatos y un perro.

—Guau. Son bastantes animales.

—¿Tú no tienes mascotas? —Me negaba a mencionar que había considerado adoptar una cacatúa que vi anunciada en Craigslist.

Sebastian meneó la cabeza.

—Soy alérgico a los perros y a los gatos, así que me iría fatal si tuviera una mascota. —Se frotó entonces la nariz, como si de sólo pensarlo le hubiera dado comezón.

—Lo lamento mucho —dije, genuinamente triste por él—. No puedo imaginar la vida sin mascotas. —Gracias a ellos, la vida era tolerable. Eran los únicos seres vivos que esperaban mi llegada a diario.

Sebastian se encogió de hombros.

—Nunca me han gustado mucho los animales, así que no me molesta en realidad.

Al final de la noche, después de tres cocteles, seguía sin saber a ciencia cierta si aquello era una cita o no. Había estirado el brazo por encima de mis hombros y lo había tenido tan cerca de mí que hasta podía sentir el calor que irradiaba su axila, aunque no me estuviera tocando. Cada vez que Sebastian se inclinaba hacia el frente para darle un sorbo a su bebida, alcanzaba a percibir su aroma: una mezcla de jabón líquido especiado, humedad del armario y una pizca de sudor.

Mientras él hablaba, yo observaba su rostro e intentaba determinar si era atractivo o no, puesto que Sylvie me exigiría que le contara hasta el último detalle al día siguiente. La forma en la que el cabello le cubría la frente me parecía encantadora, aunque también un poco infantil. Y su estilo erudito —incluyendo sus lentes de armazón dorado y la bufanda holgada— me recordaba al dueño de una de mis librerías de segunda mano favoritas de París. Sin embargo, la luz era demasiado tenue como para hacer una valoración definitiva, aunque no podía negar que no me desagradaba. Tampoco me molestaba su compañía. Supuse que el romance en la vida real sería más bien como una vara de incienso encendida y no como un estallido cinematográfico. Además, puesto que yo era una criatura de hábitos, me tomaba tiempo acostumbrarme a las cosas nuevas.

—Qué bien —dijo Sebastian, mientras guardaba el recibo en su bolsillo después de insistir de forma dramática en pagar la cuenta—. Se les olvidó cobrarnos uno de los cocteles.

—¿No crees que deberíamos avisarle al mesero?

—No, para nada. Que pongan más atención para la próxima. —Se levantó y se puso su abrigo—. ¿Lista para irnos?

—Te veo afuera —le dije, con el saco aún sobre el brazo—. Quiero pasar al baño. —En realidad no necesitaba ir al baño, pero dediqué unos minutos a lavarme las manos y a hidratarlas con loción de los frascos ambarinos que estaban atornillados a la pared. Mientras atravesaba el mar de urbanitas glamurosos que me separaban de la puerta de salida, vi que nuestro mesero, un escuálido chico en edad universitaria, estaba recogiendo los vasos vacíos de nuestra mesa, así que discretamente le di un billete de veinte dólares antes de irme.

Sebastian estaba en la acera apoyado en el hidrante, revisando su celular.

—¿Lista?

—Sí. Pensaba irme caminando al metro. —En ese momento caí en cuenta de que debí preparar un plan de escape para evitar cualquier posible incomodidad.

—Eh, yo pensaba tomar un Uber. Si quieres te llevo. —El vapor de su aliento se dispersó en el aire nocturno.

—No, no te preocupes. Te desviaría demasiado. El metro está a una cuadra nada más. Aun así, te lo agradezco.

Sebastian retorció su bufanda torpemente.

—¿Estás segura?

—Sí, definitivamente. —Mi intento de confianza y asertividad terminó siendo un poco agresivo, pero en realidad no quería que me llevara a casa a esas horas, aunque fuera una cita romántica. Me hacía sentir demasiado presionada.

Sebastian asintió como un jovencito obediente.

—Bueno, está bien. Te acompañaré al metro y desde ahí pediré el Uber.

No podía rechazar aquella oferta tan caballerosa.

Mientras caminábamos, Sebastian empezó a contarme la historia de un amigo suyo de la universidad que había diseñado uno de los nuevos rascacielos del barrio, pero fui incapaz de concentrarme en sus palabras. Sentía que el corazón me retumbaba en los oídos, y de pronto me dieron muchísimas ganas de orinar, a pesar de que instantes antes había estado bien.

Después de tres cocteles, sólo estrecharle la mano habría sido demasiado formal. ¿Acaso esperaba que lo abrazara? Además,

Sebastian nunca había caminado tan cerca de mí. Tanta incertidumbre me hacía querer salir corriendo. Cuando al fin alcancé a ver los focos verdes de la entrada del metro, el estómago me dio un vuelco nervioso. El estruendo de una sirena cercana, al que por lo regular era inmune, me pareció molesto y caótico, así como su combinación con la risa estridente de dos mujeres que estaban conversando en la banqueta.

Deseé estar en casa, en mi sofá, con mis mascotas, viendo en la pantalla (o a través de una ventana) el paso de una vida ajena. Me pregunté cómo habría sido la primera cita de Julia y Reuben, pues siempre se veían muy cómodos juntos, como si el mundo existiera sólo para ellos. No podía imaginarlos interactuando torpemente el uno con el otro.

—Bueno, ¿qué opinas? —me dijo Sebastian, mirándome fijamente a los ojos.

No sabía a qué se refería.

—¿Sobre qué? —pregunté, confundida.

—Sobre la arquitectura.

No pude evitar sonrojarme.

—Está muy bien, creo. —Nos detuvimos en la cima de las escaleras del metro y nos hicimos a un lado para dejar pasar a los viajeros frenéticos que corrían hacia el tren recién llegado, por si acaso era el suyo. Sebastian se paró a unos cuantos centímetros de mí, y en la espalda sentí la frialdad metálica del poste de la entrada. Por primera vez, el silencio me incomodó más a mí que a él—. Bueno —dije—, me dio gusto verte.

—Sí —contestó Sebastian en voz baja.

Estaba segura de que me estaba mirando de forma muy intensa, pero las luminarias urbanas reflejadas en sus lentes no me permitieron interpretar su expresión.

Sebastian dio un paso al frente y cerró la brecha entre nosotros. De forma instintiva, intenté retroceder, pero no había espacio. Luego metió la mano en mi abrigo abierto y la puso sobre mi cintura. A pesar de tener un vestido de por medio, percibí la frialdad de su piel.

Después de eso, se inclinó hacia mí y pegó sus labios a los míos. En un inicio, sentí el impulso de quitarme, pero me ganó la curiosidad.

Así que eso era un beso. Mi primer beso.

Había imaginado miles de posibilidades, pero al fin estaba ocurriendo. Era algo casi surreal. Seguía sin estar segura de que quería besar a Sebastian específicamente, pero, como dijo Sylvie, no podía saber si algo me gustaba si ni siquiera lo probaba. Así que sólo traté de observarlo, como si fuera a documentarlo en alguno de mis libretas, tal como Abue me enseñó a hacerlo cada vez que tenía una experiencia nueva.

Fue más húmedo de lo que imaginaba, y su saliva aún tenía un ligero sabor al jugo de piña del último coctel que bebió. No había visto su barba incipiente, pero pude sentirla rozarme la cara, casi tan abrasiva como la piedra pómez. Me jaló hacia él, tomándome de las caderas. Me pregunté entonces qué debía hacer yo con las manos. En las películas, las mujeres acostumbraban pasarles los dedos por el cabello a los hombres, pero eso se me hacía un tanto exagerado. ¿Debía agarrar a las solapas de su abrigo? En el fondo también se me hacía algo agresivo. Y no quería que Sebastian creyera que lo estaba disfrutando hasta que de verdad me resultara así.

Por si acaso, mantuve las manos en los costados.

Su lengua intentó abrirse paso entre mis labios tensos, como si quisiera separarlos. En vista de que no había rechazado el beso, ¿debía ceder y separar los labios? Decidí hacerlo con fines experimentales. Y no fue del todo desagradable, pero tampoco sentí los fuegos artificiales que imaginaba que se encenderían en esas circunstancias. Tal vez los besos también eran un gusto adquirido.

—¡Váyanse a un hotel!

El grito proveniente de las escaleras interrumpió abruptamente nuestro encuentro. Me sobresalté y me separé de Sebastian, mientras que él me soltó la cintura. Con el rostro enrojecido, me hice a un lado para dejar de sentir que estaba entre la espada y la pared.

De pronto, todo se volvió muy real. Me vino a la mente la imagen de Claudia y el hecho de que, sin lugar a dudas, besar a su nieto, quien también era mi empleador, representaba un conflicto de intereses.

—Debo irme —dije, sin mirarlo a los ojos—. Gracias por los tragos.

Bajé corriendo las escaleras, con la cabeza dándome vueltas, no sé si por el alcohol, por el beso o por la vergüenza de haber sido señalada en público.

—¡Clover, espera!

Corrí directo hacia el torniquete, desorientada, y les agradecí a todos los dioses y otras fuerzas del universo que mi tarjeta del metro pasó sin problemas y la barra metálica me abrió paso hacia la libertad.

27

Al llegar a la cuadra donde vivía Claudia, apenas si me percaté que de las ramas solitarias de los árboles emergían indicios de una primavera aún incipiente. Dentro de mi cuerpo se batían en duelo varias emociones: el alivio de ya no tener que mentir con respecto a mi trabajo y el pánico de no saber qué decirle a Sebastian la siguiente vez que lo viera.

Desde que era niña, imaginé toda clase de cosas que podría sentir después de mi primer beso: alegría, euforia, emoción. Pero lo que nunca creí sentir fue pánico.

Después de pasar años viendo cientos de encuentros románticos en las películas, fue inevitable reproducir mentalmente, una y otra vez, el beso con Sebastian. No es que hubiera sido terrible, sino que esperaba que fuera algo más disfrutable o que me hiciera sentir una descarga eléctrica en todo el cuerpo. Pero quizá mis expectativas eran tan altas que nada estaba a la altura de aquel encuentro. O tal vez la cultura popular me había engañado al perpetuar ese falso estereotipo de que todos los besos eran maravillosos.

Procuré recomponerme antes de alcanzar a Claudia en el jardín. Viendo las cosas fríamente, había sido muy poco profesional de mi parte salir con Sebastian, aunque de inicio no estaba segura de que eso era una cita.

—Hola, querida. —Claudia me recibió con una gran sonrisa y la piel decorada con motas de sombra. Luego cerró los ojos por un instante como para disfrutar los rayos del sol que se filtraban por el follaje—. Esperaba con ansias tu visita.

Esa recepción tan cálida me hizo sentir aún más conflictuada.

—A mí también me da mucho gusto verte.

—Debo confesar que estoy fascinada con tu profesión —dijo Claudia mientras se frotaba las palmas de las manos—. ¿Cómo nos enfocaremos hoy en la muerte? ¡Cielos! ¡Es muy liberador poder hablar del tema! Y no sabes cómo lamento haberlo postergado tanto. Habría facilitado mucho las cosas.

La actitud de Claudia era admirable, pero me parecía un poco artificiosa. Así como la ira de Guillermo enmascaraba sus miedos y su soledad, la indolencia de Claudia debía ser una estrategia para no mostrar su vulnerabilidad.

—Bueno —dije con cautela—, dado que sé que a tu familia se le dificulta hablar sobre tu muerte, se me ocurrió que podría resultarte útil armar una necrocarpeta.

Claudia alzó su taza de té, sosteniendo el asa con delicadeza.

—Dime una cosa, querida, ¿qué es una *necrocarpeta*?

—Es una carpeta pensada para que organices todos los documentos y detalles que tu familia podría necesitar, como tu número de seguridad social, acta de nacimiento, detalles bancarios, contraseñas y, obviamente, tu testamento. Pero también puede incluir otras cosas, como una lista de personas a las que te gustaría que se les notificara tu fallecimiento.

—Ya veo.

—También puede ser útil hacer una lista de cosas que le facilitaran a tu familia la planeación de tu funeral… digo, si acaso quieres un funeral. Por ejemplo, ¿quieres que sea con el ataúd abierto o cerrado? ¿Qué ropa te gustaría que te pusieran? ¿Cómo quieres que te recuerden? ¿Tienes una canción, poema o plegaria favorita? ¿Una flor favorita? Ese tipo de cosas.

—Todo eso es muy lúgubre, Clover —dijo Claudia con una ligera sonrisita—. Pero hablas de ello como si fuera cualquier cosa.

Me sonrojé, avergonzada. Quizá debí manejar el tema de forma más sutil, pero la situación con Sebastian me tenía muy confundida.

—Lo siento, no quería ser tan fría y brusca. Es sólo que, cuando las familias están en pleno duelo, es difícil recordar ese tipo de detalles con claridad. Y tenerlos a la mano puede brindarles alivio emocional a todos los involucrados, sobre todo si los documentamos en un buen estado.

—Me gusta tu actitud tan directa —dijo Claudia—. Y eso de la necrocarpeta tiene mucho sentido. Sé que estarán esperando la lectura del testamento, pero no sé si han pensado mucho en todas lo que mencionas.

—Creo que les preocuparán más cosas que sólo tu testamento —dije con dulzura—. Por lo que dice Sebastian, todo el mundo te adora.

—Sí, lo sé —contestó Claudia entre risas—. Mi hijo y mi nieto son un poco disfuncionales y extraños, pero sé que me aman a su manera. Aunque casi nunca los vea. Sin embargo, ¿quién podría culparlos por querer heredar esta casa? —Le dio un sorbo a su té negro.

—Es muy hermosa. —Alcé la mirada hacia la pared de ladrillos que estaba en la parte trasera de la casa. Me daba curiosidad saber cómo planeaba Claudia dividir su pequeña fortuna y a quién heredaría esa preciadísima propiedad neoyorquina. Dado que Sebastian era el nieto más devoto, quizá sería el principal beneficiario.

Al volver a recordar el beso de la noche anterior, el pánico se apoderó de mí una vez más.

Claudia asentó las palmas de la mano sobre la mesa como un director general que busca llamar la atención de su consejo directivo.

—En fin, ¿por dónde empezamos?

Agradecí tener algo concreto en lo cual enfocarme. Saqué entonces una libreta y un bolígrafo.

—Antes que nada, ¿has pensado si quieres ser enterrada o cremada?

—Cremada —contestó con voz casual, como si estuviera ordenando algo de un menú—. No es necesario ocupar espacio en el mundo si no voy a disfrutarlo. Aunque he de decir que tiene cierto encanto que avienten tus cenizas al mar.

—Podría hacerse si es lo que quieres.

—Ay, no, implicaría demasiado esfuerzo para todos. Además, casi toda mi familia se marea en altamar. No sería una despedida muy memorable si todos los dolientes terminan vomitando, ¿no crees?

—Buen punto. —Su pragmatismo me hizo sonreír—. Entonces, cremación. ¿Hay algún lugar en particular donde te gustaría que esparcieran tus cenizas?

La mirada de Claudia se tornó anhelante.

—Me gustaría que las esparcieran en las colinas de Bonifacio.

—¿En Córcega?

—Ya veo que sabes mucho de geografía.

—Es uno de mis lugares favoritos en el mundo. Fui un par de veces mientras escribía la tesis de la maestría que estudié en París. Bonifacio es un pueblito muy hermoso.

—Bueno, cuando estuve ahí, la mayor parte del tiempo la pasé en un barco, pero aun así me pareció muy encantador —dijo Claudia, con un aire de misterio—. ¿Qué sigue en la lista?

—Veamos… podríamos hacer la lista de personas a las que quieres que les avisen cuando fallezcas, así puedo ir buscando su información de contacto en caso de que no la tenga.

—Por fortuna, esta tarea en específico será muy fácil para ambas —contestó Claudia—. Cuando llegas a los noventa años, la mayoría de tus amistades ya pasó a mejor vida.

De eso mismo se lamentaba Leo.

—Debe ser difícil. Pero imagino que tuviste amistades increíbles a lo largo de tu vida.

—Algunas sí. Hay otras que debí soltar antes de que se disiparan de forma orgánica. —La mano le tembló cuando se llevó la taza de té a los labios—. Ahí hay otra lección de vida para ti, Clover: elige a tus amistades sabiamente. Apuesto a que tienes hordas de amigos.

Bajé la mirada hacia la superficie de hierro de la mesa del jardín. Me sentía avergonzada.

—No realmente. Podría decirse que soy bastante solitaria. A la mayoría de la gente no le encanta pasar tiempo con alguien que se dedica a tratar con la muerte.

—¿Así que eres una osa solitaria? —Claudia se reclinó en su asiento y me observó—. Eres tan simpática y agradable que jamás lo habría imaginado. Sobre todo porque mi nieto está muy encantado contigo.

Sentí un nudo en el estómago. ¿Acaso me estaba poniendo a prueba? ¿Qué le había dicho Sebastian a Claudia?

Lo mejor sería fingir ignorancia.

—Supongo que siempre he disfrutado mi propia compañía —dije, aún un poco alterada—. Soy hija única, así que la mayor parte del tiempo tenía que conformarme con mis propios pensamientos.

—¿Tus papás no te organizaban sesiones de juegos con otros niños?

—Murieron en un accidente cuando tenía seis años. Así que me vine a vivir acá en la ciudad con mi abuelo. —Con la punta del dedo índice acaricié el marco de la mesa.

—Supongo que fue difícil crecer sin tu mamá —dijo Claudia de tal forma que era obvio que estaba eligiendo sus palabras con cuidado—. Dios sabe que mi madre me hizo la vida difícil muchas veces, pero no imagino cómo habrían sido las cosas sin ella.

Me encogí de hombros.

—La verdad no pasé mucho tiempo con mi madre antes de que muriera. Es difícil extrañar algo que nunca tuviste.

—Bueno, pero me alegra que hayas tenido a tu abuelo.

—A mí también. Era un hombre increíble —dije—. Pero también era un poco solitario. Supongo que lo aprendí de él.

183

—Los niños tienden a imitar a los adultos más influyentes en su vida. —Claudia me dio una palmada en el dorso de la mano—. Pero se nota que hizo un gran trabajo criándote. No es nada sencillo criar a una niña, sobre todo si es en circunstancias inesperadas. Apuesto a que estaría muy orgulloso de ti.

—Gracias. —Percibí la textura rugosa de la piel de Claudia al estrujar su mano—. Definitivamente hizo lo mejor que pudo.

De eso no tenía duda. Sin embargo, mientras observábamos a los gorriones jugando en el jardín, imaginé lo difícil que debió haber sido para Abue convertirse de pronto en el tutor y cuidador de una niña de seis años; y me pregunté si mi vida actual, realmente, habría enorgullecido a mi abuelo.

Esa tarde, mientras caminaba hacia la estación del metro, pensé en los padres de Claudia y en los míos. Aunque mi madre cumplió su deber biológico de engendrarme, nunca desarrolló su instinto materno conmigo. De los seis años que pasamos juntas, no retuve un solo recuerdo del tipo de ternura y calidez materna que las películas mostraban como algo natural. No hubo abrazos, no me ponía listones en el cabello, no horneamos pastelillos juntas. A veces me gustaba imaginar que las cosas habrían cambiado si tan sólo hubiera tenido oportunidad de crecer con una madre. Y, cuando fantaseas con algo lo suficiente, casi te lo crees.

Abue fue más que una figura paterna en mi vida; esbozó, de forma indeleble, la manera en que yo veía y experimentaba el mundo. Claro que con frecuencia me preguntaba qué habría perdido al no tener una figura materna en mi infancia. Supongo que ni siquiera así habría aprendido a maquillarme ni a darle mayor importancia a la moda, pero quizá estaría más en contacto con mi intuición o me sentiría más cómoda expresando mis emociones.

¿Sería que la falta de una buena figura materna me había hecho menos mujer?

28

—No hagas el mío demasiado cargado, Leo. —Me senté en su mesa, lista para nuestra siguiente ronda de *mahjong*.

Leo estaba encorvado sobre su pequeña cantina, absorto en la mezcla de un brebaje con *bourbon*, como un hechicero en su caldero. Los hielos chocaban en el vaso como los carrillones de una campana movidos por el viento. Con una sonrisa de satisfacción, deslizó por la mesa el trago hacia mí. El reconfortante aroma a jabón irradiaba de su piel como siempre.

—¿Cómo va ese nuevo trabajo que tienes?

—¿Claudia? Es una mujer muy interesante… me recuerda a ti, debo decir.

Leo me miró con una media sonrisa escéptica.

—¿Una mujer blanca y rica del Upper West Side te recuerda a mí? —Su tono era juguetón, pero el mensaje estaba claro.

—O sea… me refiero a que su sentido del humor irreverente, su nostalgia por los buenos tiempos y su amor por doblar o romper las reglas me recordaron a ti.

—Bueno, poseo esas cualidades, sí. —Leo sorbió su trago y chasqueó los labios unas cuantas veces como para evaluarlo—. Un poco pasado de limón, me parece.

Sorbí el mío con cautela.

—Creo que está delicioso. — Le sonreí—. ¿Te decepciono con mi paladar filisteo?

—Ya aprenderás, pequeño saltamontes.

Le di los dados.

—Te toca tirar primero.

Acuñó los dados entre sus manos y los agitó a un lado de una de sus orejas, como si fueran un coco.

—Supe que has estado pasando mucho tiempo con la nueva vecina.

Tiró los dados a la mesa. Un dos y un cuatro.

—¿Sylvie? Sí, es muy linda. —Tomé los dados y los sacudí dentro del puño cerrado moviéndolo de lado a lado—. Hemos pasado el rato unas cuantas veces: fuimos por un café, a una clase de yoga, me hizo de cenar, cosas así.

Sacudí las manos con satisfacción después de que mi tiro revelara un cinco y un seis. Leo fingió fulminarme con la mirada.

—Si me lo preguntas, parece que puede ser el comienzo de una amistad.

Las mejillas me comenzaron a brillar con aprehensión.

—Creo que es muy pronto para llamarla así. —Esperé que mi pequeña encogida de hombros hubiera parecido lo suficientemente indiferente.

—Pues yo creo que Sylvie es una gran contribución al edificio. —Leo volvió a sorber su *bourbon*—. Entre otras cosas porque comparte mi amor por el chisme de barrio.

—¿Eso significa que, al fin, me podré ahorrar las horas de escucharte hablar sobre las indiscreciones de los vecinos?

—Sé que te gusta fingir que no te gusta el chisme porque tu abuelo lo veía como algo malo. Por supuesto, un caballero como él jamás participaría de ese tipo de comportamientos. Pero…. ¿sabes algo? —Leo se inclinó hacia mí sobre la mesa y bajó la voz—. Creo que en el fondo lo disfrutaba tanto como tú, pero ninguno de los dos se atrevería jamás a aceptarlo.

Me sonrojé. Sí tenía ciertos beneficios poder enterarme de las noticias del vecindario sin tener que hablar con la gente.

—Lo extraño.

—Yo también —dijo Leo—. El buen Patrick. Me cuesta trabajo creer que hace trece años se fue.

El juego se detuvo, mientras reflexionábamos en silencio.

—Leo… ¿Abue alguna vez te mencionó algo sobre cómo fue criarme él solo? —Los hielos en mi vaso crearon un letárgico remolino—. Digo, porque fue una responsabilidad que adquirió de la nada. Creo que sólo lo había visto dos veces antes de venir a vivir con él.

Los ojos de Leo irradiaron una mezcla de empatía y tristeza. Inhaló como si estuviera a punto de decir algo, pero se arrepintió antes de que las sílabas se materializaran. Nunca lo había visto quedarse sin palabras.

Después de un pequeño trago, habló al fin.

—¿Por qué lo preguntas?

—Algo que dijo Claudia me hizo pensar en ello. Debió haber sido muy difícil para él tener que lidiar, de repente, con una niña de seis años. —Asenté el vaso en la mesa y examiné las líneas en las palmas de mis manos—. ¿Crees que, tal vez, pude… haberle arruinado la vida?

Leo exhaló muy despacio.

—No te voy a mentir: hubo momentos en los que fue muy difícil. Pero hay momentos así para todos los padres, en cualquier circunstancia.

—Sí, pero la mayoría de esos padres decidió tener hijos.

Me avergonzaba que, hasta ahora, no había pensado en cómo fue para Abue tener responsabilizarse de pronto de una niña a la que apenas si conocía.

Leo miró hacia el techo como para consultar a un poder superior.

—Clover, creo que fuiste lo mejor que le pasó a la vida de tu abuelo. Según lo que me contó, pasaba demasiado tiempo trabajando cuando tu mamá era chica y no se involucró mucho en su crianza.

Asentí, recordando la conversación que tuvimos en Central Park en mi cumpleaños.

—Recuerdo que me dijo que él viajaba mucho cuando ella era más joven.

Era uno de los pocos recuerdos que tenía de Abue hablando de su relación.

—Sip. Y tu mamá no se comportaba como él esperaba; al parecer sólo pensaba en sí misma. A tu abuelo nunca le gustó que tu papá y ella se la pasaran viajando y te dejaran con la vecina. No creía que te estuvieran criando de buena forma. Y le dolía verlo, porque lo hacía preguntarse si ella estaba actuando igual que él, poniendo el trabajo por encima de la familia. Creo que tu abuelo se sentía culpable. —Me terminé el trago sin miramientos—. Entonces, cuando resultó que él era la única familia que te quedaba —continuó Leo—, creo que lo vio como una segunda oportunidad, la oportunidad de hacerlo bien contigo y educarte para que llegaras a convertirte en la mejor persona que pudieras ser, compensar por lo que salió mal con tu mamá.

La revelación no hizo más que acrecentar el dolor en mi corazón.

—No lo sabía.

—¿Cómo ibas a saberlo? Estabas haciendo lo mejor que podías con las circunstancias que te tocaron. Pero recuerdo que tu abuelo a veces subía a tomar un trago después de que te dormías, y se jalaba el cabello porque no tenía idea de lo que estaba haciendo. Le aterraba echarte a perder a ti también.

—Pero siempre parecía muy seguro de todo lo que me enseñaba.

—¡Claro! Quería que supieras que podías contar con él para lo que fuera. —Los ojos le brillaron con regocijo—. ¿Sabes? Para la mayoría de los temas femeninos, como tu primer brasier y demás temas de ese tipo, dependían de la señora Bessie, la dueña de la librería a la que siempre iban.

—¿En serio? —Toda una vida de piezas que parecían no encajar comenzó a tomar forma.

—En serio. Mira, le prometí a tu abuelo que siempre te iba a cuidar, y creo que eso incluye decirte las cosas como son. —Volvió a mirar hacia el techo—. Estoy casi seguro de que no le molestaría.

—Gracias, Leo —dije en voz baja, mientras mi cerebro corría a toda velocidad para mirar de vuelta a mi infancia con una perspectiva muy distinta—. Te lo agradezco, de verdad.

Me guiñó un ojo.

—Cuando quieras.

Sin saber si podía soportar más verdades, me concentré en las fichas que estaban entre nosotros.

—¿Listo para jugar?

—Sabes que sí. —Leo se frotó las manos, luego se detuvo de golpe y se tomó el cuello con una mueca de dolor.

—¿Todo bien, Leo?

Se recargó en el asiento de su silla, con los ojos cerrados, y dejó que el dolor pasara. Cuando abrió los ojos, me di cuenta de que se estaba esforzando por recobrar la compostura.

—De maravilla, como digo siempre. Es únicamente un dolorcillo de cuello que siento de cuando en cuando. Es la vejez y esas cosas.

No me convenció.

—No tenemos que jugar hoy si no te sientes bien. Podemos ver una de esas comedias británicas que tanto te gustan.

—Quieres robarme una victoria por *default* —me dijo, moviendo el dedo índice de lado a lado—. No creas que vas a lograr que deje mi ventaja así nada más.

—Leo…

Me regaló una sonrisa desafiante.

—Es tu turno, niña.

Estar en compañía de Leo siempre me hacía sentir mejor, pero al cerrar la puerta de mi departamento después de nuestro juego, estaba exhausta. La vida parecía mucho más sencilla hacía un mes. Ahora, iba a la deriva.

Los binoculares estaban en la repisa, inocuos para cualquier persona, pero como una forma de tentación para mí. Unos minutos no harían daño. Sólo un chequeo rápido para asegurarme de que la dicha doméstica de Julia y Reuben siguiera intacta. Era una manera de asegurarme que algo en mi mundo seguía siendo como había sido siempre.

Ejecuté la rutina con precisión: luces, silla, persianas.

Una cena con amigos. Julia y Reuben. Siempre las mismas personas, siempre parejas. El sutil lenguaje corporal de cada par era un acertijo único esperando a ser descifrado.

Sí, eso era justo lo que necesitaba.

Y ahí estaban: Reuben y Julia, con los brazos entrelazados, mientras conversaban con sus invitados, la sutil adoración del uno por el otro brillando con la misma luz de siempre.

Me envolví en una cobija y me acomodé en la silla para pasar la noche con el consuelo de que, ahí, aún seguía una de las pocas relaciones con las que podía contar.

29

Cuando Sylvie sugirió de último momento que fuéramos a una clase de baile, me sorprendí a mí misma al aceptar de inmediato. Entre mi muy público beso con Sebastian y las revelaciones de Leo sobre Abue, mi cerebro tenía demasiadas emociones por procesar. Así que gastar algo de energía sería un escape muy necesario.

—Más o menos el noventa por ciento de los primeros besos son malos —dijo Sylvie mientras estábamos sentadas con las piernas cruzadas en el piso de un pequeño estudio de baile en Chelsea—. El mío fue terrible… aunque debo decir que teníamos doce años. Por desgracia, hay hombres como Sebastian que llegan a sus treinta sin aprender a besar como se debe. Una creería que a estas alturas alguien ya le habría dicho algo al respecto.

Sentía como si hubiera ingresado a un club secreto —el club de los primeros besos malos— al que no sabía cuánta gente pertenecía. El peso de mi decepción se aligeró un poco.

—¿Qué hago?

Sylvie alisó una arruga en sus mallas resplandecientes.

—¿Estás segura de que no sentiste ninguna química? Tal vez es muy difícil ver más allá del mal beso. —Una mirada pícara se apoderó de su rostro—. Tal vez tú seas quien le enseñe cómo debe hacerse.

Tuve que usar toda mi fuerza de voluntad para no retorcerme de vergüenza.

—No lo sé. Todo pasó demasiado rápido. Y no tengo algo con qué compararlo.

Más que cualquier otra cosa, fue anticlimático. No me molestaba estar con Sebastian, y su relación tan cercana con Claudia era entrañable, pero no me sentía tan atraída a él como creí que lo estaría con el primer hombre al que besara.

—Vuelve a salir con él y ve cómo te sientes —dijo Sylvie—. Aprovecha para experimentar mientras la oportunidad esté ahí. Considéralo un periodo de aprendizaje. ¡Y por lo menos ya sabes que sí es una cita!

—Supongo que podría hacerlo —dije, no del todo convencida—. Pero no mientras siga trabajando con Claudia. Necesito mantener las cosas separadas.

Así, además, tendría más tiempo para que mis sentimientos se aclararan.

El barniz descarapelado en el piso de duela se sentía áspero bajo mis manos mientras miraba a las demás mujeres en el estudio de baile. En la clase de yoga a la que fuimos, todo el mundo vestía atuendos con tonos neutros y calmantes. Ahí, la estética era negro con tonos rubí que acentuaban las curvas de las asistentes. Tenía la esperanza de que mis leggins azul marino y mi playera gris holgada me permitieran pasar desapercibida. Pero, entonces, vi algo mucho más intimidante que cualquiera de las compañeras de baile: dos tubos de metal en el centro del espacio.

—Percibo el miedo en tu mirada. —Sylvie me dio un empujoncito burlón—. No te preocupes… no es una clase de *pole dance*. Aunque sin duda deberíamos de tomar una de esas; son superdivertidas.

Sus palabras no me relajaron en absoluto. Me ajusté las mallas, cohibida, consideré anudarme la playera a la altura de la cintura, como habían hecho otras de las mujeres presentes.

—¿Cómo dijiste que se llamaba la clase?

—Sincronización sensual —respondió Sylvie, arqueando las

cejas—. En pocas palabras, es para que te sientas como una *stripper* sin tener que quitarte la ropa.

—Espera… pensé que habías dicho que era una clase de aerobics. —Me había imaginado algo mucho más parecido a la zumba que al *striptease.*

—Dije: ¡aeróbica!, o sea: aumentará tu consumo de oxígeno. Tú lo interpretaste a partir de tus sesgos psicológicos. —Sylvie sonrió—. Además, sabía que no habrías venido si te decía de qué era la clase. Confía en mí, te va a hacer bien. Bailar es la mejor manera de entrar en contacto con tu cuerpo. Bueno… después del sexo. Pero te va a encantar; es divertido y liberador.

Justo en ese momento, las luces se atenuaron, creando un ambiente que era más apropiado para un restaurante romántico, y revelaron velas colocadas de forma estratégica por todo el espacio. Nunca vi que alguien las hubiera encendido.

El bajo pulsante y seductor de una canción de Beyoncé inundó el estudio. La clase iba a ser una ordalía. Contrario a tantas otras cosas que había logrado enseñarme a mí misma, el ritmo siempre fue un rival imbatible. Sabía, en teoría, que tenía que aplaudir en el «dos», pero hacerlo en la práctica era mucho más complicado.

Una mujer se pavoneó hasta el centro del salón, como controlada por sus caderas. Se pasó las manos por los costados del cuerpo, como si disfrutara de su propio tacto.

—Síííí —susurró Sylvie con un tono agradecido—. Esto va a ser increíble.

—¿Están listas para sentiiiiir sus cuerpos, diosas? —la mujer, con los ojos cerrados por el placer.

Todas en el salón respondieron con diversas entusiastas versiones de un ¡Wuuuu!

Todas menos yo. Yo estaba casi segura de que iba a vomitar. Según mis cálculos, la puerta estaba a unos cuatro metros de distancia. Podía salir a toda velocidad en ese momento y no mirar atrás.

Pero antes de que pudiera ceder al impulso, Sylvie me tomó de la mano y me levantó.

—¡Me hace muy feliz que vayamos a hacer esto juntas, C!

La tensión que tenía secuestrado a mi cuerpo se relajó, y la náusea comenzó a disminuir. Sylvie me miraba de forma tan encarecida que no podía decepcionarla. Rogándoles a mis nervios que se calmaran, me enfoqué la sensación de conexión con mi amiga.

—Yo también.

Sonreí con timidez, entusiasmo y terror en igual medida. Era como si tuviera en las manos un montón de globos de helio y mis pies al fin hubieran dejado el suelo.

Hasta donde logré entender, la clase no tenía ningún tipo de rutina fija. Consistía, en general, en contonearse mucho al ritmo de la música (o, en mi caso, fuera de ritmo); gatear por el piso como felinas salvajes durante unas cuantas canciones (me habría gustado haber llevado rodilleras); y pasarse los dedos por el cabello (muy poco práctico en mi caso, pues tenía un chongo encima de la cabeza). Sylvie, quien al parecer nació con un ritmo perfecto, lo aceptó todo gustosa; como lo hizo también su cola de caballo, que parecía moverse perfectamente al ritmo de la música. Cada tanto, Sylvie chocaba su hombro con el mío y me regalaba una sonrisa de aliento antes de alejarse con pasos seguros, como si la sensualidad corriera por sus venas y nada de eso le fuera ajeno.

A los veinte minutos de iniciada la sesión, comencé a sentir destellos esporádicos de sumisión. Me ayudó que nos pidieran cerrar los ojos y que nos dejáramos iiiiiiiiir. Cuando abrí los ojos, por un instante, todas en el salón estábamos concentradas en poner atención en nuestro propio cuerpo. Liberada, me permití moverme con una fluidez que nunca había sentido. Al pasarme las manos sobre los muslos y la cintura sentí una nueva intimidad... y placer.

En un inesperado momento de liberación, levanté las manos y me deshice el chongo.

Mientras Sylvie y yo recogíamos nuestras pertenencias de los casilleros, sentí una ligera euforia.

—¿Ves? Sabía que te iba a encantar —dijo Sylvie, mirando con un gesto aprobatorio mi brillo sudoroso—. Mira qué relajada estás.

—Sí, estuvo mejor de lo que esperaba, supongo.

No quería parecer demasiado entusiasmada, porque corría el riesgo de que, para la próxima, Sylvie me llevara a una clase de *pole dance* de verdad. Sin embargo, de camino hacia la Octava Avenida, cuando el fresco de la tarde me rozó la piel, de pronto me volví muy consciente de mi cuerpo: la forma en que se movía y cómo la ropa lo acariciaba. Era la misma adrenalina que sentía al ver una historia de amor en la televisión o cuando espiaba desde la ventana los apasionados besos entre Julia y Reuben.

Pero también era distinta.

Esta vez, el estímulo venía desde adentro.

30

El nombre de Sebastian titiló en la pantalla de mi celular por segunda vez en el día. La primera vez no hice más que observarlo y desear que desapareciera. No me agradaba que se infiltrara en mi vida sin advertencia. Y ni siquiera dejó un mensaje de voz.

No contesté su segunda llamada, esperé quince minutos y le mandé un mensaje de texto.

«Hola, Sebastian. ¿Me llamaste? Estaba en la ducha».

Debajo de mi mensaje apareció la burbuja con tres puntos suspensivos. Agradecí que me estuviera escribiendo, pues al menos con un mensaje tendría tiempo para pensar mi respuesta. Sin embargo, de pronto desaparecieron los puntos suspensivos y su nombre volvió a aparecer en la pantalla por tercera vez. No tuve más remedio que contestarle.

—¡Hola, Clover! —Su voz volvió a detonar el nerviosismo de nuestro último encuentro—. Supuse que sería más sencillo llamarte que mandarte mensajes. ¿Cómo va tu mañana?

—Muy bien, gracias. —En vez de indagar, esperé a que él revelara el motivo por el cual había decidido llamarme.

—Eh, me la pasé muy bien la otra noche… —dijo, como si estuviera poniendo a prueba una hipótesis.

—Sí, yo también. —Al menos parte del tiempo.

Al otro lado de la línea se escuchó la musiquita de un camión de helados.

—En fin —dijo Sebastian y carraspeó—. Mañana en la noche voy a tocar con un cuarteto de *cellistas* y me preguntaba si acaso querrías venir… con mi abue. A ella siempre le gustó ir a mis conciertos, y pensé que quizá le agradaría ir… una última vez.

No podía privar a Claudia de esa experiencia. Me sentí un poco menos nerviosa y, de pronto, Sebastian y su llamada me parecieron menos intrusivos.

—Qué considerado de tu parte —contesté—. Será un placer llevarla.

Puesto que Sebastian debía estar desde temprano en la galería donde se llevaría a cabo el concierto, me quedé más tiempo de lo habitual en casa de Claudia para ir con ella en el Uber hasta Chelsea.

La miré sentarse frente al espejo de su tocador, ponerse labial rojo con destreza y echarse perfume en las muñecas, detrás de las orejas y en el escote. Me sentí como una niña que veía a su madre arreglarse para salir, fascinada por su belleza y elegancia. Sin embargo, en vez de ser un recordatorio doloroso de algo que nunca pude experimentar con mi propia madre (o que no recuerdo haber vivido), sentí como si eso llenara un vacío en mi corazón.

—Por favor ayúdame con esto, querida —dijo Claudia y me tendió un collar de perlas.

Lo tomé y abrí el broche, mientras ella alzaba los rizos de su peinado de salón. Una vez que se lo puse, le di una palmadita en el hombro.

—Listo.

—Gracias, muñeca. Soy muy afortunada de tenerte.

Nunca creí que alguien me diría esas palabras. Se me hizo un inusual nudito en la garganta.

—Me hace muy feliz estar aquí contigo —dije, sin poder realmente expresar lo significativas que habían sido sus palabras—. Aunque creo que es hora de irnos si queremos llegar a tiempo.

Ayudé a Claudia a levantarse de su antigua silla Windsor y percibí los toques de bergamota y nardo del perfume que se acababa de poner. De reojo vi el nombre de su perfume grabado en la botella elegantemente curvilínea con tapa color esmeralda: Creed Fleurissimo. Era demasiado glamuroso para mí.

—En fin —dijo mientras se alisaba la falda—, ¿cómo me veo?

—Perfecta —contesté, al mismo tiempo que le admiraba su elegante silueta. Al igual que Leo, el estilo de Claudia se había quedado arraigado en los años sesenta, pero, en vez de tener aires de Mad Men, me recordaba a Joanne Woodward. Traía puesta una refinada blusa de seda de cuello alto, una falda que le llegaba por debajo de la rodilla y tacones gruesos—. Le pediré a Selma que nos ayude a bajar antes de que se vaya. Tu silla de ruedas te espera en el vestíbulo.

Claudia agitó la mano para rechazar la oferta.

—Hoy no quiero ir en silla de ruedas. Podría ser mi última noche de fiesta, así que quiero salir con estilo.

Sin la silla de ruedas, nuestra entrada triunfal a la galería de arte fue más bien un remolque; para ayudarla a no perder el equilibrio, sostuve a Claudia con fuerza de la cintura. Aun así, ella se condujo con tal gracia y confianza que llamó la atención de la gente reunida en la entrada, quienes la recibieron con una sonrisa.

¿Qué se sentiría que la gente te volteara a ver así? ¿Qué se sentiría reafirmar tu presencia con tanto carisma y con tan poco temor a ser vista y admirada?

Dentro de la galería, había dos columnas con varias filas de sillas plegables mirando hacia el fondo. Al ver que Sebastian iba hacia nosotros, sentí que una plaga de polillas aleteaba dentro de mi estómago. Estaba tan concentrada en Claudia que no había tenido tiempo para pensar en cómo reaccionaría al verlo.

—¡Hola, abue! —Sebastian le dio un beso en cada mejilla, y luego volteó a verme.

Me mortificaba que intentara besarme frente a Claudia, así que le tendí la mano de forma abrupta para que me la estrechara.

—Hola, Sebastian —dije.

Tardó un segundo en procesar lo que estaba pasando, pero se recompuso de prisa y cambió el celular de mano para poder estrechar la mía.

—Me da mucho gusto que ambas estén aquí —dijo, aunque mantuvo la mirada fija en mí casi todo el tiempo—. Les aparté lugares en la primera fila.

Se paró al otro lado de Claudia y la tomó del brazo, y juntos caminamos despacio hasta nuestro asiento. Una vez que ella estuvo cómoda, Sebastian se quedó junto a nosotras, con las manos en la espalda, como si quisiera decir algo más. Decidí enfocarme en la fotocopia del programa que habían dejado en nuestros asientos.

—Las *suites* para *cello* de Bach —leí en voz alta.

Sebastian esbozó una sonrisa tímida.

—Sí, es un cliché total. Yo quería tocar la «Pavana» de Fauré. —Señaló a los otros asistentes que estaban buscando sus lugares—. Pero hay que darle a la gente lo que quiere, sobre todo si te interesa que hagan donativos generosos.

No me había dado cuenta de que era un evento para recaudar fondos. Me conmovió que Sebastian fuera parte de algo así, y su timidez me cautivó aún más.

—Bach era el compositor favorito de mi abuelo —dije, en un intento por tranquilizarlo, dado que me pareció que yo era una de las razones por las cuales estaba tan nervioso—. Solía llevarme a ver a la Filarmónica de Nueva York cuando era niña.

Abue y yo nos sentábamos en el balcón, y desde ahí me enseñaba los nombres de las secciones de la orquesta y de los distintos instrumentos. Mi director de orquesta favorito era quien se dejaba llevar tanto por la música que parecía estar bailando. Y, con cierta frecuencia, hacía una pausa para ajustarse los pantalones.

A Sebastian se le iluminó el rostro.

—¡Mi abue también me llevaba a la Filarmónica! ¿Crees que alguna vez hayamos coincidido en un concierto?

Nos visualicé como dos niñitos larguiruchos cuyos caminos se cruzaban en el vestíbulo del Lincoln Center.

Claudia volteó a ver a su nieto.

—Traté mil veces de inculcarle amor por el *jazz*, pero siempre insistió en que lo suyo era la música clásica. Igual que su abuelo.

—Así es. —Sebastian esbozó una sonrisita—. Mi abuelo detestaba el *jazz* y se negaba a escucharlo. —Otra revelación fascinante sobre la relación entre Claudia y su marido. En ese momento, un tipo robusto le dio un toquecito a Sebastian en el hombro y señaló el escenario improvisado donde los cuatro *cellos* estaban colocados frente a las sillas de sus respectivos dueños—. Ah, sí —dijo Sebastian—. Creo que es hora de prepararnos. —Nos volteó a ver de nuevo—. ¡Disfruten el espectáculo!

Lo seguimos con la mirada hasta la entrada de la habitación contigua.

Cuando las luces se apagaron y el público guardó silencio, cerré los ojos y traté de sintonizarme con las vibraciones anticipatorias que suelen percibirse antes de una presentación en vivo. Era un tipo de intimidad compartida entre desconocidos, que, por un instante, dejaban de lado su bagaje y se fusionaban para disfrutar del presente como una ilusión comunal. Inhalé el reconfortante aroma a madera de los instrumentos y la esencia especiada de la resina fresca de los arcos.

Entonces se abrió la puerta de la estancia contigua, y Sebastian y los otros músicos, vestidos todos de negro y con el mismo estilo elegante, salieron. Recibieron la oleada de aplausos e hicieron una tímida reverencia antes de tomar asiento. La mujer sentada a la izquierda de Sebastian marcó la pauta y empezó a tocar el preludio de la «*Suite* para *cello* #1» de Bach. Sus dedos se movían con destreza por el mástil del majestuoso instrumento y parecía hacerlo cantar con sus caricias. Cuando el familiar estribillo reverberó en toda la galería, percibí el suspiro colectivo del público para entregarse a los brazos de la música.

Los otros tres músicos se integraron, y entonces tuve la oportunidad de observar a Sebastian en movimiento. Arqueaba ligeramente el cuello por encima del *cello*, como si le estuviera contando un secreto. Al concentrarse, estrujaba el rostro. Y con el pie llevaba el tempo que alternaba entre golpecitos con los dedos y con el tobillo, mientras el resto de su cuerpo se mecía. Me quedaba claro que estaba haciendo lo que más amaba.

Observar a alguien dejarse llevar por aquello que le apasiona y para lo cual tiene mucho talento —eso que algunas personas llaman *flow*—, es un auténtico privilegio. La persona emana cierta energía, cierta magia. Es como si abriera su corazón por completo y se diera permiso de comunicarse con el mundo de la forma más pura posible, libre de inseguridades, ansiedades y amarguras. Es como si el tiempo se detuviera, y la persona se permitiera simplemente existir.

Observar a Sebastian con su *cello* me permitió verlo con ojos nuevos. Y por unos instantes, en lugar de cuestionar mis potenciales sentimientos hacia él, me dejé llevar por su ritmo. Dejé que la música me llevara consigo y me permití simplemente existir.

Una vez que terminó la presentación, Claudia y yo nos sentamos en un banco afuera de la galería para esperar a Sebastian.

—Qué bello concierto. Muchas gracias, querida Clover, por acompañarme —dijo Claudia y me tomó del brazo—. Espero que mi nieto te pague horas extra por acompañarme fuera de tu horario de trabajo.

Al recordar aquel otro encuentro con Sebastian por el que, definitivamente, no le habría cobrado extra, me inundó la culpa y se me tensó el cuerpo.

—Eh, no —contesté, sin saber bien qué más decir—. Vinimos por una buena causa, ¿no? No podría cobrarle por eso.

201

—Eres muy generosa, muñeca —dijo Claudia, pero el halago inmerecido me tensó aún más—. En fin, no quiero que llegues muy tarde a tu casa. Imagino que estarás cansada después de un día de trabajo tan largo. Yo puedo esperar a Sebastian aquí.

Me sentí tentada a aceptar su oferta, pero también tenía curiosidad de volver a ver a Sebastian.

—No te preocupes. Me quedaré contigo hasta que Sebastian salga. Jamás te dejaría sola.

Con expresión suspicaz, Claudia miró a su alrededor y observó el sofisticado barrio donde estaba la galería.

—Te aseguro que me he quedado sola en situaciones más precarias.

En ese momento se abrió la puerta de la galería y se asomó el estuche de un *cello*, seguido por su dueño: Sebastian.

—¡Ah, ahí están! —Sebastian apoyó el instrumento en la fachada de cristal de la galería—. Las estuve buscando allá adentro.

—Le dije a Clover que podía irse si quería —contestó Claudia—. No queremos abusar de su confianza, tomando en cuenta que ya trabajó todo el día. Además, hace mucho frío.

No supe interpretar la expresión de Sebastian mientras nos observaba, primero a una y luego a otra.

—Ah, sí, claro. —Sacó el celular—. Pediré un Uber.

—Pensaba tomar el metro desde aquí —dije de inmediato, no quería arriesgarme a ir en el asiento trasero, en medio de los dos y tener que fingir normalidad—. Son sólo un par de paradas.

Sebastian alzó el teléfono.

—Pero el Uber está a un minuto de distancia. Podemos dejarte de camino.

—No, no —insistí—. Ustedes van hacia el otro lado. No me molesta tomar el metro.

Claudia tomó a Sebastian del brazo.

—No hostigues a la señorita, corazón. —Claudia me volteó a ver y guiñó el ojo—. No me sorprendería que Clover estuviera un poco cansada de nosotros.

Sebastian no pudo evitar sonrojarse.

—Sí, tienes razón —dijo—. Lo siento.

—Gracias por la oferta —intervine—. Y gracias a los dos por invitarme. Fue un espectáculo muy lindo. —Miré a Sebastian con timidez—. Eres un músico muy talentoso. —Por primera vez, me pareció que Sebastian no supo qué contestar. Dado que Claudia estaba atenta a nuestra interacción, entré en pánico—. En fin, debo irme a pasear al perro —agregué, mientras me abotonaba deprisa el abrigo—. Que descansen.

Al parecer se me estaba haciendo costumbre correr hacia el metro para huir de Sebastian, aunque debía confesar que en esa ocasión no sabía muy bien por qué lo estaba haciendo.

31

El miércoles siguiente, cuando llegué a casa de Claudia, Selma me recibió en la puerta.

—Claudia tiene mucho dolor hoy —balbuceó en voz baja—. Claro que no quiso quedarse en cama, así que la acomodamos en la biblioteca. —Señaló hacia el vestíbulo—. Subes dos pisos y giras a la izquierda.

La biblioteca, que era casi del tamaño de mi departamento, parecía sacada de mis sueños guajiros. Los libreros de nogal se alzaban hasta el techo y estaban tapizados de libros. Había también unos cuantos sillones acolchados que te invitaban a sentarte a leer por horas. La difusa luz del sol que se asomaba por las ventanas arqueadas le daba un brillo sutil a la habitación. Y en un rincón estaba apoyado el *cello* de Sebastian.

Seguía intentando reconciliarme con el cambio que sufrieron mis sentimientos durante el concierto. ¿Apreciar su talento era lo mismo que sentirme atraída hacia él? Era difícil descifrar si mi resistencia era producto de mi ética profesional o si tenía que ver más bien con Sebastian. Habría querido tener más experiencias para usarlas como puntos de referencia; sin embargo, como nunca había tenido amigos hombres, ni tampoco novios, no sabía distinguir entre la admiración platónica y el comienzo cálido de la atracción romántica.

Claudia estaba tendida en un diván de caoba; su cuerpecito encogido la hacía parecer una muñeca recostada entre montones de cojines decorativos. Estaba tapada hasta las axilas con un edredón de Jacquard. Aunque tenía los ojos cerrados, movía la mano al ritmo de la música de Duke Ellington que salía de una bocinita asentada en una mesita a su lado. Y el rechinido que provocaron mis pisadas sobre los tablones le anunció mi llegada. Claudia me recibió entonces con una sonrisa somnolienta.

—Una vez conocí a Duke Ellington en una fiesta —dijo con voz dulce, casi onírica.

—Apuesto que fue un encuentro interesante —contesté, mientras me sentaba en un sillón capitonado desde el cual Claudia podría verme.

—De hecho, lo que más recuerdo de esa noche fue la pelea que tuve con mi esposo —dijo Claudia, intentando enderezarse. Me puse de pie para ayudarla y sostenerla, mientras acomodaba los cojines—. No le gustaba que yo hablara con otros hombres, sin importar qué tan interesantes fueran. Fue uno de los grandes problemas de nuestra relación, uno de varios, porque siempre disfruté conversar con desconocidos. Por eso fui una buena fotoperiodista.

—Supongo que fue difícil abandonar tu carrera —dije—. ¿Sabes cuántas otras fotógrafas hubo en tu época?

—En ese entonces éramos muy poquitas, como podrás imaginar. Y las que nos pavimentaron el camino fueron mujeres como Margaret Bourke-White, Dorothea Lange y Martha Gellhorn.

—Justo acabo de terminar la autobiografía de Martha Gellhorn. ¡Qué mujer tan fascinante! —Había sido una de las autobiografías de mujeres intrépidas e independientes que Bessie me había recomendado—. ¿Alguna vez la conociste?

—Nuestros caminos se cruzaron algunas veces en los años cincuenta. Era una mujer muy malhumorada. Pero también fue la única de las esposas de Hemingway que tuvo la sensatez de divorciarse de él.

—No me puedo imaginar lo difícil que debe haber sido trabajar como fotógrafa en esa época —dije—. Supongo que ser malhumorada era una estrategia de autopreservación.

—Qué lista eres, Clover —dijo Claudia—. Por eso me caes tan bien.

—¿Alguna vez pensaste en retomar tu carrera? ¿Cuándo tu hijo creció?

—No realmente —contestó Claudia con voz cansada—. En esos tiempos, la mayoría de las mujeres de nuestros círculos sociales no trabajaban, así que difícilmente se habrían arriesgado a recorrer el mundo solas para fotografiar desconocidos. Mi esposo no me lo habría permitido. Por eso Gellhorn y Bourke-White se divorciaron dos veces. Los hombres de aquel entonces no entendían la intimidad del periodismo y la fotografía.

—Aun así, me imagino que viviste aventuras muy interesantes antes de casarte. —Examiné los libreros que flanqueaban el diván—. Me encantaría ver más fotos tuyas. —Tenía la esperanza de que eso la inspirara a reflexionar sobre su vida.

Claudia señaló el enorme escritorio de teca que estaba del otro lado de la habitación.

—Bajo el pisapapeles hay una llave. La mayoría de mis fotos están guardadas en el sótano. Supongo que es un buen momento para clasificarlas, sobre todo porque ya no me queda mucho tiempo. No me sorprendería que mi progenie las tirara a la basura cuando me muera.

—Sebastian no lo permitiría. —Sabía que era un hombre lo suficientemente sensible como para impedir aquella injusticia.

—Sí, y es un nieto muy devoto, aunque sea un desastre en otros aspectos de su vida —dijo Claudia—. Tenía la esperanza de que encontrara alguien con quien sentar cabeza antes de mi partida porque quiero que sea feliz. Pero, aunque siempre sale con chicas muy encantadoras, ninguna parece ser la indicada. A veces sospecho que sus relaciones no se basan en compatibilidad, sino en el hecho de que no le gusta estar solo.

Recordé a la mujer que nos topamos en el bar. ¿Ella era compatible con Sebastian? De hecho, ni siquiera me había preguntado si él y yo éramos compatibles. ¿Qué era la compatibilidad en realidad? Era injusto usar sus alergias en su contra, pero definitivamente dificultarían mucho las cosas si acaso entablábamos una relación.

Me acerqué deprisa al escritorio y encontré la llave bajo una ballena de latón.

—¿Qué debo traer del sótano?

—Tal vez tengas que buscar un poco, pero en algún momento verás una pila de cajas de archivo viejas. Digo, si es que no se han desintegrado. Hace años que nadie las abre.

—De acuerdo —contesté y salí de ahí antes de que Claudia decidiera ahondar más en la vida personal de su nieto.

Los contenidos del sótano desafiaban la gravedad. Había muebles, obras de arte, maletas de cuero viejas, equipo deportivo y toda clase de cosas apiladas de forma tan precaria que cualquier movimiento podía derrumbarlas. Al fin entendí el secreto de la gente para tener casas tan elegantes y minimalistas; la mayoría de sus pertenencias estaban arrumbadas en algún lugar aislado.

La gruesa capa de polvo sobre las superficies me hizo suponer que el pobre Sebastian rara vez entraba ahí por temor a que detonara sus alergias. Hasta yo empecé a sentirme un poco mal y estornudé cuatro veces seguidas. Mientras me abría paso en ese cementerio de objetos olvidados, decidí que más tarde haría un inventario de lo que había ahí. Quizá Claudia querría heredar algunas de sus cosas en lugar de que sus familiares las vendieran o las tiraran a la basura. En realidad eso ya no era parte de mi trabajo, pero había visto varias veces cómo los dolientes que ansiaban vender la casa de su ser querido desechaban un mundo de recuerdos sin miramientos. La promesa de unos cuantos centavos solía pesar más que los escrúpulos.

Las cajas en cuestión estaban escondidas bajo un viejo trineo de madera. Las marcas que había dejado el pesado trineo en las tapas de las cajas eran indicio de que nadie las había abierto en muchas décadas. Alegremente las liberé de su yugo y volví a la biblioteca con expresión triunfal y unas cuantas telarañas enredadas en el cabello.

—Parece que fue toda una aventura —señaló Claudia—. Espero que haya valido la pena.

—Seguro que sí —dije e intenté quitarme las telarañas del cabello, mientras los ojos me lloraban por el polvo. Asenté la primera caja sobre la mesa de centro—. ¿Empezamos? Claudia frunció el ceño; era el reflejo de la vulnerabilidad de una artista que mostraba su obra por primera vez.

—Supongo que sí.

Debía haber unas trescientas fotografías en aquella caja. La mayoría estaba impresa en papel mate, todas eran blanco y negro, y muchas se habían deteriorado tanto que apenas si mostraban siluetas fantasmales de personas y estructuras. Seleccioné un manojo de fotos atadas con un cordón y empecé a revisarlas.

La primera era el retrato de una mujer que llevaba puesto un vestido muy florido y que estaba sentada junto a la carretera, con dos enormes pencas de plátano frente a ella.

Leí la inscripción de atrás.

—Túnez, 1956. ¡Guau! ¿Estuviste en Túnez?

—Fue mi primer y único viaje al norte de África —contestó Claudia con una sonrisa—. Había estado apostada en Marsella y le rogué a mi editor que me dejara ir a Túnez a cubrir el final del movimiento independentista. Como dijo que no, decidí hacerlo sola. Usé mis encantos para conseguir transporte, y una vez que llegué a Túnez volví a pedirle permiso por medio de un telegrama. Y entonces no tuvo más remedio que aceptar.

—¡Qué valiente fuiste! Yo jamás podría hacer algo así. —No obstante, extrañaba la sensación de llegar a un país extranjero sabiendo que lo único que me esperaba era lo desconocido. Hacía mucho que no lo hacía.

—Bueno, en el fondo sabía que era mi despedida, por decirlo de alguna forma. —El brillo en su mirada menguó—. Sabía que, cuando terminara el verano, tendría que volver a casa y casarme, y que mi breve carrera como fotógrafa llegaría a su fin. Así que pensé: «¿Por qué no?»

—¿Qué edad tenías?

—Ese año cumplí veinticuatro. En esos tiempos, a los veinticuatro ya eras una solterona quedada. Mi novio me propuso matrimonio cuando tenía veintitrés, pero le dije que quería tener un par de años para perseguir mi sueño de ser fotógrafa. Y le prometí que, si él aceptaba el trato, al regresar me convertiría en su esposa fiel que la alta sociedad esperaba que fuera.

—Y cumpliste tu palabra.

Claudia asintió.

—Sabía que quería tener hijos y que crecieran en un entorno estable. Así que mi única opción era casarme. Ustedes tienen otras opciones, como congelar sus óvulos y tener hijos hasta los treinta o cuarenta si quieren. Si en ese entonces hubiera sido posible, te aseguro que lo habría considerado seriamente. —Yo nunca había pensado en congelar mis óvulos. Pero supuse que, dado que no me faltaba mucho para llegar a los cuarenta, cuando menos podía investigar algo al respecto en internet—. Necesitaba esos dos años si no quería perder la cabeza —continuó Claudia—. Me convencí de acumular todo tipo de experiencias y recuerdos en esos dos años, y creí que eso me bastaría para toda la vida. —En ese momento torció la boca—. Claro que no esperaba vivir tanto.

Conforme revisábamos las fotos me fui empapando de la perspicacia fotográfica de Claudia. Cada uno de los sujetos fotografiados irradiaba cierta crudeza, como si estuviera siendo visto por primera vez. Cierta timidez cautivadora se manifestaba en las cabezas ligeramente ladeadas y en las expresiones esperanzadas. Otros individuos se veían más cansados de la vida, y su mirada revelaba una profunda tristeza. Cada imagen evocaba múltiples emociones:

deleite, añoranza, dolor, amargura. Y me permití sentir cada una de ellas sin reparos.

Después de las imágenes tunecinas vinieron retratos más convencionales de la Riviera Francesa: niños chapoteando en las orillas apacibles del Mediterráneo, un anciano tomando una siesta bajo un olivo, un perro robando una baguete… Básicamente era la versión análoga de la pizarra de Pinterest de un francófilo.

—En el sur de Francia las temáticas eran menos cautivadoras —dijo Claudia como si me hubiera leído la mente.

Me detuve en la foto de un joven de cabello rizado que traía una camisa de rayas y estaba parado estoicamente en la proa de un barco.

—No sé —dije, mientras le entregaba la foto—. Ese muchacho moreno me parece bastante cautivador. —No obtuve la respuesta sarcástica que esperaba. En vez de eso, Claudia se llevó la mano al pecho al mismo tiempo que miraba la foto fijamente—. ¿Estás bien, Claudia? —Me puse de pie para ayudarla—. ¿Quieres que llame a Selma? ¿Necesitas un médico?

Claudia me tomó del antebrazo.

—No, muñeca. Estoy bien. —Su respiración volvió a la normalidad—. Es sólo que… bueno, no había visto una foto suya en más de sesenta años.

—¿Quién es él?

La voz de Claudia se convirtió en un susurro inusual.

—Se llamaba Hugo Beaufort.

32

—Le estaba contando a alguien en el trabajo lo increíble que es el tuyo —me dijo Sylvie mientras hacíamos fila en un restaurante en SoHo, el cual era famoso por sus platillos deconstruidos y su mesa comunal—. Y me di cuenta de que todavía tengo muchas preguntas.

—¿Como cuáles? —dije, halagada por su incesante interés.

—Como por ejemplo… ¿es cierto que la gente habla sobre hacer un viaje justo antes de morir?

—A veces.

—¿Y tú intentas convencerlos de lo contrario?

—No. Por lo general, les ayudo a empacar.

Sylvie parecía escéptica.

—¿En serio?

—Claro. Además, si van a hacer una especie de viaje, a no sé dónde, es mejor que les emocione la travesía y sientan que están preparados para ella.

—Supongo que eso tiene sentido. —Sylvie esperó a que pasara el molesto ruido de un camión—. ¿Y es cierto que la gente puede escuchar todo lo que los demás dicen cuando están inconscientes?

—No lo sé a ciencia cierta, pero he tenido clientes que estuvieron en coma y oyeron a sus familiares revelar secretos sobre ellos.

—¡Ay, Dios mío! ¡Tienes que contarme eso!

Me di cuenta de que me gustaba tener a un público atento. Tal vez Leo y yo no éramos tan distintos a final de cuentas.

—Pues hubo un tipo que, cuando estuvo en coma, su esposa le reveló a su hermana que su hija era de otro hombre. Ella creía que su esposo ya no iba a despertar, pero cuando lo hizo, recordaba todos los detalles de la conversación e hizo que su abogado cambiara su testamento para sacar a la esposa e hija. Murió al día siguiente, sumido en una amargura total.

Sylvie retorció la cara.

—Eso suena horrible para todos los involucrados. Me imagino que fue muy incómodo estar ahí presente.

—Sí, fue bastante desagradable. —Me involucré más de lo que debí en aquella situación, pero aquel hombre tenía el derecho de cambiar su testamento. Yo cometí el error de pensar que, al ayudarle a hacerlo, ese hecho le traería algo de paz. Aún me arrepentía de no haberlo impulsado a discutirlo con su familia primero. En vez de aliviar su amargura antes de morir, me preocupaba haberle ayudado a cimentarla.

—Leí sobre una mujer que pidió el divorcio en su lecho de muerte porque no quería irse estando infelizmente casada.

Asentí.

—Pasa con más frecuencia de la que te imaginas —dije—. De hecho, Claudia me contó algo interesante ayer. Me dijo que se arrepiente de no haberse casado con un hombre al que conoció en Francia, a sus veintitantos años.

—¡Qué romántico! —exclamó Sylvie—. Pero también es muy triste que haya sido tan miserable con el hombre con el que sí se casó.

—No creo que haya sido miserable, tal cual. Las mujeres tenían menos libertad para elegir en esos días. Tomó la opción que parecía la más sensata.

Sylvie entrelazó un brazo con el mío, mientras avanzábamos en la fila.

—Cuéntamelo todo.

Sentí una punzada de culpa al revelar el secreto mejor guardado de Claudia, pero no pude resistir el impulso de impresionar a

Sylvie, de estar a la altura de su percepción acerca de mí. Además, jamás conocería a Claudia.

—Está bien —dije, alterada por la inyección de dopamina que venía con la atención de Sylvie hacia mí—. Te voy a narrar la historia justo como ella me la contó.

A pesar de que habían pasado más de sesenta años desde que conoció a Hugo Beaufort, Claudia describió ese día con tal nitidez y lujo de detalle que bien podría haber ocurrido la semana pasada. Estaba claro que era un recuerdo que había repasado miles de veces en su cabeza a lo largo de los años.

Todo comenzó con un perro de tres patas, atado afuera de una librería en Marsella, Francia, en 1956.

La ausencia de cualquier tipo de brisa hizo que el calor del ya sofocante día de julio se tornara insoportable. Hasta la más vanidosa de las almas había dejado de lado cualquier preocupación sobre su apariencia. Todo el mundo llevaba encima la misma capa reluciente de sudor, por lo que no había más opción que aceptarla.

Claudia se arrepintió de su decisión de usar pantalones ese día. Desde que llegó a Europa para trabajar como fotoperiodista, comenzó a usarlos por practicidad. No eran momentos como para preocuparse por los vestidos; una blusa blanca y pantalones de lino eran mucho más confiables y fáciles de empacar. Además, los comentarios reprobatorios de sus colegas hombres acerca de lo inapropiado que era su atuendo la empujaron a usarlo también por rebeldía. Con cada frente arrugada con desaprobación, se llevaba las manos a los bolsillos y se pavoneaba con un alegre desacato.

En ese día en particular, sin embargo, Claudia se permitió un momento de autocompasión mientras fantaseaba con la ventilación que un hermoso vestido de verano le ofrecería en aquellas abrasadoras condiciones. (Parecía una injusticia aun mayor que estuviera tan cerca del Mediterráneo y no hubiera siquiera un atisbo de brisa).

También lamentó, por un momento, haber desestimado la oferta de su indecoroso casero de llevarla a la estación de tren. Ya que había logrado rechazar sus invitaciones durante toda su estadía en Marsella, negarle la satisfacción de que él cargara con su maleta era una especie de victoria que no estaba dispuesta a dejar de sentir. La manija de cuero de la maltratada maleta se le resbalaba de entre las manos sudorosas, pero ella apretaba la mano con determinación y volvía a ajustarse el enorme morral que llevaba al hombro. Un poco de incomodidad era el precio justo que pagaría por su independencia. Además, le quedaba una parada por hacer antes de abordar el tren a París. Una última compra que le haría compañía en el largo trayecto de vuelta a Nueva York.

La librería Le Bateau Bleu estaba a unos cinco minutos a pie del Vieux Port, de Marsella; y a diez, del diminuto ático que Claudia había rentado por casi nada para su estancia. La tienda había sido su escape, su oasis, su protección contra las oleadas de nostalgia y soledad. Los libros habían sido siempre su refugio durante una infancia turbulenta con padres que se detestaban. Entre las constantes agresiones verbales que atravesaban las paredes de su casa en la ciudad, Claudia se escondía en su clóset con una almohada y una linterna y se perdía en las historias. Más tarde, cuando adulta, siempre que necesitaba un momento de calma, escapaba a la librería más cercana (conocía casi todas las que existían en Manhattan). Y aunque su prometido nunca le dio demasiada importancia a la lectura, siempre sabía dónde encontrarla después de alguna discusión.

Al doblar la esquina de la estrecha callejuela, donde Le Bateau Bleu estaba encaramada justo a la mitad de la colina, el corazón de Claudia también dio un vuelco. El toldo de la librería estaba pintado de un discordante rojo cereza, que enfurecía a los puristas locales porque no combinaba con la onírica paleta de colores pastel del Mediterráneo ni con el resto de la ciudad. Pero ese espíritu rebelde no hacía más que acrecentar el afecto que Claudia le tenía al lugar.

Una franja de sombra —la silueta retorcida de un poste de luz— atravesaba el hirviente pavimento afuera de la tienda. Un Jack Russell lanudo había estirado el cuerpo para acomodarse dentro de los estrechos confines de la sombra: la panza se recargaba sobre el concreto fresco y las patas traseras rosadas apuntaban hacia el cielo. El perro abrió un ojo perezoso cuando la sombra de Claudia se cruzó en su camino. Tras asentar su maleta en el sueño, Claudia se secó las palmas de las manos sobre el lino de sus pantalones (para algo tenían que servir) y se hincó a un lado del cachorro desaliñado. El perro dejó de lado todas las formalidades y le puso la cabeza sobre la mano en señal de afecto. Cuando se sentó, Claudia vio que el hombro derecho del perro se redondeaba sobre su pecho, como si nunca hubiera tenido una pata ahí.

Sacó una cantimplora de entre las apretujadas posesiones que llevaba en su morral y, sobre la mano acunada, se sirvió un poco de agua tibia. El perro la bebió agradecido y se detuvo a lamerle la muñeca como una forma de darle las gracias una vez más. Cuando Claudia se llevó la cantimplora a la boca, quedaban sólo gotas. No se arrepintió de haber compartido lo último que le quedaba.

La puerta de la librería tintineó con alegría al abrirse; Claudia se puso de pie para no estorbar el paso. Por la forma en que el perro se animó de inmediato, supuso que el joven parado en el umbral era su dueño. La maraña de rizos en su cabeza combinaba con el pelaje lanudo del Jack Russell.

—¡Matelot! —El hombre se dirigió a su fiel compañero con entusiasmo y se acuclilló para tomarle la cara entre las manos morenas y callosas. Luego, como si hubiese recordado sus modales de pronto, se irguió de forma abrupta, con una enorme sonrisa que revelaba un pequeño espacio entre los dos dientes del medio—. Buenas tardes, *mademoiselle*. —Su inglés tenía un marcado acento francés, pero lo hablaba sin dificultades.

Apenada porque su condición de extranjera era tan obvia, Claudia deseó haberse esforzado más por aprender francés.

—Buenas tardes —dijo a la vez que notó la pequeña cicatriz en forma de luna menguante que interrumpía el crecimiento de la barba en su mentón—. Sólo estaba saludando a su amigo. Matelot, dijo que se llamaba, ¿cierto?

—¡Sí, Matelot! Significa *marinero*. ¡Como yo! —La cicatriz se compactaba cuando sonreía—. Es mi… ¿cómo se dice?… tripulante.

La imagen de aquel hombre navegando los mares con su lanudo tripulante de tres patas era encantadora. Claudia asintió para señalar la pila de libros que el hombre llevaba bajo el brazo.

—Me imagino, entonces, que tiene mucho tiempo para leer a bordo de su barco.

—Sí. Planeo zarpar a Córcega mañana. —El hombre apretó los libros contra sus costillas en un gesto lleno de apreciación—. Y ellos serán mi compañía.

—He oído que Córcega es una isla muy hermosa —dijo Claudia—. Por desgracia, nunca he estado ahí.

—Pues no es demasiado tarde aún, ¿sabe? Veo que ya empacó para el viaje.

En otros hombres, ese arrojo habría sido de mal gusto. En el joven y espigado francés, era cautivador.

—Tristemente, voy de camino a la estación de tren —dijo Claudia con decepción genuina.

—De hecho —respondió él, acentuando cada sílaba—, usted está de camino a la librería.

—Cierto.

—Quizá, después de la librería y antes de la estación, querría acompañarnos a tomar algo.

Tanto el hombre como el perro la miraron, esperanzados.

—Vaya, pero si no lo conozco.

—Remediemos eso de inmediato. —El hombre se secó la mano libre en la camisa y se la ofreció—. Hugo.

Ella también se secó la mano antes de estrechar la de Hugo.

—Y yo soy Claudia.

—Es un placer conocerte, Claudia. —La cicatriz se convirtió en un hoyuelo—. Debo decir que me encantan tus pantalones.

Cuando terminé de contarle a Sylvie la historia de Claudia y Hugo, habíamos llegado hasta el frente de la fila del café. Seguimos a la mesera hasta la cabecera de la enorme mesa comunal de roble y tomamos asiento en los bancos de aluminio.

—Me encantan tus pantalones —repitió Sylvie con un falso acento francés—. ¡Qué gran primera frase! Hugo suena tan sofisticado… Con razón Claudia se sintió tentada a dejar a su prometido controlador. —Desdobló su servilleta y se la puso sobre el regazo—. Imagina si él también estuviera vivo, en un bote en el Mediterráneo, suspirando por ella.

La agridulce posibilidad me taladró el corazón. ¿Cómo sería volver a sentir un amor tan profundo que seguía vivo dentro de ti después de más de sesenta años?

33

La muerte inminente es una cosa veleidosa. Alguien con un diagnóstico terminal puede verse enérgico y entero un día, e irse en picada al siguiente, como si la mortalidad hubiera hundido el pie en el acelerador. En los tres días desde que la vi por última vez, Claudia sin duda había estado a la merced de dicha aceleración. Aunque estaba sentada en su habitual silla de mimbre, esta se veía gigantesca en comparación con otras ocasiones. El cuerpo de Claudia se había deshecho de todo el peso de sobra; su pequeño cuerpo se tornó anguloso, su piel pálida, casi traslúcida. Una evidente melancolía le apagó el destello pícaro de los ojos.

Sin importar cuántas veces hubiera sido testigo ese declive acelerado, no dejaba de ser desconcertante ver a alguien convertirse en una sombra de sí mismo. Y ver a Claudia perder su vivacidad me dolió un poco más que en otros casos. Había desarrollado un apego hacia ella que no era propio de mí. No sabía si era por mi cercanía con Sebastian, su romance interrumpido con Hugo o algo más. Sin embargo, aun sin conocimiento médico, había aprendido a calcular cuánto tiempo le quedaba a alguien. Era probable que Claudia no llegara al final del mes.

—Amanecí un poco rebasada por la tristeza —me dijo cuando me senté con ella en la mesa del jardín.

—Lamento escucharlo. —Vi que una brisa inexistente la hizo tiritar y que tenía dificultad para cubrirse el torso con la cobija, así que le envolví el pecho lo mejor que pude con el chal de angora—. ¿Qué te está pasando por la cabeza?

—¿Además del hecho de que tengo los días contados? —El resto de su cuerpo podía estar desvaneciéndose, pero el humor seco de Claudia seguía ahí. Jugueteó con la orilla de la cobija, sus nudillos bajo la piel parecían los nudos de una soga—. ¿Sabes? Cuando me enteré, no me sorprendió demasiado… tengo noventa y un años, a final de cuentas. Sabía desde hace mucho que mi cuerpo no estaba funcionando como debería. —Un suspiro profundo le sacudió el pecho entero—. Es sólo que, pues, me siento un poco culpable.

—¿Culpable?

—Pude vivir muchos más años que la mayoría de mis contemporáneos, incluyendo a mi esposo. Debería de estar agradecida por lo que he tenido y caminar con la cabeza en alto hacia el final.

—Puede ser —dije, resistiendo el impulso de apaciguarla—. Pero la gratitud no necesariamente nos libra de la tristeza… ni de nuestros miedos.

Claudia suspiró con melancolía.

—Lo que más me afecta es la incertidumbre. El doctor dijo que me quedaban unos dos meses, pero podría ser más o menos que eso. —Me alegró que no me mirara en busca de confirmación—. A veces siento que sólo estoy sentada esperando a morir, y que todo el mundo a mi alrededor, incluida tú, está haciendo lo mismo. Hay días en los que despierto casi decepcionada de seguir aquí.

—Puedo entender por qué te sientes así —dije, emprendiendo un camino discursivo que conocía muy bien—. Si pudieras caminar con gracia hacia la muerte, ¿cómo sería eso?

—No lo sé, querida —respondió Claudia, con un dejo de exasperación—. Supongo que morir con gracia significaría sacarle todo el provecho posible a mis últimos días sin enfocarme en cualquier pequeño remordimiento… todo, mientras visto un fabuloso chal, por supuesto.

Dejé que pasaran unos instantes.

—Cuéntame algunos de esos arrepentimientos.

Claudia me miró con un poco de recelo.

—¿No me vas a obligar a enfocarme en las cosas positivas?

—Aunque no lo creas, lo mejor en estos momentos es pensar en lo bueno, pero también en lo malo.

El alivio le suavizó la quijada.

—Es curioso, no dejo de darles vueltas a cosas mundanas, irrelevantes —dijo, mientras veía al gato del vecino caminar sobre la reja como si estuviera pasando por una cuerda floja—. Quisiera no haber dejado las clases de ballet cuando era niña, o haber aprendido a hablar árabe un poco mejor, o no haber perdido tanto tiempo fingiendo que me gustaba Shakespeare para parecer inteligente.

—Todo el mundo finge que le gusta Shakespeare.

El chiste me valió una pequeña sonrisa.

—Por egoísta que suene —dijo Claudia—, de lo que más me arrepiento es de haber puesto las necesidades de otros por encima de las mías. Pero, como mujer, eso fue lo que se me dijo que tenía que hacer. El esposo, los hijos, los padres... su felicidad importaba más. Siempre eras esposa, madre o hija antes de ser tú. Es como si no hubiera vivido mi vida por mí, para mí; como si hubiera desperdiciado lo que se me dio.

—Hiciste lo que se esperaba de ti, y lo hiciste por la gente a la que amabas. Yo no diría que eso es un desperdicio. —Yo no había tenido la oportunidad de amar a mucha gente, pero me imaginaba que sería un privilegio estar al servicio de su felicidad.

—Cuando hayas vivido una vida tan larga como la mía, tal vez veas las cosas de una forma un poco distinta. —Una parvada de estorninos se extendió elegantemente por el cielo; las dos echamos la cabeza hacia atrás para observar su vuelo—. Nunca se lo he dicho a nadie —dijo Claudia, titubeando, como si no estuviera lista para comprometerse con la siguiente oración—. Pero, cuando mi hijo era pequeño, todas las noches, después de darle de cenar, bañarlo

220

y leerle cuentos de buenas noches… siempre yo, nunca su padre… me sentaba a verlo dormir. Y todas las noches intentaba deshacerme del resentimiento que se me acumulaba en el pecho, porque no quería culparlo de no tener la vida que sabía que yo nunca tendría. Al ver su pechito inflarse y desinflarse, y los rizos de querubín que le enmarcaban el rostro, le susurraba una y otra vez: «No te voy a guardar rencor. No te voy a guardar rencor». —La compunción le hacía vibrar el rostro—. Sin embargo, sin importar cuántas veces lo dijera, nunca dejé de sentirlo. Le tenía rencor a mi hijo, a mi esposo y, sobre todo, a esta casa por todo lo que me quitó. Sentía que era una cárcel.

Cerré la mano en torno a la suya y le ofrecí una sonrisa de consuelo. La gente no solía esperar una respuesta a ese tipo de comentarios. Sólo necesitaban a alguien que se sentara a escucharlos sin juzgar. Es tentador intentar arreglar las cosas, querer alegrar a la persona. Pero la verdad es que nunca podrías encontrar las palabras correctas; las palabras correctas no existen. El que estés ahí, presente, dice mucho más.

De cualquier modo, no pude evitar sentirme un poco desanimada por lo que Claudia acababa de contarme. No era tan ingenua como para creer que todos los matrimonios eran felices, pero a últimas fechas había sentido que la vida real se estaba esforzando por destruir todos mis ideales románticos.

—Mi vida pudo haber sido muy distinta —continuó Claudia—. Quizá, en vez de estar aquí sentada contigo, estaría en el Mediterráneo, sentada en un barco con Hugo, si es que sigue vivo.

Me alegró que volviera a mencionar a Hugo. Tenía curiosidad de saber más sobre él.

—¿Qué pasó después de que se conocieron en la librería?

Fue como si alguien le hubiera inyectado adrenalina en las venas. Se enderezó en la silla y la vida le volvió al rostro.

—Me invitó a un café para almorzar; tomé demasiados pastís y perdí mi tren a París. Creo que quería perderlo, si soy honesta.

Quería vivir una última aventura antes de volver a casa y casarme. Y con él, tuve una energía que nunca había sentido. Así que, cuando sugirió que fuéramos juntos a Córcega a viajar en velero, no pude resistirme. Se suponía que pasaría diez días en París con un amigo de la familia antes de tomar el barco a Nueva York. Estando ahí, tenía planeado cortarme el cabello y comprar algo de ropa nueva. En cambio, pasé esos diez días en un velero con Hugo. —El destello pícaro de sus ojos regresó también—. Voy a dejar que completes la historia con tu imaginación.

—¿Qué fue lo que te atrajo tanto de él?

—No lo sé... tenía mucho tiempo sin pensar en él. —Claudia volvió a mirar hacia los estorninos, contemplativa—. Me gustaba que todo de él era sencillo: disfrutaba de la vida, aunque había tenido una bastante complicada. La cicatriz en su barbilla era de cuando su padre —en estado de ebriedad—lo golpeó en un ataque de furia. Y me gustaba que era inteligente, no gracias a una educación formal, sino porque había vivido en el mundo. Aprendió inglés después de trabajar en barcos pesqueros a partir de los trece años, y aprendió todo lo demás leyendo libros que los demás marineros dejaban. —Un largo suspiro—. Pero, sobre todo, era cómo me sentía cuando estaba con él: independiente, atractiva, estimulada intelectualmente, alentada. Me hacía sentir libre; me hacía sentir como yo misma, cosa que mi marido nunca logró, o quizá nunca intentó.

—Suena encantador. —Sentí una llamarada de esperanza en el pecho. Quizá no había idealizado tan equívocamente el potencial de la química romántica.

—Lo fue. —Claudia soltó una risita; luego, se tornó seria—. Sin embargo, las cosas tal vez no hubieran sido todas color de rosa con él. Me dijo que no debía dejar mi carrera como fotógrafa, pero su actitud podría haber cambiado si hubiéramos tenido hijos. Es fácil romantizar el camino que no tomaste. Al final de cuentas, sólo pasamos diez días juntos. —Un débil tono rosado se asomó en sus pómulos—. Pero cómo me encantaba besar esa cicatriz en su mejilla.

Claudia cerró los ojos y sonrió, como si hubiera caído en un placentero sueño.

Tomándole la mano, mientras dormitaba, me pregunté si habría alguna forma de liberarla de al menos un remordimiento antes de que muriera.

34

El vigoroso golpeteo en mi puerta sugería urgencia. A regañadientes, me desenredé la cobija del sillón de las extremidades y me quité a George de las espinillas.

Hubo una breve pausa, seguida de más golpes a la puerta, siempre entrecortadas y seguidillas de cinco. Me habría gustado tener una mirilla y así prepararme para el drama que parecía esperarme del otro lado.

Sylvie estaba frente a mí, con una sonrisa de oreja a oreja y una *laptop* bajo el brazo. El moño en el cabello, el pantalón del pijama y los calcetines con lunares parecían muy íntimos y reconfortantes. El atuendo era una confirmación tácita de que habíamos alcanzado tal nivel de amistad que no teníamos que preocuparnos por nuestra apariencia.

—¡Encontré a Hugo! —anunció—. ¿Puedo pasar?

Vacilé. No era que no quisiera que Sylvie entrara a mi departamento. Era más que, salvo por Leo y el conserje del edificio, nadie había entrado nunca. También estaba más que consciente de las diferencias estéticas entre el departamento minimalista de Sylvie y el mío, por no hablar del notorio olor a arena de gato.

Sin embargo, su revelación era demasiado seductora, en especial porque fui yo quien le pidió que lo investigara.

—Claro.

Sylvie entró como un huracán, pero se detuvo de golpe.

—¡Epa! Tu departamento parece un museo. —Miró con curiosidad los frascos, las rocas y los fósiles que tapizaban las repisas—. No sabía que te gustaban todas estas cosas. Supongo que tiene sentido para alguien cuyo trabajo gira en torno a la muerte.

La alusión a ese estereotipo me erizó la piel.

—En realidad, casi todo era de mi abuelo. Sólo que nunca me he dado tiempo de organizarlo todo. —Caminé de un lado a otro, tensa—. ¿Quieres una taza de té o algo de comer? —¿Había siquiera algo apropiado en mi alacena? Los gustos de Sylvie probablemente eran mucho más sofisticados que las galletas saladas y el queso chédar que yo siempre compraba.

—¡Té verde estaría genial, si tienes! Pero espera, déjame contarte primero lo que encontré sobre Hugo. —Le dio unas palmaditas al asiento que estaba entre ella y George, que estaba dormido. Me senté a su lado. Con la sonrisa malévola de quien está a punto de revelar sórdidos chismes, Sylvie abrió la computadora—. Bueno… con esta chica salí durante un verano en la universidad… y también salí con su hermano, pero esa es otra historia… ella vive en Francia y trabaja como historiadora del arte en un museo en Marsella. Ahí fue donde me dijiste que se conocieron Claudia y Hugo, ¿cierto?

—Cierto. —Era muy complicado llevar un registro fidedigno del extenso historial romántico de Sylvie.

Se permitió entonces hacer una pausa dramática. George se despertó, sobresaltado por sus propios ronquidos.

—Bueno, ella tiene acceso a todo tipo de registros civiles e históricos. Así que le envié su nombre y edad aproximada. Supuse que tenía más o menos la misma edad que Claudia; habría estado a mediados de sus veinte en 1956.

—Me imagino que así es. —No quería emocionarme demasiado—. Creo que Claudia me dijo que tenía veinticuatro años cuando lo conoció.

—En fin, tuvo que excavar un poco, pero al fin encontró esto… —Abrió la *laptop* por completo y la giró sobre sus rodillas para mostrármela. En la pantalla había una fotografía en blanco y negro de un hombre joven con rizos oscuros, parado sobre la proa de un bote, con un suéter de pescador. Una cicatriz interrumpía el áspero principio de la barba en su mentón. Y a sus pies había un Jack Russell lanudo al que le faltaba la pata delantera derecha.

Me acerqué un poco más a la pantalla.

—Podría ser Hugo.

—¡Claro que es Hugo! —exclamó Sylvie con una mueca sarcástica—. Es imposible que hubiera dos hombres en Marsella con una cicatriz en la barbilla y un perro de tres patas. Y debo decir que ese hombre sí sabe cómo lucir un suéter.

—¿Qué encontraste sobre él? ¿Sigue vivo?

—Aquí es donde las cosas se ponen más locas. Resulta que no existen muchos registros sobre este hombre, Hugo Beaufort. Y la razón es porque, espera… —Otra pausa dramática—. ¡Emigró a Estados Unidos en 1957!

—¿Qué? ¿Ha estado aquí todo este tiempo?

—Ajá. Así que investigué un poco más por mi cuenta.

—¿Y? —Me sentí un poco inquieta; sin duda estaba invadiendo la privacidad de Claudia. Pero tenía que saber más.

—Resulta que hay un Hugo Beaufort, nacido en Francia en 1931, registrado como residente de Lincolnville, Maine. —Sylvie esperó a que mi cabeza se pusiera al corriente—. Lo que significa que podríamos encontrarlo antes de que Claudia muera.

—¡Caray! Vaya.

—Sólo hay un problema. —Su expresión se tornó compungida—. Después de mover cielo, mar y tierra, no logré encontrar un número telefónico asociado a él. Encontré una dirección, pero es de hace diez años, así que no hay forma de saber si sigue ahí.

Mi consciencia luchaba contra sí misma.

—¿Vale entonces la pena mencionárselo a Claudia? Saber que estuvo tan cerca todo este tiempo podría hacerla sentir aún peor.

—Cierto. —Sylvie cerró la *laptop* de golpe—. Pero también

podría hacerla sentir mejor. No puede ser coincidencia que se haya mudado aquí un año después de que se conocieran o, más bien, un año después de que ella estuviera a punto de dejar a su prometido por él.

—Supongo que tienes razón. —Me mordí el labio inferior—. Pero su salud está empeorando día con día. Lo más probable es que le queden menos de dos semanas. No sé si debería someterla a algo así.

—O, por el contrario —insistió Sylvie—, ¿no estarás negándole algo de paz y una resolución al no decírselo? Yo querría saberlo, sin duda alguna. ¿Tú no querrías saberlo si se tratara del amor de tu vida?

—No lo sé —contesté en voz baja—. Nunca he estado enamorada. —Al salir de mi boca, me parecieron las palabras más patéticas del mundo.

—Tal vez no, pero lo has vivido un millón de veces en todas esas comedias románticas que devoras.

Me sorprendía que Sylvie me entendiera de formas en las que ni siquiera yo me entendía.

—Necesito pensarlo.

Tenía que procesar la logística y las consideraciones éticas de lo que Sylvie me estaba sugiriendo. Sin embargo, un amor perdido en la costa de Maine podría haber sido la trama perfecta de una película romántica, aunque fuera un poco cliché.

—Pues no lo pienses demasiado. Claudia se merece la oportunidad de cerrar ese capítulo. Digo, ¿no es ese el punto de tu trabajo?

Miré hacia mis libretas.

—Uno de los puntos, sí.

Sylvie se puso de pie y comenzó a deambular por la sala.

—¿Qué me dijiste que hacía tu abuelo?

—Era profesor de Biología en Columbia.

—Hmm. —Tomó un frasco y estudió el exoesqueleto que estaba adentro, girando el recipiente sobre su cabeza como si estuviera cambiando un foco—. Me parece genial que conserves todo esto en memoria suya, pero… ¿alguna vez has pensado en, no sé, apropiarte un poco más el espacio? Siendo sincera, todo esto es un poco perturbador para una mujer de treinta y seis años.

Sus palabras me dolieron.

—Es mío. He vivido aquí casi todo el tiempo desde que tenía seis años. Crecí rodeada de estas cosas.

—Lo entiendo, de verdad, pero no deja de ser la vibra de tu abuelo, ¿sabes? —Tomó un libro de la repisa y leyó el lomo—. Por ejemplo, ¿en verdad has leído *Las sociedades de insectos*, de Edward O. Wilson?

—No —dije. Las mejillas se me encendieron como carbones que despertaban con un aliento—. Pero podría leerlo algún día.

Sylvie volvió a hacer una mueca.

—Claro. Estoy segura de que está lleno de romance. —Tras devolver el libro a su lugar, pasó el dedo por las hileras de lomos hasta llegar a mis tres libretas—. *Arrepentimientos, Consejos, Confesiones*. Oye, ¿y esto qué es? —Tomó la primera.

Me abalancé hacia ella en el otro lado de la habitación.

—Por favor, no las toques.

Ver a Sylvie auscultar mi espacio de forma tan clínica me hacía sentir desnuda, expuesta. Cada objeto en ese departamento era un hilo que me ataba a Abue. Y, con cada cosa que Sylvie tocaba, sentía un tirón en el corazón, como si el hilo fuera puesto a prueba.

Sylvie puso la libreta en el lugar equivocado y dio un obediente paso atrás.

—Perdón. ¿Son tus diarios personales o algo así? —Alzó las manos como para indicar que se rendía—. Si ese es el caso, respeto tu privacidad por completo. Soy muy partidaria de los límites.

—No son mis diarios, precisamente. —No pude evitar reacomodar las libretas en el orden correcto—. Son más como… bueno, llevo un registro de las últimas palabras que las personas dicen antes de morir. Ya sabes, palabras de sabiduría y cosas así. Y supongo

228

que sería una especie de invasión de su privacidad si dejo que alguien más las lea.

Sylvie asintió, pero mirándome de forma inquisitiva.

—Pero esas personas están muertas, ¿no? ¿Cómo lo sabrían?

—Yo lo sabría. —Miré hacia el sillón de Abue y me aferré a mi punto de vista—. Que no haya testigos no quiere decir que esté bien.

La mayoría de las palabras contenidas en esas libretas habían sido dichas cuando las personas estaban en sus momentos más vulnerables. No podía traicionar su confianza.

Nos miramos con cautela unos segundos, antes de que una enorme sonrisa se dibujara en el rostro de Sylvie.

—Caray, C., me encanta tu fortaleza, tu moral inquebrantable que aparece cuando intento corromperte. Un rasgo muy admirable. Quisiera poder decir que soy tan decente como tú todo el tiempo, pero, por alguna razón, romper las reglas me resulta más… divertido. —Me guiñó el ojo y caminó hacia la ventana. Separó las persianas con dos dedos, formando un portal con forma de diamante hacia el mundo exterior—. ¿Sabías que puedes ver el edificio de enfrente desde aquí?

Intenté mantener un tono ecuánime.

—Hm. Nunca lo había notado.

Por más decente que me gustara pensar que era, no dejaba de sentir que había estado mintiendo sin tapujos desde hacía unos días.

—Puedo ver *Juego de tronos* en la televisión de alguien más. ¿Debería advertirles que no pierdan el tiempo enganchándose con algo que tiene un desenlace irritante y poco satisfactorio? De todos modos, seguro que sólo ven la serie por las escenas de sexo.

—¡Ja! Sí, tal vez.

Sylvie tomó los binoculares de entre los frascos con fetos de animales.

—¿Echamos un vistazo más cercano?

Sentí como si estuviera cosida al tapete. ¿Lo decía en serio? ¿Acaso lo sabía, de algún modo?

Mientras balanceaba los binoculares tomándolos por la correa, soltó una risotada.

—¡Ay, Dios! ¡Deberías ver tu cara! —Puso los binoculares en el pretil de la ventana y se dejó caer sobre el sillón—. Sé que nunca espiarías a nadie… ¡Eres demasiado buena persona!

Mientas iba a encender la tetera, la vergüenza me recorrió de pies a cabeza.

Dos horas después, estaba recostada en la cama, y mi mente se negaba a salir del remolino eterno en el que estaba. Sylvie tenía razón. Le debía a Claudia darle algún tipo de cierre, si podía hacerlo, y sabía que me arrepentiría si al menos no lo intentaba. Pero tampoco quería ser la razón por la que muriera con el corazón todavía más roto. Los datos que Sylvie había encontrado eran, en el mejor de los casos, inconcretos.

Intenté todo lo que pude para acallar mis pensamientos. Le di vuelta a la almohada. Hice toda una serie de ejercicios de respiración profunda. Conté hasta mil, hacia atrás, de siete en siete, primero en inglés y luego en japonés. El sueño me eludía.

Frustrada, bajé de la cama y salí descalza a la sala.

Ahí, en el pretil de la ventana, justo donde Sylvie los había dejado, estaban mis binoculares. Tal vez unos minutos de Julia y Reuben serían el bálsamo que mi cabeza necesitaba.

Luces apagadas. Persianas abiertas. Corazón henchido.

Aunque ya era más de medianoche, estaban despiertos; sabía que lo estarían. Eran noctámbulos, a fin de cuentas. La televisión estaba apagada y ellos estaban abrazados en el centro de la sala, bailando. No necesitaba escuchar la música para sentir su ritmo. Estaba ahí, en el movimiento de sus caderas, en sus cuerpos pegados, en la danza de sus pasos de lado a lado.

Los dos, perdidos en un mundo sólo para ellos.

Y yo, sola en el mío.

35

Dada mi mala costumbre de encontrarme a Sebastian cuando menos quería que ocurriera, no me sorprendió que apareciera afuera de la recámara de Claudia a las primeras horas de la tarde siguiente.

—Hola, Clover. —Las bolsas bajo los ojos lo hacían ver un poco envejecido.

Era la primera vez que lo veía desde el concierto y seguía conflictuada. Me habría gustado tener más tiempo para pensar las cosas, pero había estado muy distraída.

—Ah, hola. —Cerré la puerta de la recámara y lo llevé hacia el corredor—. Claudia ha pasado, casi todo el día, dormida. Un doctor vino en la mañana y estuvo bastante tiempo con ella; Selma puede darte todos los detalles. Me parece muy bien que tu familia al fin vaya a venir este fin de semana.

—Sí, acabo de hablar con mis hermanas —dijo Sebastian—. Van a venir mañana después del trabajo.

—¿Y tus padres?

—Llegan el domingo. Creo que mi papá lo está aplazando tanto como se pueda.

—Va a ser muy difícil ver a su madre así.

—Lo entiendo. —Frunció el ceño—. Pero también me parece un poco egoísta, ¿sabes? Evitar estar aquí sólo porque no quiere lidiar con ello.

—Todo el mundo tiene formas distintas de procesar su duelo.

Aunque el padre de Sebastian sí sonaba como un idiota.

Nos quedamos en el corredor en silencio; el aire entre nosotros se volvía denso por el peso de lo no dicho. Las cosas eran mucho más sencillas cuando no tenía vida social. Eso sí sabía manejarlo.

—Sebastian, perdón por haberme ido tan rápido cuando fuimos por un trago —dije, casi obligándome a sacar las palabras—. Y después del concierto.

Sebastian se metió las manos a los bolsillos y se encogió de hombros.

—Está bien. Lo entiendo; las cosas iban un poco deprisa. Podríamos ir más lento.

Mientras la cabeza me daba vueltas, supe que lo único de lo que estaba segura era de estar presente para Claudia, en especial porque el final ya estaba muy cerca.

—De hecho, creo que lo mejor sería que las cosas fueran sólo profesionales, por ahora. Mi atención tiene que estar puesta en tu abuela.

—Pero...

—Lo siento, tengo que irme. Voy a ver a mi vecina.

Me sentí como una cobarde al pasar a su lado de camino hacia las escaleras.

—Clover, espera. —Me tomó el brazo y lo soltó de inmediato.

Por reflejo, me puse las manos detrás de la espalda al darme vuelta.

—¿Sí?

—¿Quién es Hugo?

El estómago se me fue al piso, como si estuviera en una montaña rusa.

—¿Qué?

—Te oí hablar con mi abuela de alguien llamado Hugo. Sonaba... personal.

Mientras las axilas se me empapaban, consideré mis opciones. Ya había desarrollado un patrón de deshonestidad con Sebastian, pero esa era una oportunidad de corregirlo. Además, no quería que creyera que pausé las cosas entre nosotros por alguien más.

Lo miré directo a los ojos, como Abue me enseñó a hacer cuando era momento de admitir algo.

—La semana pasada, mientras revisábamos algunas de las fotografías viejas de tu abuela, encontré una foto de un hombre al que conoció cuando vivió en Francia.

—¿Quién era?

—No sabía si decírtelo o no... pero era... —bajé la voz aún más—... su amante.

—¿Qué? —Sobresaltado, Sebastian me pidió que lo siguiera por el corredor y luego continuó hablando con susurros exagerados—. ¿Cómo? ¿No estaba comprometida con mi abuelo cuando vivía en Francia?

—Sí.

Sebastian sacudió la cabeza con fuerza, como si así fuera a cambiar la verdad.

—Vaya. Digo, estoy casi seguro de que mi abuelo le fue infiel, no era la persona más ética del mundo, pero... ¿mi abuela? Jamás lo habría pensado.

Parecía un poco impresionado, incluso.

—Al parecer estaba muy enamorada de ese hombre. Llegó a considerar quedarse en Francia para siempre, en vez de volver a casa y casarse con tu abuelo.

—Con razón tuvieron un matrimonio tan infeliz. —Sebastian se frotó la nuca, distraído—. Pero supongo que esto me ayudará a entenderla mejor.

—Y hay más partes de la historia. —Supuse que, una vez abierta la herida, bien podía decírselo todo.

—¡Ay, Dios!, no me digas que tiene un hijo secreto o algo así.

—No, nada por el estilo. —Al menos su cabeza se fue directamente hacia algo más controversial que lo que yo iba a decir—.

Resulta que este tipo, Hugo, llegó a Estados Unidos a finales de los cincuenta y aún podría estar viviendo en un pueblito en Maine.

Sebastian no logró disimular su escepticismo.

—¿Cómo sabes todo eso?

La culpa se me metió aún más por debajo de la piel.

—Se lo conté a mi vecina, Sylvie, porque… —No lograba encontrar las palabras para explicar por qué. ¿Porque se sentía bien tener algo interesante que compartir con una amiga? —… Porque es una historia muy romántica. —No parecía una excusa suficientemente buena como para violar la privacidad de alguien, pero era la única que tenía—. Y ella es historiadora del arte, tiene acceso a muchos recursos e investigó un poco por mí.

—¿Qué estás diciendo?

—La cosa es que, aunque está muy agradecida por tenerlos a tu papá, a ti y a todos sus otros nietos, Claudia me dijo que Hugo era, pues… el amor de su vida. Y hay una parte de ella a la que le habría gustado decírselo.

Sebastian frunció el ceño.

—Ya veo.

—Sé que no es algo fácil de escuchar, pero estaba pensando que tal vez podría intentar contactarlo.

A pesar de su mueca, la cabeza ladeada de Sebastian denotaba cierta curiosidad.

—¿Tienes algún número de teléfono?

—No, por desgracia. Intentamos encontrar uno, pero lo único que conseguimos fue una dirección en un pueblo llamado Lincolnville.

Sebastian volvió a meterse las manos en los bolsillos.

—¿Cuál era tu plan entonces?

¿Mi idea era una ridiculez? Se me había ocurrido apenas unas horas antes, y debía confesar que no la había pensado muy bien.

—Ya que tu familia va a estar aquí el fin de semana, tal vez… —Enfoqué la mirada en el diseño del tapete.

Sebastian se quitó los anteojos y los limpió con el fondo de su camisa. Era extraño verle el rostro sin el filtro de los lentes; diluía un poco la personalidad como de profesor que yo le había atribuido.

—¿Cuánto tiempo se hace en auto?

—Unas siete horas. Me iría temprano por la mañana y volvería al día siguiente.

—¿Y qué harás si lo encuentras?

—No estoy segura. —Me avergonzaba no haberlo pensado lo suficiente—. Lo iba a decidir en el camino. Pero, tal vez, si lo encuentro, podría organizar una llamada por teléfono con Claudia… si los dos están dispuestos.

—No lo sé. Podría abrir una caja de Pandora, en especial con su familia.

—Sí, lo entiendo. —Su abuela, su decisión. Fue muy presuntuoso de mi parte adentrarme tanto—. Olvídalo… fue muy tonto sugerirlo de todos modos.

—Sólo es mucha información que tengo que procesar. —Volvió a ponerse los anteojos—. Es un lado nuevo de mi abue que no conocía. ¿Puedo pensarlo un poco?

—Claro —dije, agradecida de poder dejar la conversación en paz por el momento—. Tengo que volver a casa. Supongo que hablaremos después.

Bajé corriendo las escaleras, sin dejar de repasar las posibilidades en mi cabeza. Cuando llegué a la banqueta ya estaba buscando en internet autos para rentar, con la adrenalina a tope por la simple posibilidad de encontrar a Hugo. Sylvie se iba a emocionar muchísimo.

—Clover, espera un segundo.

Alcé la cabeza y vi a Sebastian cerrar la pesada puerta principal de la casa.

Me apresuré a guardar el teléfono en el bolsillo con la esperanza de que no se hubiera dado cuenta de que ya había decidido actuar sin su consentimiento.

—¿Sí?

Bajó hasta el nivel de la banqueta y habló en voz baja.

—Creo que deberías hacerlo; creo que deberías ir a Maine.

Las mariposas comenzaron a revolotearme en el estómago.

—¿De verdad?

—Sí —respondió con firmeza—. Si hay alguna forma de ayudar a mi abue a encontrar algo de paz, tenemos que intentarlo. Se merece un poco de felicidad.

—¡Genial! —Estuve a punto de abrazarlo, pero me contuve.

Los ojos le brillaban de júbilo.

—Y he decidido acompañarte.

36

Estaba parada en la tienda de mascotas, paralizada por la indecisión en medio del pasillo de los premios. ¿Preferiría Lionel la mezcla de mariscos o el combo de fiesta? Era un gato tan caprichoso que lo más probable era que rechazara los dos.

No podía perder más tiempo en eso. Sebastian me iba a recoger temprano por la mañana, así que debía volver a casa y empacar. Tomé la mezcla de mariscos, unas cuantas carnazas para George y un pulpo de peluche para Lola (contrario al resto de nosotros, la comida no la motivaba). La ofrenda los distraería de mi ausencia durante las siguientes cuarenta y ocho horas. Con algo de suerte, a Leo no le molestaría pasear a George un par de veces. Dicho eso, Leo había estado caminando tan lento esos días que quizá sería mejor pedírselo a Sylvie. De cualquier modo, George y ella estaban encariñándose el uno con el otro.

Me apresuré a salir por la caja de autoservicio —no tenía tiempo para hablar de trivialidades con la cajera—, pero quedé atrapada detrás de un hombre regordete y su San Bernardo que intentaban salir por la puerta giratoria sin mucho éxito. A pesar de que era una imposibilidad logística, no dejaban de intentarlo. Me mecí sobre las puntas de mis pies esperando e intentando no fulminarlos con la mirada.

Cuando por fin logré salir, después de su cuarto intento, me detuve de golpe.

Afuera del café, que estaba junto a la tienda, había una mujer agazapada bajo su abrigo color miel. Esperaba algo mientras miraba su teléfono.

Era Julia.

Al estar tan cerca de ella, me di cuenta de cuántos detalles no había notado a través de mis antiquísimos binoculares: las pequitas salpicadas en los pómulos, el labio inferior carnoso, la nariz un poco torcida. Era como si sólo la hubiera visto en dos dimensiones.

¿Estaría esperando a Reuben? El pánico me inundó el cuerpo mientras buscaba con la mirada un lugar donde ocultarme. Un buzón cercano pareció ser la única opción, pero ya estaba demasiado cerca de Julia. Pensaba que cualquier movimiento repentino mío me delataría como su espía o me haría ver como una persona mucho más estrafalaria de lo que ya me sentía. Apreté contra mi pecho la bolsa con los regalos para mis mascotas y me concentré en caminar sin despertar sospechas, mientras rezaba para que Julia se mantuviera absorta en su teléfono y yo pudiera pasar desapercibida.

Lo que también pasó desapercibido fue el agujero en una orilla de la bolsa de papel, que era lo suficientemente grande como para que el pulpo de peluche y con sonaja de Lola se escaparan y rebotaran sobre la banqueta hasta terminar frente a Julia.

Ella alzó la mirada del teléfono, alertada por la sonaja. Al ver el pulpo rosa fosforescente a sus pies, se agachó para recogerlo.

Me quedé paralizada. Quizá vi un destello de reconocimiento en su mirada cuando me dio el juguete, pero no podía estar segura.

—Mi gato tiene uno de esos —dijo Julia, confirmando lo que yo ya sabía—. Seguro que al tuyo le va a encantar.

Los músculos se me relajaron lo suficiente como para permitirme tomar el juguete y esbozar una sonrisa que con algo de suerte no parecería siniestra.

—Ah, gracias… Eso espero. La mía es muy… especial.

Su luminosa sonrisa reveló sus dientes disparejos, otro detalle que nunca había notado. Luego volvió a enfocarse en el teléfono.

En vez de correr a toda velocidad hasta el final de la cuadra como ansiaba mi cuerpo entero, seguí andando a paso normal. Sin embargo, no me permití mirar atrás sino hasta que llegué a la esquina, donde fingí detenerme y amarrarme las agujetas para poder verla una vez más.

Julia estaba saludando a alguien del otro lado de la calle.

Contuve la respiración. Tal vez, al fin, vería a Julia y Reuben sin varias capas de vidrio entre nosotros. En estado silvestre, por decirlo de algún modo.

Sin embargo, al ver la escena desarrollarse, mi cerebro tuvo problemas para procesar las distintas partes que comenzaban a conjuntarse, como si todo estuviera ocurriendo en cámara lenta. La persona que cruzó la calle para encontrarse con Julia y darle un apasionado beso era, sin duda, alguien conocido.

Pero ese alguien no era Reuben.

Era Sylvie.

De pronto, el abrigo empezó a sofocarme, a oprimirme, como la brutal calefacción central de las tiendas departamentales en pleno invierno. El irritante golpeteo de un taladro sobre el pavimento, que apenas si había registrado momentos antes, se convirtió en un ataque a mis tímpanos.

Sin pensarlo siquiera, me eché a correr.

George, Lola y Lionel me vieron alarmados cuando entré corriendo por la puerta del departamento y fui directo hacia la ventana. Bajé las personas de un tirón; no quería saber qué estaba sucediendo en el departamento de enfrente. Tras dejarme caer sobre el sillón, reconocí el escozor que iba desde mi plexo solar hasta las entrañas; lo había sentido antes.

Traición.

Julia y Reuben eran la única constante emocional en mi vida. Había visto su amor expresarse de forma tan clara en sus gestos, sus rutinas. Eran la única evidencia que tenía, hasta ese momento, de que el amor romántico verdadero era real y existía fuera de las pantallas. Pero todo era una mentira.

Lo que más me dolía era que todo hubiera ocurrido con alguien en quien confiaba. Le había revelado a Sylvie demasiado sobre mí misma: mis temores con respecto al amor, mi historial sexual inexistente, el beso con Sebastian. Me había esforzado mucho por mantener ocultas esas partes de mí. Ella, en cambio, no me compartió nada. Ni siquiera sabía que tenía una relación nueva. ¿Qué clase de amistad era esa?

Me llevé las palmas de las manos a la frente y deseé poder borrar el recuerdo de lo que acababa de ver. Pero quedarme quieta sólo me ponía más ansiosa. Comencé a dar vueltas alrededor de la sala, ignorando la preocupación en el rostro de mis mascotas.

Sin saber cómo tranquilizarme, hice lo que mejor sabía hacer: reprimí mis emociones y las saqué de mi cabeza hasta que me sentí entumecida. Me volví a enfocar en lo que sí podía controlar: encontrar a Hugo por Claudia.

Tomé la vieja maleta de cuero de Abue que estaba sobre el armario y comencé a tirarle ropa encima. La curtida bolsa era muy poco práctica y no cabía en los compartimentos de la cabina de los aviones. Pero tenía las iniciales de Abue grabadas en uno de los costados y, aunque tenía años sin viajar, siempre que la llevaba conmigo, era como si él estuviera ahí también, como si su discreta sabiduría estuviera adherida a las sólidas costuras. Un poco de sabiduría no me habría venido mal en ese momento.

Mi teléfono se iluminó para anunciar la llegada de un mensaje de Sebastian. Había logrado reservar un auto de último minuto y me recogería a las ocho de la mañana del día siguiente. De ese modo, llegaríamos en Maine a las primeras horas de la tarde.

Al menos todavía podía contar con alguien, aun si era la persona que menos habría esperado.

Esperé una hora y luego le pedí a Leo que paseara a George,

mientras yo no estuviera. De ninguna manera se lo pediría a Sylvie. Me avergonzaba haberme permitido creer que éramos buenas amigas, sobre todo porque había tenido mucho cuidado de no volver a cometer el mismo error que cometí con Priya.

—¿Estás bien, niña? —Leo frunció el ceño con preocupación al verme frente a su puerta—. Te ves un poco agitada.

—¡De maravilla! —Esbocé una sonrisa forzada—. Sólo hay mucho por organizar antes del viaje. Gracias por cuidar a George, mientras no estoy. Es sólo una noche.

—Más te vale. No quiero que faltes a nuestro próximo juego.

—Nunca lo haría.

Me deleité con la risa de Leo, cuando cerraba la puerta. Una constante a la que aún podía aferrarme.

Estaba a mitad de camino hacia mi departamento cuando oí pasos en la escalera.

Diablos. Debí haber esperado una hora más.

—¡Hola, C! ¡Qué bueno que te veo! —El tono infaliblemente entusiasta de Sylvie, que por lo general me tranquilizaba, atizó el dolor en mi pecho. Necesitaba optimizar el apagado de esa emoción en particular.

—Hola, Sylvie. —Mantuve una expresión neutral.

Tenía un sobre en la mano.

—Dejaron esto en mi buzón por error. Parece un cheque, así que supuse que lo querrías cuanto antes.

—Gracias. —Evité mirarla a los ojos, mientras se lo quitaba de las manos.

—Y… ¡me muero por saber qué decidiste sobre Hugo! —Se recargó muy casual en la pared que estaba junto a mi puerta—. ¿Vas a intentar encontrarlo?

—Mañana a primera hora Sebastian y yo iremos a Maine. —Lo único que quería era entrar a mi casa y ponerle el seguro a la puerta.

—¿Sebastian y tú? —La sonrisa de Sylvie se ensanchó—. Oye, le compré una fantástica botella de tempranillo al tipo condescendiente de la vinatería. ¿Quieres bajar y contármelo todo mientras nos tomamos una copa?

—No puedo, tengo que empacar. —Me acerqué un poco más a mi puerta—. Sebastian me va a recoger muy temprano.

—Está bien. No te preocupes —respondió ella, separándose de la pared—. ¿Podrías al menos decirme por qué estás tan rara?

Jugué con la correa de mi reloj mientras intentaba inventar un pretexto.

—¿A qué te refieres?

—Bueno —dijo en un tono que era a la vez burlón y serio—, para empezar, estás evitando mirarme a los ojos.

Me obligué a hacerlo. En cuanto lo hice, la traición que sentí al verla fundida en un abrazo con Julia se encendió de nuevo. ¿Cómo pudo Sylvie haberse entrometido en la relación de dos personas que claramente se amaban?

Jalé un poco de aire, intentando tragarme el dolor.

Pero no funcionó.

—¿Cómo pudiste arruinar el matrimonio de Julia? —Mi voz sonó irritantemente aguda. Ojalá Leo hubiera subido el volumen de su televisión—. Reuben y ella son felices. Tienen años de ser felices.

Frunció el ceño, confundida.

—¿Quién es Julia?

—La mujer a la que te vi besar en la tarde, afuera del café. —No me importó que se me subiera la sangre a la cara—. Te vi.

La expresión de Sylvie pasó de ser inescrutable a ser suspicaz.

—La mujer a la que estaba besando se llama Bridget. —Ah. Claro. Julia era el nombre que yo le había puesto cuando comencé a espiarlos a ella y a su esposo en la intimidad de su hogar. Sylvie ladeó la cabeza con curiosidad—. ¿Y por qué te importaría?

El rubor bajó hasta mi cuello y la vergüenza me recorrió el cuerpo entero. Me di cuenta de lo ridícula que estaba siendo. Pero sentí que no podía dar marcha atrás, que ya había descubierto quién era Sylvie en realidad.

Así que, en ese momento, lo único que pude hacer fue dar un paso atrás, cerrar la puerta y dejarme caer al piso. Estaba inmersa en un revoltijo emocional y la única responsable de eso era yo.

37

Desperté antes de que sonara mi alarma porque en realidad no había dormido. La debacle con el tema de Sylvie y Julia (bueno, Bridget, para ser precisos) se reprodujo en mi cabeza una y otra vez durante toda la noche.

Aturdida por la falta de sueño, cargué a George por las escaleras y casi tuve que obligarlo a levantar la pata para que hiciera pipí. Aunque era imposible que Sylvie estuviera despierta tan temprano, aun así contuve la respiración al pasar frente a su puerta, pensando que con eso no se daría cuenta de mi presencia.

Seguramente se convenció de que yo estaba desquiciada después de aquel exabrupto y por la forma en que terminé nuestra conversación. En retrospectiva, mi reacción había sido melodramática, un poco infantil, incluso. Pero no dejaba de molestarme que Sylvie interfiriera en la vida de una pareja feliz, aunque romper las reglas fuera algo que a ella le gustaba. Por lo menos tendría cuarenta y ocho horas antes de volver a pensar en lo que haría con ella. Gracias a dios tenía una excusa para salir de la ciudad.

Con la maleta de cuero al hombro, le eché un último vistazo a mi sala. Una oleada de espíritu viajero me inundó el cuerpo al pensar cuánto tiempo había pasado desde la última vez que viajé. Fue hace cinco años, cuando menos: un fin de semana en Filadelfia para visitar una exhibición sobre piras funerarias. Extrañaba la libertad de viajar: observar el mundo y descubrir su magia, descifrar a su gente, todo; mientras disfrutaba de mi soledad. Me alimentaba de una forma que nada más podía hacerlo.

Llegué a la puerta del edificio justo un minuto antes de la hora en que Sebastian prometió llegar. Veinticinco minutos después, se estacionó enfrente de mí un Chevrolet Spark negro rentado.

Bajó la ventana y agitó el brazo.

—Perdón, me costó un poco de trabajo levantarme tan temprano.

—No hay problema —mentí. Estaba molesta de que no le hubiera importado lo suficiente como para llegar a tiempo. O tal vez las cosas con Sylvie me tenían un poco sensible. Por lo menos llegó—. Gracias por pasar por mí.

—Claro. —Metió una mano debajo del volante, presionó el botón de la cajuela y señaló mi maleta—. Debería caber allá atrás junto a la mía.

Me observó por el retrovisor mientras intentaba meter mi voluminosa maleta junto a la suya, la cual tampoco podría pasar por equipaje de mano. (¿Tenía él pensado pasar más de una noche fuera de la ciudad?) Tras intentar varias veces apalancar mi equipaje junto al suyo, me di por vencida y la puse en el asiento trasero. Cuando me senté a un lado de Sebastian, me tranquilizó un poco ver que su cabello estaba tan desaliñado como el mío.

Permanecimos en relativo silencio hasta que salimos de Manhattan. Supuse que, si Sebastian no estaba intentando entablar una conversación, debía estar exhausto. O quizá se sentía tan incómodo como yo, después de nuestra conversación en casa de Claudia.

Una vez que la bruma de cansancio se disipó en mi cerebro, saqué un libro de mi bolsa. Un poco grosero, quizá, pero él también lo había sido al hacerme esperar media hora afuera del edificio.

—Guau. ¿Puedes leer en el auto? —La locuacidad de Sebastian despertó también—. Yo nunca he podido hacerlo. Me mareo demasiado.

—Lo siento… debe ser frustrante.

Pasar el tiempo perdida en las páginas de un libro era una de las cosas que más me gustaba de viajar.

Sebastian acomodó el visor del auto para tapar el sol.

—No mucho. No soy un gran lector. Me parece un poco solitario, si te soy sincero.

La revelación contradecía muchos de los escenarios que había creado en mi cabeza al evaluarlo como un potencial interés romántico: paseos por librerías de segunda mano, intercambios de recomendaciones de libros, leer juntos en la cama.

—¿Ni siquiera lees antes de dormir?

—Nah. Por lo general me quedo dormido viendo la televisión. —Miró hacia la pedestre franja suburbana que bordeaba la carretera—. Mira, hay un Starbucks con autoservicio más adelante. Vamos por café. —Éramos los segundos en la fila de autos—. Lo tomas con leche y azúcar, ¿verdad?

Mi disgusto volvió a crecer.

—Negro, por favor. Sin leche ni crema. De goteo está bien.

Me había preparado café varias veces en casa de Claudia. ¿No debería recordarlo ya?

Pero, también, ¿por qué me molestaba?

Tres horas después de iniciado el viaje, tras habernos adentrado en las entrañas de Massachusetts, comencé a extrañar el silencio incómodo de las primeras horas de la mañana.

Sebastian se había lanzado a dar una detallada descripción de un documental que vio sobre la producción de soya, nada de lo cual sonaba ni remotamente interesante. Estaba casi segura de que nunca había mencionado tener algún tipo de interés en la soya. Pero lo más probable era que Sebastian estuviera lidiando con los mismos nervios que yo ante la idea de pasar un periodo largo de tiempo juntos en un espacio cerrado. Así que lo complací asintiendo y haciendo ocasionales ruidos afirmativos, fingiendo el suficiente interés como para parecer educada, pero no para animarlo a entrar en más detalle. Por lo menos me mantuvo despierta. Pero conforme los kilómetros pasaban, me pregunté cuánto tiempo transcurriría antes de que hiciera una pausa y buscara obtener una respuesta de mi parte.

Cuando al fin lo hizo —tres horas y cuarenta y siete minutos después de que salimos— me tomó por sorpresa.

—¿Quieres oír un pódcast? —Tomó su teléfono de la consola—. Descargué unos cuantos anoche.

—Buena idea. —Intenté no sonar demasiado aliviada.

Me dio el teléfono.

—Hay varios ahí. Soy un poco adicto a los pódcasts. Prefiero escuchar a alguien más que estar solo con mis pensamientos. Ya sabes cómo es.

No, no sabía. Yo había pasado la última década sola con mis pensamientos.

—La verdad es que nunca he logrado tomarles el gusto a los pódcasts. Siempre me ha parecido como tener una presencia indeseable en mi cabeza, parloteando. —Un poco como un viaje en carretera con alguien que no se calla nunca.

La lista de pódcasts era como una ventana a la mente de Sebastian. Estaba suscrito a varios sobre música clásica, a otro sobre cómo sobrellevar la vida con varias alergias y unos cuantos sobre economía y criptomonedas. Me detuve en un episodio de NPR.

—¿Qué tal este sobre los arrepentimientos de los moribundos? Bastante *ad hoc* al viaje.

Sebastian sonrió.

—Sí, supuse que ese te gustaría. Lo descargué para ti.

Mi irritación burbujeante se atemperó, como si alguien hubiera apagado una hornilla. El gesto fue inesperadamente conmovedor.

—Gracias. Muy lindo de tu parte. —Lo más probable era que ya hubiera escuchado todos los arrepentimientos en mis años en el trabajo, pero tenía curiosidad por saber si había algunos que no hubieran llegado a mis cuadernos aún.

—Antes de empezar a ir a los Death Cafés, escuché varios pódcasts sobre la muerte… como para probar las aguas —dijo Sebastian, mirando la carretera con ojos entrecerrados—. Al principio fue una tortura; sólo podía escuchar unos minutos a la vez. Supongo que hizo que todos mis miedos en torno al tema salieran a la superficie.

Conecté su teléfono al cable USB.

—¿Qué es lo que más te asusta de la muerte? —Esa era una conversación que no me molestaba tener.

—No lo sé muy bien. —Ajustó las manos sobre el volante y lo golpeteó con los pulgares a un ritmo silencioso—. Lo definitiva que es, supongo. —Dejé que lo pensara un poco más, segura de que continuaría sin mi ayuda—. Por ejemplo, cuando era niño, siempre entraba en pánico por pensar en la muerte antes de dormir. Al principio era culpa cristiana, ya sabes: ¿estoy haciendo todo lo necesario para ir al cielo? El potencial de tener toda una vida para echarlo todo a perder me resultaba aterrador. Había demasiadas reglas.

—Ya veo. —Me imaginé a un Sebastian tamaño infantil metido en la cama, aterrado, y sentí una marejada de compasión.

—Luego, cuando cumplí dieciocho años decidí que no creía en dios, pero no alivió la presión tanto como esperaba. —Se le puso la piel blanca alrededor de los nudillos por la fuerza con la que estaba apretando el volante—. Porque, cada vez que imaginaba que moría, me volvía loco de pensar que eso sería todo. ¿Sabes? Por toda la eternidad, yo ya no existiría. Y, con el tiempo, todo el mundo que me conoció alguna vez también moriría, y yo quedaría en el olvido por siempre. Me hacía sentir aislado.

Me impresionó la claridad con la que articuló sus miedos.

—¿Alguna vez hablaste de ello con alguien?

—Esa es la cosa. —Sebastian me miró con importancia—. De niño, cuando tenía ataques de pánico, corría a la recámara de mis papás y les decía que tenía miedo de morir. Y mi papá me decía

248

que fuera valiente, como tenía que ser un hombre, y que me fuera a dormir.

Era fascinante cómo los padres echaban a perder a sus hijos sin darse cuenta.

—¿Y tu familia nunca discutió la muerte? ¿Qué pasó cuando murió tu abuelo?

Sebastian negó con la cabeza.

—Somos la típica familia blanca, anglosajona y protestante: estoicos hasta el punto de caer en la negación emocional y demasiado orgullosos como para discutir lo que sentimos. O sea, claro que se discutió la logística de las cosas: el funeral, el testamento, esas cosas. Pero no se habló nada más después; mucho menos de lo que significó para nosotros perderlo.

Esperé unos segundos, mientras una camioneta se nos metía por delante.

—¿Cómo crees que a tu papá le haya afectado perder a su papá?

Sebastian cambió de carril y aceleró para rebasar a la camioneta.

—De verlo, pensarías que no le afectó en absoluto. Ni siquiera lloró en el funeral; se pasó toda la ceremonia mirando hacia adelante y luego cumplió con sus deberes de hijo: le agradeció a todo el mundo y esas cosas. —Amasó el volante de nuevo—. Cuando todos se fueron de la casa después del velorio, lo vi sentado en su estudio, con la mirada perdida. Entré y le pregunté si estaba bien. Sólo volteó a verme y dijo con toda calma: «Claro, ¿por qué no lo estaría?» Y eso fue todo lo que se dijo al respecto. —Típica respuesta masculina. Con razón Sebastian tenía tantos problemas con la muerte. Sacudió los hombros como para quitarse las emociones de encima—. En fin, seguro que no quieres oír nada de esto.

—No, sí quiero. —A decir verdad, me halagaba que se hubiera sentido tan cómodo como para abrirse conmigo. Me hizo sentirme más cercana a él, más relajada.

En ese momento, el contacto visual entre nosotros fue breve, pero muy intenso.

—Bueno, está bien. Recuerdo que cuando era niño y hacía preguntas —continuó Sebastian—, como «¿Por qué morimos?» y cosas así, mis papás siempre decían que esos no eran temas apropiados. Entonces se lo preguntaba a mis maestras, quienes se incomodaban y me respondían que les preguntara a mis papás. El único momento en el que en verdad podía hablar de la muerte era en la escuela dominical; y eso, dentro del contexto de asegurarte de ser bueno, mientras estabas vivo para no terminar en el infierno; lo cual, claro, no hizo más que empeorar las cosas.

Me moví en mi asiento para que mis hombros quedaran frente a él.

—¿Por eso empezaste a asistir a los Death Cafés?

—Sí. Me encontré el primero por accidente cuando estaba en un restaurante para… una cita. —Los dos miramos hacia la carretera—. Había un pequeño salón al fondo del local, y alcancé a oír la conversación cuando iba de camino al baño. Le pregunté al moderador si podía sumarme a la siguiente sesión. Al principio, nunca decía nada porque me aterraba hablar sobre morir. Como si al decirlo en voz alta fuera a acercarme más a la muerte, o alguna tontería así. Pero cuando oí a todos contar sus historias y explicar por qué estaban ahí, cuando los vi ser capaces de discutir sobre el tema como si fuera algo normal, comencé a sentirme menos solo.

Los Death Cafés también me hacían sentir menos sola, pero por razones muy distintas.

—La muerte es una cosa normal —argumenté.

Sebastian se tensó, como si las defensas que había bajado por un momento hubieran vuelto a su lugar.

—Para ti, tal vez, pero no para los demás. —Su risa sonó forzada—. Me parece genial que tú te sientas tan cómoda con ella, pero eso es muy inusual, ¿no lo crees? Nadie que conozco quiere hablar de la muerte, nunca.

Sus palabras rasparon la misma herida que los cuestionamientos de Sylvie sobre los contenidos de mi departamento. Un recordatorio más de que estaba desfasada del resto del mundo. De que era una rareza.

Dejé que el silencio se extendiera, en parte como venganza, mientras miraba a una parvada de gansos que levantaba el vuelo desde un campo a un costado de la carretera. Luego tomé su teléfono.

—¿Escuchamos el pódcast?

—Claro… ponlo.

Por primera vez, se veía contento de no tener que hablar.

Presioné «Reproducir» y me volví a acomodar en mi asiento, agradecida por la oportunidad de pasar cuarenta y cinco minutos libres de conversaciones.

38

El pódcast de NPR presentaba historias de personas que habían tenido experiencias cercanas a la muerte y los arrepentimientos que sintieron al enfrentarse con el hecho de que podían morir. La mayoría eran temas recurrentes en mi cuaderno de *Arrepentimientos*: personas que deseaban haber trabajado menos, amado más, corrido más riesgos, seguido sus pasiones. Tristemente, el remordimiento era bastante predecible. Para algunas personas, la experiencia cercana a la muerte fue una llamada de atención; para otras, fue, por desgracia, una lección que pronto quedó olvidada. A final de cuentas, romper los hábitos es muy difícil.

Sonó la música del final del pódcast y estiré la mano para ponerle pausa antes de que comenzara el siguiente episodio. Sebastian se hizo escuchar en cuanto las bocinas se quedaron en silencio.

—Supongo que ya habrás oído la mayoría, ¿no?

—Algunas cuantas. —No quería sonar petulante.

—¿Cuál es el arrepentimiento más extraño que has escuchado?

Mientras veía el borrón de pinos pasar junto a la ventana, pensé en todos los arrepentimientos que había documentado a lo largo de los años.

—Una mujer me dijo que su remordimiento más grande era nunca haber comprado el jabón para platos de lujo que siempre veía anunciado en la televisión.

Era una revelación banal, pero aun así me sentí un poco culpable por haber traicionado la confianza de Helena. Me prometí que lo compensaría esa misma semana comprando el detergente costoso y biodegradable en su honor. Me encantaba su olor: una mezcla de lavanda y lirio de los valles.

Sebastian resopló.

—Debió haber tenido una vida muy buena como para que ese fuera su mayor arrepentimiento.

—Creo que tenía más que ver con que se pasó toda la vida contando centavos y ahorrando, y nunca se permitió darse pequeños gustos como ese. —Sentí que tenía que defender el legado de Helena—. Terminó muriendo con todo ese dinero que nunca gastó.

—Por lo menos se lo dejó a su familia, ¿no?

Me pregunté si estaría pensando en Claudia.

—De hecho, tenía noventa y cinco años y nunca se casó. No tenía familia. Creo que terminó donándolo todo.

—Caray —dijo Sebastian. Empujó sus anteojos hacia arriba—. Eso sería horrible: morir sin que quedara nadie para extrañarte.

—Pasa con más frecuencia de lo que imaginas —masculló, sintiendo un golpe invisible en la boca del estómago.

—Entonces... ¿a veces sólo estás tú con la persona que va a morir? —Se estremeció—. No sería capaz de hacer eso una y otra vez.

—Si no lo hiciera, esas personas morirían solas. —Instintivamente, deslicé la mano entre los asientos para acariciar la maleta de cuero de Abue que estaba detrás de mí.

—No deja de ser extraño que te dediques a eso.

El tono de Sebastian había cambiado. La vulnerabilidad que mostró una hora antes —y la cercanía que sentí con él— se había esfumado. Estábamos sentados a centímetros de distancia, pero era como si estuviéramos cada vez más alejados.

—Creo que es un privilegio estar con alguien cuando deja esta vida. —La voz me temblaba—. Y a veces es algo hermoso.

El golpeteo nervioso del volante regresó.

—¿Hermoso? ¿Cómo? —Sus palabras estaban subrayadas por su agitación.

—Bueno, a veces, sobre todo para la gente que ama la música, organizo un coro del umbral, el cual le canta a la gente para reconfortarla en su lecho de muerte. —Supuse que la música era algo con lo que podría identificarse—. Es increíble ver la diferencia que puede hacer la música, cómo logra calmar a las personas de inmediato, como si les curara el alma o algo así.

Sebastian relajó el ceño que había fruncido por el escepticismo.

—La música puede ser curativa, sin duda.

—Y, aun sin la música, hay una especie de serenidad que inunda a la gente justo antes de morir. Es algo que nunca ves entre los vivos, como si soltaran todo eso a lo que tanto se aferraron y al fin se permitieran ser. Me encantaría que la gente aprendiera a hacerlo antes.

—Pero… —Sebastian apretó los labios y luego sacudió la cabeza—. Olvídalo.

—No, está bien, ¿qué ibas a decir? —Quizá, con un poco de ánimo, volvería a abrirse.

Se reacomodó en el asiento y fijó la mirada en la carretera.

—Sin ánimos de ofender, Clover, pero a veces suenas un poco moralina… y un tanto hipócrita. Digo, tienes toda esa sabiduría de ver a la gente morir, pero ¿cuál es el punto de tenerla si no vas a usarla?

Por segunda vez en cinco minutos, un puño invisible me golpeó el vientre.

—¿A qué te refieres?

—Bueno, de no ser por el anciano, Leo, dices que no tienes mucha vida social, ¿verdad? Y oí que le dijiste a mi abuela que nunca habías salido con nadie. Te apuesto que, si supieras que ibas a morir mañana, tendrías más que unos cuantos arrepentimientos.

Pasó saliva con fuerza y se preparó para mi respuesta.

La rabia me hervía por debajo de las costillas.

«Responde, no reacciones», decía Abue siempre. Sin embargo, en esta ocasión, mi lengua no estuvo dispuesta a negociar.

—Una vida exitosa no equivale a tener citas románticas todo el tiempo, ni mucho menos. —Reconocí el tono desquiciado de mi voz, el mismo que usé en la discusión con Sylvie—. De hecho, diría que es lo contrario. Parece que tú sales con gente todo el tiempo para no sentirte solo y no tener que pensar en quién eres en realidad.

La estruendosa bocina de un tráiler que pasó a toda velocidad junto a nosotros pareció una conclusión satisfactoria de mi declaración. Ambos guardamos silencio, humeando de furia.

—Al menos yo he estado enamorado. —Volteó a verme. Su tono era cortante—. Es imposible acercarse a ti. Hay una diferencia entre ser solitaria y no dejar que nadie entre a tu vida.

El golpe final fue corto, incisivo y el más doloroso de todos. De pronto sentí que el auto se encogía a mi alrededor y que no soportaría estar ni un minuto más ahí adentro.

Avisté una gasolinera a través del parabrisas.

—Detente, por favor —dije.

—¿Qué?

—¡De-ten-te, por favor! —Era la primera vez en la vida que le gritaba a alguien.

Sebastian se metió a la gasolinera y bajó la velocidad hasta que el auto se detuvo. Me bajé y, dando tumbos, logré sacar mi maleta del asiento trasero.

—¿Qué haces, Clover? —exclamó Sebastian.

—Ya veré cómo regreso a Nueva York.

Azoté la puerta y me alejé sin mirar atrás.

39

El día que me enteré de la muerte de Abue fue un miércoles, tres días después de mi vigésimo tercer cumpleaños. Estaba en Camboya, atascada entre un hombre y una mujer en un asiento que se suponía era sólo para dos personas, con mi maleta sobre el regazo y una jaula llena de gallinas atorada en el pasillo. Llevábamos dos horas acomodados como piezas de Tetris, en algún punto entre la provincia sureña de Takéo y la capital (Phnom Penh), traqueteando sobre una estrecha y sinuosa carretera de tierra. Con la frente bañada en sudor, todos los pasajeros conjurábamos juntos el sueño de una pizca de aire fresco, y yo me arrepentía de no haber gastado un poco más en el boleto del autobús, el cual tenía aire acondicionado. La combinación letal del calor, los desechos de gallina y el olor corporal había llevado mis náuseas al nivel de delirio. Lo único en lo que podía concentrarme era en mi respiración.

El tortuoso viaje era el último en mi aventura de dos meses, durante la cual estudié las tradiciones en torno a la muerte de los budistas camboyanos. Mi vuelo de regreso a Nueva York, vía Singapur, estaba programado para el jueves, lo que significaba que llegaría a tiempo a casa para desayunar con Abue en el restaurante el domingo.

No había sentido la calidez de su presencia en casi un año, y la ansiaba.

Antes de Camboya, estuve en la Sorbona en París, terminando mi tesis de maestría en tanatología. Mi pequeña maleta no estaba repleta de ropa, sino de pilas de cuadernos que había llenado con observaciones de mi viaje. Había estado contando los días para poder compartirlas con Abue, y lo imaginaba revolviendo su café, mientras estudiaba cada página a detalle.

Nuestra última conversación había sido un par de días antes, la mañana del lunes... o la noche del domingo desde donde él estaba. Me escabullí de mi litera en el hostal donde me hospedaba. Caminé hasta el viejo teléfono de disco que estaba sobre un banco del área común. Era la única hora del día en la que era posible hablar en paz. La forma en la que el sol de la mañana se colaba por las cortinas me recordaba a nuestro departamento en Nueva York.

—Clover, querida... recién pensaba que hacía un mes que no sabía de ti.

La débil conexión de la línea apagaba el rico tono de barítono de Abue, lo que me hizo extrañarlo todavía más.

—Lo siento, Abue —dije, sosegada por el sonido de su voz—. Debí haberte llamado antes.

A pesar de la pésima señal, su risita profunda era tan entrañable como siempre.

—Supuse que tu cerebro estaba ocupado con cosas más importantes que tu viejo abuelo.

—Mi cerebro siempre tiene espacio para ti... aun si no te llamo para decírtelo tanto como debería.

Pasé todo ese año tan absorta en descubrir el mundo que dejé que nuestras llamadas regulares se volvieran esporádicas.

—No te preocupes, cariño. Sé que cuando no tengo noticias tuyas es porque la estás pasando bien. Y eso me hace feliz. —Cerré los ojos y me lo imaginé sentado en su sillón verde, con una pierna cruzada sobre la otra, mientras el vapor de su café bailaba bajo el brillo de su lámpara de lectura—. Entonces —continuó—, cuéntame de lo que has aprendido en Camboya.

Me pasé el teléfono a la otra oreja en un intento por acomodarme un poco.

—Es muy distinto al mundo occidental.

—Ah, sí, los budistas y su reencarnación.

—Así es. El proceso de la muerte es superimportante para renacer en la siguiente vida.

—Fascinante... ¿Cómo funciona?

—Pues suelen tener a un monje presente cuando alguien va a morir, para preparar a la persona para la siguiente vida. —Me sentía tan orgullosa de ser yo quien le enseñara algo, para variar—. Y hay quienes creen que, después de que el alma deja el cuerpo, suele quedarse en el lugar en el que murió. A veces el alma esta confundida o asustada, así que el monje necesita estar ahí para calmarla y guiarla, y permitirle seguir su camino. La idea de ayudar a alguien a pasar a su siguiente vida... me parece sumamente hermosa.

—Sí, lo es —dijo Abue—. Qué privilegio poder hacer eso por alguien más.

El autobús se sacudió hasta detenerse en una estación de servicio rodeada de campos de arroz. El descanso del sofocante purgatorio sobre ruedas —con los únicos pensamientos de ir al baño y comprar algún bocadillo— duraría veinte minutos. La idea de ver comida o sentarme en un retrete me provocó más náuseas, así que compré una botella de agua mineral y me paré frente a un pequeño ventilador que hacía circular el aire rancio y sin fuerza.

Kios Intranet anunciaba el letrero de cartón rosa neón pegado encima de un viejo monitor junto al ventilador. El wifi del hostal tenía algunos días de no funcionar, por lo que no había revisado mis correos en un tiempo. Deslicé por encima del mostrador las dos mil monedas camboyanos requeridas y las puse frente al dependiente de la estación de servicio, lo cual era equivalente a diez minutos de un irritante y lento acceso telefónico y al internet.

Había seis correos en mi bandeja de entrada. Uno era un recordatorio de mi vuelo el jueves. El segundo era un mensaje de un estudiante al que conocí en Francia, quien quería mi opinión para un artículo. Los cuatro restantes eran de Charles Nelson, colega de toda la vida de Abue en Columbia.

Leer el nombre de Charles me aceleró el pulso.

Leí los correos en el orden en el que los envió. Los primeros eran todas variaciones de «Por favor, llámame en cuanto puedas». El último, enviado sólo una hora antes, iba directo al grano.

Clover,

Sé que estás de viaje en el extranjero, y lamento tener que hacer esto por correo electrónico, pero tu abuelo falleció ayer.

Por favor, contáctame en cuanto recibas este correo, pues hay decisiones que tomar. Saludos,

Dr. Charles Nelson

Mi náusea se transformó en pavor. Hurgué en mi cangurera en busca de mi tarjeta para hacer llamadas internacionales y caminé a tropezones hasta el teléfono público. Marqué el número que estaba debajo de la firma de Charles en el correo.

Tres timbres. Luego tomó la llamada.

—Habla Clover —escupí antes de que él pudiera decir algo.

Charles se aclaró la garganta.

—Ah, sí. Hola, Clover... Veo que recibiste mi correo. Lamento mucho tu pérdida. Y lamento ser yo quien tenga que darte tan mala noticia.

La humedad opresiva hizo que mi respiración angustiosa fuera aún más dificultosa.

—¿Qué pasó? —Alcancé a soltar las palabras, pero se materializaron sólo como un susurro.

—Un derrame, al parecer. —Charles siempre había sido muy pragmático, pero su brusquedad en ese momento me pareció insensible—. Estaba trabajando hasta tarde en su oficina en el campus. El conserje lo encontró desplomado en su silla.

Me froté el esternón, obligándome a jalar aire aunque fuera una sola vez.

—¿Murió… solo?

—Me temo que sí. Lo siento mucho.

Afuera, la bocina del autobús retumbó por la estación de servicio, y los pasajeros formaron una miserable fila para volver a abordar. De algún modo, a pesar de mi caos interno, encontré un dejo de pragmatismo: si quería tomar el vuelo a Nueva York, tenía que subir a ese autobús.

—Charles, lo siento mucho, pero estoy en medio de la nada y mi autobús está a punto de salir. Te llamo en cuanto llegue a Phnom Penh.

Charles se aclaró la garganta por segunda vez.

—Muy bien. Buen viaje. Hablamos pronto.

Volví a mi prisión entre los dos mismos pasajeros, con las gallinas cacareando a su lado. Pero el calor insoportable, la cacofonía de sonidos repelentes y el hedor de los cuerpos sudorosos habían dejado de afectarme. Lo único en lo que podía pensar era en la oscura y diminuta oficina al final del pasillo en la universidad, la oficina que había visitado cientos de veces desde que era niña.

Lo único en lo que podía pensar era en el lugar en el que mi mejor amigo se encontró con la muerte, con nadie a su lado para guiarlo.

40

Me arrepentí de haber abandonado a Sebastian en esa gasolinera en particular. No había nada más que una carretera de dos carriles y campos azotados por el invierno que se extendían en ambas direcciones. La brisa cargaba consigo el hedor fétido y salado de los pantanos de la costa, así como un frío que logró colarse por todos los resquicios de mi ropa.

De frente a la entrada de la gasolinera, me concentré en la pantalla de mi teléfono hasta que el zumbido del auto rentado desapareció a la distancia. Cuando al fin me di vuelta, la única presencia en el estacionamiento era una *pickup* café cuyas puertas abolladas habían sido víctimas de la ira de alguien más.

Sebastian me había dejado.

Las axilas se me empaparon de sudor. Me llevé la maleta al pecho.

Habría dado todo con tal de poder hablar con Abue en ese momento. En un momento de pánico, durante mi primer viaje de mochilazo por Latinoamérica, lo llamé desde un teléfono público solamente para oír su voz calmante y racional durante diez minutos, hasta que se me terminó el crédito.

—Tu sistema nervioso simpático te está manipulando —me diría sin rodeos—. La clásica respuesta biológica: lucha o huida. Lo único que tienes que hacer es retomar el control. Cierra los ojos para eliminar los estímulos externos. Luego, inhala largo y profundo, y exhala muy despacio.

Aunque me había dado esas instrucciones hacía muchos años, de cualquier modo me paré afuera de la gasolinera y volví a recurrir a su enseñanza.

«Ojos cerrados. Inhala. Exhala».

—Ahora, en vez de enfocarte en todo lo que ha salido mal —me diría después—, piensa en el siguiente paso que podrías dar para encaminar la situación en una dirección positiva.

La puerta se abrió de golpe. Un hombre enorme con una camisa de franela a cuadros salió, metiéndose una cajetilla de cigarros a la bolsa de la camisa. Las manchas de sudor le subían por la gorra de camionero como marcas de la marea en la arena.

—Permiso, cariño —nos ladró a mi maleta de cuero y a mí porque le estábamos bloqueando el paso. Al hacerme a un costado, percibí la mohosa combinación de tabaco rancio, cerveza derramada e higiene personal cuestionable.

«Un pequeño paso al frente».

Contemplé la opción de acercarme al desconocido y su maltratada *pickup*.

Al verme, me guiñó un ojo con una sonrisa amplia, pero sin calidez.

—¿Necesitas un aventón?

Pensándolo bien, no parecía ir rumbo a Nueva York.

—Muy amable. —Apreté la maleta con más fuerza—. Pero no, gracias.

—Como quieras —dijo el hombre. De su inquietante sonrisa colgaba ya un cigarro sin encender.

Mientras el estruendo de la *pickup* se alejaba, la adrenalina amenazó con secuestrar mis extremidades.

Había un área de mesas con bancas anexada al edificio —cuadrado y de concreto— de la gasolinera. Quizá mi nerviosismo tenía un poco que ver con que llevaba cinco horas sin comer. Una comida sería un pequeño paso que me haría bien. Después de pasar al baño empapado en desinfectante, puse mi maleta en la mesa que se veía menos pegajosa.

Llamé por la ventanilla a la mesera/cocinera, quien llevaba una red en el cabello y un delantal lleno de manchas de salsa. El vapor de las freidoras envolvía su imponente silueta y se elevaba detrás suyo formando una dramática imagen.

—El menú está arriba —dijo la mujer con voz seca, señalando con un dedo apático hacia el techo.

Un pizarrón sobre su cabeza enumeraba una plétora de opciones con errores de ortografía, la mayoría de las cuales estaban tachadas con gis. Sólo había dos cosas disponibles: hamburguesa con queso y *grilled cheese*.

Supuse que la segunda opción implicaba un menor riesgo de enfermarme de salmonelosis.

—Un *grilled cheese*, por favor.

—¿Quieres un pepinillo con tu sándwich?

—Claro. Digo, sí, por favor.

—¿Café?

—Estaría de maravilla, gracias.

La mujer asintió en dirección de la cafetera que estaba al final de la ventanilla. Luego, deslizó una taza hacia mí.

—Sírvete.

El olor a quemado sugería que la cafetera había estado encendida mucho más tiempo de lo necesario. Me serví una taza, mucho más por el confort que me hacía sentir este acto que para disfrutarla. Me senté en la banca y removí el café, mientras pensaba. Una parte triste de crecer fue darme cuenta de que las respuestas a las preguntas más difíciles en realidad no estaban en el fondo de una taza de café como creía de niña. Le di tres golpecitos al costado de la taza con mi cuchara.

Ahí estaba, una vez más, sola en un restaurante.

Quizá mi reacción hacia la crítica de Sebastian había sido un poco exagerada. Pero básicamente había insinuado, palabras más palabras menos, que mi vida entera era una mentira.

Después de una espera absurdamente larga, considerando que

era la única comensal del lugar, la mesera se plantó frente a mí con un plato, un anémico sándwich de queso mal fundido y un pepinillo miserable.

Le sonreí lo más amablemente posible.

—Gracias, señorita.

—Ajá. —La mujer volvió a su refugio en la cocina.

Mientras mordía con mucha cautela una de las orillas del viscoso sándwich, mi teléfono, que estaba bocabajo sobre la mesa, vibró para anunciar la entrada de un mensaje. Vacilé antes de darle vuelta. Quizá era Sebastian disculpándose, pero no estaba segura de querer eso.

Le di vuelta el teléfono a toda prisa, como si fuera una rebanada de pan tostado caliente.

«Mike, aprovecha las mejores tasas de interés en tu hipoteca».

Spam. No importaba cuántas veces bloqueara el número, seguía recibiéndolos una vez por semana. (Además, quien sea que los enviaba creía, sin duda alguna, que Mike era bastante ingenuo). Volví a mi sándwich e intenté no prestarle mucha atención a la consistencia plástica del queso.

Podía llamar un taxi e ir al lugar de alquiler de autos más cercano. O a una estación de autobús. O a un aeropuerto. Claro, todo eso dependía de si había taxis cerca de aquella gasolinera en medio de la nada.

Mi teléfono se convulsionó con la llegada de otro mensaje que me aceleró el pulso.

Sylvie apareció en mi pantalla.

Tomé una áspera servilleta del dispensador y me limpié la grasa de los dedos.

«Hola, C. Espero que estés bien y que el viaje vaya sin problemas. Ayer estuvo raro… ¿Podemos hablar?».

Una parte de mí quería tomar el teléfono y contarle todo sobre mi pelea con Sebastian; sin duda alguna se pondría de mi lado. Y su voz calmante y sensata me vendría bien.

Sin embargo, como había quedado claro que no conocía a Sylvie tan bien como creía —por no hablar de mi comportamiento del día anterior—, tal vez coincidiría con Sebastian en que yo era rara y patética. Tras borrar el mensaje con el desliz de un dedo cargado de resentimiento, el ardor en mi pecho se transformó en el dolor que mejor conocía: soledad.

Estaba justo en el lugar donde comencé antes de conocer a Sebastian y Sylvie. ¿Qué caso tenía abrirme al mundo si así iban a terminar las cosas? Lo único que quería era acurrucarme en mi sillón, con mis animales, y no volver a salir del departamento.

Pero también tenía a Claudia. Ella, y no Sebastian, era la razón por la que estaba haciendo todo eso. Y si me daba por vencida cuando estábamos tan cerca de encontrar a Hugo —ya habíamos llegado a Maine, a final de cuentas— sabía que me arrepentiría.

«Inhala. Exhala. Da el siguiente paso correcto».

Le pedí la cuenta a la mesera haciendo un gesto de la mano e ignoré el terror que me abría un hueco en el estómago. La mujer anotó algo en su libreta y arrancó la hoja antes de ponerla frente a mí.

—Sé que es difícil aceptar cuando te equivocas, linda, pero a veces es lo mejor que puedes hacer por tu matrimonio.

La miré, confundida, y luego entendí que debió haber visto el dramatismo con el que me bajé del auto.

—No estoy casada —dije, intentando disimular mi pena.

—Ah —respondió ella—. Pues buena suerte a quien quiera que sea ese pobre desgraciado.

Me apresuré a sacar los billetes de mi cartera.

—No me cobró el café, así que puse un par de dólares adicionales. Espero que sea suficiente.

Me levanté de la banca y volví al baño para enjuagarme la grasa de las manos. La maleta de cuero era una acompañante poco apropiada para los estrechos pasillos del baño de la gasolinera. Como si fuera una bola de demolición, tiré un estante con plátanos deshidratados dentro de la tienda. El cajero adolescente me hizo caras

265

por detrás del mostrador, pero no movió un dedo para ayudarme a levantarlo.

Sabía que no podía postergar más mi misión de ese momento. Me alejé tanto como pude del cajero, respiré profundo y presioné el nombre de Sebastian en mi teléfono.

Respondió al primer repique.

—Hola, Sebastian. —No le di la oportunidad de hablar—. Siento… haber reaccionado así. —Lo que quedaba de mi orgullo quedó derramado en el lamoso piso de linóleo—. Lo más importante es que encontremos a Hugo.

—Yo también lo siento—dijo Sebastian con mucha cautela—. No es asunto mío cómo vivas tu vida. No debí haber dicho… lo que dije.

En realidad, no era que Sebastian no creyera lo que me había dicho, pero no podía darme el lujo de fijarme en pequeñeces.

—No sé en dónde estás, pero yo sigo en la gasolinera. —Estudié las fechas de expiración de las latas de Pringles en busca de una que no fuera un riesgo para mi salud—. ¿Crees que podrías volver por mí?

Una pausa llena de estática.

—Mira por la ventana.

Mi mirada pasó de las Pringles a las bombas de gasolina.

Recargado sobre el auto rentado, Sebastian me saludó con la mano.

41

El número en el buzón confirmó que estábamos en el lugar correcto. Pero no había casa, sólo un camino de tierra bordeado por una hilera de abedules que llevaba a un lago. No podía ser ahí; no había nada.

Sebastian volvió a revisar el GPS.

—Sí, aquí es.

Me asomé entre los árboles, pero no vi construcciones por ningún lugar.

—¿Nos acercamos más al lago?

—No hay ninguna construcción por aquí —dijo Sebastian, impaciente—. Si la hubiera, la veríamos.

Sentí cómo se me desinflaba el corazón. Tanto tiempo y energía perdidos en una búsqueda inútil. Gracias a dios, no le dije nada a Claudia sobre el viaje.

—Fue muy tonto creer que lo encontraríamos —dije, apenada por tener que admitir otro de mis fallos frente a Sebastian—. Perdón por arrastrarte, hasta aquí, por nada.

Sebastian asintió en dirección del agua.

—Vamos a bajar y ver el lago. Ya que no hay nadie ahí, no estamos invadiendo.

—Supongo.

De todos modos, era demasiado tarde como para regresar a la ciudad.

El fuerte aroma del aire fresco del bosque atemperó mi decepción mientras nuestras pisadas crujían sobre la corteza caída de los árboles. Había olvidado lo reconfortante que es la naturaleza; ya no iba a Central Park.

—Parece que se llama Lago Megunticook —dijo Sebastian, con un ojo sobre su teléfono—. Hogar del salmón de agua fresca, la perca de sol y el fúndulo.

—¿Te gusta pescar? —No lo imaginaba pescando.

Sebastian frunció la cara.

—Dios, no. No soy muy aficionado a la naturaleza. Creo que soy alérgico al setenta por ciento de las cosas que están aquí. La única vez que mi papá me llevó a acampar fue una tortura. —Manoteó desesperado para quitarse a un insecto invisible de encima. El camino comenzó a subir y luego cayó en una pendiente curva. Nos quedamos en la cima y miramos a un pequeño embarcadero donde un bote de apariencia retro, decorado con una franja azul deslavada, estaba atracado—. ¿Es una casa flotante? —dijo Sebastian, ajustándose los anteojos—. No sabía que había gente que todavía vivía en esas cosas. Mis hermanas me obligaban a ver esa película vieja con Cary Grant y Sophia Loren que era como *La novicia rebelde*, pero en un bote. ¿Cómo se llamaba?

—¿*Hogar flotante*?

—Ja. Sí. Debí suponerlo. Aquella con Kurt Russell y Goldie Hawn en el bote era más graciosa. —Comenzó a bajar por la pendiente. Las suelas de sus Oxfords diseñados para la ciudad se resbalaban en la tierra mojada.

Agradecida en secreto por su valentía investigativa, lo seguí. Un suéter de lana que colgaba sobre la baranda del bote indicaba que alguien había estado ahí hacía poco... o seguía ahí.

Quizá no había sido tan mala idea.

Justo cuando Sebastian puso un pie sobre el embarcadero, oímos una retahíla de ladridos estridentes. Un terrier negro y lanudo salió del interior del bote y se encarreró hacia Sebastian, quien dio un torpe salto hacia atrás. El perro brincó alrededor de Sebastian como si sus patas traseras tuvieran resortes, mientras él intentaba, sin éxito, escapar de la arremetida y exuberante correteada. Me tragué una pequeña risa.

—¡Gus! —Se escuchó la voz de un hombre desde el interior de la cabina del bote—. Tranquilo, muchacho.

Una cabeza de cabello rizado se asomó y se agachó por debajo del marco de la puerta. Cuando el hombre se enderezó, fue casi como si su estatura se hubiera duplicado.

—Hola. —Sus ojos se pasearon entre Sebastian y yo—. ¿Puedo ayudarles en algo?

Gus trotó de vuelta al costado de su dueño; su collar rojo era como una antorcha sobre el pelo negro.

—Ah, sí —dijo Sebastian, aliviado de haber sido rescatado de su entusiasmado atacante—. Estamos buscando a Hugo Beaufort.

—Pues aquí lo tienen.

Sebastian frunció el ceño.

—¿Eres tú?

—Sí, estoy casi seguro de que soy yo. —El hombre entrecerró los ojos, escéptico—. ¿Qué puedo hacer por ustedes?

No podía tener más de treinta y cinco años, y tampoco tenía acento francés. Miré a Sebastian, quien se veía tan derrotado como yo.

—Perdón, amigo… Creo que encontramos a la persona equivocada —dijo Sebastian—. El Hugo al que buscamos debe ser mayor que tú, como unos cincuenta años mayor.

—Ah —respondió el hombre—. ¿Mi abuelo?

—¡Sí! —Sebastian y yo contestamos casi al mismo tiempo.

El Hugo al que teníamos enfrente agachó la cabeza.

—Falleció hace un par de meses.

—Lo siento mucho —dije, de forma casi instintiva.

Gus ladeó la cabeza al oír mi voz; pasó a un lado de Sebastian y corrió por la colina hacia mí. Al agacharme para rascarle las largas orejas, el perro se acurrucó contra mi pierna.

—Gracias —dijo Hugo—. Digo, tenía más de noventa años; no fue inesperado.

—Eso no significa que duela menos —dije para mitigar tanto mi dolor como el suyo.

Los tres nos quedamos en silencio.

—Un momento —dijo Hugo, confundido—. ¿Por qué estaban buscando a mi abuelo?

—Por mi abuela —dijo Sebastian, casi susurrando—. Ella también está muriendo. —Se veía desconcertado, como si pronunciar esas palabras hubiera convertido la pesadilla en realidad. Reconocí el peso del duelo en sus hombros caídos, en la forma en que miraba al suelo.

—Lo siento, amigo —dijo Hugo. Su tono de voz irradiaba empatía. Luego, se quedó esperando a que Sebastian se explicara un poco más.

Sebastian me miró, implorándome que me hiciera cargo de la conversación.

Me acerqué un poco al embarcadero, con Gus a mi lado.

—Creemos que la abuela de Sebastian pudo haber conocido a tu abuelo cuando vivía en Marsella en los años cincuenta.

Sonaba absurdo al decirlo en voz alta, casi sesenta años después. Fue muy ingenuo de mi parte creer que ese viaje rendiría frutos.

Sin embargo, en vez de mirarme como si estuviera loca, Hugo ladeó la cabeza con expresión curiosa.

—¿Se refieren a… Claudia?

Sebastian y yo lo miramos, incrédulos. Gus volteaba a vernos a todos, jadeando con desesperación.

Sebastian puso un pie sobre el embarcadero.

—¿Sabes algo sobre mi abuela?

—Sí, digo… más o menos. —Hugo se rascó la barba incipiente—. Poco antes de morir, mi abuelo me dijo que tenía que contarme algo que nunca le había dicho a nadie. Para ser honesto, creí que me iba a confesar que había matado a alguien o algo así. En vez de eso, me contó la historia de una mujer estadounidense, una fotógrafa llamada Claudia, de quien se enamoró en Francia. Me dijo que ella fue la razón por la que se mudó a Estados Unidos.

—¡Ella es la abuela de Sebastian! —exclamé, intentando controlar la esperanza que comenzaba a inundarme el pecho—. Pero nunca supo que tu abuelo se mudo aquí.

—Qué locura —dijo Hugo. Había heredado la barbilla angulosa de su abuelo y le sentaba bien—. Pero, a ver, si ella no sabía que mi abuelo se mudo aquí, ¿cómo supieron ustedes dónde encontrarme?

Sebastian me señaló con el pulgar.

—Es una superdetective de internet.

Hugo arqueó una ceja.

—¿Ah, sí?

Me arrepentí en lo más profundo de mi ser no haberme cepillado el cabello esa mañana.

—Bueno, en realidad, mi vecina fue la que encontró tu dirección —dije, con la boca repentinamente seca—. Pero encontré una fotografía de tu abuelo entre las cosas de Claudia y ella me contó la historia de cómo se conocieron.

—Vaya. Tengo tantas preguntas. Pero primero… —Hugo extendió la mano—. Sebastian, ¿cierto?

Sebastian le estrechó la mano.

—Cierto.

—Gusto en conocerte, amigo. —Volteó a verme con la ceja arqueada de nuevo—. ¿Y tú eres…?

Supliqué que las mejillas no se me ruborizaran.

—Ehh. Yo soy Clover.

Una sonrisa despreocupada se le dibujó en el rostro a Hugo.

—Como la canción de Etta James, ¿no? ¿«*My heart was wrapped up in clover*»? Siempre me ha encantado esa canción. —Me tendió la mano también—. Mucho gusto, Clover.

Al sentir la dureza de los callos de su mano presionada contra la suavidad de la mía, el brazo me cosquilleó.

—Igualmente.

—Oigan, ¿tienen hambre? —Se pasó las manos por los rizos. Un hábito, al parecer—. Hay un buen *pub* no muy lejos de aquí… tal vez podamos hablar de todo esto con un buen sándwich de langosta. Me encantaría saber más sobre Claudia.

Sebastian movió los pies como si le pesaran.

—Soy alérgico a los mariscos, pero una cerveza no me vendría mal.

—No hay problema. También hacen una excelente tarta de pollo. —Señaló una decrépita Land Rover verde estacionada debajo de un árbol—. Pueden seguirme en su auto. —Volteó a verme—. ¿Qué dices?

Mi sonrisa era extraña, como si le perteneciera a de alguien más.

—Me encanta la tarta de pollo.

Llena de pena propia y ajena, deseé poder canalizar un poco de la seguridad despreocupada de Sylvie en vez de ser tan torpe y rara.

Y, sobre todo, me enfurecía sentir que necesitaba a Sylvie.

42

Asentado en un afloramiento costero, el exterior del Ballenero Curioso le hacía honor a su nombre marítimo. Golpeado por la brisa marina y el aire salado, sus toldos oxidados y pintura descarapelada reflejaban la apariencia curtida y hastiada como la de un viejo lobo de mar.

Hugo nos estaba esperando en la entrada. El cabello se le revolvía con desparpajo con una las pequeñas ráfagas de viento de la bahía.

—Este era el lugar favorito de mi abuelo; comía aquí casi todos los días. —Al ver que me cerraba el abrigo con insistencia, Hugo abrió la puerta y me guio hacia el interior—. Les prometo que adentro hace mucho menos frío. —Una fogata que crujía en un rincón del *pub* hizo realidad la promesa de Hugo. Nos llevó hasta un gabinete de caoba que necesitaba, con desesperación, una capa de barniz—. ¿Puedo tomar sus abrigos?

Sebastian se quitó la chamarra, se la dio a Hugo, y se sentó frente al gabinete.

—Gracias, amigo.

Al intentar quitarme el abrigo de lona de encima, uno de los percheros de madera se me enredó en el cabello; Hugo se acercó y me liberó. Me sentí torpe y poco elegante, como las jirafas recién nacidas que me encantaba ver en el Discovery Channel.

—Gracias —dije, apenas capaz de mirar a Hugo a los ojos. Su mirada era demasiado firme para mi tranquilidad. Me alivió ver a Sebastian ocupado con su teléfono. La presencia de Hugo, de pronto, fue muy evidente.

—Por favor —dijo Hugo, invitándome a tomar asiento. Me acomodé del mismo lado de Sebastian; las enormes extremidades de Hugo quizá necesitaban un poco más de espacio.

Una mujer de cabello blanco, con menús de plástico bajo el brazo llegó, hasta nuestra mesa. Vestía una blusa deslavada de cambray y *jeans*, los cuales parecían tener décadas de uso. Un complejo tatuaje alcanzaba a asomarse por debajo del cuello de su blusa, distorsionado por las arrugas de su cuello.

—Tenía un tiempo sin verte por aquí, querido —le dijo a Hugo. Su voz rasposa debía ser producto de un amorío perenne con la nicotina.

Hugo se estiró y le dio un beso en la mejilla.

—Hola, Roma... Sí, lo siento. Han sido unas semanas un poco ocupadas. Estuve fuera casi todos los días.

—El canto de sirena de la gran ciudad, ¿eh? Bueno, lo importante es que ya estás aquí. —Roma volteó al otro lado del gabinete—. Y veo que tienes visitas.

—Así es. Roma, te presento a Clover y Sebastian.

Me gustó que nos presentara como si fuéramos viejos amigos.

—Bienvenidos al Ballenero Curioso —dijo Roma, tras haberse hecho de una opinión sobre nosotros que no externó. En cambio, transcribió nuestros pedidos sin fanfarrias, se metió la pluma en el chongo y luego volvió a pasar por las puertas abatibles de la cocina, casi con el aplomo de un *sheriff* del Viejo Oeste.

—Entonces... ¿vinieron desde Nueva York hoy? —Cuando Hugo se inclinó hacia el frente, con los dedos entrelazados sobre la mesa, no pude evitar estudiar sus manos. Grandes, pero elegantes a pesar de las cicatrices que las cubrían.

—Sí, salimos desde muy temprano —respondió Sebastian, orgulloso, como si un viaje de siete horas fuera un logro digno de presumirse.

—Sí, yo también prefiero hacerlo todo en un solo tramo —añadió Hugo—. Levantarme antes de que amanezca y ganarle lo más posible al tráfico.

Aquel comentario me intrigó.

—¿Vas a Nueva York con frecuencia?

Hugo apoyó un largo brazo sobre el respaldo del gabinete.

—He estado yendo últimamente. Soy arquitecto paisajista y he estado trabajando como consultor para unos cuantos proyectos con los ayuntamientos de la ciudad.

—Es un trayecto bastante largo —apuntó Sebastian.

—Y que lo digas. Si fuera más inteligente, pensaría en rentar algo allá. —Hugo señaló la tempestuosa bahía que estaba del otro lado de la ventana—. Pero no parezco capaz de alejarme de mis raíces marinas. Igual que mi abuelo.

Me atreví a hacer contacto visual con Hugo, sin saber por qué me ponía tan nerviosa. Pudo haber tenido que ver con que el muslo de Sebastian estaba presionado sobre el mío. Rapidamente auyenté mis nervios para concentrarme en la razón por la que estábamos ahí.

—Entonces… si tu abuelo se mudó a los Estados Unidos por Claudia, ¿por qué nunca se lo dijo? ¿Y cómo terminó en Maine?

—¿Sabes…? No estoy muy seguro —respondió Hugo, con un aire de disculpa—. Nunca me dio demasiados detalles, salvo que dejar que Claudia se marchara siempre fue el más grande remordimiento de su vida. —La revelación casi me mareó. Sí hicimos lo correcto al ir hasta allá. Hugo se quedó pensativo un momento—. Sin duda explicaría por qué el matrimonio de mis abuelos nunca pareció tan afectuoso; eran más bien como buenos amigos —dijo—. Siempre supuse que era algo propio de su generación.

—Sí —concordó Sebastian—. Yo tampoco diría que el matrimonio de mis abuelos fue el más feliz. Mi abuelo era un poco un imbécil. Creo que mi abuela ha sido mucho más feliz en los últimos diez años, después de que él murió.

275

Roma volvió con una bandeja con tragos en una mano. Le guiñó un ojo a Hugo antes de deslizar por la mesa un *bourbon* derecho, una cerveza y un agua mineral con bíters.

Hugo alzó su vaso de agua mineral.

—Salud.

Al chocar los vasos, Sebastian asintió en dirección de la bebida de Hugo.

—¿En onda saludable?

—No del todo —dijo Hugo, de buen talante—. Dejé de beber hace unos años. No me agrada la persona en la que me convierto cuando tomo alcohol, ¿sabes? Resulta que, a final de cuentas, soy mucho más feliz sin el alcohol.

Su relajada consciencia de sí mismo era encantadora... y me hizo repensar el haber pedido un *bourbon*.

—Entiendo. Bien por ti —se apresuró a comentar Sebastian.

Todos tomamos en silencio.

—Pues... me parece increíble que hayan venido a buscar a mi abuelo —dijo Hugo al fin—. Pero ¿qué esperaban lograr con ello? ¿Tu abuela les pidió que lo buscaran?

—No. —Sebastian volteó a verme—. No sabe que estamos aquí.

—No queríamos decepcionarla si no lográbamos encontrarlo —me defendí a toda prisa—. Pero pensamos que, si lo encontrábamos, quizá podríamos ayudarle a ella a cerrar un capítulo antes de que muriera, y decirle a Hugo que Claudia siempre se arrepintió de no haberse casado con él. Al parecer, pasaron un tiempo juntos en Córcega.

—Ah —dijo Hugo—. Eso explicaría porque mi abuelo quiso que esparciéramos sus cenizas ahí. He estado tan ocupado con el trabajo que no he podido hacer el viaje aún.

—Claudia hizo la misma petición.

Me dolió imaginar un amor frustrado que perduró por más de medio siglo, un amor tan profundo, que el último deseo de ambos fue estar cerca de su ser amado.

—¿Dijiste que tu abuelo falleció hace apenas un par de meses? —le preguntó Sebastian a Hugo—. Qué cerca estuvimos. Ojalá lo hubiéramos sabido antes.

—En verdad es una pena —dijo Hugo—. Me imagino que no le queda mucho tiempo.

Sebastian miró su vaso de cerveza con desolación.

—Unas cuantas semanas en el mejor de los casos, según nos dicen.

—Lo siento mucho, Sebastian —dijo Hugo—. Sé lo horrible que es perder a alguien a quien amas.

—Bueno, creo que soy afortunado —dijo Sebastian, acariciando el borde del vaso con el pulgar—. Además de mi abuelo, esta es la primera vez que tengo que lidiar con la pérdida de un familiar. —Suspiró con pesadez y dejó caer los hombros de nuevo—. ¿Alguna posibilidad de que se haga más sencillo cada vez que lo haces?

Hugo parecía afligido.

—Quisiera poder decirte que sí, pero mi madre murió hace quince años y no ha dejado de dolerme. —Vio cómo una lona desprendida se retorcía con la tormenta afuera—. La verdad es que el dolor nunca se va del todo. Alguien me dijo alguna vez que el duelo es como un saco con el que siempre cargas: empieza siendo una maleta y, con el paso de los años, puede encogerse al tamaño de un bolso, pero siempre lo vas a cargar. Sé que suena a un cliché, pero me ayudó a entender que no necesitaba superarlo por completo.

Sentí casi como si Hugo se hubiera estirado por encima de la mesa para abrazarme. Por un instante, mi duelo se sintió un poco menos solitario.

Sebastian me miró.

—¿Tú qué opinas? Tú ves gente morir todo el tiempo.

—Sí, pero porque es mi trabajo.

Los ojos se le abrieron como platos a Hugo.

—¿Tu trabajo es ver gente morir?

—No precisamente —dije, incómoda porque la atención ahora estaba en mí—. Pero sí veo mucha gente morir como parte de mi trabajo.

—Es una doula de la muerte —explicó Sebastian, con un dramatismo exagerado.

—Oh, guau, genial —dijo Hugo. El rostro se le iluminó—. El otro día leí un artículo al respecto. Es una profesión bastante reciente, ¿no?

Aliviada de no tener que entrar en detalles sobre mi ocupación, también sentí una pizca de orgullo.

—El término doula de la muerte sí es muy reciente, pero la gente ha hecho esa labor durante miles de años, de alguna forma u otra. Sacerdotes, monjes y monjas, trabajadoras de hospicios, enfermeras, doctores. E incluso, ahora, sigue siendo un término un poco ambiguo, todo el mundo tiene una interpretación distinta sobre su significado.

—Interesante. —Hugo le dio un sorbo a su bebida sin dejar de mirarme a los ojos—. ¿Y para ti qué significa?

Busqué algún indicio de escepticismo o juicio en su rostro, pero lo único que encontré fue una amable curiosidad.

—Supongo que significa ayudarle a alguien a morir con paz y dignidad. —Sentí cómo las manos me comenzaron a sudar alrededor del *bourbon*—. A veces sólo se trata de que la persona no esté sola o ayudarle a tener sus asuntos en orden antes de irse. Otras veces se trata de ayudarle a reflexionar sobre su vida y trabajar en algunos asuntos que tienen sin resolver.

—¿Como encontrar a un viejo marinero francés desaparecido para decirle que ella siempre fue su verdadero amor? —La gentil sonrisa de Hugo contrarrestaba su tono un poco burlón.

Logré sonreírle de vuelta con timidez.

—A veces, sí.

—Qué idea tan hermosa, ayudarle a alguien a morir con dignidad —ofreció Hugo—. Me recuerda a esa cita de Leonardo Da

Vinci… ¿cómo era? «Mientras pensaba que estaba aprendiendo a vivir, he aprendido cómo morir». Estoy seguro de que has aprendido grandes lecciones con tu trabajo.

Sebastian tosió y fijó la mirada en su cerveza.

Mi cara estaba de todos los colores.

—Sí —dije en voz muy baja—. Pero no he sido muy buena para aplicar las lecciones a mi propia vida.

Hugo se encogió de hombros.

—¿Hay alguien que sea bueno para eso? La mayoría de nosotros no aprendemos las lecciones de nuestras vidas hasta que es demasiado tarde, ¿no? Supongo que lo importante es que hagas tu mejor esfuerzo.

La tristeza me cerró la garganta. Quise poder estar a la altura de la benevolente valoración de Hugo, pero la brutal evaluación de Sebastian de ese mismo día fue mucho más precisa.

Observar el mundo, en vez de interactuar con él, implicaba que no tenía que hacer un gasto emocional. Si nunca me acercaba a las personas, no podían dejarme. O no me dolería si lo hacían. Mejor estar sola por decisión propia… eso era lo único que podía controlar.

Pero en ese momento me di cuenta de que no estaba engañando a nadie. La verdad era que no estaba haciendo mi mejor esfuerzo, sólo estaba viviendo un remedo de la vida que sabía que era posible.

Y me arrepentía de ello.

43

Para cuando salimos del Ballenero Curioso, la llovizna se había convertido en un vendaval. Cada ráfaga de viento traía consigo enormes gotas de agua que desafiaban la gravedad al caer de forma horizontal.

El teléfono de Sebastian timbró dentro del bolsillo de su chamarra, así que hundió la mano para sacarlo.

—Es mi hermana —dijo, frunciéndole el ceño a la pantalla—. Creo que tengo que tomar la llamada.

Hugo y yo dimos unos cuantos pasos para darle un poco de privacidad a Sebastian. Nos guarecimos de la lluvia debajo de un toldo.

—Muchas gracias por la cena. —Las palabras me fluían de la boca mientras me regocijaba en la bruma relajante del *bourbon*—. Fue muy amable de tu parte pagar la cuenta.

Aunque la puso con mucha discreción bajo la botella de cátsup, alcancé a ver la generosa propina que le había dejado a Roma.

—No hay de qué —respondió—. Era lo menos que podía hacer después de que ustedes vinieran hasta acá a buscarme… bueno, a mi abuelo.

—Entonces… ¿este era su restaurante favorito?

Ya que Hugo era mucho más alto que yo, tenía que torcer el cuello para hablarle. La forma en que se agachaba un poco, casi con deferencia, era reconfortantemente familiar.

—Sí que lo era. Debió de haber comido aquí miles de veces a lo largo de los años. Hasta empezaron a servir bullabesa por él. Era lo que más extrañaba de Francia. Bueno, eso y el pastís, claro está.

—Suena a que era muy querido.

Hugo sonrió.

—Muy. Hace unos años, conocía a casi todas las personas del pueblo. A todos les encantaba estar con él y escuchar sus historias de viejo marinero en el Mediterráneo. Pero, hacia el final, la mayoría de sus amigos se habían mudado a asilos o habían fallecido. Fue muy triste, a decir verdad.

—La maldición de la longevidad —dije. Por primera vez en mi vida, no quería que la conversación terminara—. ¿Y vivía en el bote?

Los rizos de Hugo rebotaron al mismo ritmo en el que asintió.

—Antes de que mi abuela muriera, era su refugio cuando quería escapar a su propio mundo. Pero después de que mi abuela se fue, vendió su vieja casa estilo saltbox y se mudó al bote en el lago.

—Yo hubiera pensado que habría querido tenerlo en el muelle, con eso de que era marinero. —Percibí un sutil olor a cedro, quizá con un toque de ciprés, que salía por debajo de la chamarra abierta de Hugo. Por voluntad propia, mi cuerpo se acercó al suyo.

—Supongo que prefería estar rodeado de todos esos árboles —respondió—. Y puedo entender por qué: es muy pacífico. Me encanta sentarme en las mañanas a ver cómo la naturaleza sigue su curso. Hay una familia de colibríes garganta rubí que vive en uno de los árboles que están junto al bote. ¿Alguna vez has visto uno?

—Baten las alas hasta ochenta veces por segundo, ¿cierto? —*Gracias, Abue.*

—¡Cierto! No mucha gente lo sabe.

Mi confianza en mí misma se reforzó.

—Imagino que a Gus también le encanta correr por ahí.

—Recordaste el nombre de mi perro… estoy impresionado. —Ladeó un poco la cabeza en señal de apreciación—. Entonces… ¿te gustan los perros?

—Tengo un *bulldog* que se llama George. Pero no le gusta correr por ninguna parte.

Hugo se rio.

—Típico perro de ciudad.

—Exacto.

Sebastian, que seguía discutiendo con su hermana, fruncía el ceño en dirección nuestra.

—¿Y en dónde van a pasar la noche? —preguntó Hugo para intentar no oír la conversación de Sebastian.

—Reservé un par de habitaciones en un motel a las afueras de Lincolnville. —Me sentía más segura estando a cargo de la logística del viaje.

—Ah —respondió Hugo, con la mirada puesta en Sebastian—. Creí que estaban… juntos.

—Para nada —me reí—. Sólo estoy haciendo mi trabajo, ¿sabes? Tengo que cuidar a su abuela.

—Entiendo. —Hugo se metió las manos a los bolsillos—. Me parece muy bueno de tu parte que te tomes la molestia de intentar darle algún tipo de resolución antes de que muera. Me habría gustado que alguien hubiera podido reunirlos.

Asentí.

—Por desgracia, pasa con más frecuencia de lo que creerías; la gente no se da cuenta de lo que siente por alguien o algo hasta que su vida está cerca del final. —Me apreté el abrigo para protegerme del viento.

—Es una buena lección para todos, ¿no crees? —Hugo se paró de lado para cubrirme de la ventisca con su espalda—. ¿De qué te arrepientes tú, Clover?

Por primera vez en meses, sentí que me era imposible mentir. Las palabras ya habían tomado forma en mi lengua.

—Pues…

Sentí una firme palmada en el hombro.

—¿Lista? —La voz de Sebastian sonaba llena de impaciencia.

Miré a Hugo con un aire de disculpa, pues a Sebastian parecía no importarle haber interrumpido nuestra conversación.

—Sí, supongo. ¿Todo bien con tu hermana?

—Sí, sólo está siendo tan mandona como de costumbre e intentando controlar todo lo que tiene que ver con mi abue, aunque apenas si la ha visitado en todo este tiempo. —Pateó la grava que tenía bajo los pies—. En fin, deberíamos ir al motel. Tenemos que levantarnos temprano.

Por desgracia, Sebastian no parecía darse cuenta de que él podía ser bastante mandón también.

—Claro… ¿quieres que maneje?

Me parecía haber bebido demasiado *bourbon* como para recorrer en la oscuridad carreteras que no conocía. Sin embargo, a juzgar por la forma en que Sebastian se tambaleaba, él estaba más ebrio que yo, y su agitación no haría más que empeorar su estado.

Sebastian frunció el ceño, sin poder mantener el equilibrio.

—Está bien.

Azotó las llaves sobre mi mano y caminó hacia el auto dando largas zancadas.

Presioné el control remoto para abrir el vehículo justo antes de que llegara a la puerta y así no tuviera una razón más para enfadarse.

—Creo que sólo está estresado por su abuela —dijo Hugo con delicadeza.

Su gentileza atemperó un poco el dolor.

—Sí, eso debe ser. —Aunque nuestra discusión de ese día también debió haber contribuido.

—¿Sabes? Las calles de por aquí pueden ser bastante peligrosas. No hay luz, pero sí muchos baches. Y es peor después de unos cuantos tragos. —Hugo esbozó una media sonrisa, mientras se subía el cierre de la chamarra—. ¿Y si me siguen al motel? Estoy casi seguro de cuál es; no hay muchos por aquí. Es el que tiene las puertas azules, de camino a Camden, ¿cierto?

—Sí —dije, recordando las fotografías en la página web. En otras circunstancias, habría sido un lugar perfecto para una escapada romántica—. Si no es mucha molestia, te lo agradecería.

—Ninguna molestia —dijo Hugo ya con las llaves en la mano—. Amigos míos de la preparatoria son los dueños, de hecho. Es un lindo lugar. —Sebastian y yo íbamos en silencio mientras yo me concentraba en encontrar las luces de Hugo en la oscuridad. El motel estaba a sólo ocho minutos de distancia, pero estaba junto a un terraplén y la carretera estaba completamente oscura. Mis sentidos atontados nunca lo habrían encontrado si Hugo no hubiera bajado la velocidad y encendido sus intermitentes—. Fue increíble conocerlos —gritó desde su ventana abierta—. Buen viaje de regreso con Claudia.

El crujir de las llantas sobre la grava se convirtió en el zumbido del caucho sobre el pavimento, mientras Hugo daba la vuelta en U sobre la estrecha carretera de doble sentido y se despedía con la mano.

Mientras Sebastian continuaba con su tormenta de mensajes con su hermana, yo veía cómo los faros de Hugo se disolvían entre la bruma iluminada por la luna, la cual flotaba sobre la carretera como algodón de azúcar.

Perpleja por el peso que sentía debajo de las clavículas, me llevé una mano al pecho.

Había conocido a Hugo sólo por un par de horas, pero, por alguna razón, me entristecía verlo alejarse.

44

Por decimosexta vez en el día, vi a Kevin Costner con el brazo en un cabestrillo. Estoico sobre la pista, miraba hacia la ventana de un avión que enmarcaba el rostro de Whitney Houston. Mientras Whitney le ordenaba al piloto del avión que se detuviera para luego descender por la escalera hacia sus brazos —con su icónica balada sonando en el fondo—, sentí la punzada en mi corazón.

Dolor y euforia al mismo tiempo.

Había pasado una semana desde que volví del viaje a Maine, y la maleta de cuero seguía tirada en el piso de la sala, sin desempacar.

Sebastian y yo apenas si intercambiamos palabras en las siete horas de camino de vuelta a casa, salvo por una breve conversación en algún punto del sureste de New Hampshire sobre Claudia y Hugo. Estaba tan sumergida en mis propios pensamientos, con la cabeza hecha un remolino por ese romance, que salté cuando me habló.

—De ninguna manera le vamos a decir a mi abue nada de esto —afirmó de forma abrupta—. No tiene caso.

Dado que había pasado las últimas tres horas planeando cómo darle la notica a Claudia, me sorprendí un poco.

—Pero saber que Hugo siempre la amó le daría algo de paz. Merece saberlo.

Sebastian dirigió su mirada furiosa al horizonte y apretó el volante.

—¿Merece saber que el supuesto amor de su vida vivió a siete horas de distancia de ella durante sesenta años? ¿Merece saber que pudo haber tenido una vida completamente distinta a la que, al parecer, ahora quisiera no haber vivido; a pesar de que tiene una familia que la ama? De ninguna manera.

Me tragué las palabras de protesta que se habían formado en mi garganta. Su argumento era válido. Debió haberle dolido descubrir que su abuela fue infeliz durante toda su vida de casada. Además, jamás me perdonaría a mí misma que, con tal revelación, Claudia muriera con más arrepentimientos de los que ya tenía.

Pero también, no decírselo me parecía incorrecto.

—Está bien —dije, borrando toda emoción de mi voz de forma bastante notoria—. Tu abuela, tu decisión.

Me dejé caer sobre mi asiento y pasé el resto del viaje mirando por la ventana, mientras Sebastian atemperaba el silencio burbujeante con una procesión interminable de pódcasts.

Para la semana después del viaje me aseguré de programar mis visitas con Claudia en momentos en los que sabía que él estaría trabajando. Después de su sombría opinión sobre las decisiones que yo había tomado en mi vida, parecía que no teníamos mucho más que decirnos.

Con los ojos entrecerrados en la oscuridad, a pesar de que eran las primeras horas de la tarde, encendí la lámpara de lectura junto al sillón de Abue. No había abierto las persianas desde mi enfrentamiento con Sylvie. Seguía sin querer imaginar qué podría estar pasando en la ventana del otro lado de la calle. Me obligué a salir de casa sólo muy temprano por la mañana y en la noche, así que había logrado evitar Sylvie por completo. Y le dije a Leo que me había enfermado y no quería contagiarlo.

Ni siquiera tenía ánimos de ir a un Death Café. Sólo quería estar sola.

Con George acurrucado en mi vientre, me resistí al impulso de ver la escena por decimoséptima vez. El día anterior consumí incontables dosis de la frenética declaración de amor de Tom Cruise a Renée Zellweger. Un día antes, fue Hugh Grant interrumpiendo la conferencia de prensa de Julia Roberts para confesarle sus sentimientos. Pero sin importar cuántas veces las veía o repetía las palabras con ellos, mi realidad no dejaba de doler.

Algunas personas, al morir, no tenían su final feliz; aun si hacía mi mejor esfuerzo por dárselo.

Y eso hacía que las probabilidades de que yo tuviera un final feliz, incluso si no estaba segura de cómo sería un final feliz para mí, se sintieran aún más pequeñas.

Me obligué a apagar la televisión; el ciclo de maratones de películas no estaba anestesiando mi soledad como solía hacerlo. Busqué alguna alternativa en el departamento. Lo único que veía eran recordatorios de Abue —sus insectos congelados en resina, su preciado cráneo de canguro, su brújula de bronce patinado— y supe en ese momento lo decepcionado que estaría de mí. En vez de seguir sus pasos, alimentar mi curiosidad viajando por el mundo y descifrando sus patrones, me convertí en un alma solitaria con un apetito cada vez más grande por la deshonestidad. Era alguien que espiaba a sus vecinos y elegía pasar su tiempo con gente moribunda para no tener que desarrollar relaciones duraderas con nadie.

Sebastian tenía razón: era una hipócrita. Pasaba mis días mirando a la muerte a los ojos y seguía sin encontrar la forma de lidiar con mi propio duelo. Seguía aferrada al recuerdo de Abue, a sus posesiones, a pesar de que se había ido hacía mucho. Y le dedicaba más tiempo a honrar las lecciones y la sabiduría de las vidas de otras personas en vez de vivir la mía.

Pero el ritual del cuaderno era lo único que sabía que podía sacarme de ese estado de desesperanza.

Tomé el volumen de *Arrepentimientos* del librero, cerré los ojos y lo abrí en una página al azar.

Jack Rainer, un abogado de cincuenta y seis años, un sentido del humor ácido y un tumor cerebral inoperable.

«Quisiera haber aprendido la lengua materna de mi esposa».

Conoció a Ditya, una chef repostera, durante un viaje de negocios a Katmandú. El conocimiento de la lengua inglesa de Ditya consistía en letras de canciones que había aprendido gracias a su amor por el karaoke. Pero cuando se mudó a Nueva York para estar con él, Ditya se esforzó por aprender inglés para poder comunicarse con Jack y sus amigos; y, luego, abrió su propia pastelería en Midtown.

—¿Sabes? Nunca me molesté en aprender nepalí porque creía que no me iba a servir de nada —me dijo Jack unos días antes de que el tumor comenzara a impedirle hablar. Ya le había quitado la vista, por lo que hablaba hacia el área general en que estaba y no directamente hacia mí—. Pero el año pasado estaba aburrido en la sala de espera del dentista y lo único que había para leer era un libro de citas inspiradoras. Y había una de Nelson Mandela que decía: «Si le hablas a un hombre en una lengua que entiende, el mensaje llega a su cabeza. Si le hablas en su lengua, eso va a su corazón».

Le puse una mano sobre el brazo.

—Es una idea muy bella. Nunca lo había oído.

—Me hizo entender que todas las veces que le hice un cumplido, se lo hice en inglés. Nunca se me ocurrió siquiera preguntarle cómo se decía en su idioma. Así que, en realidad, nunca le hablé a su corazón.

Coloqué el libro sobre el descansabrazo de la silla y tomé mi *laptop*. Lo más probable es que el nepalí tampoco me sirviera de nada, pero, para honrar la memoria de Jack, podía aprender lo básico. Me inscribí a un curso en línea de dos semanas que comenzaría al mes siguiente.

Un pequeño paso al frente. Comencé a sentirme un poco mejor de inmediato.

Hojeé el cuaderno, pensando en cuántos arrepentimientos podría honrar antes de mi siguiente visita a Claudia.

Alison, una monja que siempre quiso teñirse el cabello de azul.

Una, la presidenta de un banco que nunca patinó sobre hielo en Central Park.

Harry, un carpintero de buen corazón al que le habría gustado ignorar las burlas de sus hermanos y aprendido a tejer.

Quizá adoptaría un hámster en honor a Guillermo.

Y cuando terminara, tal vez sería hora de lidiar con mis propios arrepentimientos.

45

Mis *jeans* seguían húmedos por las repetidas caídas en el hielo. Y, a juzgar por el dolor en mis muslos y nalgas, había ejercitado músculos que llevaban años dormidos. Más tarde, al alejarme cojeando de la Pista Wollman en Central Park, sentí que, pese a todo, había sido de provecho.

Mientras me movía por la pista, retándome a no agarrarme del riel, imaginé a Una patinando a mi lado, sus pómulos elevados ruborizados. Había inhalado el aroma de las castañas asadas en la Quinta Avenida. Me maravillé con las ramas torcidas que contrastaban con la geometría perfecta de los brillantes rascacielos. Me reí al ver a los niños pequeños con sus abrigos enormes, celosa de su centro de gravedad tan bajo, mientras se deslizaban sin miedo alguno junto a mí sobre el hielo. Gracias a Una, jamás me arrepentiría de no ir a patinar a Central Park. Y, con algo de suerte, ella me acompañó en espíritu.

Luego necesitaría comprar tinte azul para el cabello y agujas para tejer.

Mientras buscaba mi teléfono en mi abrigo para googlear mercerías cercanas, lo sentí vibrar con la llegada de una llamada.

Me sentí aliviada al ver que no era ni Sebastian ni Sylvie; era un número que no tenía guardado, así que quizá era una llamada de trabajo. Pero sentía que era demasiado pronto como para comprometerme con un cliente nuevo, aun si a Claudia no le quedaba mucho tiempo.

Di un paso a un costado de la acera para dejar pasar a un grupo de corredores vestidos de neón.

—Hola, habla Clover. —Lo único que oí en respuesta fue un ladrido—. ¿Hola? —repetí, un tanto impaciente.

—Ay, hola, Clover. —El corazón me retumbó el pecho en cuanto reconocí la voz. Otro ladrido exaltado—. ¡Gus! ¡Tranquilo muchacho! —El sonido del teléfono cayendo al suelo—. Perdón, Clover… dame un segundo.

—Sí, claro. —La cabeza me comenzó a dar vueltas con todas las posibles razones por las que Hugo podría estar llamándome; quizá dejé mi bufanda en el Ballenero Curioso.

—Bien, volví —dijo Hugo—. Perdón por eso… Gus quería perseguir a una ardilla. Ay, habla Hugo, por cierto.

—Hola, Hugo. —Esperé a que mi habitual ansiedad telefónica se hiciera presente, pero no ocurrió.

—Espero que no tengas problemas con que te llame. —Podía oír la sonrisa en su voz—. Mis amigos, los dueños del motel en el que te quedaste, me dieron tu número. Si soy sincero, me estuve debatiendo sobre si era algo perturbador, pero decidí que quizá querrías saberlo.

—¿Saber qué? —Una energía inexplicable me vibraba bajo la piel.

—Pues, unos días después de que ustedes estuvieran aquí, decidí al fin revisar una caja de las cosas de mi abuelo que se había quedado en el bote. Tenía meses evitándolo. —Podía identificarme con eso—. Y había una caja de zapatos adentro.

—Ajá…

—Estaba lleno de cartas de Claudia, además de un par que él le escribió, pero nunca envió. Y hay una fotografía de ella también.

Patinar en verdad me dejó las piernas sintiéndose como gelatina.

—¿Leíste alguna?

—Sólo una. —La risa nerviosa de Hugo era entrañable—. Pero era muy íntima. No de forma sexual, gracias a dios, pero sí en su añoranza. Me entristece tanto que nunca hubieran logrado encontrarse.

El tono grave y suave de su voz era relajante.

—A mí también.

—Estaba pensando que a Claudia podría ayudarle ver las cartas, saber que mi abuelo las conservó… si no es demasiado tarde. Me haría sentir que hice una última cosa por él. —Otro ladrido de Gus—. ¿Cómo está?

Pensé en mi última conversación con Sebastian. Quizá las cartas bastarían para convencerlo de que me permitiera contárselo a Claudia.

—No creo que le quede mucho tiempo… una semana, tal vez. Quizá no haya tiempo suficiente como para que las envíes desde allá. —Me pregunté cuánto costaría una entrega exprés desde Maine. Aun si eran varios cientos de dólares, estaría dispuesta a pagarlo si eso me diera la posibilidad de darle una cierta resolución a Claudia.

—De hecho… —comenzó a decir Hugo—, Gus y yo estamos en Nueva York. Tuve que venir por trabajo. —Un camión de bomberos pasó en ese momento para dar veracidad a lo que decía—. Vamos a volver a casa esta noche, pero tal vez podríamos encontrarnos en algún lugar en la tarde para que te dé las cartas.

—Eh, sí, claro. Sería genial. —Con el corazón en la garganta, entré en un frenesí por intentar pensar en un lugar apropiado. Después de la reacción crítica de Sylvie a mi departamento, no había forma de que invitara a alguien más—. Hay un lindo café cerca de mi departamento al que se pueden llevar perros. Te puedo enviar la dirección.

¿Era imprudente aceptar encontrarme con un virtual desconocido tan pronto? O, ya que habíamos cenado, quizá eso nos hacía conocidos. Sólo lo había visto una vez, pero sentía que tenía mucho más tiempo de conocer a Hugo.

—Genial —dijo, alegre—. No puedo esperar a verte, Clover.

Las piernas dejaron de dolerme tanto.

Hugo llevaba puesto el suéter de lana que vi colgado en la barandilla del bote. El tejido de punto de cable se abrazaba a sus hombros anchos mientras él se recargaba en el muro de ladrillo afuera del café donde acordamos vernos. Cuando sonrió en dirección mía, estuve a punto de voltear para asegurarme de que la sonrisa no estuviera dirigida a alguien más. Su calidez era más de lo que creía merecer.

Gus, quien le había estado sacando todo el jugo posible al paraíso olfativo de una acera en Nueva York, trotó hasta donde yo estaba y me puso las patas delanteras sobre los muslos. Le tomé la cara entre las dos manos.

—¡Hola, Clover! —Hugo recortó la correa de Gus para contenerlo—. Qué bueno que hayamos podido hacer esto.

—Me dio gusto que llamaras. —También me dio mucho gusto no haber tenido tiempo para teñirme el cabello de azul.

—Claro. —Esa sonrisa otra vez. Me mostró la caja de zapatos que llevaba bajo el brazo—. ¿Entramos y las leemos con un café?

—Por supuesto. —Me apresuré a cruzar la puerta que Hugo había abierto y tenía detenida para mí y me pregunté si un corazón podía latir ochenta veces por segundo como el aleteo del colibrí.

El café estaba mucho más lleno que la última vez que estuve ahí, con Sylvie. Sentía que habían pasado años, no meses, desde aquel primer café que tomamos juntas. Extrañaba su compañía y consejos sinceros.

La ansiedad me hizo un nudo en el estómago, mientras buscaba una mesa vacía con la mirada. No tenía un plan B y, sobre todo, no quería decepcionar a Hugo. El nudo se aflojó en cuanto vi una mesa desocupada: mi mesa favorita, en la esquina y con una sola silla.

—Tú siéntate. Yo busco otra silla —dijo Hugo.

Se acercó a las dos mujeres que estaban del otro lado de la habitación. Cuando Hugo les preguntó si podía tomar la silla que no estaban ocupando, vi cómo ellas jugaron con su cabello y se rieron como si él les hubiera contado el chiste más gracioso del mundo. Sentí cómo los ojos de las muchachas me escrutaban y cuestionaban mi presencia, mientras Hugo se sentaba frente a mí. Hasta para el mesero que nos llevó los cafés fui sólo ruido de fondo, su atención se centró sólo en Hugo cuando empezó a deslizar las bebidas sobre la mesa entre nosotros. Me sentí agradecida de que Gus tuviera la cabeza sobre mi pierna.

Pero Hugo pareció ignorar a todo el mundo menos a mí.

En las ocasiones en las que salí con Sebastian, siempre parecía distraído y miraba hacia otras mesas, o su teléfono, como si estuviera buscando algo más interesante todo el tiempo. Me gustaba la forma en que Hugo escuchaba con atención lo que yo tenía que decir, se percataba de detalles mundanos y preguntaba al respecto como si en verdad quisiera saber la respuesta.

Estuve cerca de olvidar que estábamos ahí para leer las cartas.

Hicimos todo un recorrido por los sobres amarillentos y logramos trazar una línea de tiempo. Después de que Claudia volvió de Francia en el verano de 1956, continuó escribiéndole al abuelo de Hugo. Las cartas en su mayoría hablaban de lo conflictuada que se sentía por casarse y abandonar su carrera como fotógrafa.

—Parece que él intentó convencerla de volver a Francia y casarse con él —dijo Hugo, escondiendo la carta que tenía en la mano—. ¿Hay más cartas de Claudia?

Me rozó el muslo con la rodilla por debajo de la pequeña mesa al asomarse a la caja. Yo me concentré en revisar los sobres restantes en vez de poner atención en la sensación de mis piernas derritiéndose.

Una carta era más delgada que todas las demás.

—Sólo una. —Saqué la delicada nota y leí la perfecta letra cursiva de Claudia.

Hugo,

Esta vida no fue para nosotros… quizá nos encontremos en otra. Te tendré en mi corazón hasta entonces.

Claudia.

Nos quedamos en silencio, procesando lo definitivas que eran las palabras de Claudia. El ruido del café abarrotado se sentía distante, irrelevante.

—¿Eso es todo? ¿Sin más explicación? —Hugo le frunció el ceño a la nota—. Es bastante duro. Sabiendo lo sensible que era mi abuelo, debió haberle roto el corazón.

Me imaginé la añoranza entre los dos jóvenes amantes, dejando que me recorriera el cuerpo como si fuera mía. A pesar de que sabía que el final de la historia era doloroso, no dejaba de envidiar la intimidad que se percibía entre ellos.

Las cartas restantes estaban dirigidas a Claudia y aún estaban selladas.

—Ninguna tiene timbre o estampillas —dije tras tomar la primera. Se sentía casi ilícito abrirla.

El abuelo de Hugo escribía casi todo en inglés, con destellos de cierto flujo de consciencia en francés.

—«Habitas todos mis momentos en vela y todos mis sueños» —leí en voz alta de una de las cartas—. Vaya. Salvo por su letra casi ilegible, escribía muy bien en inglés. Y para vivir en los cincuenta, estaba muy en contacto con sus emociones.

La tristeza atemperó la sonrisa de Hugo.

—Sí, siempre fue así… Me decía que me quería cada vez que me veía.

—Eso es muy especial. —Le di un trago a mi café con la esperanza de que eso aliviara la punzada de envidia que sentí.

Hugo asintió.

—Fui muy afortunado de tenerlo.

Leí el resto de la carta por encima.

—Parece ser que le respondió, pidiéndole que reconsiderara, pero nunca envió la carta.

—Me pregunto por qué. —Hugo se inclinó hacia mí para ver la carta, y yo percibí su aroma a cedro y ciprés.

—Quizá escribir las cartas fue todo lo que necesitaba para cerrar el capítulo —dije. Noté un pequeño agujero en el hombro del suéter de Hugo—. O estaba respetando su espacio y su decisión. Si lo piensas, es muy honorable de su parte.

Hugo bajó la mirada a la mesa, decepcionado.

—Es sólo que me mata saber que pasó casi toda su vida con el corazón roto. ¿Es raro que desee que él hubiera luchado por ella?

No pude evitar sonreír. Era conmovedor ver la visceralidad con la que empatizaba con el anhelo de su abuelo.

—Creo que es muestra de cuánto querías que tu abuelo fuera feliz. Y me parece muy dulce.

El tesón le arrugó la frente.

—Debió haber intentado decirle que estaba aquí. ¿Qué caso habría tenido, si no, mudarse hasta acá, sobre todo en los cincuenta? Conozco a mi abuelo… no se habría dado por vencido con tanta facilidad—. Pasó las cartas con los dedos—. Parece que esta es la única que no hemos leído.

Se aclaró la garganta y comenzó a leer.

Mi querida Claudia,

Siempre pensarás que la última vez que nos vimos fue a través de la ventana de tu tren, mientras salía de la estación de Marsella, un húmedo día de julio.

En realidad, fue en Nueva York un ventoso día de noviembre, un año después. Fui a aquella librería en Midtown, la que siempre dijiste que era tu favorita. A la que me contaste que ibas siempre que necesitabas sentirte resguardada y a salvo.

Fue una forma de sentirte, aun si no estabas ahí, una forma de quizá tocar los mismos libros que alguna vez tocaste, admirar la misma arquitectura que tú tanto amabas.

Pero ahí estabas, en carne y hueso, con él. Me quedé arriba, en el *mezzanine*, mirándolos con envidia. Te puso una mano sobre la espalda y le sonreíste con ese destello de tus ojos, ese que en mi egoísmo creí que existía sólo para mí.

Vine a Nueva York por ti. Si tú no podías vivir en Francia, yo viviría aquí por ti. Pero ese día en la librería vi que estabas mejor sin mí. Estabas feliz, con alguien que se preocupaba por ti. Así que no dije nada. Sólo te vi alejarte, con la mano entrelazada con la de él.

Tenías razón: esta vida no fue para nosotros.

Te veré en la siguiente.

—¡Guau! —exclamó Hugo, recargado en el respaldo de la silla de roble, que parecía encogerse bajo su enorme espalda—. Eso es todo. Se mudó aquí por ella y nunca se lo dijo.

—Estuvieron tan cerca de estar juntos.

El sólo pensar en ello me entristeció más.

—Debió haber querido que yo lo supiera, o no habría dejado las cartas. —Tomó la caja de zapatos y comenzó a revisar su interior para asegurarse de que no se nos hubiera escapado alguna. Cuando no apareció otra más, volvió a apilar las cartas dentro de la caja y le puso la tapa encima, frustrado. Luego me tomó las manos y me miró con firmeza a los ojos—. Clover, tienes que decirle a Claudia que él siempre la amó.

46

Selma solía recibirme en casa de Claudia; sin embargo, cuando llegué a su casa al día siguiente, quien me abrió fue Sarah, la hermana mayor de Sebastian. No la conocía, pero mi primera impresión de ella fue que la descripción de Sebastian era bastante acertada: alta, refinada y con una expresión perenne de desaprobación.

—Clover, ¿cierto? —Las profundas líneas entre sus cejas sugerían que el ceño fruncido era su expresión facial neutra—. Mi abuela ha estado preguntando por ti. Deberíamos subir.

Se dio vuelta de inmediato, como ordenándome que la siguiera.

En el descanso del tercer piso, dos mujeres que parecían copias distorsionadas de Sarah intercambiaban susurros al oído, las caras rojas y el cabello alborotado. Jennifer era la hermana de en medio; Anne, la más joven y corpulenta. Las dos mujeres me miraron de arriba abajo. Los cuatro hermanos tenían la misma nariz aguileña.

—¿Podemos pasar? —Sarah señaló la puerta de Claudia con un gesto impaciente.

Anne se paró de forma imperiosa frente a la puerta, como si un poder superior la hubiera asignado al puesto.

—Papá está adentro con el doctor. Van a tener que esperar a que terminen.

—¿Está consciente? —Hablé tan suave como pude para apaciguar la evidente lucha de poder.

Las cabezas de las hermanas voltearon todas hacia mí de golpe.

—Sí —dijo Jennifer con solemnidad—. Pero ha estado durmiendo mucho.

—Es muy normal —les expliqué—. Su cuerpo está cada vez más débil, sobre todo si no ha estado comiendo bien.

—Se niega a comer cualquier cosa que no sean donas —dijo Sarah, con la cara apretujada—. Intenté convencerla de que tomara un licuado verde, pero ni siquiera quiso escucharme.

Contuve una sonrisa. Me habría encantado ver la reacción de Claudia ante una propuesta así.

La puerta se abrió; un hombre con la misma nariz aguileña que los cuatro hermanos salió de la habitación, seguido de un hombre con poco cabello.

—Papá, Roger: ella es Clover —dijo Sarah, lacónica—. Ha estado ayudando a Selma y Joyce a cuidar de la Abuela.

—Ah, la doula de la muerte —dijo Roger con una voz resonante—. Cada día me encuentro con más de ustedes. Buen trabajo el que hacen.

—Gracias. —Me sonrojé e intenté evitar la mirada juzgona colectiva de las hermanas—. ¿Cómo está?

Roger cerró la puerta tras de sí.

—Me temo que no muy bien. Diría que le queda un día, más o menos. —Miró a toda la familia de Sebastian—. Sugeriría que todos se despidan, mientras puedan.

Anne sollozó y resopló y se sacó un pañuelo del bolsillo de su faldón. Su padre observaba, estoico, pero no dijo nada. Nadie intentó consolarla.

El pasillo se sentía abarrotado con tantas personas tan cerca unas de otras, y podía oler los cigarrillos en el saco de Roger. La pared bloqueó mi intento por dar un paso atrás y recuperar un poco de mi espacio personal.

—¿Sebastian está en camino? —Sin importar qué sintiera yo por verlo, tenía que estar con Claudia. Jamás hubiera deseado que perdiera la oportunidad de despedirse.

Sarah hizo una mueca sarcástica.

—Dijo que llegaría pronto, pero se está tomando su tiempo, como de costumbre.

Mientras más interactuaba con las hermanas de Sebastian, mejor lo entendía. Con razón pasaba tanto tiempo en casa de Claudia cuando era niño.

—Bueno —dije—. Yo puedo hacerle compañía a Claudia si ustedes necesitan hacerse cargo de otras cosas. —Seguramente necesitaba un descanso de tantas visitas—. Yo les aviso si su condición cambia.

—Gracias. —Sarah pastoreó a todos los demás por el pasillo—. Vamos a estar abajo con Mamá.

Claudia se veía aún más pequeña que cuando la vi dos días antes. Cuando la puerta se cerró, parpadeó varias veces hasta abrir los ojos y logró mostrarme una pequeña sonrisa.

—Ay, gracias a dios. Creí que eras otra de mis nietas que venía a inundarme con sus opiniones exageradas e histeria emocional. —Sus oraciones estaban puntuadas por respiraciones entrecortadas—. Me moría por verte, nunca mejor dicho. ¿Qué caso tiene estar tan cerca de la muerte si no puedes hacer juegos de palabras?

Me senté en la silla que estaba más cerca de la cama y le tomé la mano.

—También me da gusto verte.

—A juzgar por las caras de todos, parece que las campanas ya doblan por mí. —Giró la cabeza para mirarme a los ojos—. Dime la verdad, querida. Eres la única que siempre me dice la verdad.

Le sonreí de vuelta con mucha calma.

—Sí, creo que ya casi llega el momento. ¿Cómo te sientes?

Siempre es difícil reconocer ese momento, mirar a alguien a los ojos y confirmar que su existencia está a punto de llegar a su fin. Pero la convicción de que estaba dándoles la oportunidad de navegar sus momentos finales con gracia y claridad siempre me ayudaba a aliviar mi propia incomodidad.

—¿La verdad? Sé que mi familia tiene buenas intenciones, pero no soporto tanto alboroto. —El distintivo brillo en sus ojos volvió por un breve instante—. He estado fingiendo estar dormida para que me dejen en paz un rato.

—Viviendo bajo tus propios términos hasta el final. Bien por ti. —Podía ver la red de venas que brillaban bajo su piel pálida—. ¿Está bien que yo esté aquí? Te puedo dejar descansar, si quieres.

Claudia me apretó la mano.

—Quédate, por favor. —Poco a poco estaba más alerta—. ¿Qué tal si me cuentas de esa caja de zapatos que traes en las manos? Me imagino que no es un regalo de despedida.

Me puse la caja sobre el regazo.

—De hecho, sí lo es, más o menos.

—¿Ah, sí? —Claudia se animó un poco más—. Cuéntame más.

Había decidido no contarle a Sebastian de las cartas por el momento. Además de la tensión sin resolver después del viaje, me parecía injusto ponerle encima la carga de más detalles sobre el amor perdido de su abuela mientras lidiaba con su inminente muerte. Pensé en cerrar la puerta, pero decidí que sería muy difícil de explicar si alguien intentaba entrar. Acomodé la silla para darle la espalda, lo que me daría tiempo para guardar las cartas, de ser necesario.

—Bueno, después de que me contaste lo de Hugo, investigué un poco con la ayuda de una amiga.

Los ojos se le ensancharon.

—Y… ¿qué averiguaste?

Inhalé y me preparé para decir lo que había ensayado muchas veces ya.

—Descubrimos que se mudó a Estados Unidos poco tiempo después de que tú te fuiste de Francia y vivió en Maine hasta hace poco.

Hice una pausa para dejar que asimilara la noticia.

La confusión le nubló el rostro.

—No entiendo.

—Vino a Nueva York a buscarte. —Quizá fui demasiado efusiva al decírselo—. Pero te vio con tu marido y le pareció que estabas feliz, así que decidió no entrometerse.

No era la versión más romántica de la historia, pero sí un buen resumen.

Las lágrimas le llenaron las pestañas inferiores.

—¿Vino por mí?

—¡Sí!

—O sea que... ¿sigue vivo?

Esa era la parte con la que no ansiaba lidiar. Le apreté la mano con más fuerza.

—Por desgracia, descubrimos que falleció hace un par de meses —dije con tanta dulzura como pude, deseando que hubiera una mejor manera de darle la noticia—. Lo siento, Claudia.

Cuando por fin habló, la voz le salió diminuta.

—Había dado por sentado que tenía mucho tiempo de haberse ido, pero la muerte es menos dolorosa cuando es hipotética.

Miró al techo como si estuviera viendo la película de su vida, editándola para incluir el final que había temido, pero nunca confirmado. Me quedé en silencio hasta que volteó a verme de nuevo.

—Encontramos algo más —dije antes de quitarle la tapa a la caja de zapatos—. A su nieto. Y nos dio estas cartas que Hugo te escribió. Dicen que tú fuiste el amor de su vida, que nadie fue como tú.

Era la primera vez que veía a Claudia abrumada.

—¿En verdad dijo eso?

Le froté el hombro, donde ya casi nada separaba la piel del hueso.

—¿Quieres que te las lea?

Las lágrimas le comenzaron a caer con suavidad, navegando por las arrugas de sus mejillas como el cauce de un río.

—Por favor.

47

Pasé las siguientes dos horas leyéndole las cartas en voz alta, deteniéndome cada vez que Claudia me lo pedía para repetirle ciertos pasajes.

—Recuerdo ese día de noviembre en la librería —susurró, mientras yo doblaba la última carta de Hugo—. Mi marido y yo discutimos porque no me dejaba salir de la casa con pantalones. Estaba furiosa… así que hui a la librería, el único lugar en el que sentía que podía ser yo misma. —Cerró los ojos como para viajar al pasado—. Me encontró ahí y se disculpó como siempre hacía, con todo el carisma que tenía. En ese momento me di cuenta de que, si quería tener hijos algún día, no tenía muchas más opciones que perdonarlo.

—¿Alguna vez pensaste en volver a Francia para estar con Hugo?

La cansada sonrisa de Claudia tenía algo de melancolía.

—Después de que le escribí mi carta final, me dije que, si algún día respondía para intentar convencerme, me iría. —La sonrisa desapareció—. Pero nunca lo hizo.

—Pues… sí lo hizo. Pero nunca envió la carta. Su nieto me dijo que te amó hasta el día en que murió. Siempre fuiste su gran amor.

Los dedos de Claudia alrededor de mi mano se relajaron, y volvió a cerrar los ojos.

—Y él fue el mío.

Con el subir y bajar constante de su pecho, cayó en un sueño placentero.

Que la puerta se abriera de golpe me sobresaltó. Me apresuré a guardar la caja de zapatos en mi bolsa e hice mi mejor esfuerzo por no parecer culpable.

—Hola. —Sebastian estaba parado, sombrío, en el umbral de la habitación. Tenía la bufanda apretada entre los puños—. Supe que conociste a mis hermanas.

—Sí. —Le ofrecí una sonrisita—. No debió de haber sido fácil crecer con ellas.

—Eso es poco decir.

Aun con los anteojos puestos, podía ver que Sebastian estaba exhausto, y parecía que tenía un par de días sin afeitarse. Pero al sonreírme de vuelta con pesadez, me di cuenta de que el resentimiento latente que había yo sentido hacia él desde nuestro viaje había desaparecido. En especial porque, al fin, había aceptado que lo que dijo sobre mi vida tenía algo de cierto, aun si sus modos me parecieron crueles.

En ese momento sólo sentía pena por él. Perder a un ser querido era muy difícil, y no había nada que pudiera hacer para hacer que doliera menos. Me sentí casi tentada a abrazarlo.

En vez de eso, me levanté de la silla y se la ofrecí.

—Claudia acaba de dormirse, pero estoy segura de que le encantará que te sientes y le hables.

El cuerpo se le tensó, pero hizo lo que sugerí. Al cerrar la puerta de salida, lo oí comenzar a contarle a su abuela sobre un pódcast que había escuchado.

La luz de la tarde se reflejaba en la madera color caramelo del *cello* en la biblioteca de Claudia, donde yo estaba sentada hojeando una biografía de Henri Cartier-Bresson.

—Es raro ver a mi abuela en su lecho de muerte, literal, y que nadie en mi familia quiera hablar de ello, ¿no?

Sebastian estaba recargado en un librero junto a la puerta. Cuando bajé por un vaso de agua, su familia estaba discutiendo todo menos aquello que se negaban a aceptar.

—No tanto —dije. Asenté el libro en una mesa—. A mucha gente le cuesta trabajo hablar sobre la muerte, aun cuando está sucediendo. Pero hiciste lo mejor que pudiste por ayudar a tu abuela en el proceso. Sé que te lo agradece.

—Supongo que sí. —Sebastian se sentó a mi lado y tomó el pisapapeles de ballena, que había llegado de algún modo a la mesa de centro—. Pero tú fuiste la que pasó todo ese tiempo con ella.

—Cierto, pero tú fuiste quien me encontró… porque querías ayudarla.

Se pasó la ballena de una mano a otra de forma distraída.

—Es sólo que siento que podría hacer más, ¿sabes? No sólo estar aquí sentado y esperar a que muera.

Miré hacia la bolsa que tenía junto a la pierna, debatiéndome sobre si debía o no contarle de las cartas. Lo más probable era que no hiciera más que complicar las cosas. Quizá podría decírselo algún día, cuando no tuviera las emociones tan a flor de piel.

—¿Crees que ya le dijiste todo lo que tenías que decirle?

—Pues… le dije lo importante que ha sido para mí y que estoy agradecido de que haya sido mi abuela. —Se miró las manos, cohibido—. No decimos «te quiero» en esta familia. Si se lo dijera, se sentiría muy forzado.

Y yo me sentiría como una hipócrita si intentara convencerlo de lo contrario.

—Ella sabe cuánto la quieres, aunque no se lo digas.

—Puede ser. —Su inhalación y exhalación parecieron exageradas… hasta que me di cuenta de que se estaba preparando para decir algo más—. Clover —comenzó a decir. Puso el pisapapeles de vuelta sobre la mesa—. Siento mucho cómo se dieron las cosas en nuestro viaje a Maine y todo lo que dije. Fui un imbécil contigo.

Pero quiero que sepas que creo que eres maravillosa y que lo que haces por la gente como mi abuela es increíble.

No lo había visto venir.

—Ay. Gracias —dije, procesando el cumplido muy despacio—. Y yo siento haber reaccionado como lo hice. Creo que me dolió tanto porque mucho de lo que dijiste era verdad. —Fue sorprendentemente catártico aceptarlo—. Sí uso mi trabajo como un pretexto para no acercarme a la gente. Y hay muchas cosas de las que me arrepentiría si supiera que voy a morir mañana.

Tic-toc. Tic-toc. Tic-toc.

El ritmo del viejo reloj de péndulo de pronto me pareció mucho más fuerte que de costumbre.

Sebastian comenzó a rebotar si pierna sobre el piso.

—Y… hay algo más que debería decirte.

Ya que las últimas semanas habían estado llenas de revelaciones sensacionales, no me sorprendió que hubiera una más. Me preparé para lo que venía.

Se movió para mirarme de frente.

—Sé que dijiste que querías que les pusiéramos pausa a las cosas entre nosotros hasta que mi abue… ya sabes.

—Sí.

—Pues resulta que, más o menos, volví con Jessie. —Me miró con cautela, mientras yo intentaba ponerle cara al nombre—. Nos la encontramos cuando estábamos en el bar aquella vez, ¿recuerdas?

El trío de morenas.

—Claro. Ya recuerdo.

Me preparé para todo lo que las películas y las series de televisión me habían enseñado que debería sentir en respuesta a una noticia así: rechazo, celos, traición, dolor.

Pero lo único que sentí fue un alivio muy, muy grande.

Tuve, incluso, que volver a consultar mis reacciones para asegurarme de que no estaba apagando mis emociones. No, estaba aliviada, sin duda. Pero quizá tendría que fingir estar un poco decepcionada.

—Te agradezco que me lo digas. —Esperé no haber sonado indiferente.

—Claro. —La pierna dejó de rebotarle—. Lamento que las cosas no hayan funcionado entre nosotros. Supongo que no era el momento correcto, ¿eh?

Los golpes en la puerta, por otro lado, parecieron llegar en el momento perfecto. Hasta que vi la expresión en el rostro de Selma.

—Creo que es momento de que vengan —nos dijo en tono parco.

Lo noté en cuanto entramos a la recámara de Claudia: ese olor tan particular, pero inefable de la muerte.

Aunque respiraba con trabajos, Claudia seguía consciente.

—Voy abajo por los demás —dijo Selma, matizando su comportamiento habitualmente oficioso.

Sebastian se paralizó en la puerta.

—Eh… ya vuelvo.

Se dio vuelta de golpe y se alejó.

Me senté a un lado de Claudia y le puse la mano sobre la frente.

—Gracias por darme algo de paz —me susurró—. Hay tantas cosas de las que me arrepiento de mi vida, y tú me estás ayudando a dejarla. Mi alma está un poco menos apesadumbrada para lo que viene. —Se detuvo para tomar aire—. Ya estoy lista para la siguiente vida.

—Estoy segura de que te está esperando ahí. —Ni siquiera sonó como algo que dije sólo por compasión.

Claudia volvió a acomodarse en la espalda.

—Aprende de mis errores, querida. —Cada palabra era más débil que la anterior, el *staccato* cada vez más evidente—. No dejes que las mejores partes de tu vida se pasen de largo porque le tienes miedo a lo desconocido. —Un último guiño—. Sé temeraria, con responsabilidad.

Sebastian reapareció en la puerta, arrastrando su *cello* hasta la habitación; la pica se atascó con una de las crestas de la alfombra. Jaló otra silla junto a la cama y se puso el instrumento entre las piernas.

—Pensé que te gustaría escuchar un poco de música, Abue —dijo con ternura.

Claudia asintió, somnolienta.

Sebastian puso la mano en el cuello del *cello*, los dedos encima de las cuerdas. Asintió mientras contaba para comenzar. Luego jaló el arco por la cuerda más grave para crear una larga nota profunda que se convirtió en una versión lenta de *I'll be seeing you*, de Billie Holiday.

Me puse de pie y caminé hasta un rincón del cuarto, donde estaba Selma, mientras el resto de la familia entraba a la recámara.

Parados alrededor de la cama de Claudia, permitieron que la música de Sebastian dijera lo que ellos no podían.

48

La caminata desde casa de Claudia en el Upper West Side hasta mi departamento tomaba casi dos horas, pero apenas si noté el paso del tiempo. No me importó quedarme atorada entre la hueste de niños de escuela que caminaban en una larga serpiente de dos en dos por la orilla de Central Park. No podían haber tenido más de siete años. Si tenían la suerte de vivir tanto como Claudia, eso quería decir que tenían ochenta y cuatro años por delante. Me pregunté cuánto tiempo pasaría antes de que el brillo de asombro en sus ojos se apague y su curiosidad deje de arder. Cuando vivir se convierta en un hábito más que en un privilegio y los años pasen uno tras otro sin dejar huella.

El mundo se sentía un poco más vacío, como siempre que uno de mis clientes se iba, pero en esta ocasión el agujero era más pronunciado. Es curioso cómo no vemos cuán importante es la presencia de alguien, sino hasta que ese alguien ya no está. Ya había comenzado a extrañar el ingenio y la calidez de Claudia. Sí, murió con arrepentimientos, pero vivió a todo volumen, sin miedo a ocupar su espacio en el mundo, sin perder jamás su sentido de la aventura y jovialidad. Al caminar de vuelta a casa, comencé a darme cuenta de que era la primera vez que encontraba a una mujer cuya forma de encarar la vida era como lo que yo aspiraba.

—¿Qué tal una foto, nena?

Un hombre en un disfraz barato de Batman se paró frente a mí, con las manos sobre la cintura y el pecho echado hacia adelante.

Había estado tan sumida en mis pensamientos que mis pies me llevaron, sin darme cuenta, a Times Square. Aquella cuadra triangular neón que cualquier neoyorquino que se respete evita a toda cosa. Pero, a pesar de los carteles brillantes, los músicos callejeros, la mezcolanza de idiomas y acentos pronunciados a volúmenes intolerables, encontré un cierto consuelo en ese lugar. La energía, el ruido y el movimiento frenético eran señales de vida: de caminos que se encuentran, de recuerdos que se forjan, de sueños de juventud. Y, sobre todo, de una dichosa ignorancia sobre la brevedad de la vida.

Me quedé muy quieta, justo en el centro de todo y dejé que mi cuerpo fuera las algas que se mecen en el mar en vez de un pez que va en línea recta. Cerré los ojos e inhalé la familiar y cómoda mezcla de pretzels ahumados, basura podrida y emisiones de auto, y dejé que el caos auditivo me machacara los tímpanos.

Seguía ahí; seguía viva.

Pero… ¿acaso seguía existiendo sólo por costumbre?

Cuando llegué a casa, George estaba sentado en su cama en medio de la oscuridad. Había olvidado dejar una luz encendida cuando salí esa mañana. Entrecerró los ojos cuando prendí la lámpara, pero, fuera de eso, no se movió. Mientras mis propios ojos se ajustaban a la luz, vi que tenía algo debajo de la mandíbula: el cuaderno de *Arrepentimientos*, abierto sobre la cama. Debió haber caído de la repisa de alguna forma, lo cual era bastante raro, pues estaba muy ajustado entre los demás. Corrí a rescatarlo, rezando porque no estuviera bañado en saliva con los registros ilegibles. George gruñó cuando lo saqué por debajo de su cuerpo.

Exhalé aliviada: todo estaba intacto. Me acomodé en el sillón y miré el cuaderno y hacia sus dos contrapartes, *Consejos*, *Confesiones*, se encontraban en su lugar.

Esos libros no eran sólo una compilación de las últimas palabras de la gente. Eran también un registro de mis encuentros más significativos de mi vida. Desde afuera, yo podría haber ayudado a esa gente, sí. Pero, en realidad, ellos me ayudaron más a mí. Me ayudaron a llenar el vacío de intimidad que había sentido durante toda mi vida. Y al llevar a cabo rituales inspirados en sus arrepentimientos, consejos y confesiones, no sólo estaba honrando la memoria de mis clientes. La verdad era que había usado los cuadernos para evitar tener arrepentimientos al final de mi vida. Pero, en el fondo, sabía muy bien en cuál de ellos terminaría.

Había aceptado al remordimiento como la única conclusión lógica de mi vida.

La pregunta era: ¿cómo podría cambiar eso? Había pasado los últimos treinta y seis años intentando hacerme a la idea de que era muy difícil ser otra cosa más que lo que el mundo cree que eres. Pero ¿qué hay de lo que tú crees que eres? ¿Era posible cambiar lo que creía sobre mí misma?

Respiré profundo y tomé el lápiz con el que solía hacer mis crucigramas.

Encontré una página en blanco en el cuaderno de *Arrepentimientos* y escribí mi nombre en la parte superior.

Clover Brooks
Me arrepiento de no haber corrido más riesgos.
Me arrepiento de haber cerrado mi corazón.
Me arrepiento de haber existido sólo por costumbre.

Sentí que un peso invisible desaparecía de mis hombros. Mientras releía mi entrada, sentí algo distinto a la desolación que había esperado que me consumiera.

Esperanza.

Documentar mis arrepentimientos no los hacía inevitables. Me daba un regalo que no había podido darle a nadie más en ese cuaderno: la posibilidad de hacer las cosas de forma distinta antes de que fuera demasiado tarde. Mis arrepentimientos estaban anotados en lápiz, a final de cuentas.

Me puse de pie y caminé hasta la ventana. Subí las persianas muy despacio y dejé que la luz de los faroles inundara la duela del piso. El pulso me retumbaba en los oídos mientras me preparaba para lo que podría ver. Pero, aunque la ventana del otro lado de la calle estaba iluminada, la sala estaba vacía.

El sonido de copas encontrándose subió desde la calle hasta mi departamento. Me asomé para investigar y vi a una figura conocida parada junto a la puerta. Su cola de caballo meciéndose, mientras ponía varias botellas vacías en el contenedor del reciclaje.

Próximo paso hacia adelante a la derecha

Antes de que pudiera pensarlo demasiado, tomé la bolsa del reciclaje de la cocina y me obligué a salir por la puerta.

Sylvie estaba a punto de volver a subir los escalones hacia la puerta cuando salí. Nos detuvimos —yo arriba, ella abajo— y nos miramos, como esperando a ver quién desenfundaría primero. Sabía que tenía que ser yo.

—Hola, Sylvie.

Nunca la había visto sorprendida, hasta ese momento.

—Ah, hola, Clover. —El signo de exclamación que solía acompañar sus saludos estaba ausente—. Cuánto tiempo.

—Sí, mucho. —Estaba desesperada por romper el contacto visual, pero me forcé a mantenerlo—. Lamento no haber estado un poco más presente. —No era la disculpa que tenía en mente, pero podía ser un punto de partida. Alcé la bolsa de reciclaje—. Uff. Estas latas de comida de gato sí que apestan.

Creí haber detectado una sonrisa en los ojos de Sylvie.

—Supuse que estabas ocupada con el trabajo. —Se recargó en el barandal—. ¿Cómo está Claudia?

—Falleció esta tarde. —Parecía demasiado pronto como para decir esas palabras, a pesar de que eran ciertas. La muerte tenía una

312

extraña cualidad temporal al principio; pasarían unos días antes de que me sintiera lista para documentar sus palabras en el cuaderno de *Consejos*.

—Ay, C, lo siento mucho. —Había olvidado lo tranquilizante que era oírla llamarme así.

Me encogí de hombros.

—Gajes del oficio.

—Sí, pero eso no hace que sea más fácil. Sé que la querías. —Subió un escalón y se detuvo—. ¿Lograron encontrar a Hugo?

Me tomó un segundo entender que se refería al Hugo de Claudia; ni siquiera sabía que el otro existía. Estaba furiosa por haberle ocultado tantas cosas.

Bajé un escalón.

—Más o menos. Es una larga historia. —Era muy tentador escabullirme de la disculpa que le debía, pero si Sebastian podía hacerlo, yo también—. Pero, primero, quiero disculparme por cómo me comporté la última vez que te vi.

Sylvie se cruzó de brazos y sonrió.

—Sí, fue un poco extraño.

—A quién beses y con quién esté casada esa persona no es asunto mío.

—Así es —respondió ella, franca, pero no descortés—. ¿Sabes? Le mencioné tu nombre a Bridget y dijo que no te conocía.

—Y tiene razón. En realidad, no la conozco. —El sudor hizo que las manos se me pegaran a la bolsa de plástico—. Creo que la he visto en la tienda de la esquina unas cuantas veces. Creo que la confundí con alguien más.

—Supongo que sí. —La picardía le centelleó en los ojos a Sylvie—. Pero cuando le dije que vivías un piso arriba de mí, Bridget supuso que debías vivir justo enfrente de ella y Peter, su esposo. Me preguntó si veías muchas comedias románticas de los noventa. —Una extraña risita se me escapó de la garganta. Sylvie parecía disfrutar de hacerme sufrir—. Al parecer, se puede ver el interior de tu departamento desde el suyo. Dijo que nunca te han visto porque tu casa siempre está muy oscura, pero tienen muy buena vista de tu televisión.

—¿En serio? —No sabía si sentirme aliviada o invadida—. Supongo que yo también los he visto unas cuantas veces. Deben ser los que ven *Juego de tronos*.

Segura de que Sylvie no había creído ni una palabra de mi mentira, me preparé para el interrogatorio. Pero este no llegó.

—Por cierto —dijo, en cambio—, Bridget y Peter tienen una relación abierta. Los conocí en Tínder. Y he estado pasando tiempo con los dos y besando a los dos en estas semanas. Me gusta mucho cómo me siento cuando estoy con ellos. Vamos a ir a los Catskills el próximo fin de semana.

—Ahhh. —Dios mío, qué inocente fui—. Perdón por haber insinuado... otra cosa. Y me alegra que estés feliz. —Lo dije en serio.

—Te agradezco la disculpa. —Sylvie dio un paso más y al fin estuvimos en el mismo escalón—. ¿Ya podemos volver a ser amigas?

—Eso me gustaría. —El mundo de pronto se sintió más brillante.

—Genial. ¡Ven a cenar mañana para que me cuentes todo sobre Hugo! —Qué lindo era escuchar ese signo de exclamación otra vez. Sylvie siguió su camino por los escalones hacia la puerta, luego se detuvo—. Ah, Clover, ¿sabes algo gracioso? Bridget dijo que siempre habían bromeado con comprar binoculares para poder ver tu departamento mejor.

Mientras me perdía en las entrañas del edificio, me dio la impresión de que me guiñó un ojo.

49

A pesar de la aseveración de Claudia de que todos sus amigos habían muerto, su funeral estuvo repleto de gente.

Sólo asistía a los funerales de mis clientes si la familia me lo pedía o si existía la posibilidad de que nadie más estuviera ahí. Claudia me lo pidió en persona. Y es muy difícil rechazar la invitación de alguien a su propio funeral.

—Alguien tiene que estar al pendiente de las cosas —me dijo.

De cualquier modo, preferí mantener un perfil bajo. Mientras navegaba los enormes escalones de la entrada de la iglesia estilo gótico en la Avenida Ámsterdam, vi a Sebastian enfrascado en una amable conversación con dos mujeres mayores con complicadísimos sombreros. De la cantidad de veces que lo vi asentir, supuse que no había podido decir una sola palabra aún. Aunque me sentía triste por él, sobre todo en ese momento, me resultó entretenido verlo al fin encontrarse con alguien que pudiera hacerle frente en la producción verbal. Nuestras miradas se encontraron y le dirigí un pequeño saludo antes de ocupar un asiento en la última fila.

La familia de Claudia había respetado por lo menos algunos de los deseos para su funeral que había expresado en su necrocarpeta. Los jarrones con hortensias a lo largo del altar. El animado *jazz* en vez del habitual perverso y deprimente órgano. Sin una enorme fotografía de ella sobre un caballete junto al féretro.

—Esas fotografías siempre son muy desconcertantes y rara vez están bien tomadas —proclamó Claudia cuando se le presentó la opción—. No quiero que todo el mundo sienta que estoy acechándolos.

Pero sí permitió que una selección de sus fotografías favoritas se imprimiera con el programa. Sonreí al verlas. Había un par de imágenes callejeras de Manhattan, pero el resto, en blanco y negro, claramente fueron tomadas en el sur de Francia. La última imagen —la única en la que aparecía Claudia misma— la mostraba en sus veinte, sentada sobre una roca y mirando hacia el Mediterráneo, con una pañoleta de seda atada alrededor de su cabello oscuro. Aun en la escala de grises, su piel brillaba con el baño del sol. Y debajo del arco de sus rodillas, estaba sentado un Jack Russell de tres patas.

Claudia tenía muy claro a quién quería encontrarse en la siguiente vida.

Los dolientes se sentaron unos junto a otros como fichas de Scrabble en sus pequeñas sillas. Una buena parte de los asistentes tenía el cabello cano, pero había mucha gente de mi edad, probablemente amigos de Sebastian y sus hermanas. Intenté imaginar cómo sería tener a tanta gente dispuesta a estar conmigo y apoyarme en mi dolor.

La ceremonia misma no reflejó los deseos de Claudia. En vez de ser corta, alegre y con pocas afirmaciones religiosas, fue larga, sombría y llena de santurronería. Y también bastante aburrida. Esa es la cosa de los funerales: sin importar cuánto intentes controlar las cosas, cuando estás muerta, deja de estar en tus manos.

El crujir de los programas doblados se esparció por toda la iglesia mientras el padre de Sebastian enunciaba un largo, seco y autorreferencial panegírico que no logró capturar ninguna de las mejores cualidades de Claudia. Deseé que todos los presentes estuvieran meditando sobre ellas en vez de escucharlo, pero es muy difícil deducir el estado emocional de la gente sólo de verles la nuca.

El panegírico se prolongó. Al parecer, la verborrea de Sebastian era un rasgo genético. Al pasar la mirada por las primeras filas, lo vi sentado entre Jennifer y Anne, cuyos hombros se movían al ritmo de sus sollozos.

Para evitar bostezar, comencé a contar los arcos en el techo abovedado de la catedral. Ya que Abue me había criado como agnóstica, no había pasado mucho tiempo dentro de iglesias. El drama arquitectónico, de esta en particular, parecía empatar con la personalidad extrovertida de Claudia. Pero al voltear hacia el fondo del edificio, perdí la cuenta de inmediato.

Una silueta conocida estaba bajo el portón de la iglesia, a contraluz. Alto, pero no desgarbado. La cabeza agachada en un gesto deferente, los rizos sometidos con cantidades considerables de producto para concordar con la formalidad de la ocasión.

Hugo. En cuerpo y espíritu... vía su nieto, al menos.

Cuando mi mirada se posó sobre él, alzó la cabeza y volteó directo hacia mí. Sin alejar la mano de su cintura, me saludó de forma discreta, pero con una sonrisa genuina.

Después de devolverle la sonrisa, cuando los dos miramos de vuelta hacia el altar, me di cuenta de que todo el cuerpo me cosquilleaba.

Después del himno de recesión, me escabullí por una de las puertas laterales de la iglesia e intenté no ser demasiado obvia en mi búsqueda de los rizos entre el mar de cabezas. No fue muy difícil encontrar a Hugo al pie de los escalones; es difícil pasar desapercibido cuando mides treinta centímetros más que todos los demás. Siempre sospeché que la razón por la que Abue usaba colores neutrales y verdes tenues era para camuflar su estatura con el entorno urbano.

El segundo saludo de Hugo fue mucho más entusiasta que el primero. Caminó hacia mí y se detuvo un escalón abajo para que la elevación disolviera la diferencia de estaturas.

—Hola, Clover —sonrió. Me gustaba cómo el volumen de su voz era siempre amable, como si estuviera en una biblioteca o si las luces estuvieran apagadas justo antes del comienzo de una obra de teatro.

—Hola, Hugo. —Era extraño sentir tanta familiaridad con alguien a quien apenas si conocía.

—Espero que no haya problema con que esté aquí —dijo, mirando a su alrededor, a los demás dolientes—. Después de que me escribiste para decirme que Claudia había fallecido, pensé en lo mucho que había significado para mi abuelo que viniera a dar el pésame a nombre suyo. Cuando me enviaste el *link* a su esquela y vi que el funeral sería aquí, supuse que podría mezclarme con la gente. —Se tocó la cabeza—. Bueno, tanto como mi altura lo permite.

—A Claudia le habría encantado saber que estuviste aquí. —Ya que estábamos casi a la misma altura, alcancé a ver los destellos ambarinos en sus iris grises—. Leer esas cartas y saber que tu abuelo vino a buscarla en verdad le ayudó a encontrar algo de paz.

—Sólo me alegra que haya podido verlas antes de… ya sabes. —Hugo se ajustó el cuello del abrigo. Se veía muy distinguido con su atuendo formal.

—Llegamos justo a tiempo. —Miré por encima de su hombro con la esperanza de que la breve interrupción en el contacto visual me calmara los nervios—. Tengo las cartas en mi casa, si las quieres de vuelta. Te las iba a enviar por correo.

—Sí, me encantaría tenerlas, si no es molestia. Leerlas me hizo sentir mucho más cerca de él, ¿sabes? Pude conocerlo como a un hombre joven y no sólo como a mi abuelo.

—Claro. —Vi a Sebastian subir los escalones hacia nosotros, con Jessie detrás, con un vestido corto y rosa que, a pesar de mis limitados conocimientos de moda, no parecía apropiado para un funeral—. Estaba pensando que tal vez podría escanearlas primero, si te parece. No le he contado a Sebastian sobre ellas, pero quizá quiera verlas algún día.

—Es una gran idea. —Cuando Sebastian apareció a su lado, Hugo le extendió la mano—. Hola, Sebastian. Lamento mucho tu pérdida. Aunque sepas que va a pasar, no se vuelve más fácil.

—Gracias, amigo. Lo aprecio. —Sebastian me miró de reojo y luego de vuelta a Hugo, como si estuviera juntando las piezas de un rompecabezas.

—Espero que no te moleste que haya venido —dijo Hugo—. Vi el anuncio del funeral y quise venir a darles el pésame.

La explicación pareció relajar a Sebastian un poco.

—No, para nada... Es una lástima que no hayas podido conocer a Abuela.

Hugo se tocó el bolsillo del saco.

—Me hace mucha ilusión leer el programa; su fotografía era hermosa. —Miró a Jessie, quien estaba detrás de Sebastian, un poco tensa—. ¿Qué tal? Soy Hugo.

Sebastian parecía recién haber recordado que ella estaba ahí.

—Sí, claro. Perdón. Ella es Jessie. —Me lanzó una pequeña mirada—. Y ustedes ya se conocen.

Jessie rozó un brazo, en forma casi posesiva, por el codo a Sebastian.

—Ah, sí, en el bar... ¿cómo te llamas? —Su voz era tan empalagosa como recordaba.

—Clover.

—Qué lindo —dijo de una forma que me hizo preguntarme si era un cumplido o no.

—¡Sebastian! —Sarah caminaba con paso firme hacia nosotros, manteniendo el equilibrio sobre los tacones de aguja y con un bebé inquieto en brazos—. Vamos a volver a la casa para terminar de preparar todo para el velorio. Ay, hola, Clover... qué bueno que viniste. —Miró a Hugo con un dejó de incertidumbre.

—Hola, Sarah —dije a toda prisa—. Él es Hugo.

Los ojos de Sarah pasaron de Hugo a mí y de vuelta.

—Gusto en conocerte. ¿Nos acompañarán al velorio?

EL rostro se le iluminó a Hugo.

—Sin duda.

Por primera vez desde que la conocí, el rostro de Sarah parecía sugerir que aprobaba algo.

—¡Maravilloso! —Su expresión se tornó autoritaria al dirigirse a su hermano—. ¿Vienes con nosotros, Sebastian?

Sebastian se irguió como un cachorro al que le dan una orden.

—Ya vamos —dijo mientras nos miraba como para intentar descifrar qué fue lo que le pareció tan agradable a su hermana—. Supongo que los veré luego.

Había planeado pasar sólo una hora en el velorio para cumplir con las formalidades, así que estuve muy agradecida cuando Hugo me dijo que tenía que irse y preguntó si quería que me llevara.

—Dijiste que vivías en el West Village, ¿cierto? Yo estoy quedándome con un amigo en Brooklyn. Te puedo dejar en el camino, si quieres.

—Estaría muy bien. —No iba a permitir que me dejara ni siquiera a unas cuadras de mi departamento.

Busqué a Sebastian por la sala abarrotada de gente y me di cuenta de que era la primera vez que veía esa habitación con algo de vida adentro. Las mujeres de los sombreros de la iglesia se habían apoderado de él de nuevo. Aunque estaba en secreto aliviada de que nuestra despedida pudiera reducirse a sólo un intercambio de señas a la distancia, sentí un pequeño pinchazo de tristeza. Habíamos pasado tantas cosas juntos en tan sólo dos meses; sería raro no tenerlo cerca. Quizá podríamos ser amigos algún día.

Al sortear una seguidilla de neoyorquinos bien vestidos en el corredor, una mano me tomó el antebrazo. Con un niño inquieto distinto en brazos, Sarah se alejó de su marido y se acercó a mi oído izquierdo.

—Ese chico tuyo es muy guapo. —Apuntó con la cabeza hacia Hugo, quien me esperaba paciente junto a la puerta—. Bien hecho.

—Ay, gracias. —Me sonrojé, pero no me tomé la molestia de corregirla. La vergüenza que me causó su comentario, pronto se transformó en un discreto orgullo.

Si bien Sarah y Claudia no tenían las mismas opiniones en cuanto a los licuados verdes, sus gustos en hombres parecían tener un cierto lazo de sangre.

Cuando el Lyft se detuvo frente a mi edificio, sentí como si hubieran pasado sólo unos minutos desde que dejamos el Upper West Side. Hugo se asomó a los asientos delanteros para dirigirse al conductor, un muchacho de alma alegre llamado Dimuth.

—Oye, amigo, ¿podrías esperar un par de minutos, por favor? —Le dio un billete de veinte a Dimuth—. Por el tiempo adicional.

Estábamos al pie de los escalones; el brillo de la tarde se apagaba de a poco para convertirse en ocaso.

—Fue muy bueno verte —me dijo—. Quisiera no tener que dejarte y correr, pero le prometí a mi amigo que lo vería para tomar algo. Y, como estoy durmiendo en su sofá-cama y está cuidando a Gus, no puedo decirle que no.

—No hay problema. —Hice mi mejor esfuerzo por sonar casual—. Te agradezco mucho que me hayas traído.

Dimuth nos observaba, ansioso.

Hugo se metió las manos a los bolsillos y miró hacia las copas de los árboles por un instante.

—Pues… voy a estar toda la próxima semana en la ciudad. —Volvió a mirarme—. Tal vez podríamos ir por otro café… ¿y podrías darme las cartas?

Claro, lo que quería eran las cartas. Me avergonzó haber siquiera pensado en otra cosa, aunque fuera por un segundo.

—Sí, claro… Las escaneo mañana para que te las puedas llevar cuando quieras.

—¡Perfecto! Yo te escribo. —Me tocó el hombro un instante—. Me alegra que nos vayamos a ver de nuevo tan pronto.

La decepción y la esperanza se batían en duelo dentro de mi pecho.

—A mí también.

Mucho tiempo después de que el Lyft se hubiera alejado, yo aún podía sentir su presencia.

50

Hugo cumplió con su palabra y me mandó un mensaje sugiriendo que el domingo nos viéramos en Washington Square Park. Claro que no me habría molestado que, en vez de eso, me llamara. También había hecho planes de jugar *mahjong* con Leo esa noche, pues había estado tan ocupada con lo de Claudia que teníamos varias semanas sin jugar. Una tarde con Hugo seguida de una velada con Leo parecían los componentes de un día casi perfecto.

Al echar mi cartera y mis llaves en una bolsa de asas junto con las cartas, reconocí la sensación que se apoderó de mi estómago. Era la que sentía cada vez que estaba a punto de abordar un avión para ir a un destino desconocido: una mezcla alegre de nerviosismo y emoción. Y hasta ese momento no me había dado cuenta de lo mucho que la extrañaba.

Ese domingo fue el primer día del año lo suficientemente cálido como para salir a la calle sin abrigo. Bajo la suave luz del sol, el parque empezaba a sacudirse de la pasividad invernal. Los jardines parecían un collage de manteles para pícnic. En la orilla de la fuente había parejas encaramadas, y en los senderos encontrabas al ocasional músico callejero.

Vi a Hugo bajo el arco, con dos tazas desechables en las manos, intentando no salir en las fotos de los turistas. Al caminar hacia él, sentí que una fuerte brisa me impulsaba sólo a mí, sin que agitara las copas de los árboles.

—¡Hola! —Más que mover la mano, Hugo meneó los dedos porque era lo más que podía hacer con las manos ocupadas. Se había arremangado el suéter hasta los codos, lo cual dejaba entrever que se había tatuado un dibujo lineal botánico en el antebrazo derecho.

—¡Hola! —contesté con más entusiasmo del que había querido.

—Dado que al fin tenemos un día soleado, pensé que quizá te gustaría pasear por el parque en lugar de ir a un café repleto de gente.

—¡Qué buena idea! —contesté con franqueza. Moverme me ayudaría a sentirme menos nerviosa.

Hugo me pasó una taza.

—Negro y sin azúcar, como lo tomaba tu abuelo, ¿cierto? Yo tomaré té.

Aquel gesto tan considerado me tomó desprevenida; esa información la había mencionado de paso en el velorio.

—Me sorprende que lo recuerdes.

Hugo se encogió de hombros.

—Disfruto mucho fijarme en los pequeños detalles. —Bajó tanto la mirada como el tono de voz—. Pero no se lo vayas a decir a nadie, por favor. A algunas personas las desconcierta lo mucho que recuerdo sobre ellas.

—Todos tenemos secretos —contesté con una solemnidad fingida—. Por fortuna para ti, soy muy buena para guardarlos.

—Bueno, en ese caso, espero también conocer los tuyos. —Hugo inclinó ligeramente su taza para señalar la fuente al centro del parque—. ¿Quieres ir a ver las telenovelas del paseo canino? Es uno de mis gustos culposos.

Por lo regular, tomar el paseo canino me recordaba lo mucho que extrañaba a Abue, pero esta vez intuí que sería menos doloroso.

—Me encantaría.

—Debimos traer a Gus y a George para que se conocieran. —Aunque no estuviera sonriendo, su mirada transmitía alegría.

—Quizá en otra ocasión. —No entendía por qué, pero me parecía algo demasiado íntimo. Con el rostro sonrojado, le entregué a Hugo la bolsa de tela con las cartas—. Más vale que te las dé de una vez, pues para eso estamos aquí.

Hugo examinó el logotipo de la bolsa de tela.

—¿Eres representante de la Biblioteca Pública de Nueva York?

Me sonrojé. Por fortuna no había tomado una bolsa de tela del supermercado.

—Podría decirse que soy un ratón de biblioteca.

—Qué bien —dijo Hugo, mientras caminábamos hacia el paseo canino—. Ahora que todo el mundo está pegado al celular, los ratones de biblioteca somos una especie en peligro de extinción. ¿Cuál es el último libro que más has disfrutado?

Me agradó sentirme incluida en ese somos.

—Acabo de terminar uno de Martha Gellhorn que me encantó.

—¿Había pedido doble carga de *espresso*? Sentía el cerebro en alerta máxima.

—Ella era periodista, ¿cierto? Escribió sobre la Guerra Civil Española, ¿no?

—Sí, esa misma. —Caray, definitivamente tenía buena memoria para los detalles—. Claudia me la recordaba mucho. Qué pena que haya abandonado su carrera fotográfica.

—Sí, por muchas razones —dijo Hugo, alzando la mirada al cielo con los ojos entrecerrados—. ¿Crees que estén juntos? ¿Claudia y mi abuelo?

—Eso espero —contesté, aunque estaba segura de que sí lo estaban.

Hugo le dio un sorbo a su té.

—Me gusta mucho eso que ella escribió en su última carta: «Esta vida no fue para nosotros… quizá nos encontremos en otra». Es lo más pragmático del mundo. O sea, tal vez tenemos diferentes temas pendientes con las mismas almas en cada una de nuestras vidas. Y las cosas no siempre salen como nos gustaría en cada una de ellas.

—¿Cuál habrá sido su tema pendiente en esta vida?

—Qué buena pregunta. —Hugo sonrió—. Pero creo que sólo ellos podrían contestarla. Quizá si tienen una segunda oportunidad, que en la siguiente nos lo cuenten.

—Quizá. —Me parecía una idea encantadora.

—En fin, ¿cuál querrías que fuera tu segunda oportunidad? O sea, en esta vida —preguntó Hugo en tono casual, como si fuera normal hacerle ese tipo de preguntas filosóficas a una virtual desconocida.

Pero me sorprendió la facilidad con la que me vino a la boca la respuesta y lo natural que me pareció compartírsela.

Inhalé profundo, despacio.

—Ojalá hubiera estado con mi abuelo cuando murió. —Avanzamos unos cuantos pasos en silencio, sin que Hugo intentara llenarlo—. En ese entonces yo estaba de viaje en Camboya. Sufrió un derrame cerebral en su oficina en Columbia. Era muy noche, y murió… solo.

Otros pasos silenciosos.

—Lo lamento mucho, Clover. Debe haber sido devastador no estar con él en esos momentos.

Me tensé de pies a cabeza.

—Sé que suena tonto, pero desearía poder pedirle perdón por haber estado del otro lado del mundo cuando más me necesitaba. —Al decirlo en voz alta, sentí como si se me quitara un peso de encima que había estado cargando durante años sin darme cuenta.

Hugo eligió con cautela sus palabras.

—¿En parte por eso te dedicas a estar con otras personas en el momento de su muerte?

Me avergonzó que fuera capaz de descifrarme tan rápido. En cierto modo era un tanto egoísta trabajar como doula de la muerte. No sólo quería resolver los arrepentimientos de los moribundos, sino también los míos.

Claro que Abue podría haber muerto solo en su oficina aunque yo hubiera estado en Nueva York, pero al menos podría haber pasado con él los últimos días de su vida. En vez de eso, llevaba un año entero sin verlo frente a frente, pues había dado por sentado que seguiría ahí cuando yo volviera. Lo peor de todo era que no había atesorado los detalles que en ese entonces me parecían irrelevantes, pero que ahora extrañaba profundamente: la forma en que revolvía el café, el sonido que hacía cuando se frotaba la barba incipiente, el estruendo de su risa. Cuando alguien ha estado ahí siempre, es fácil pensar que lo seguirá estando. Pero un día, de repente, todo cambia.

—Supongo —contesté. Reconocerlo en voz alta hizo que algo se acomodara dentro de mí. Hugo planteó la pregunta con tanta dulzura y con tan pocos prejuicios que la vergüenza se fue disipando.

—Bueno, por lo que me has contado de él, no creo que se le dificultara perdonarte. —Hugo se detuvo y volteó a verme a los ojos—. Tal vez la que tiene que perdonarse eres tú.

Esas palabritas abrieron la puerta del dique y liberaron el río de emociones que llevaba años reprimiendo. Temí quebrarme ahí, en medio del parque.

—Perdón —dije e inhalé profundo para recomponerme—. No sé si puedo hablar de estas cosas.

Con mucho cuidado, Hugo me puso una mano en el hombro y cambió de postura para instarme a mirarlo a los ojos.

—No tienes por que hacerlo —dijo en voz baja—. Es tu duelo y eres tú quien debe procesarlo a tu propio ritmo, de la forma que mejor te funcione. Nadie tiene derecho a decirte cómo hacerlo. Sin embargo, si un día quieres hablarlo, con mucho gusto te escucharé.

—Gracias —contesté. A pesar de su sonrisa, su expresión reflejaba una pizca de dolor. Luego bajó la mirada hacia su taza de té.

—Mi mamá murió cuando yo estaba en la universidad. Cáncer de ovario —dijo—. Recuerdo que me enfurecía que la gente tratara de reconfortarme. Decían cosas como «ahora está en un mejor lugar» o «al menos pudieron disfrutar el tiempo que pasaron juntos» o «ella no querría que estuvieras triste». Lo único que quería era gritarles. Sentía que mi aflicción les incomodaba y por eso querían que superara el duelo. —Se pasó la otra mano por el cabello—. Creo que por eso me aficioné al alcohol en esa época, para anestesiar mis emociones porque nadie entendía lo que estaba viviendo.

—Te entiendo. —Hice una pausa—. Aunque mi forma de anestesiarme es viendo comedias románticas sin parar. —Jamás habría compartido un detalle de esa índole, pero la vulnerabilidad de Hugo era inspiradora.

—Bueno, no tiene nada de malo hacer maratones de pelis de Sandra Bullock. —Con la barbilla, Hugo señaló el paseo canino—. Pero creo que nos estamos perdiendo la telenovela canina del momento. ¿Seguimos?

—Sin duda. —Me sentía mucho más tranquila. ¿Qué me estaba haciendo Hugo?

Al llegar al paseo canino, vimos a dos *golden retrievers* hostigando a una *poodle* gris con sus invitaciones a jugar. Mientras los otros dos daban brincos a su alrededor, la *poodle* se había quedado muy quietecita, como si estuviera deseando camuflarse con el entorno.

—Creo que alguien tiene que hablar seriamente con esos muchachos para que le bajen a su intensidad —dijo Hugo.

Estrujé el anillo de cartón de mi taza de café.

—O quizá es una oportunidad para que la *poodle* salga de su zona de confort.

—Me gusta tu forma de pensar —dijo Hugo y apoyó los antebrazos de forma casual sobre la reja, como si estuviera en paz consigo mismo y con el mundo.

De pronto me hice consciente de mi aliento cafeinado.

—¿Cuándo volverás a Maine?

—Bueno, resulta que me quedaré aquí unos cuantos días más —dijo—. Me ofrecieron un buen trabajo para diseñar jardines de techo en escuelas públicas. Esta semana tengo un par de reuniones con ellos para discutir los detalles y decidir si me conviene aceptarlo.

—Suena muy interesante —dije—. ¿Qué te detiene?

Hugo estaba mirando fijamente a una *corgi* regordeta que se contoneaba con orgullo, llevando en el hocico una rama del doble de su tamaño.

—Supongo que implicaría tener que vivir aquí al menos seis meses para supervisar el proyecto. Tengo que determinar si quiero volver a salir al mundo, por decirlo de alguna forma. Ya me gustó la soledad de la casa flotante. Es un poco raro, pero disfruto el aislamiento.

Atesoré los detalles que me compartió sobre sí mismo como si estuviera atrapando luciérnagas en un frasco.

—No me parece raro.

Hugo señaló a la *poodle*.

—Sí, pero quizá ya es hora de obligarme a salir de mi zona de confort. Porque ahí afuera es donde están las mejores cosas, ¿cierto?

—Eso dicen —contesté—. Aunque yo también tengo mucho tiempo sin hacerlo. No soy muy arriesgada que digamos.

—Quizá sea un buen momento para que ambos empecemos a serlo. —Arqueó las cejas, como si me estuviera desafiando—. ¿Qué hay de ti? ¿Qué harás ahora que se terminó este trabajo?

La *corgi* se nos acercó para enseñarnos su rama, así que me agaché para acariciarla a través de la reja.

—Además de jugar *mahjong* con Leo, mi vecino de ochenta y siete años, y pasar tiempo con mis mascotas, lo más probable es que durante los próximos días me dedique a leer cuantos libros pueda sin necesidad de salir de casa.

—Qué gran plan. —Hugo se agachó para acariciar a la *corgi* también—. Es muy lógico que necesites darte un tiempo de descompresión después de un trabajo como el que hiciste… en especial por el viaje de último minuto a Maine.

Volteé a ver a la *poodle*. La tímida perrita había cedido ante la insistencia amistosa de los *retrievers* y había empezado a jugar con ellos, aunque de forma bastante torpe.

Recordé el momento en el que me senté a escribir en la libreta de *Consejos* las últimas palabras de Claudia.

«No dejes que las mejores partes de tu vida se pasen de largo porque le tienes miedo a lo desconocido».

Quizá el mayor riesgo que uno podía tomar era no arriesgarse a nada. Conjuré entonces la confianza impávida de Claudia y me atreví a dar el salto.

—Oye, la librería favorita de mi abuelo está cerca de aquí, y teníamos la costumbre de visitarla todos los domingos. —Volteé a ver a Hugo—. ¿Te gustaría acompañarme?

Con un solo movimiento ágil, Hugo lanzó su taza desechable vacía hacia un basurero cercano y me sonrió.

—Sí, me encantaría.

La librería estaba particularmente tranquila para ser domingo. Estaba vacía, salvo por dos mujeres de mediana edad que conversaban en mandarín junto a la ficción histórica. A juzgar por sus susurros exaltados y gestos con las manos, era una conversación muy interesante.

Miré a mi alrededor en busca de Bessie, pero no logré encontrarla. Sentí un poco de alivio, pues había temido ver su reacción ante el hecho de que no iba sola. Siempre era tan… exuberante. Y yo no quería ahuyentar a Hugo.

—¡Clover, cariño! —El pulso se me aceleró cuando Bessie apareció por detrás de unos estantes—. Pensé en pasar al tocador aprovechando que había pocos clientes. —Cuando vio a Hugo parado junto a mí, se detuvo tan de pronto que casi escuché los frenos rechinantes de una caricatura—. Vaya, vaya. ¿Qué tal?

—Tú debes ser Bessie —dijo él, con la mano extendida por delante de su cuerpo—. Es un gusto conocerte. Yo soy Hugo. Estoy ansioso por explorar tu selección de libros. —Me sonrió—. Viene muy bien recomendada.

Bessie estaba radiante.

—¡Pues Clover ha comprado libros aquí desde que tenía seis años!

—Eso me dice —respondió Hugo—. Y esa es recomendación suficiente para mí.

Bessie estaba sonriendo tanto que pensé que se iba a desgarrar la cara.

—Hugo es arquitecto paisajista —dije, con la intención de acelerar las cosas un poco—. Recuerdo que tenías buenos libros sobre paisajismo. —Era posible que los hubiera buscado después del viaje a Maine.

—Uy, claro que sí —dijo Bessie—. Hay una monografía maravillosa sobre Roberto Burle Marx que me encanta.

El rostro se le iluminó a Hugo.

—Burle Marx es uno de mis favoritos. Adoro la alegría y el optimismo de su obra.

Hice una nota mental para buscar el nombre más tarde.

—Eso me imaginé. —Bessie parecía muy satisfecha consigo misma. Sí tenía un sexto sentido para descubrir el gusto de las personas—. Te muestro dónde está.

Por un segundo, temí que fuera a avergonzarme más y tomara a Hugo de la mano. Por fortuna, Hugo sólo la siguió hacia el fondo de la librería.

—¡No me dejes comprar demasiados libros, Clover! —me gritó por encima del hombro—. ¡Si no, Gus no va a caber en el auto!

La campana sobre la puerta repicó varias veces conforme más gente comenzó a entrar al espacio. En cuestión de segundos, la diminuta librería se abarrotó.

Mientras leía contraportadas, miraba de reojo a Hugo, quien estaba feliz hojeando algunos de los libros que Bessie le había recomendado. Era casi como si tuviera que verificar que en verdad estaba ahí y que no estaba en una fantasía cocinada en mi cabeza. Todo el día había sido surreal.

Tras de una media hora de exploración, estaba perdida en el primer capítulo de *Bonjour Tristesse*, de Françoise Sagan, cuando percibí el familiar aroma a cedro y ciprés.

Alcé la mirada y vi a Hugo parado junto a mí, con un libro en la mano. Me enseñó el libro.

—Pensé que este te gustaría. —Aunque sabía que estaba hablando en voz baja por respeto a los demás bibliófilos, se sintió íntimo, especial—. Es sobre Gertrude Bell, una arqueóloga y escritora de viajes de principios de siglo.

—Ay, no lo he leído —dije. Pero sonaba perfecto.

—A mí mamá le encantaba leer libros sobre mujeres aventureras en la historia. —El dolor volvió a sus ojos—. Aunque se fue hace mucho tiempo, a veces olvido por un momento, que ya no está aquí conmigo y voy a comprar un libro que le encantaría.

—Lo entiendo. —Yo había hecho lo mismo varias veces—. ¿Sabes? En Samoa hay personas que creen que los espíritus de nuestros seres queridos se quedan con nosotros después de morir, por lo que puedes hablar con ellos cuando quieras.

La sonrisa de Hugo regresó.

—Me encanta esa idea. Y sí le digo algunas cosas a veces —dijo—. Creo que le habría encantado conocerte.

Me reté a no alejar la mirada.

—Quisiera haber podido conocerla.

No tenía caso intentar ocultar el rubor que comenzaba a colorearme las mejillas de rosa.

Una garganta se aclaró. Detrás de nosotros, un hombre casi calvo con un niño pequeño en una carriola intentaba pasar por el estrecho pasillo.

Cuando Hugo se acercó a mí para dejarlos pasar, sentí que nuestros meñiques se tocaban.

51

Toqué por quinta vez a la puerta de Leo. Era muy extraño. No recordaba una sola ocasión en la que hubiera tenido que tocar más de dos veces antes de que la puerta se abriera de golpe para dar paso a la sonrisa con el diente de oro.

—¿Leo? —Volví a tocar—. Soy yo. ¿Está todo bien?

Quizá no estaba en casa o hubo algún malentendido sobre la hora. Sin embargo, nunca me había plantado. Según los términos que habíamos establecido, una cancelación de último minuto significaba una descalificación automática de ese juego, lo que le daba una victoria más al oponente. Ya que estábamos empatados a sesenta y siete juegos por cabeza, y los dos éramos sumamente competitivos, dudaba mucho que estuviera dispuesto a perder un punto a menos de que algo anduviera muy mal.

Saqué mis llaves del bolsillo de mis *pants* e intenté recordar cuál de todas era la de casa de Leo. Las manos me temblaban más y más conforme el pánico se apoderaba de mi búsqueda.

—¿Leo? ¿Estás ahí? —Volví a tantear las llaves hasta que logré meter la correcta en la cerradura y le di la doble vuelta tan particular de las puertas de nuestro edificio.

Entré a la sala vacía. La caja con las fichas de *mahjong* ya estaba en la mesa, pero no había señales de Leo. El único indicio de que algo no andaba bien era el silbido constante de la tetera sobre la estufa. Tiré mis llaves sobre la mesa y corrí hacia el sonido.

Leo estaba encorvado sobre la barra de la cocina, con una mano en el pecho. El sudor le colgaba de la frente.

—¿Qué pasa, Leo?

—Siento que… —Puso una mano sobre la alacena para sostenerse—… un elefante está sentado en mi pecho.

Me apresuré a apagar la estufa y lo llevé hasta la sala, tomándolo de los antebrazos, mientras se sentaba muy despacio en el sillón.

—Podría ser un infarto. —Busqué mi teléfono. Las manos me habían comenzado a temblar de nuevo—. Voy a llamar a una ambulancia. Espera. Vas a estar bien.

Leo alcanzó a respirar profundo un par de veces.

—No llames a nadie, por favor. —Agitó la mano con debilidad—. Sólo siéntate conmigo.

—Pero necesitas ver a un doctor.

—No.

El terror comenzó a pesarme en las entrañas, mientras mi respiración se hacía tan entrecortada como la suya.

—Al menos déjame traerte una aspirina y agua. Si es tu corazón, eso te va a ayudar.

Leo estiró una delicada mano y la puso sobre la mía.

—Sólo quédate conmigo, por favor.

Mi terror se convirtió en desolación: la serenidad que envolvía su talante era una que conocía muy bien; la había visto varias veces en los rostros de los moribundos.

—Leo —susurré—. No, por favor.

—Ya es hora, Clover —imploró—. Estoy listo para irme.

La desesperación me recorrió el cuerpo. Tantos años de experiencia y lo único que sentía era pánico.

—Pero… no puedes… te necesito.

Leo me regaló una sonrisa somnolienta, con una mano sobre el esternón.

—Tú mejor que nadie deberías saber que, cuando llega el momento, llega el momento.

—Lo sé —dije con suavidad—. Pero eres todo lo que tengo.

—Fue toda una aventura, ¿no? —Parpadeaba muy rápido, pero su sonrisa seguía ahí—. Tuve una gran vida, y es hora de tomar la siguiente salida.

Miró el retrato de Winnie.

Entrelacé sus largos dedos con los míos, mientras Leo jalaba aire, de manera entrecortada y turbia, como si tuviera una lata de aluminio en los pulmones.

—En verdad viviste la vida al máximo —dije, devolviéndole la sonrisa tan bien como pude. No tenía caso intentar convencerlo. Cuando alguien decide caminar con esa confianza hacia la muerte, no puedes detenerlo.

—Clover… quiero decirte algo.

Le apreté la mano.

—Claro, Leo.

Por primera vez, el constante ruido de la ciudad se apagó. Un silencio reverente envolvió el departamento mientras esperaba a que Leo formara las palabras.

—Te he visto pasar toda la vida ayudándole a la gente a tener una muerte hermosa, eso que no le pudiste dar a tu abuelo. —Incluso en ese momento, los ojos cafés lograban brillarle—. Pero el secreto para tener una muerte hermosa es vivir una vida hermosa: exponer tu corazón, dejar que se rompa, correr riesgos, cometer errores. —Comenzaba a costarle demasiado trabajo respirar como para seguir hablando—. Prométemelo, niña —susurró—: Te vas a permitir vivir.

Puse la cabeza sobre su hombro.

—Te lo prometo.

La mano se le aflojó y logró sonreír por última vez.

—Te quiero, Clover.

—Yo a ti, Leo.

Lo que comenzó como una sola gota que cayó por mi mejilla se convirtió en una tromba. Y, por primera vez desde que era niña, dejé que las lágrimas fluyeran libremente.

52

El sabor de una primavera incipiente condimentaba la brisa de la tarde, mientras Sylvie y yo caminábamos a casa después de la celebración. El funeral de Leo estuvo repleto de gente del vecindario que, con el paso de los años, llegó a amarlo. Lo que lo había mantenido ocupado fueron las consultas médicas, no visitas. Enfermedad cardiaca, fue lo que los especialistas dijeron.

Pero Leo no se lo dijo a nadie. En cambio, puso, en silencio, todos sus asuntos en orden. Apartó una cantidad considerable para su funeral —o su celebración de vida, como ordenó que se le llamara— con bebida y comida en abundancia; y donó el resto de su dinero y todas sus posesiones a un centro comunitario en Harlem.

Bueno, todas sus posesiones menos dos: me dejó su pequeña cantina y su *mahjong*.

—Fue la despedida perfecta para Leo —dijo Sylvie, entrelazando su brazo con el mío—. Me siento honrada de haber pasado al menos un par de meses en su órbita. Esté donde esté, tengo por seguro que está sonriendo de oreja a oreja con ese diente de oro suyo.

La imagen era reconfortante. No estaba segura de que habría sobrevivido a esos últimos días sin Sylvie. Nuestro edificio se sentía como si le faltara el corazón.

—Eso espero.

Caminamos la siguiente cuadra sin decir nada, hasta que Sylvie se detuvo frente a una tienda.

—¿Quieres que compremos helado, nos pongamos el pijama y hagamos un maratón de comedias románticas de los noventa? Yo voto por películas con Cameron Diaz.

Las palabras me subieron por la garganta varias veces, pero se encontraron con un muro al llegar a mis labios.

—De hecho —dije, muy cautelosa—, hay algo que quería pedirte. Un favor.

—¿Que veamos una película de John Cusack? Porque, ¿sabes?, no lo soporto. —Sylvie sonrió—. Pero, por ti, estoy dispuesta a soportar dos horas del patético John Cusack.

—No, no es John. —El chiste me relajó un poco—. Estaba pensando en lo que dijiste sobre todas las cosas en mi departamento... las cosas de mi abuelo.

Sylvie se frotó la barbilla con el pulgar en un gesto exagerado.

—Te escucho.

—Y creo que tienes razón. Tal vez he estado aferrada al pasado para no tener que pensar en lo que quiero para el futuro.

Sylvie tuvo la cortesía de fingir una cierta indiferencia.

—Ya veo.

—Creo que es el momento de deshacerme de algunas cosas.

—¿Y? —Me estaba empujando a soltar las palabras.

—Y me preguntaba si quizá querrías ayudarme. Algunas de esas cosas les serían muy valiosas a museos y universidades. Y tú sabes más de eso que yo. Pero, además... —Inhalación larga y profunda—. Creo que me va a ser muy difícil.

—Ay, C, claro que va a ser difícil —dijo Sylvie—. Tu abuelo fue el amor de tu vida. ¿Cómo no sería difícil? —Me puso un brazo encima de los hombros—. Será un honor estar ahí para ayudare. ¿Para qué son las amigas, y las vecinas, si no para ayudarte a aligerar tu bagaje emocional?

Fue un alivio saber que no tendría que lidiar con todo eso sola. Y, por un momento, me permití imaginar lo que significaría tener un espacio que fuera en verdad mío.

53

Sylvie era una juez despiadada. Después de que me pasaba toda la mañana separando las cosas entre *Donar/Tirar, Conservar, sin duda* e *Indecisa*, Sylvie aparecía en las tardes para sentarse en el sillón con su mazo imaginario para dictar sentencia.

El proceso pronto desarrolló un patrón claro: Sylvie relegaba de inmediato cualquier cosa clasificada como *Indecisa* a la categoría de *Donar/Tirar* y fruncía el ceño con escepticismo cada vez que le presentaba mis apasionados argumentos por la mayoría de las cosas en la columna de *Conservar, sin duda*.

—Estoy casi segura de que lo que tienes en las manos es un peligro biológico que no debería de manejarse sin un traje NQB —dijo Sylvie, indiferente ante mi argumento de que el frasco con una especie de criatura era uno de los favoritos de Abue—. Ponlo con las donaciones y que el Departamento de Biología de NYU lidie con él.

Por medio de sus contactos, Sylvie encontró hogar para algunos artefactos científicos inusuales en un museo de rarezas biológicas, en uno de los rincones gentrificados de Brooklyn. Bessie logró que un vendedor de libros de segunda mano se llevara los cientos de libros de consulta y los pusiera en las manos de un cierto nicho de bibliófilos que, con algo de suerte, los apreciarían tanto como los apreció Abue.

Deshacerse de algunas cosas fue mucho más fácil; objetos que siempre estuvieron ahí pero que nunca vi en realidad, partes anónimas que conformaban un todo bastante considerable. Otras cosas se sintieron como el impiadoso corte de otro hilo vital que me ataba a Abue. Lo que quedó de sus posesiones fue sólo lo más sagrado, las cosas que ni siquiera Sylvie se atrevió a desalojar. Los cuadernos de Abue, décadas de observaciones obsesivas, ordenados en hileras de lomos de cuero dentro la maleta azul cielo con la que comenzó nuestro viaje juntos. Los leería algún día, pero no aún. Su abrigo de *tweed*, al que me aferraba cuando era niña, mientras él caminaba sobre las banquetas y con pasos seguros entre las multitudes, siempre llevándome a un lugar seguro. La vieja maleta de cuero, su amor y sabiduría grabados, para siempre, en cada una de sus arrugas y todos sus raspones.

Conforme el amontonamiento disminuyó, el espacio se hizo más grande. La luz del sol rebotaba en algunas zonas de la pared blanca, escondidas hacía mucho detrás de compendios y objetos polvorientos. Las sombras de los árboles bailaban en el piso de duela, al fin liberado de la prisión de las torres de cajas de cartón.

Encima de la última caja de libros que le iba a llevar a Bessie estaba *Las sociedades de insectos*, de Edward O. Wilson. Al fin había admitido frente a Sylvie que lo más probable era que nunca lo leyera. Pero al menos podía hojearlo. Lo tomé y pasé las páginas, imaginándome el dedo índice de Abue sobre la orilla de cada página amarillenta, listo para pasar a la siguiente cuando hubiera terminado de leerla. Me gustaba pensar que mi Abue fue un símbolo de su curiosidad insaciable, siempre quería saber más.

Entre las páginas 432 y 433 del libro había un viejo portavasos de cartón de un bar argentino en el East Village. Como nunca había leído el libro, el portavasos debía tener al menos trece años ahí. Alguien anotó algo en la parte de atrás, pero no era la pulcra letra de Abue. Era una cursiva muy redondeada que reconocí de la única tarjeta de Navidad que recibía sin falta todos los años, de Bessie.

«Mi dulce Patrick. No podría haber deseado una mejor pareja de tango».

Miré fijamente al corazón que hacía de punto en la *i* y releí el mensaje en el portavasos una y otra vez, sin poder decidir si era mejor que el mensaje fuera literal o un eufemismo.

¿Abue y Bessie? No podía ser. Él era tan solitario como yo, de él lo aprendí.

Dicho eso, Leo me dijo que Abue le pidió consejos a Bessie cuando iba a comprar mi primer brasier. Ay, Dios. ¿Eso quería decir que había visto a Bessie en brasier? Intenté recordar cualquier otro indicio de que su relación había trascendido la de la librera y la del fiel cliente.

Además: ¿Abue y tango? Jamás lo vi moverse al ritmo de absolutamente nada.

De pronto, su recuerdo se asentó de forma distinta en mi cabeza y empecé a verlo no como mi abuelo, sino como hombre.

54

Mientras recorría las cuatro cuadras hacia la librería, llevando la caja a cuestas, me convencí de intentar ser casual con Bessie. Seguramente todo tenía una explicación por demás aburrida.

—Estos son los últimos libros, te lo prometo —dije al empujar la caja hasta el mostrador, mientras el portavasos me quemaba el bolsillo—. Te agradezco mucho que me ayudes a encontrarles hogar a todos. Habría sido muy triste tirarlos todos en el centro de reciclaje.

—Claro, cariño. Me alegra que me lo hayas pedido. —La enorme sonrisa de Bessie se sentía tan cálida como siempre, pero no pude evitar preguntarme si tenía una sonrisa especial sólo para Abue—. ¿Cómo te sientes con todo esto de la limpieza del departamento?

—Bien, supongo. —Había estado tan ocupada que ni siquiera me había dado tiempo para procesar mis emociones—. Una amiga me ayudó con todo.

Me detuve para admirar esa última oración; dos meses atrás, me habría resultado absurdo decirla.

Con un gesto coqueto, Bessie alzó el hombro hasta la mejilla.

—¡Uuuuh! ¿Una amiga o el apuesto joven al que trajiste el otro día?

—No, no. No fue Hugo —dije con timidez, pero me sentí encantada, en secreto, de que lo hubiera mencionado. En las semanas siguientes a su visita, me escribió varias veces para decirme cuánto estaba disfrutando de mis recomendaciones (además de mandar-me varias fotos de Gus) y que había aceptado la oferta de traba-jo. Habíamos hecho planes para vernos cuando volviera a Nueva York, y llevar a Gus y George al parque.

—Ya veo —dijo Bessie. Sus hoyuelos desaparecieron—. Pues a mí me pareció un perfecto caballero. Creo que tu abuelo habría aprobado que estuvieras con él.

Comencé a pasar los dedos por la orilla del portavasos y a deba-tirme sobre si estaba o no invadiendo la privacidad de Abue. Sólo tendría que ser sutil al respecto.

—Por cierto, Bessie, encontré algo cuando estaba revisando sus cosas. —Deslicé el portavasos por el mostrador como si fuera con-trabando. No quería avergonzarla frente a sus otros clientes.

Bessie se llevó las manos al pecho.

—Dios mío —dijo con una risotada—. Esto me trae recuerdos maravillosos.

¿Recuerdos que era apropiado revelarle a una nieta? Intenté mantener mi reacción neutral.

—¿Ah, sí?

—Bueno, me imagino que ya lo descifraste. —Cuando se in-clinó sobre el mostrador con una sonrisa de complicidad, no pude evitar notar su pronunciado escote.

—¿Descifrar qué?

—Que tu abuelo y yo éramos… amigos especiales. —Los ojos de Bessie se movieron por toda la habitación—. Creo que ustedes los jóvenes le llaman «amigos con derechos».

Las comillas con los dedos eran innecesarias.

Me resistí al impulso de taparme los oídos y recé por no arre-pentirme de mi siguiente pregunta.

—¿A Abue le gustaba bailar tango?

Miró el portavasos con ojos soñadores.

—Vaya que sí. Fuimos a bailar todas las noches de los jueves durante diez años.

—Nunca lo supe —dije en voz baja. Abue siempre me dijo que tenía reuniones de la facultad los jueves. No sabía si sentirme traicionada porque había llevado una vida secreta o extasiada de que no hubiera estado tan solo como siempre creí.

—Siempre se veía tan feliz cuando bailaba —dijo Bessie. Los ojos le centellearon con los recuerdos—. Como si al fin se permitiera quitarse la armadura. —Me dio unas palmaditas en el brazo—. ¿Sabes? Recuerdo la última vez que fuimos… antes de que muriera. Recién había hablado contigo por teléfono unos días antes. Estabas en… ¿Tailandia?

Me tensé.

—Camboya.

—¡Camboya, sí! En fin, recuerdo que estaba muy feliz de saber que estabas viajando, aprendiendo sobre el mundo. No pudo haber estado más orgulloso de ti de lo que hacías. Sé que se arrepentía de no haber sido un mejor padre para tu mamá, y creo que le daba cierta paz haber hecho bien las cosas al criarte a ti. Era maravilloso verlo.

Sentí que el mundo empezaba a dar vueltas, mientras las emociones me inundaban el cuerpo y la realidad de las últimas décadas comenzaba a reacomodarse en mi cabeza.

Fingí ver mi reloj.

—Lo siento mucho, Bessie. Voy tarde.

—Claro, cariño, no te detengo más. —Me apretó el brazo con fuerza y me jaló hacia sí—. Pero siempre estoy aquí si me necesitas.

Caminé hasta el Río Hudson y de regreso, intentando analizar lo que sentía e imaginar cómo se habría visto Abue al bailar… o al coquetear.

Volví a pensar en que nunca le pregunté nada sobre su vida. No sabía sobre sus miedos, sus retos, sus metas.

Es tan fácil ver a tu figura paterna sólo desde esa perspectiva, pensar que su existencia entera giraba en torno a la tuya. Pero, antes de ser padres, fueron seres humanos que intentaban navegar la vida de la mejor manera posible, lidiar con sus propias decepciones, perseguir sus propios sueños. Y, sin embargo, solemos esperar que sean infalibles.

Fue egoísta de mi parte asumir que yo fui la única persona importante en su vida durante tantos años… Bessie también perdió a Abue. Pero estaba muy que agradecida por lo que me había revelado. A pesar de que murió sin nadie a su alrededor, no murió solo.

Y aunque nunca sabría cuáles fueron sus últimas palabras, sí sabía que estaba orgulloso de mí.

Fue un poco desconcertante llegar a casa, a mi recién redecorado departamento. A los ojos de la mayoría de la gente, no habría parecido estar vacío en absoluto. Varios de mis libros estaban en las repisas junto a algunos recuerdos escogidos de mis viajes. La cantidad de muebles indicaba a una adulta de mi edad, con algunas piezas —gracias a la insistencia de Sylvie— que hacían que el espacio se viera casi moderno. Pero, en comparación con cómo se veía tan sólo una semana atrás, se sentía desnudo.

Y aún había un objeto que seguía esperando su hora de salida.

Cuando Sylvie sugirió por primera vez que donáramos el sillón de Abue a la caridad, me negué rotundamente. Era el objeto en el departamento que más cercana me hacía sentir a él. Pero con el paso de las semanas mi resistencia desfalleció. Había visto a tantos familiares negarse a dejar a sus seres queridos después de que su vida —su esencia— se hubiera terminado. Al final, sólo quedaba un cuerpo, el cual también iba a desaparecer. Inevitablemente, se encontraban con el agónico momento en el que tenían que aceptar que la única forma de mantener esa esencia con vida era llevándola en sus corazones.

Así que me senté en su preciado sillón de pana verde, pasando los dedos por la tela raída y permitiéndome sentir el abrazo de Abue por última vez. Y al pararme en el corredor, viendo a los mudanceros maniobrar para sacarlo del edificio, sentí que había recibido una oportunidad para redimirme.

Para estar presente mientras el último aliento de Abue dejaba su cuerpo.

Cuando volví a mi departamento, encontré una caja grande de FedEx junto a mi puerta. No había comprado nada en los últimos días, pues el punto de esas semanas había sido deshacerme de cosas viejas, no hacerme de cosas nuevas.

Puse la caja sobre la mesa de centro y la estudié, intentando adivinar qué podría ser. Entonces vi el nombre del remitente en la etiqueta.

«Selma Ramírez».

¿Por qué Selma me enviaría algo? Pasé mi llave por la cinta adhesiva y encontré otra caja adentro. Al sacarla, una nota doblada cayó al piso. Mi nombre estaba escrito en la cara exterior con la elegante caligrafía de Claudia.

Mi querida Clover:

Me encanta la forma en que ves el mundo. Espero que esto te ayude a compartir esa visión con otros.

(Nunca es tarde para adquirir un nuevo *hobby*, ¿o sí?)

Con cariño,

Claudia Wells.

De abajo de las capas de papel, desenterré una flamante cámara digital, varias lentes y una botellita de perfume con tapa color esmeralda.

Me senté en el sillón a procesarlo todo. Quizá Abue, Claudia y Leo se habían coludido desde el otro lado.

Ahora sólo me quedaba encontrar la manera de vivir una vida de la que todos ellos pudieran estar orgullosos.

55

Lola y Lionel me observaban con curiosidad mientras arrastraba mi nueva maleta ultraligera hacia la sala. George ya estaba cómodamente asentado para su sabático de tres meses en el departamento de Sylvie. Los dos gatos se quedarían con mi subarrendadora, la colega de Sylvie de Chile, cuyo amor por los animales era comparable con el mío.

El departamento había dejado de sentirse desnudo, pero yo tampoco me sentía tan atada a él como antes.

El duelo, había entendido, era como el polvo. Cuando estás en medio de una tormenta nebulosa, el vendaval te desorienta, no te deja ver ni respirar. Pero cuando su fuerza disminuye, y comienzas a orientarte y ver un camino hacia adelante, el polvo comienza a asentarse en las grietas. Y nunca desaparecerá por completo; con el paso de los años, lo encontrarás en lugares inesperados, y en momentos inesperados.

El duelo es sólo amor que busca dónde asentarse.

Incluso sin todas sus posesiones, todavía podía sentir la presencia de Abue: la había cargado conmigo siempre. Pero aún había tres libros en las repisas de los que nunca me desharía.

Leo me había dicho sus últimas palabras hacía más de un mes, pero seguía sin poder escribirlas. Cerré los ojos al pararme frente al librero, reuní todas mis fuerzas y saqué la libreta de *Consejos* de entre sus dos contrapartes.

Pasé a una página en blanco y le quité la tapa a la pluma fuente que Abue me regaló por mi noveno cumpleaños, misma que debía estar usando ya en su centésimo cartucho de tinta.

Luego anoté la información de Leo: nombre, dirección, fecha de su muerte y sus sabias palabras.

«El secreto de una muerte hermosa es vivir una vida hermosa».

Reflexioné sobre las palabras unos momentos, grabándolas en mi corazón para mantenerlas a salvo. Luego soplé sobre la tinta y cerré el cuaderno de golpe. Al devolverlo a su lugar, mis ojos encontraron los binoculares en la repisa junto a los cuadernos. Había olvidado que estaban ahí. Lo que estuviera ocurriendo en el departamento de enfrente ya no me interesaba; mi propia vida resultaba ser mucho más fascinante.

Sylvie abrió la puerta en cuanto toqué.

—Estaba parada junto a la puerta, intentando oír tus pasos porque tenía miedo de que te escabulleras sin despedirte. —Se cruzó de brazos—. Sé que puedes ser muy sigilosa si quieres.

Me retorcí un poco de vergüenza, esperando que algún día pudiera olvidarlo.

—Ya no haré algo así… Te lo prometo.

—¿A qué hora te va a recoger Hugo? —preguntó con el canturreo de una adolescente.

—En unos cinco minutos, así que más me vale bajar ya.

Alcancé a ver a George roncando plácidamente bajo un pequeño parche de sol en el sillón. Por más que quería abrazarlo por última vez, no quería confundirlo después de que ya lo había dejado con Sylvie—. Gracias otra vez por cuidar a George.

—¿Es en serio? ¡Es un sueño! Y estoy casi segura de que tres meses son tiempo suficiente para convencerlo de disfrutar del yoga.

—Me mostró esa sonrisa pícara que sabía que extrañaría—. Y, que quede claro, a pesar de la decoración minimalista, George y yo esperamos recibir una postal de cada lugar que visites.

Sentí una mezcla de tristeza y euforia.

—Creo que puedo hacer eso.

—Genial. Ahora, sé que eres muy rara con eso de los abrazos, así que te hago saber de antemano que estoy a punto de darte uno.

Gracias a dios que ella lo mencionó primero; iniciarlo yo se habría sentido poco natural. Dejé mi maleta en el suelo, expectante.

—Por mí está bien.

Me apretó con fuerza y me puso la barbilla sobre el hombro.

—¡Te voy a extrañar muchísimo!

Se sentía como todo un privilegio tener a alguien que me extrañara.

—Yo a ti.

Sylvie inhaló profundo y dejó de apretar con tanta fuerza.

—Mmmm. Hueles delicioso. ¡Creí que no usabas perfume!

Me sonrojé.

—No uso, pero pensé que tal vez era hora de probar algo nuevo.

Me guiñó el ojo.

—Me encanta.

Hugo se detuvo frente al edificio a la hora exacta. Su Land Rover destartalada contrastaba con el paisaje impecable del West Village.

—Empacaste ligero. —Me sonrió y puso la maleta en el asiento trasero antes de abrir la puerta del lado del copiloto. Gus se apretujó entre mis pies.

—Muchas gracias por llevarme al aeropuerto. —Le rasqué el mentón a Gus y le tomé una fotografía mental a su mirada de adoración canina.

—¡Claro! —Hugo maniobró la Land Rover y rodeó un camión de paquetería estacionado en doble fila—. Estoy feliz de poder pasar cincuenta minutos más contigo antes de que te vayas… dependiendo del tráfico, claro está.

Una oleada de tristeza me pasó por encima cuando dejamos atrás mi calle. Me quedé con ella un rato y la dejé pasar.

Miré a Hugo. Sus rizos estaban más contenidos que de costumbre; debió haberse cortado el cabello antes de comenzar su nuevo trabajo.

—Y… ¿cómo te has ajustado a la vida citadina?

—Pues Brooklyn no es tan pacífico como un bote en un lago, pero me ha tratado bien hasta el momento —respondió—. Y es lindo no tener que manejar siete horas al trabajo.

—Me imagino.

El cine independiente de la Sexta Avenida pasó frente a mi ventana y la nostalgia salió a la superficie de nuevo. Iba a extrañar la ciudad y ser sólo una cuenta en el ábaco infinito de sus habitantes.

—Entonces… primera parada: Nepal. ¿Cierto?

—¡Sí! —La emoción me recorrió todo el cuerpo—. La primera vez que estaré ahí.

—¿Y después?

—¿Quién sabe? —Por primera vez, la idea de no tener un plan fijo me resultaba titilante—. A donde quiera ir, supongo.

Hugo se dio unas palmaditas nerviosas en el muslo.

—Pero sí nos vamos a encontrar en Córcega en tres meses, ¿verdad?

—Soy una mujer de palabra.

Estaba guardando lo mejor de mi viaje para el final. En un bolso, dentro de mi mochila, llevaba un pequeño frasco con las cenizas de Claudia, que Sebastian me dio. Me acompañaría en mi travesía global antes de reencontrarse con su gran amor en el Mediterráneo.

—Genial —dijo Hugo, sin dejar de golpearse el muslo—. Genial. —Por alguna razón, su desenvoltura habitual estaba desapareciendo. Al detenernos en la acera del aeropuerto, la emoción me burbujeaba en las venas. El pasaporte que tenía en la mano se sentía como una llave maestra, lista para llevarme hacia un sinfín de nuevas aventuras. Y la cámara en mi hombro estaba lista para documentarlas todas. ¿Cómo pude haber esperado tanto tiempo para sentirme así otra vez? Hugo bajó mi maleta y sacó la manija—. Ah —dijo, inquieto—. No puedo creer que casi lo olvido. —Se asomó al asiento trasero y sacó una bolsa de papel—. Te compré algo para el viaje.

El uso indiscriminado de cinta adhesiva roja y los dobleces asimétricos del papel me tocaron una cuerda familiar en el corazón, como lo hizo el contenido del envoltorio: una libreta con forro de cuero y la palabra *Aventuras* grabada en el lomo.

Acepté de buena gana el manantial de lágrimas que salió de mis ojos. Le había mencionado los cuadernos a Hugo una sola vez. Eso debía ser a lo que se refería Claudia; así se sentía que alguien verdaderamente te viera.

—Gracias —dije, acariciando la tapa lisa de la libreta—. Es perfecta.

—Un placer. —Se llevó las manos a los bolsillos y se miró los pies—. Voy a extrañar mucho pasar tiempo contigo, Clover.

Extrañada por dos personas. Era casi insólito.

Al abrir el cuaderno, vi una inscripción hecha a mano que recorría la parte inferior de la primera página.

Por una vida con menos arrepentimientos
Hugo

Entre los cláxones impacientes, despedidas a gritos y el caos general del área de salidas del aeropuerto Kennedy, oí un coro de voces conocidas que me impulsaban hacia adelante: Leo, Sylvie, Bessie, Abue, Claudia.

Sé temeraria, con responsabilidad.

Las alas del colibrí me revoloteaban debajo de las costillas.

Con una inhalación profunda, me paré de puntitas y le puse una mano en la mejilla a Hugo. Lo miré a los ojos con seguridad.

Y mi segundo primer beso fue tal como imaginé que sería.

Epílogo

El aroma del eucalipto se mezclaba con la brisa salada a la orilla de los riscos de Bonifacio, en Córcega. La delicada quietud era muy lejana al barullo urbano en el que crecí. Las hojas rozaban suavemente unas con otras, como en una tierna caricia. Un ave trinaba al sol que se escondía en el ocaso, despidiéndose de él otro día más. Las pequeñas oleadas del Mediterráneo besaban las piedras con suavidad, cargando con ellas el resplandor de la luz del atardecer.

En el aire, debajo de los riscos, dos nubes de ceniza bailaban juntas antes de caer con elegancia en el mar.

Claudia y su gran amor, reunidos al fin.

A mi lado, Hugo me apretó la mano. El fulgor dorado del horizonte reflejaba el rastro de las lágrimas en su rostro.

Le apreté la mano de vuelta y vi cómo las últimas cenizas desaparecían en el agua.

A la distancia, un pequeño velero salía al mar abierto. Me imaginé a Claudia sentada en la proa, feliz de, al fin, estar donde siempre debió haber estado. Pero, si bien, la visión era conmovedora, también tenía algo de agridulce.

Si Claudia y Hugo se hubieran reencontrado, el Hugo que estaba junto a mí no existiría. Yo no habría pasado los últimos tres meses viajando por el mundo y documentando mis aventuras en un cuaderno que no podía esperar para compartirle. Y no estaría ahí parada en una isla francesa, a punto de volver a Nueva York para comenzar con mis estudios de fotografía.

Su destino, de cierto modo, decidió el mío.

Personas que hacía menos de un año me eran completamente desconocidos, cambiaron la trayectoria de mi vida para siempre. El que todos estemos entrelazados —que todos en este mundo moldeemos de alguna forma las vidas de los demás, muchas veces sin darnos cuenta de ello— me parecía demasiado grande como para, siquiera, intentar comprenderlo.

Pero tal vez ese es el punto. ¿En verdad necesitamos entender el mundo y todos sus patrones?

Puedes encontrar significado a lo que sea, si te esfuerzas lo suficiente, y si quieres creer que todo tiene una razón de ser. Pero si nos entendiéramos los unos a los otros a la perfección, si todos los eventos tuvieran sentido, nadie podría aprender o crecer. Nuestros días serían agradables, pero prosaicos.

Así que quizá necesitamos apreciar el hecho de que muchos aspectos de la vida —y de las personas a las que queremos— siempre serán un misterio. Porque sin misterio, no existe la magia.

Y en vez de pasarnos la vida preguntándonos por qué estamos aquí, quizá deberíamos sólo deleitarnos con una verdad mucho más sencilla:

Estamos aquí.

Agradecimientos

A las doulas de la muerte, los trabajadores de cuidados paliativos, las enfermeras, los médicos, los asistentes de salud en el hogar, los practicantes espirituales y todos aquellos que se niegan a apartar la mirada del dolor de otras personas, gracias. Ustedes son los más nobles entre nosotros y, sin embargo, a menudo no reciben el apoyo, el reconocimiento y la compensación que merecen. Gracias por todo lo que hacen para que los momentos finales de las personas sean un poco más llevaderos y, a veces, incluso hermosos.

Lo que más me gusta de este libro es que sus páginas contienen las huellas dactilares de tantas personas que han compartido generosamente conmigo su sabiduría, sus historias, su experiencia y sus lecciones a lo largo de los años.

A Katie Mouallek, gracias por pasar todos esos primeros domingos de pandemia conmigo, socialmente distanciados en parques de la ciudad de Nueva York, imaginando el mundo de Clover y su viaje. Gracias por compartir tanto de ti y por leer tantas versiones de esta obra que conoces casi tan íntimamente como yo. Este libro no existiría sin ti.

A Michelle Brower, gracias por sacar mi manuscrito del montón de originales sin leer y por imaginar lo que podría ser y arriesgarte. Realmente eres un agente de sueños, un defensor, un proveedor de verdades necesarias y la persona que siempre querría de mi lado. Un enorme agradecimiento también a la maravillosa

Jemima Forrester por defender a Clover en toda la Mancomunidad.

A Sarah Cantin, Harriet Bourton y Beverley Cousins, gracias por prestarme tu astuto cerebro editorial y por tu visión que me desafió a llegar más alto para terminar con un manuscrito final que realmente amo. Todas ustedes hicieron del proceso de edición un placer y una clase magistral.

Gracias a Danya Kukafka por sus notas expertas, a Allison Malecha por encontrarle a Clover una voz mundial, y a Natalie Edwards y Khalid McCalla y a todo el equipo de gestión literaria de Trellis.

Gracias a los incansables y talentosos editores que ayudaron a crear el libro, especialmente a Jennifer Enderlin, Lisa Senz, Anne Marie Tallberg, Jessica Zimmerman, Sallie Lotz, Drue VanDuker, Rivka Holler, Brant Janeway, Tom Thompson, Kim Ludlam, y todos en Creative Studio, Ken Silver, Gabriel Guma, Jonathan Bush, Alex Hoopes y Kirsten Aldrich, en St. Martin's Press; Lydia Fried, Georgia Taylor, Sam Fanaken y al equipo de ventas del Reino Unido, y Linda Viberg y al equipo de ventas internacionales de Penguin Viking UK; Dot Tonkin, Janine Brown, Jo Baker y Deb McGowan de Penguin Australia; y todos en Bertrand Editora, Cappelen Damm, China Translation & Publishing House, Dioptra, Droemer Knaur, Éditions Eyrolles, Euromedia, Globo Livros, Influential Press, Lindhardt & Ringhof, Muza, Planeta México, Sperling & Kupfer, Vulkan y Znanje.

A mi madre, Jillian, gracias por apoyar con tanto entusiasmo cada capricho creativo y sueño profesional que he tenido y por alentarme siempre a perseguir lo que me ilumina, en lugar de lo que parece sensato. Gracias por leer muchas versiones de este libro y por tus comentarios pragmáticos y detallados. Estoy muy agradecida de haber crecido con un ejemplo tan maravilloso de lo que significa ser una mujer curiosa, independiente, ingeniosa y exitosa. Te amo.

A Jeremy, gracias por entretenerme durante horas cuando éramos niños creando elaborados mundos imaginarios para nuestros juguetes, mi primera incursión en la narración de cuentos, y por todos tus excelentes comentarios sobre este libro. Soy muy afortunada de tener un hermano mayor tan maravilloso.

Gracias también a Kirsten, Hugo, Amélie y Reuben por su amor y apoyo a lo largo de este viaje.

A todas las tías, tíos, abuelos y familia extendida que intervinieron para criarnos, gracias por inculcarnos un sentido insaciable de aventura, curiosidad, imaginación y amor por la narración, y por hacernos sentir amados.

A Jamie Farnsworth Finn, Trisha Ray y Jesse Steinbach, gracias por leer las primeras versiones del libro y por sus notas inmensamente útiles y su incansable apoyo a lo largo del camino. A Claudia Cosgrove y Cara O'Callaghan, gracias por contemplar amablemente mis textos transcontinentales que contienen preguntas e hipótesis médicas extrañas. A Danielle Katvan, gracias por compartir tus experiencias de crecer en la ciudad de Nueva York. A Stephanie Ogé, Anna Caradeuc, Shannon Sharpe y Carilyn Garrett, gracias por su infinito entusiasmo y aliento.

A Emma Brodie, KJ Dell'Antonia, Annabel Monaghan, Ruth Hogan, Meredith Westgate y a todos los que se tomaron el tiempo de leer o publicar las primeras copias del libro, agradezco profundamente su apoyo y sus generosas palabras. Gracias también a Georgia Clark, Rosalind McClintock y Allison Warren por compartir tan generosamente sus conocimientos sobre la industria editorial.

A Christine Arroyo, Meredith Craig De Pietro, Tara Crowl, Dani Fankhauser, Lydia Gidwitz, Suzanne Martinez, Eva Munz, Irina Patkanian, Nayomi Reghay, Liana Rodriguez, Natalia Sandoval y Kabira Stokes, gracias por responder tan positivamente el primer día que me uní al grupo de escritores y anuncié que estaba tratando de escribir «un libro sobre la muerte que sea divertido e inspirador». Su apoyo y sus comentarios perspicaces en esas primeras etapas me ayudaron a creer que realmente podría funcionar. No puedo esperar a ver sus novelas junto a las mías en los estantes algún día.

A Joe Veltre, Olivia Johnson y el equipo de The Gersh Agency, gracias por su dedicación para ayudar a Clover a llegar a la pantalla. Gracias también a todos los coagentes literarios extranjeros: Ania Walczak y Beata Glińska de Anna Jarota Agency, Mira Droumeva de Andrew Nurnberg Associates, Vanessa Maus de Berla & Griffini, Sophie Langlais de Books and More Agency, Duran Kim de Duran Kim Agency, Evangelia Avloniti de Ersilia Literary Agency, Clare Chi de The Grayhawk Agency, Kristin Olson de Kristin Olson Literary Agency, Antonia Girmacea de Livia Stoia Literary Agency, Rik Kleuver de Sebes & Bisseling y Miguel Sader de Villas-Boas & Moss Literary Agency.

A Imani Williams, gracias por tu atenta lectura sensible y tus comentarios inmensamente útiles.

A Chafin Elliot y Dorothy Hinz, gracias por su compañía, su sabiduría y sus historias. Al personal y residentes del hogar de ancianos Fray Rodrigo de La Cruz en Antigua, Guatemala, gracias por enseñarme tanto sobre cómo ayudar a las personas a envejecer con dignidad.

A Jeanne Denney, gracias por compartir tan generosamente tus ideas sobre lo que significa caminar junto a alguien en su viaje hacia la muerte y cómo ayudarlo a hacerlo con paz y gracia.

A todos aquellos que han compartido sus propias experiencias con la muerte y los moribundos a través de libros, podcasts y seminarios web, especialmente Megan Devine, Atul Gawande, Michael Hebb, Scott Macklin, Bronnie Ware y Karen M. Wyatt, gracias por entablar fácilmente conversaciones alrededor de la muerte. Gracias también a la gente de Doula Givers, Doula Program, Carter Burden Center for Aging y Citymeals on Wheels en Nueva York por su excelente y muy necesario trabajo. Y a la Biblioteca Pública de Nueva York, al Open Center, a la New York Society for Ethical Culture, y a todos aquellos que abren sus espacios a charlas de cafés sobre la muerte y debates.

A Jane Birkin, quien compartió conmigo su sabiduría de ser «cautelosamente imprudente» hace años cuando la entrevisté para una revista. Me ha guiado desde entonces y se convirtió en la sabiduría de Claudia en este libro.

A Tamara Salem, gracias por tu amistad de oro y por todas las aventuras que pudimos disfrutar juntas, aunque nunca volverás a viajar a mi lado, siempre estarás en mi corazón.

Para Carl Lindgren, es irónico que gran parte de lo que me enseñaste existe en este libro y, sin embargo, nunca podrás leerlo, lo que demuestra el punto principal: a menudo perdemos a las personas que nos importan mucho antes de lo que esperamos, por lo que debemos apreciarlos mientras podamos. No estaría donde estoy de no ser por la oportunidad que me diste hace tantos años y por creer en mí. Gracias por enseñarme a escribir con el corazón y no con la cabeza; gracias por todo.

Y finalmente, querido lector, gracias por dedicar una parte de tus preciadas horas en esta tierra para leer mi libro. Espero que hayas encontrado tu propia versión de vivir una vida hermosa.